本书获"广西大学中西部高校提升综合实力计划"经费资助

萃益斋诗集校注

广西地方古籍整理研究丛书·第二辑

［清］苏煜坡 著

李寅生 周生杰 校注

上海古籍出版社

图书在版编目(CIP)数据

萃益斋诗集校注／（清）苏煜坡著;李寅生,周生杰校注.—上海：上海古籍出版社,2017.12
（广西地方古籍整理研究丛书;第二辑）
ISBN 978-7-5325-8546-5

Ⅰ.①萃… Ⅱ.①苏… ②李… ③周… Ⅲ.①古典诗歌—诗集—中国—清代 Ⅳ.①I222.749

中国版本图书馆 CIP 数据核字（2017）第 178278 号

广西地方古籍整理研究丛书（第二辑）

萃益斋诗集校注

［清］苏煜坡 著

李寅生 周生杰 校注
上海古籍出版社出版、发行
（上海瑞金二路 272 号 邮政编码 200020）
（1）网址：www.guji.com.cn
（2）E-mail: gujil@guji.com.cn
（3）易文网网址：www.ewen.co
上海惠敦印务科技有限公司印刷
开本 890×1240 1/32 印张 12.625 插页 3 字数 340,000
2017 年 12 月第 1 版 2017 年 12 月第 1 次印刷
ISBN 978-7-5325-8546-5
Ⅰ·3191 定价：52.00 元
如有质量问题,请与承印公司联系

《广西地方古籍整理研究丛书》总序

梁 扬

　　在自治区党委、广西大学党委有关领导的大力支持下,经过广西大学文学院师生的共同努力,《广西地方古籍整理研究丛书》第一辑(10种)已于 2011 年 12 月在巴蜀书社出版[①],第二辑(10 种)亦将在上海古籍出版社付梓[②],第三至六辑(46 种)已完成初稿,一俟机会成熟,亦当陆续修订面世。另有 7 种已先期单独出版[③]。这将是对广西地方古籍文献中作家别集的一次空前规模的整理,也是对广西地域文学与文化的一次比较深入的发掘研究和重要创获。

一

　　我国浩瀚的古籍文献,以历史之悠久、数量之繁多、内容之丰富而著称于世。它维系着源远流长、博大精深的中华文化的根脉,并见证了中华民族绵延数千年,一脉相承奋斗发展的伟大历史。广西作为中华民族大家庭中的重要成员,在长期的发展过程中,也有大量珍贵的古籍文献遗存。

　　广西地方古籍整理研究工作,包括对文献的普查、整理和研究等三个方面。

　　(一)对广西地方古籍文献的普查工作。

　　最早系统载录广西文献者当推清代谢启昆《广西通志·艺文略》。该《志》所录,始自汉成帝时期的陈钦,止于清嘉庆初年,历时近两千年,存广西人士著作 240 余种。其后蒙启鹏《近代广西经籍志》收录闻见所及的桂人著作,凡谢《志》未收,或虽收而有缺遗者,一并著录;外省人士所写有关广西文献,亦酌予采录。共得450余种。

20世纪30年代,广西统计局对本省地方古籍文献遗存情况进行普查,"举凡广西人或广西人团体之各种撰著、译述、纂辑、笺注,其已成定本者,悉为甄录",共得2548种,辑为《广西省述作目录》一书,并对各时代各类别的述作列表说明:

种数 类别 朝代	总类	哲学	宗教	社会科学	语文学	自然科学	应用艺术	艺术	文学	史地	合计
汉	3	1									4
三国	2								1		3
唐									2		2
宋	1	1	2	2					8	19	33
元		1							1	2	4
明	17	15		15		2		3	80	143	275
清	157	62	1	31	14	11	30	13	803	281	1398
民国	180	45	14	135	29	52	31	12	219	106	824
合计	360	125	17	183	43	65	61	28	1114	552	2548

80年代初,广西民族学院(今民族大学)图书馆编《广西历代文人著述目录》,收819家1505种著述,具体情况见下表:

作家 作品 朝代	三国	唐	宋	元	明	清	民国	合计
人数	1	2	8	2	70	622	114	819
种数	1	6	9		98	1078	311	1505

该馆同时编有《广西历代文人著述馆藏联合目录》,进一步载明各

书在区内主要图书馆的收藏情况,极便读者检阅。

80 年代中期,广西社会科学院文学研究所查阅区内馆藏的 700 余种古籍,从中鉴别出历代广西少数民族文人著作约 60 种,收录少数民族文人作品或关涉少数民族内容的古籍 100 余种,另有作者族属待考的古籍约 30 种。

(二)对广西地方古籍文献的搜集整理。

早在 20 世纪 40 年代,陈柱以数年访求所得编为《粤西丛书》,可惜仅出版《粤西十四家诗钞》、《粤西词四种》和《红豆曲》等三种。其后黄华表辑《广西丛书》,更仅刊行《玉溪存稿》一种,均未竟其功。

新中国成立后,古籍整理研究工作渐受重视。1981 年 9 月,根据陈云同志的意见,中共中央下发《关于整理我国古籍的指示》,明确指出,"整理古籍,把祖国宝贵的文化遗产继承下来,是一项十分重要的、关系到子孙后代的工作","整理古籍是一件大事,得搞上百年",为古籍整理出版工作进一步指明了方向,极大地推动了古籍整理出版工作。广西老一辈著名学者、原自治区政府副主席、自治区政协副主席莫乃群先生曾主持《桂苑书林丛书》、《广西史志资料丛刊》等大型项目,为此,莫老亲临广西民族学院、广西大学,座谈商议广西古籍整理工作,动员中文系教师承担有关项目。在此背景下,广西部分高校相继建立古籍整理研究机构④,并先后参与了莫老主持的广西地方古籍整理工作,"把有关广西的诗、文、史、地、科技、社会、民族、人物的古籍或资料,分别整理,或校点,或校注,或校补,或选注,或辑录",陆续出版了数十种广西地方古籍。其中包括广西古籍中最具参考价值的清代汪森纂"粤西三载"(《粤西诗载》、《粤西文载》、《粤西丛载》)的校注本,以及《三管诗话校注》、《粤西十四家诗钞校评》、《王鹏运词选注》、《桂海虞衡志校补》等重要古籍。

稍后,广西少数民族古籍整理出版规划领导小组主编《广西少数民族古籍丛书》,已出版的壮族作家别集有清代蒙泉镜《亦嚣轩诗稿》、韦绣孟《茹芝山房吟草》等。曾德珪编《粤西词载》、蒋钦挥主编《全州历史文化丛书》15 种、杨东甫编《八桂千年游：古代广西旅游文学作品荟萃》等也相继面世。由广西桂学研究会潘琦会长主编的《桂学文库》，截至 2015 年 8 月底，已由广西师范大学出版社推出"广西历代文献集成" 66 种，另已有扫描文件待出者 128 种。

广西大学文学院一直积极参与广西古籍的整理研究，并把这项工作与研究生培养有机结合起来，其中，汉语言文字学硕士点古籍整理专业 1993—2005 级校注广西古代作家别集 70 种，中国古代文学硕士点元明清文学专业 2005—2006 级校注广西古代作家别集 3 种，计 73 种。除已出版的 17 种外，此次上海古籍出版社即将出版 10 种，尚需修订待机出版的有 46 种。（详见文末附表）

（三）对广西地方古籍文献的研究状况。

黄华表曾就其编辑《广西丛书》所见发表《广西文献概述》一文，对历代广西的文、诗、词、曲各体裁、流派的文献进行概括述要。

2004 年中共中央下达《关于进一步繁荣发展哲学社会科学的意见》之后，有关高校又陆续建立与古籍所相关而又有所分工的研究中心⑤，加强对广西地方古籍文献的研究工作。今据对《中国知网·中国期刊全文数据库》及《中国重要报纸全文数据库》，以及广西各主要高校、科研机构网站的检索调查⑥，获得有关广西地方古籍研究成果的资讯为：专题论文 26 篇⑦，科研项目 13 项⑧，学术专著 15 种⑨。

由于《中国知网》收录的选择性，各高校、科研机构网站又多未能及时更新信息，以及检索者可能的疏漏等原因，上述资讯或未能完全反映实际的研究情况。但从中已可看出，对广西地方古籍的整理与研究，已受到越来越多的单位和学者的重视，开始呈现出一派繁荣景象。

二

广西大学文学院从事广西地方古籍整理的研究者，主要是汉语言文字学、中国古代文学硕士点的导师。大家面对广西古籍这座蕴蓄丰厚却有待开发的南国特色宝藏,这批久经岁月侵蚀而亟须抢救的不可再生资源,以当代学人的责任感、使命感和紧迫感,甘坐冷板凳,满怀热心肠,共同投入广西地方古籍整理研究工作,而且二十余年如一日,专注地尽力做好这项事业。

在确定选题和整理研究中,我们的做法可以概括为"四个并重":

(一)本籍人士与外来人士的著述并重。广西人士生于斯写于斯,如吴廷举、朱依真、苏时学、王维新、蒋励常、黄体正、苏煜坡、李宗瀛、李彬、罗辰等,其著述固然难能可贵;而居外地写他乡的广西人士,如契嵩、蒋冕、戴钦、王贵德、龙启瑞、王拯、赵炳麟、潘乃光、蒋琦龄、况周颐等,因故乡仍给其创作带来重大影响,并在述作中多有反映,故当一并予以重视。被贬谪或宦游来桂的外省人士,如董传策、瞿式耜、赵翼、汪为霖、李宪乔、谢启昆、秦焕、徐樾、甘汝来、郝浴等,不仅传播了中原文化,而且以理论指导和创作实绩促进了广西文学与文化的发展,其著述亦应受同等重视;但那些虽有吟写八桂佳作却从未到过广西的外省人士,如韩愈、杜甫、白居易、张籍、刘长卿、王昌龄、张说、许浑、钱起、张祜等,则不在此列。

(二)大小作家、男女作家并重。此处论作家的大小,一按名声高下,二据作品多寡。声名远播者如"一代高僧"契嵩,"乾隆三大家"之一赵翼,"晚清四大词人"之王鹏运、况周颐,"岭西五大家"吕璜、朱琦、彭昱尧、龙启瑞、王拯等;沉寂无闻者如李宗瀛、王衍梅、崔瑛、钟琳、周必超、李彬、周益等,悉数纳入,穷达不捐。以作品多寡论长短,原本不足为训。只是我们在指导研究生选题时有轻重缓急的考虑,要求先选有诗500首或文10万字以上的"大"家,后来降为诗300首或文6万字以上者,最终因资源渐竭才不再作数量上的硬要求。女作家人数本来就不多,名家作品数量则更少,因之如清代闺秀诗,即将35家诗结为一集加以校注。其余如有父女、夫妻皆能诗文者,亦一并论及。

(三)多种版本与孤本善本并重。在版本的选择上,尽量选取较早的、较为通行又较可靠的本子为工作本,再辅以他本校勘。要求先选有多种版本的著述进行整理校注,也是基于让学生获得较全面扎实的训练并保证校注本学术质量而考虑。但在普查选题时,发现有的著述疑似孤本,且蟫蠹伤残严重,亟待抢救性保护。如王维新《海棠桥词》抄本在广西区内久已绝踪,80年代初邓生才同志于旧书摊购得并捐赠给容县博物馆,2001年研究生赴容拍照时因蟫蠹粘连未能摄全,后来导师亲往并在馆长协助下将缺页补齐,惜蠹洞残字已难以复原。

(四)作品的校勘注释与作家生平研究并重。校注者对每部书不仅加以新式标点,还对生僻的字词、晦涩的典故予以注释,对所涉人物的生平、地名的变迁也作简略考释。在查找资料时,既广求一般文史论著资料,又特别留意地方史志文献材料;强调以地方志作为整理地方古籍的重要依据,并应着力诠释原著(文)含义,切忌生搬硬套辞书以释义。在生平研究中,要求以大量可信的文献资料为依据,注重于对相关素材的梳理、鉴定,坚持言必有据,不发空论;强调所依据的文献资料务必是第一手"生料",少用第二、三手"熟料",力忌照搬他人重复使用过的"腐料"。在尽可能充分地占有翔实可靠的材料基础上,详考史实,补充史料,阐幽发微,使一些人物本事、行迹及史事本末昭然若揭,以助读者便捷地了解书籍内容,真正起到导引作用,对专业研究者也有启迪意义。

三

著名文化学家罗迈德·威廉姆斯说过:"文化研究最精彩的片段,将不再是回溯古老洞穴的火把,而是照亮未来选择的光柱。"⑩结合广西的历史与现状,充分发掘与利用广西固有的文化资源,建设独具风格的文化强省,日益成为广西学界和政界的共识。

越是具有地方性的文化,越富于民族性;越是具有民族性的文化,越富于世界性。因此,近年来,许多省市均致力于地方古籍的整理出版,如广东的《岭南丛书》、湖北的《湖北地方古籍文献丛书》、福建的《福建丛书》、甘肃的《陇右文献丛书》、安徽的《安徽古籍丛书》、山西的《山右丛书初编》、东北数省的《辽海丛书》、广西的《桂学文库》等,对各地文化、经济建设具有多方面的借鉴意义与应用价值。这套《广西地方古籍整理研究丛书》,也当作如是观。

（一）珍稀的文献资料。南京艺术学院音乐学院张翠兰教授指出:"《海棠桥词》是清嘉道年间广西词人王维新的一部稀见词作,集中的《法曲献仙音·洋琴》是目前所见清词中唯一一首专述洋琴（即扬琴）的咏物词。因作者身处边地,词集未刊刻,原作流传不广且抄本稀见,故词作中蕴涵的相关史料在目前所见扬琴研究论著论文中鲜见引用。"[⑪]再如,赵翼的人口论,始于知广西镇安府时的所见所思,"我行万里半天下,中原尺土尽耕稼";[⑫]来到"地当中国尽,官改土司流"的镇安,"只拟此中非世界,谁知鸡犬亦相闻",[⑬]"昔时城外满山皆树,今人烟日多,伐薪已至三十里外"。[⑭]随着密菁日渐萎缩,虎群不时入城觅食,赵翼曾组织打虎安民,同时开始意识到人口问题的严重性:"遥山最深处,想必无人居。一缕炊烟起,乃亦有室庐。始知生齿繁,到处垦辟劬。虎豹所窟宅,夺之为耕畲。尚有佣丐者,无地可把锄。民生方愈多,地力已无余。不知千岁后,谋生更何如?"[⑮]此后,随着思考逐步深入,他形成了解决人口问题的基本框架:"太平生齿日蕃昌,不死兵戈死岁荒",[⑯]通过天灾人祸达到减员;"勾践当年急生聚,令民早嫁早成婚。如今直欲禁婚嫁,始减年年孕育蕃",[⑰]通过晚婚、晚育控制人口增长;"或仿秦开阡陌例,尽犁坟墓作田畴",[⑱]推平坟墓以增加耕地;"只应钩盾田犹旷,可惜高空种不成",[⑲]斗胆提出将皇家园林翻为耕地,并想到了如何向高空发展这个几百年后的热点问题!以往,洪亮吉的《治平篇》被视为我国乃至世界上最早的人口专论,但事实上赵翼的人口论比他早22年,更比英国的马尔萨斯早27年!又如,唐景崧曾亲赴越南联络黑旗军统兵抗法长达六年,而当甲午战争中国战败,清廷被迫签订《马关条约》割让台湾之际,又曾率领台湾军民自主抗日。故其《请缨日记》里蕴含中法战争、中越边情、中日战争的丰富史料,"其中得失是非,足以备鉴来兹,有裨时务,而事必征实,尤可为后世史官得所依据焉"。[20]

(二)传统思想精华举要。在北宋禅宗史上,一代高僧契嵩"谋道不谋身,为法不为名"的思想境界,令人肃然起敬。明代戴钦《古风拟李白三十首》诸作,既热情歌颂抵抗外族入侵的正义战争,又痛批明武宗宠信小人、乱政祸国的昏庸无能。清代赵炳麟与康有为、黄遵宪、丘逢甲等共同投身社会变革,并致力"诗界革命",作品多借咏叹古今,指陈时政得失。潘乃光在汹涌的洋务大潮中,坚持独立思考,提出武器制造"镕金冶铁不自铸,购向外夷年年来"绝非长久之计,要就地取材国产化;"讲求机器固应尔,众志当仿长城坚",强国的根本不在利器而在于招揽人才凝聚人心。当《马关条约》签订,日军割占台湾之际,他写下《台湾割让,时局可知,谁实为之,愤而成此》等诗篇,怒斥出卖国家利益的当朝权贵,期望能力挽狂澜,救国于水火。蒋琦龄《中兴十二策》则提出"端正本,除粉饰,任贤能,开言路,恤民隐,整吏治,筹军实,诘戎行,慎名器,恤旗仆,挽颓风,崇正学"的政治主张,并留下"气愤如山死不平"的《绝笔》。前贤们的爱国情怀、凛然正气和真知灼见,至今仍闪烁光芒。

(三)艺术创作规律的启示。广西文学是中国文学的重要组成部分,清代广西各民族文学是中华古代多民族文苑中的一簇奇葩,也是汉、壮等多民族融和,南北、东西文化交流的成果和实证。这种融和与交流是双向的、共赢的。例如经济欠发达的少数民族聚居地桂西,自乾隆年间傅堥、商盘、赵翼、汪为霖相继知镇安府,李宪乔、刘大观分任镇安府归顺知州、天保县令,均颇能尊重民族风习,积极推动文化建设,促成当地诗人成批涌现。李宪乔"政暇尝以教州人士。州人粗知韵语,皆宪乔所教也。贡生童毓灵、庠生童葆元皆经其陶育。一时风雅称彬彬焉"[21]。壮族人素以善歌而著称于世,其以汉文写诗亦颇有特色。如童毓灵《独秀峰呈颖叔先生》诗句:"龙攫虎拏纷无数,中间一嵒尤峣峣。"
用了三个古壮字:"嵒",上声下形,即读若当地壮话"巴"音,意指高而
尖的石山。"峣",左形右声,即读若当地壮话"松"音,意指(山)高;两
字叠用,即很高很高。二句以刚健灵动之笔,极写众山簇拥之下独秀峰
的险峻奇丽。诗中偶用古壮字对理解诗作并无大碍,反而使笔下景物
别具异域风味,更显奇丽怪伟。这些土著壮人夹用古壮字写汉诗与国
内名家唱和,堪称相映成趣,独特绝妙! 其余诗作也大多类似,风格古
朴,较少含蓄雅致之作,无论沉郁悲怆还是显豁浅俗,均力求自然畅达,
直抒内心情感。由此可见,壮族文人诗并非汉族诗歌的单纯模仿,而是
自具品格,保有自身的独特价值,为清代诗坛增添了一道奇丽灵秀的异
彩。而赵、汪、李诸大家,入镇安后其诗风诗境和影响力亦有变化。李
宪乔旅桂十余年,先后在岑溪、苍梧、桂林、归顺、天保、柳州、柳城、宁
明、百色、南宁、崇善等地或任职,或寓居,或行经,"所至以诗教人,开各
邑宗风"[22],传播诗法,召集诗社,八桂诗家十数位与之交游,后学师从有
名姓可考者更多达数十人。于是高密诗派由山东崛起,以广西为根据
地,逐渐辐射到江西、江苏,再传衍各省,形成为全国性的主要诗派之
一。尚镕《三家诗话》称:"云松宦游南北数千里之外,所表现固皆不虚,
而极险之境地,极怪之人物,皆收入诗料,遂觉少陵、放翁之入蜀,昌黎、
东坡之浮海,犹逊其所得所发之奇,可谓极诗中之伟观也。"指出赵翼镇
安府诗作在题材、风格上的开拓之功,业已超越杜甫、韩愈、苏轼、陆游
诸大家的同类作品。再如,文学的发展与经济状况并不都成正比,经济
欠发达地区、少数民族地区在一定条件下也能产生全国性大家。如"岭
西五大家"崛起于内地桐城派衰竭之际,是桐城中兴的前奏,以致梅曾
亮惊叹:"天下之文章,其萃于岭西乎?"[23]又如王鹏运、况周颐分列"晚
清四大词人"之冠冕和殿军;王维新作为清代散曲大家,是张炯《中华文
学通史》中论及清散曲仅举的两家之一。

　　(四)资政参考示例。古代广西各地经济、社会、文化的发展极不
平衡,桂北、桂东南、桂东、桂中相对较快,桂西、桂西北、桂西南则长期

落后,政治制度的不平衡是其重要原因之一。对桂北等地区,很早就派出流官,治以中原之术;对桂西等地区的许多州县,则至清末仍维持羁縻制、土司制,推行愚民政策。政治上的差异,造成了桂西等地区经济、教育与文化发展的严重滞后。以史为鉴,更见当今中央西部大开发战略的英明及时。应在大力扶持西部经济建设的同时,加大对"老、少、边、山、穷"地区文教事业和社会发展的倾斜力度。又如,从古籍中体现的广西古代教育情况来看,许多官员都重视教育事业,有的带头捐资办学,有的亲自授课。在科举腐败、官学衰落的背景下发展起来的书院,民办、公立并举,有较宽松活跃的学术争鸣氛围和浓厚的学习风气,造就了许多学者名儒。后来随着书院官学化、行政化的逐步加深,其特点和优势也随之消失。这对于当今的教育教学改革,不无借鉴意义。

习近平总书记在党的十八大报告中强调指出:"中华文明绵延数千年,有其独特的价值体系。中华优秀传统文化已经成为中华民族的基因,植根在中国人内心,潜移默化影响着中国人的思想方式和行为方式。今天,我们提倡和弘扬社会主义核心价值观,必须从中汲取丰富营养,否则就不会有生命力和影响力。"当今,随着中国—东盟自由贸易区、北部湾经济区相继成立,广西站在了一个千载难逢的腾飞基点上。我们期盼,通过对广西地方古籍的整理研究工作,能为积极寻找广西文化的根,深入探讨广西崛起内在的文化基因,努力探索文化与经济互动发展的最佳模式,尽到自己的一份责任。

四

我们的古籍整理研究工作,一直得到自治区领导和社会各界的鼎力支持。莫乃群、李纪恒、潘琦、钟家佐、梁超然、沈北海等同志都曾过问并解决有关问题,有的还直接参与研究生培养工作。黄天骥、钟振振、莫砺锋、康保成、陶文鹏、郑杰文等国内名家对我们的工作多有指导。毛水清、丘振声、顾绍柏、韦湘秋等十余位区内专家学者先后参与历届学位论文的评审指导工作。自治区图书馆、桂林图书馆、自治区通志馆、广西大学图书馆，以及国内、区内许多图书馆和有关单位都提供了资料查阅之便。此外，本丛书还吸取了海内外许多专家学者的研究成果，大都注明了出处，而其中有些为学界所熟知的，为节省篇幅不再一一标示。谨此说明，并致以诚挚的谢意！

　　限于水平，丛书的编纂和各别集的整理、校勘、注释及前言等，错误失当，在所难免，敬请专家、学者和广大读者批评指正。

2015 年 9 月 1 日于广西大学碧云湖畔寓所

　　①《广西地方古籍整理研究丛书》第一辑，余瑾主编，梁扬副主编，巴蜀书社 2011 年 12 月第一版。

　　②《广西地方古籍整理研究丛书》第二辑，余瑾主编，李寅生、梁扬副主编，上海古籍出版社即出。

　　③ 详见本文后附《广西大学文学院已整理的广西地方古籍情况简表》。

　　④ 广西民族学院古籍整理研究所、广西大学古籍整理研究所、广西师范学院古籍整理研究所。

　　⑤ 广西师范大学八桂文化与文学研究中心、广西大学文学与文化研究中心。

　　⑥ 检索截止日期：2015 年 8 月 31 日。此项网上调查工作及文末所附《广西大学文学院已整理的广西地方古籍情况简表》的编制，均由广西大学行健文理学院梁颖峰完成。

　　⑦ 专题论文 26 篇，即毛水清《桂山漓水写襟抱——谈李商隐在桂林》，《学术论坛》1980 年第 4 期；梁扬《镇安府任上的赵翼》，《广西大学学报》1981 年第 1 期；梁扬《袁枚与广西》，《广西大学学报》1981 年第 2 期；梁扬《赵翼在镇安府》，《学术论坛》1981 年第 4 期；毛水清《瘴雨海棠写归魂——谈宋代词人秦观在广西》，《学术论坛》1982 年第 3 期；丘振声《论临桂词派》，《学术论坛》1985 年第 7 期；梁超然《唐末五代广西籍诗人考论》，《广西社会科学》1986 年第 3 期；丘振声《浩气长存山水间——瞿式耜、张同敞风雨桂林吟》，《学术论坛》1987 年第 5 期；梁超然《略论〈粤西诗载〉的史学价值与美学价值》，《广西民族

学院学报》1988 年第 4 期；韦湘秋《博学多才的龙启瑞》，《学术论坛》1989 年第
1 期；丘振声《试论壮族诗人韦丰华的诗论》，《广西民族学院学报》1989 年第 3
期；梁超然《晚唐桂林诗人曹唐考略》，《广西师范大学学报》1989 年第 4 期；莫
恒全《试论爱国诗人朱琦及其诗》，《学术论坛》1989 年第 2 期；张维《晚清诗人
朱琦的诗歌创作》，《中国韵文学刊》2000 年第 2 期；黄海云《赵翼镇安府诗文研
究》，《苏州大学学报》2005 年第 7 期；梁扬、戎霞《〈小山泉阁诗存〉版本生成考
论》，《广西大学学报》2006 年第 6 期；葛永海《论清代壮族名士郑献甫纪游诗的
文化维度》，《广西民族研究》2007 年第 2 期；王德明《论广西文学在晚清的崛
起》，《南方文坛》2007 年第 4 期；王德明"杉湖十子研究"系列论文，《广西师范
大学学报》等 2007—2008；李惠玲《临桂龙氏父子与晚清词坛》，《广西民族大学
学报》2008 年第 2 期；王德明"清代广西文学家族研究"系列论文，《南方文坛》
等 2008—2009；梁扬《论王维新对清代散曲题材的新变与开拓》，《广西大学学
报》2008 年第 5 期；张维《试论家族文化对清代广西古文创作的影响——以全
州谢氏、蒋氏为例》，《广西师范大学学报》2010 年第 3 期；谢仁敏《清代壮族文
人的精神特质及其文学选择》，《广西民族研究》2012 年第 2 期；梁颖峰《别开生
面的世态民情独家报道——赵翼笔下的清代桂西壮族社会》，《传播与版权》
2013 年第 6 期；梁颖峰《桂西壮族地区汉文化传播例谈——从靖西"二童"到德
保"三盛"》，《广西大学学报》2014 年第 1 期。

⑧ 科研项目 13 项，即梁扬、陈自力主持广西大学项目《岭西五大家研究》
1996—1998；李复波主持全国高校项目《粤西文载整理》1997—1999；梁扬主持
广西大学项目《广西地方古籍整理研究丛书》2001—2003；杨东甫主持全国高校
项目《古代广西旅游文学作品汇编》2002—2004；梁扬主持广西社科项目《赵翼
镇安府诗文考论》2004—2005；梁扬主持国家社科基金项目《清代广西作家群研
究》2005—2007；张明非主持国家社科基金项目《广西文学史》2005—2007；沈家
庄主持广西师大项目《临桂词派与粤西词人群体研究》2006—2008；陈自力、李
寅生主持广西社科项目《广西地方古籍整理研究丛书》2007—2009；阙真主持
国家社科基金项目《广西彩调研究》2008—2010；梁扬主持广西社科项目《广
西乡邦文学文献研究》2013—2015；梁颖峰主持广西社科项目《桂西壮族地区
汉文化传播研究》2013—2015；梁扬主持广西高校项目《广西典籍研究》
2014—2016。

⑨ 学术专著 15 种，即梁超然《八桂诗人论及其他》，广西人民出版社 1988
年版；梁庭望等《壮族文学概要》，广西民族出版社 1991 年版；韦湘秋《广西百代
诗踪》，广西人民出版社 1995 年版；张利群《词学渊粹——况周颐〈蕙风词话〉研
究》，广西师大出版社 1997 年版；韦湘秋《广西历代词评》，广西教育出版社

2001年版;张维、梁扬《岭西五大家研究》,江苏古籍出版社2003年版;梁扬、黄海云《古道壮风——赵翼镇安府诗文考论》,中国社会科学出版社2005年版;周作秋、欧阳若修等《壮族文学发展史》,广西人民出版社2007年版;张维《清代广西古文研究》,广西师范大学出版社2008年版;黄海云《清代广西汉文化传播研究》,民族出版社2009年版;王德明《广西古代诗词史》,广西师范大学出版社2009年版(获广西第十一次社会科学优秀成果奖一等奖);张明非《广西古代诗文发展史》,广西师范大学出版社2012年版;范学亮《古道盘龙——商盘旅桂诗研究》,中央民族大学出版社2013年版;钟文典、刘硕良主编《中国地域文化通览·广西卷》,中华书局2013年版;梁扬、谢仁敏等《清代广西作家群研究》,中国社会科学出版社2013年版(获广西第十三次社会科学优秀成果奖一等奖)。

⑩ 转引自:蒋磊《蓝色大潮——21世纪上半叶人类文明与海洋发展》,北京:海潮出版社2013年版,第281页。

⑪ 张翠兰《稀见清词中的洋琴史料》,《江苏教育学院学报》2007年第6期。

⑫⑬⑮⑯⑰⑱⑲ 赵翼《瓯北集》,上海古籍出版社1997年版,第267、269、731、1272、1196、1196、1196页。

⑭ 赵翼《檐曝杂记·镇安水土》,清乾隆五十七年(1792)湛贻堂刊本。

⑳ 唐景崧《请缨日记·跋》,上海古籍书店1980年影印版。

㉑ 何福祥纂《归顺直隶州志》,清道光二十八年(1848)抄本,成文出版社1967年影印版。

㉒ 广西统计局编《古今旅桂人名鉴》(1934),杭州古籍书店1987年影印版。

㉓ 龙启瑞《彭子穆遗稿序》,《经德堂文集》卷四,清光绪四年(1878)京师刻本。

附：广西大学文学院已整理的广西地方古籍情况简表

序号	年级	校注本题目	著者			校注者		备注
			朝代·姓名	原籍贯	简　历	研究生	导师	
1	93级	《粤西词见》校注	清·况周颐	广西临桂	内阁中书、会典馆修纂	赵艳丽	林仲湘 陈自力	
2	96级	《恰志堂诗文集》校注	清·朱琦	广西临桂	翰林院编修、监察御史	张　维	梁　扬	
3		《龙壁山房诗文集》校注	清·王拯	广西马平	太常寺卿、孝廉书院主讲	李　芳	陈自力	
4	97级	《经德堂诗文集》校注	清·龙启瑞	广西临桂	翰林院编修、江西布政使	吕　斌	梁　扬	岳麓书社，2008
5		《广西清代闺秀诗校注》	清·陆媛等			杨永军	梁　扬	共收35家诗
6		《月沧诗文集》校注	清·吕璜	广西临桂	浙江庆元、奉化等县知县	胡永翔	陈自力	
7		《致翼堂诗文集》校注	清·彭昱尧	广西平南	广东巡抚黄石琴幕僚	王春林	陈自力	
8	98级	《九芝草堂诗存》校注	清·朱依真	广西临桂	《广西通志》分纂、布衣终生	周永忠	梁　扬	巴蜀书社，2011
9		《韦庐诗集》校注	清·李希礼	江西临川	刑部郎中、未几退居桂林	赵志方	梁　扬	
10		《宝墨楼诗册》校注	清·苏时学	广西藤县	候选内阁中书、主讲藤州书院	阳　静	陈自力 梁　扬	
11		《美蓉池馆诗草》校注	清·罗辰	广西临桂	两广总督阮元之幕僚	罗　瑛	梁　扬 滕福海	巴蜀书社，2011
12		《带江园诗文集》校注	清·黄体正	广西桂平	广西西隆州学正、桂林司训	刘　洋	陈自力 滕福海	上海古籍，即出

（续表）

序号	年级	校注本题目	著者			校注者		备注
			朝代·姓名	原籍籍贯	简历	研究生	导师	
13		戴钦诗文集校注	明·戴钦	广西马平	刑部郎中	石勇	滕福海	巴蜀书社,2011
14		《青箱集闲》校注	明·王贵德	广西容县	湖广麻阳县令、南明监军佥事	江宏	谢广仁	巴蜀书社,2011
15	99级	《玉照堂诗钞》校注	清·邓建英	广西苍梧		曾赛男	梁扬	
16		《少鹤先生诗钞》校注	清·李芜乔	山东高密	岑溪知县、归顺知州	赵黎明	潘琦 梁扬	上海古籍,2017
17	00级	赵翼镇安府诗文校注①	清·赵翼	江苏常州	镇安、广州知府,贵西兵备道	黄海云	梁扬	中国社科,2005
18		《空青水碧斋诗集》校注	清·蒋骥龄	广西全州	国史馆总纂、顺天知府	银健	潘琦 梁扬	巴蜀书社,2011 广西人民,2013
19		《西舍诗钞》校注	清·况澄	广西临桂	户部主事、河南按察使	方芳	潘琦 梁扬	
20		王维新韵文集校注	清·王维新	广西容县	武宣县教谕、平乐县教授	彭君梅	梁扬	光明日报,2012
21		《桐阴清话》校注	清·倪鸿	广西临桂	广东昌山、江村等县巡检	王璇	梁扬	
22		《咏脁轩诗稿》校注	清·封祝唐	广西容县	陕西郴木县知县	苏铁生	梁扬	

（续表）

序号	年级	校注本题目	朝代·姓名	原籍籍贯	著者简历	校注者研究生	校注者导师	备注
23		《镡津文集》校注	宋·契嵩	广西藤县	一代高僧,封"明教"禅师	邱小毛	林仲湘	巴蜀书社,2011
24		《蒋励常文集》校注	清·蒋励常	广西全州	融县教谕,全州清香书院山长	袁志成	滕福海	
25		《韫山诗稿》校注	清·朱凤森	广西临桂	河南裔县,固始知县	韦盛年	滕福海	
26		瞿式耜诗歌校注	清·瞿式耜	江苏常熟	南明吏兵部尚书兼桂林留守	李英	滕福海	
27	01级	《赵柏岩诗集》校注	清·赵炳麟	广西全州	翰林院编修,都察院侍御史	刘深	余瑾	巴蜀书社,2011
28		《赵柏岩文集》校注	清·赵炳麟	广西全州	翰林院编修,都察院侍御史	孙改霞	余瑾	上海古籍,即出
29		《况周颐词集》校注	清·况周颐	广西临桂	内阁中书,会典馆修纂	秦玮鸿	梁扬	上海古籍,2013
30		《退遂斋诗钞》校注	清·倪鸿	广西临桂	广东昌山,江村等县巡检	王先岳	梁扬	上海古籍,即出
31		《悦山堂诗集》校注	清·谢赐履	广西全州	山东巡抚,左都御史	周毅杰	谢明仁	
32		《湘皋集》校注	明·蒋冕	广西全州	礼部尚书兼文渊阁大学士	梁颖稚	谢明仁	
33		《东湖集》校注	明·吴廷举	广西梧州	广东右布政使,主讲东湖书院	邹壮云	滕福海	
34		《问梅轩诗草偶存》校注	清·蒋启歀	广西临桂	山东,河南河道总督	杨瑞	李寅生	
35		《萃益斋高诗集》校注	清·苏煃坡	广西贺县	临桂县教谕,主讲临江书院	周生杰	李寅生	上海古籍,2017

（续表）

序号	年级	校注本题目	朝代·姓名	原著者籍贯	原著者简历	校注者研究生	校注者导师	备注
36	02级	《岭西五家词校注》	清·王拯等			黄红娟	梁扬	巴蜀书社,2011
37		《琼台诗话》校注	明·蒋冕	广西全州	礼部尚书兼文渊阁大学士	李柳宁	梁扬	广西人民,2013
38		《遯园诗集》校注	清·徐樾	广东番禺	广西巡抚张联桂幕僚,成都知府	石天飞	陈自力	巴蜀书社,2011
39		《素轩诗集》校注	清·黎建三	广西平南	甘肃山丹等八县知县	陆毅青	陈自力	
40		《小庐诗存》校注	清·李宗瀛	广西桂林	布衣终生	刘晖	谢明仁	
41		《空青水崖诗文集》校注	清·蒋琦龄	广西桂林	国史馆总纂、顺天府尹	步蕾英	谢明仁	
42		《树经堂咏史诗》校注	清·谢启昆	江西南康	广西巡抚、《广西通志》主修	曾志东	滕福海	
43		《易安堂集》校注	清·龙献图	广西临桂	昭州训导、《临桂县志》编纂	李国新	滕福海	
44		《横槎集》校注	清·吴时来	浙江仙居	荆科给事中,谪戍横州	范利亚	滕福海	
45		《篔真轩诗钞》校注	清·蔡希邠	江西新建	龙州同知,广西按察使	武海军	李黄生	
46		《榕阴草堂诗草》校注	清·潘乃光	广西荔浦	湖北布政使王之春幕僚	杨经华	李黄生	巴蜀书社,2011
47	03级	《剑虹居古文集》校注	清·秦焕	江苏山阳	桂林府知府,广西按察使	刘雪平	陈自力	上海古籍,2017
48		《白鹤山房诗抄》校注	清·李璲	广西苍梧	广州知府	黄飞	陈自力	
49		《小山泉阁诗存》校注	清·汪为霖	江苏如皋	刑部郎中,思恩、镇安知府	戎霞	梁扬	

（续表）

序号	年级	校注本题目	著者 朝代/姓名	原籍贯	简历	校注者 研究生	导师	备注
50		《红杏诗集》校注	清·王衍梅	浙江会稽	武昌知县	农福庞	谢明仁	
51		《唐确慎公集》校注	清·唐鉴	湖南善化	平乐知府	乔丽荔	谢明仁	
52		《豫章集》校注	清·王必达	广西临桂	武昌知府，安肃道按察使	张月兰	滕福海	
53		《树经堂文集》校注	清·谢启昆	江西南康	广西巡抚，《广西通志》主修	夏侯轩	滕福海	
54		《甘庄恪公全集》校注	清·甘汝来	江西奉新	广西巡抚	郭春林	李寅生	巴蜀书社，2011
55		《小罗浮草堂集》校注	清·冯敏昌	广西钦州	翰林院编修，户、刑部主事	杨年丰	李寅生	上海古籍，即出
56		《醉白堂诗文集》校注	清·谢良琦	广西全州	江苏宜兴知县，延平通判	熊柱	梁扬	广西人民，2001
57	04级	《琼笙吟管余》校注	清·崔瑛	广西桂平	布衣终生	兰雯	滕福海	
58		《南涧文集》校注	清·李文藻	山东益都	桂林府同知	王艳玲	陈自力	
59		《菊芳园诗集》校注	清·何梦瑶	广东南海	义宁、阳朔、岑溪知县	游明	陈自力	
60		《咀道斋诗钞》校注	清·钟琳	广西苍梧	直隶行唐，昌平知县	肖菊	谢明仁	
61		《分青山房诗集》校注	清·周必超	广西临桂	甘肃礼县，宁远等县知县	李木会	谢明仁	
62		《中山诗钞》校注	清·郝洺	河北定州		王玮	李寅生	上海古籍，2017
63	05级	《海叟集》校注	明·袁凯	松江华亭	监察御史	孙晓飞	陈自力	

（续表）

序号	年级	校注本题目	著者 朝代·姓名	原籍贯	著者简历	校注者 研究生	导师	备注
64		《奇游漫记》校注	明·董传策	松江华亭	刑部主事,谪戍南宁	杜建芳	陈自力	
65		《穆堂初稿诗集》校注	清·李绂	江西临川	内阁学士,广西巡抚	王昭	谢明仁	
66		《海日堂诗集》校注	清·程可则	广东南海	桂林知府	魏捷	谢明仁	
67		《愚石居集》校注	清·李彬	广西贵县	赐内阁中书,辞隐故里	方立顺	滕福海	
68		《北上》《过江集》校注	清·王必达	广西临桂	南昌知府,甘肃按察使	周楠	滕福海	
69		《阮庵笔记五种》校注	清·况周颐	广西临桂	内阁中书,会典馆修纂	张宁	李寅生	上海古籍,即出
70		《树萱草堂集》研究	清·周益	广西临桂	刑部主事,湖北恩施知县	刘青山	李寅生	
71		《王鹏运词集校注》②	清·王鹏运	广西临桂	内阁中书,礼科给事中	宋丽娟	李寅生	
72	06级	《商盘旅桂诗校注》③	清·商盘	浙江绍兴	郁林知州,太平,镇安知府	范学亮	梁扬	中央民大,2013
73		《诸缥日记》校注	清·唐景崧	广西灌阳	吏部主事,台湾布政使,巡抚	李光先	李寅生	上海古籍,2016

① 赵翼镇安府诗文考论》附录; ② 05级中国古代文学《王鹏运词集研究》附录; ③ 06级中国古代文学《商盘旅桂诗研究》附录。

目　　录

萃益斋诗集　卷一

萃益斋诗集　卷二

萃益斋诗集　卷三

萃益斋诗集　卷四

萃益斋诗集 补遗

前　言

　　苏煜坡(1848—1893),字翰臣,号金堂,别号筱东行一,广西贺县开山镇人。贺县北与湖南接壤,距九嶷山约五十公里,东临广东连州,为三省交界之地,向来山高林密,交通闭塞。当地居民历代以农耕为生,朴实无华,感受外来信息较为迟缓。历史上,宋代大儒周敦颐曾在莲塘读书,给桂东北偏僻的一隅熏染过一些文化气息。几千年来,这个地方没有什么有名的文化人出现,读书治学只能是极少数人的奢望。

　　苏煜坡为苏家第十七世孙,祖上皆为布衣,父讳达邦。苏煜坡是苏家长子,有弟二。在当地,苏家为至贫之户,无田少产,佣耕度日,租赁而居。咸丰十一年(1861),苏煜坡十三岁,当是生活有了点起色,苏家修筑了两处房产,一在下料,一在桥头,全家终于结束共居一室的窘境。当然,所谓房产,也只是低矮的草房而已。苏煜坡少年时代,一边跟随父亲耕作,一边勤于学业,攻读启蒙读物。同治二年(1863),苏补县学生,师从拔贡黄邦杰(字汉卿),第二年,经媒人说合,聘定老师之女。

　　同治四年(1865),苏煜坡参加院试,中秀才,年十七岁。此后,回乡继续攻读,并与莫德美、唐桐卿、余媚川等往来唱和。同治六年(1867),苏煜坡随同灌阳唐景崇等当地名流赴桂平县参加乡试,中第四十八名举人,是"同谱中,年最少者"①,且"丰神秀朗,德器渊润"②,一时引起

---

①　[清]唐景崇《萃益斋诗集·序》,[清]苏煜坡《萃益斋诗集》卷首,民国八年己未(1919)贺县民众日报社印本。以下引用该集均此版本。
②　[清]唐景崇《萃益斋诗集·序》。

轰动,少年天成,受到时人礼赞,被"目为木天中人"①。关于这一点,苏煜坡在若干年后回忆往事,也无不引为自豪:"自笑登科年太少,防人看煞每低头。"②是年腊月,十九岁的苏煜坡奉父母之命,与黄氏成婚。第二年是进士大考年,苏煜坡踌躇满志,告别新婚妻子,启程赴京,经由广东航海北上,惜乎时运不济,这一次落了榜,悻悻而归。此后几年,四个儿女相继出生,他过了一段天伦之乐的小日子,然后便任教于大凝学馆和桂岭学馆,闲暇时间,还游览贺县周边的将军岭、滴水庵、莲塘和桂林等风景名胜,结交张丹叔、梁声甫等当地名流,为其诗歌创作增添了不少素材。光绪五、六年间(1879—1880),苏煜坡取道永州、湘潭,入长江,经运河,再次北上,进京赶考,这次虽中内阁大挑二等,但考取进士的宏愿一时仍难以实现。回乡后,苏煜坡移馆县城,继续于临江书院开馆任教,多年间,他把全部心思用在了培养后进上,为当地文化教育事业做出很大贡献,其高足李孝先更是不负众望,一举考中进士。

光绪八年(1882),妻黄氏不幸病卒,年仅三十五岁。这一年,三弟敬斋、小女也相继因病离世,苏煜坡承受着一连串打击,精神创伤很大。光绪十年(1884),否极泰来,中举之后,赋闲多年,他终于可以结束奔波不定的游荡生活,被选拔为临桂县教谕。教谕是正八品小官,职责是掌一县学校课试,主持孔庙祭祀,宣扬儒家经典和皇帝训谕,教导和管束所属生徒。应该说,凭借多年的教书生涯及不断攻读经典,苏煜坡任此职很是称职。在临桂,他致力于教育事业,督促地方办学,尽心尽责地做好本职工作。同时,他还尽情地畅游了当地的佳山丽水,创作大量山水诗作。

光绪十六年(1890),在贺县令黄笏山邀请下,苏煜坡回到家乡,负责修纂六卷本的《贺县志》。这项工作最能够展现他的才学,县志修成以后,邻近各县纷纷派人前来观摩取经。在贺县,苏煜坡还经常到临江书院主讲,书院学子成材者多,县令黄笏山曾亲临书院,并撰一联"五六

---

① [清]唐景崇《萃益斋诗集·序》。
② [清]苏煜坡《萃益斋诗集》卷一《拜客戏作》。

月天无暑气,二三更里有书声"①以示表彰。

　　光绪十七年(1891),苏煜坡铨授永宁州学正,因为防剿云南昭通窜匪案,赏加六品衔。是年,苏煜坡开始第三次上京赶考,从广东,经香港,走海上,数月后抵达北京。由于旅途辛劳,身体状况不佳,第三次应试又名落孙山。在京师,他拜会了中举时的同年唐景崇,把自己题为《萃益斋诗集》的作品集呈出,请唐为之作序,唐景崇读罢全集,深为感动,叹称"戛戛独造,自出机杼。瓣香随园,而不袭随园,面目询为可贵"②。

　　光绪十八年(1892),苏煜坡落第南归,回到故乡贺县,不久疾病加重,加以精神抑郁,是年六月初八,便与世长辞了,享年四十五岁。

　　中国古代文人,大都不能脱离"入仕"或"出仕"藩篱,自从隋朝开辟了科举取士这条方便士人为官的捷径之后,绝大多数的文人似乎一下子找到了奔向人生目标的不二法门:读书—科举—入仕。这里,我们注意到,"入仕"这一终极目标是以"读书"、"科举"为重要的不可或缺的前提条件的,如生逢治世,经过一番苦读,人生得意,则亦文亦宦,两美齐备,唐之张九龄、沈佺期、宋之问,宋之梅尧臣、欧阳修,明代台阁诸人等,为官可左右逢源,治文能显赫一时,可谓完美之人生。但是,大多数的文人命运归宿与人生抱负之间,并不能真正吻合,理想与现实存在着巨大的差距。面对仕途,"欲济无舟楫"(孟浩然《临洞庭上张丞相》),清高的心态,又使他们"端居耻圣明"(孟浩然《临洞庭上张丞相》),这种强烈的渴望与痛楚的忧思,正是封建时代落魄文人普遍的心理折射。

　　非常不幸的是,苏煜坡就属于后者。

　　即使"入朝明光宫"(高适《塞下曲》)的幸福之神最终没有眷顾这位"端居"粤西一隅的勤勉书生,但是,苏煜坡和那个时代所要求的熟读经书的正统饱学之士一样,对功名有着强烈的渴盼。汲汲于科举,拳拳

----

　　①　《苏氏族谱》,贺州开山镇莫光景提供。
　　②　〔清〕唐景崇《萃益斋诗集·序》。

欲入仕,使其一生充满激情,思想深处散发着不甘寂寞的豪逸之气。

苏煜坡生活于清王朝最为腐败、最为黑暗的、奄奄一息的末期,外有列强侵扰,内有统治者腐朽无能,两次鸦片战争,一场太平天国起义,岌岌可危的清王朝苟延残喘,呈现出病入膏肓、无药可治的衰亡之相。著名诗人,如龚自珍、黄遵宪、梁启超等,以其敏锐的时代嗅觉,创作大量反映现实、揭露黑暗、大声疾呼的诗作,一时影响巨大,从者众多,并且大有"九州生气恃风雷"(龚自珍《乙亥杂诗》)之势。按理说,身处这种情势之中的苏煜坡也应一如前述之诗人,不应无视这蕴藏着变革的时代大潮,应当在其作品中有所反映。但令人遗憾的是,在其"十得六七"①的现存诗作中,几乎没有触及当时社会热点,针砭现实弊端。当然,这也与诗人的处境有关,由于广西地处祖国边疆,而苏煜坡所生活的贺县,又是广西最为闭塞的地区之一,信息落后,思想保守,好像一块不受外界浸染的"净土"。更为重要的是,发端于广西的太平天国起义刚刚被镇压下去,人们对类似的话题噤若寒蝉,有"远见"的士人,还是多谈风月,多咏性情,所以,苏煜坡也像当时广西多数诗人一样,采取了明哲保身的处事态度,把游移的目光凝聚到个人前途上,走着几千年来士人们走惯了的读书科举老路。

作为一名读书人,一个对前途充满企盼的诗人,苏煜坡的人生态度是积极的、高昂的,他的一生都在做着入仕梦,年齿越长,此梦越强。院试、乡试、会试,他尽可能地去抓住各种机会——当然,科举是他唯一的机会,以期改变沉沦下僚的命运,在其早年诗作《酬刘彩楼二律,次癸亥泮旋见赠韵》一诗中,他写道:"卓荦观书到处传,纵横摛藻共春妍。青衿我愧游庠序,绿字君殷校简编。三尺雪门多玉立,九秋云路伫镳联。功名自是儒生事,况有文章翼圣贤。"在这里,他直言不讳地表达出自己一生的志愿,作为一介儒生,再没有比追求功名更为天经地义的了。

苏煜坡的追求是积极的,在那个时代,贫寒的读书人除此之外再无

① [清] 李孝先《萃益斋诗集·跋》。

别路可寻。但是，苏煜坡的"积极"并不像范进那样走火入魔，他还不至于把生命的全部投入八股事业，以致到了精神空虚、知识偏狭、神魂颠倒的地步，他尚能保持一颗清醒的头脑。第一次会试落榜后，虽然也不免要发一番牢骚，但对于科举的性质和自己的能力，其认识还是较为客观一些的：

> 破浪乘风意自雄，牵云曳雪感何穷。科名要与才名称，绫饼何曾易啖红。
>
> 一席名山坐未寒，萧然行李出长安。胸中块垒消难尽，长铗临风不肯弹。

——卷一《落第南归》

其所感伤的多是针对自己的才华不济，而不是发无名火于其他。此后，在铨临桂学期间，在贺县开馆授徒期间，他一边兢兢业业地做好职守，一边不断地挑灯寒窗以期再战。这种准备是异常艰苦的，他也很少回家与妻子团聚，"安人归后，余非入都，亦即就馆，无一岁家居者"①，也经过了"身世萧闲手拮据，膏煎茧缚已旬余"②的困顿生活，但他意志弥坚，朝着既定的目标不断进取。

在这种追求中，诗人承受着痛苦的煎熬和等待，这是没有退路的选择，但进退两难之际，他还是不免要对自己进行认真的审视：

> 璞玉贵善琢，偏弦难独张。集思以广益，先民垂训详。我生涸乡井，有志今未偿。徒抱兰蕙质，莫登风雅堂。岂不欲自奋，孤花空流芳。在坐无尼父，传家乏曹仓。挟此兔园册，妒煞百城王。十室有忠信，讨论资贤良。

——卷二《杂诗》其一

---

① 《萃益斋诗集》卷四《悼亡十二首哭黄安人作》其三自注。
② 《萃益斋诗集》卷四《拮据》。

壮志难酬的一腔忧愤不免要发泄出来,这里有怀才不遇的隐忧,也有不改初衷的坚毅。

苏煜坡积极的人生态度从其交游中也可表现出来。经纶满腹而志比天高,所谓仕途仅仅铨临桂学几年,算不上真正的出仕,而且凭着举人的身份,任职教谕这份闲差与其雄伟志业存在着巨大的落差。在诗人心目中,他盼望的是多为苍生谋的清明政治,把自己不能实现的理想寄托在与其交游的一代贤吏身上,他的诗作中多次歌咏"龚黄"式的官吏,这是不在其位,也谋其政的精神表现,师承杜甫的千年遗风。《投邑令黄笏山司马》写道:

> 汉廷黄霸最循良,何幸卿云覆此方。十载心倾同小草,三春手植到甘棠。宜民颂美随车雨,久宦勤忘满鬓霜。儒吏风流政谁似,书堂窃喜傍琴堂。

几年之后,黄笏山移官桂平,苏煜坡再次以诗相赠,反复表达对这位有着"龚黄"之誉地方官的敬重——也是自己渴盼的为官模式。《送笏山司马移篆桂平》小序说:"司马令吾邑以静治民而不扰。三年中,抚字教诲所全实多,且乐与士绅亲,无宦场习气。余连岁安砚讲院,诗酒往还,相得甚欢,不能如澹台氏之非公不至也。今春量移桂平,行有日矣。云山花鸟未免有情,矧为部民哉。因作长句送行,⋯⋯"可见,诗人与官吏的交游并非完全出于个人的利益考虑,他是有选择标准的,凡是能为民造福者,一概是他结交的对象。

苏煜坡思想上积极入仕的儒家思想是其人生态度的主流,但不可避免的是,他的思想深处也不自觉地羼杂了道家无为和佛家遁世的因素,如:

> 柔枝含艳待春开,似识刘郎去又来。松下吟哦花下醉,乐游端不羡天台。

懒随仙李属春官,独抱丹心耐岁寒。会见河阳开满县,阴成人作召棠看。

——卷二《分县署桃二株,毓圃贰尹前任时手植,今年重莅,感赋十章,为和二绝》

诗人借桃花感赋,赞美桃花"丹心耐岁寒"的高洁品质,喻指自己"乐游端不羡天台"之愿望。其实,苏煜坡真的是对此不羡慕吗?答案是否定的,这分明是宏愿没有实现时的自我宽慰,一种淡然处之的旷达心态,这种心态是不经意流露出来的,往往更能看到诗人真实的内心。类似的诗作还有:

懒上金门献《子虚》,云林深处结庐居。

——卷二《闲居》

有用才偏违壮志,不磨名本属清流。

——卷二《题少峰〈修拙斋诗卷〉》

野鹤本多山水癖,孤鸿不作稻粱谋。

——卷三《再送师竹,前一首用子藩韵》

好藉山水乐,一驱离别忧。

——卷四《墨村司马招游浮山,为子元榷使饯别。榷使成五言古三章,次韵奉和》

半生悔被浮名误,万念难将结习除。

——卷二《馆见在书斋示诸生戊寅》

无常世局如时令,计较炎凉总是虚。

——卷三《偶感》

与壮志不得实现,便转向佛老寻求宁静、解脱的古代传统文人相比,苏煜坡身上的佛老思想并不浓厚,不居于主要地位,他不是一味走死胡同的执拗的科举牺牲品,还有清醒的、较明智的选择,思想也很融通。

纵观苏煜坡一生，其主要社会角色是一名封建时代的教育工作者。乡试中举多年以后，照例铨临桂学，后又于贺县开馆授徒，多名学生考中举人，得意门生李孝先还不负众望，高中进士，升入翰林，完成苏煜坡终生未竟的宏愿。

探究苏煜坡教育思想，最为弥足珍贵的资料是载在民国十五年（1926）出版的《贺县志》上的《修复学宫记》，《萃益斋诗集》中也散见这方面的火花。

首先，苏煜坡继承古圣先贤的教育理念，重视学宫建设，积极倡导办学。他认为，学宫可以"崇典礼，振风教，而文运亦系之"，把学宫的地位提升到了与典礼、风教、文运息息相关的地步，以见其作用之大。在《修复学宫记》中，苏煜坡以事实为依据，阐明学宫衰则人才没，学宫兴则人才盛的道理，很为自己能在学宫建设和人才培养上做出努力而自豪。他不无欣喜地称颂说："地运既复，文运重开，冥溟机缄，其应如响，亦异矣！顾国家教养士类，将以有本原之学，蔚成梁栋。为邦国选，为庠序光，区区荣科名于一时。"

其次，作为人师，苏煜坡深明培养人才责任之重大，他既重视学生的成材，又重视发展文化事业和改变落后的乡风民俗，《杂诗》写道：

> ……计偕赴长安，一度游未畅。年年枌榆间，高设马融帐。岂好为人师，深恐斯文丧。瓣香奉随园，私淑愧无状。生怜杜牧迟，曲爱香山唱。文字债纠缠，词章心闲旷。魏阙江湖情，进退视所向。

> 此地在宋时，蕞尔亦一县。当年文教敷，钟毓多英彦。瑞云接奇峰，香稻满芳甸。莲塘莲长开，金山金涌现。六七百年来，仁风四野扇。胡为今习俗，矢口尚争战。始为桑梓卫，继乃勇力炫。桀骜性未驯，诗书化难遍。原得良有司，庶几齐一变。

第三，在教导学生方面，苏煜坡从孔门四科入手，适应时代要求，把人才培养目标定得较为远大。当朋友的弟弟县试夺冠后,别人都是一片称颂声,而他却保持着清醒的头脑:"知否初基未足多,出人头地在巍科。"(《接徐生上瓒,知乃弟上瑁县试冠军,却寄二首》)弟弟进入学馆时,他亦殷勤叮嘱:"春华须自爱,努力慰黄昏。"(《初十日雪堂、承五两弟入馆》)他对弟子、亲人在学业上的渴求,实寄寓着自己的难纾之志。

历史上,文人家庭集团一直是一个突出的现象,汉魏三曹、宋代三苏等彪炳史册,唐宋以来各地家庭文学创作蔚然成风,师徒间形成了学术和文学创作门派,像韩门弟子、苏门学士、乾嘉学派等后先辉映。在这方面,苏煜坡亦考虑很长远,也想多方提携亲人和弟子,形成集团性质的教育成果,诗作中多次出现这样的理念,如《贺玉之、海春入泮》:

> 天教国士启南邦,江夏无双竟有双。科第郊祁今崛起,声华仪廙本难降。一庭鲤对遗经授,百斛龙文健笔扛。得意春风并年少,胶庠佳话遍沱江。

> 共抱擎云捧日心,十年盼望到于今。簪缨事业谈何易,文字因缘感不禁。轫发前程看远上,珠编初集任联吟。丹山老凤携雏凤,会见齐飞入翰林。

至于对儿子,他更是殷切关注,些许的进步都要给予适时的鼓励:"名姓居然到榜头,才华岂易动昭州。少年英气初腾剑,良友多情早卜瓯。好藉微荣娱老景,莫矜小捷怠前修。品题尚有宗工在,雕鹗盘空盼晓秋。"(《沅儿府试冠军,寄诗勖之》)这种培养后进教育理念的形成,还基于其少年时代的塾师、日后成为岳丈的黄邦杰影响,同时,其叔丈等前辈的学问道德,也一向为苏煜坡所服膺。

大力奖掖,及时提携,把教育事业当作科举入仕之外的第二追求,苏煜坡的教育思想很是顺应了那个时代的要求,真正继承了儒家办学的优良传统,为偏僻的桂东北教育事业做出了一定贡献。

古代文艺思想源远流长,《尚书》《诗经》等早期典籍已有零星的表述,经过后代人不断总结完善,形成较为严密的系统。这个系统存在儒家文艺思想和道家文艺思想两大源头,两种文艺思想是既有联系又有区别的:儒家文艺思想重在阐述文艺的外部规律,即文艺和政治的关系、文艺和现实的关系、文艺的社会功能等方面。而道家文艺思想偏重于文艺的内部规律,即审美思想、创作构思、艺术风格等方面。

研究苏煜坡的文艺思想自然也离不开这两种思想的影响。

苏煜坡非常重视诗文的自身价值。三国时魏文帝曹丕《典论·论文》说:"年寿有时而尽,荣乐止于其身,二者必至之常期,未若文章之无穷。是以古之作者,寄身于翰墨,见意于篇籍,不假良史之辞,不托飞驰之势,而声明自传于后。"阐明文章为何不朽的原因,对古代文人创作产生了深远影响。受此启发,苏煜坡求取功名之余,大量创作诗歌。有清一代,虽然诗歌创作是无济于科举考试的,但苏煜坡并没有像大多数读书人一样,急功近利到只读《四书》《五经》,潜心演习八股,一切为了应举。他自己写诗,也鼓励别人创作,每读到师友新作,必欣然赞之、和之,他认为"名士岂因科第贵,须知有价是文章"(《闻品多乡试捷音,却寄》),"可忆临歧曾赠语,馈贫粮是富多文"(《复馆桂岭示诸友》)。

当然,苏煜坡爱诗、写诗,很少像唐宋诗人一样有名篇佳作问世,他是抱着对诗歌崇敬心情,正确认识到诗缘情本质而创作。他认为诗的自身价值是其他艺术,尤其是八股文等所谓正统文体不能替代的,它像盛开的奇花,摇曳多姿,"新诗学作清平调,仿佛奇花笔底开"(《并蒂牡丹为任太守》),又奇险异常,引人入胜,"崔灏高吟新枕石,昌黎硬语可盘空"(《和姚邑侯偕同人》)。借助于诗歌,作者还能发内心不平,"图海西园无暇记,诗怜东野不平鸣"(《与梦璜夜谈感旧,怅然有作,以叠前韵》)。

在充分肯定诗文价值的前提下,苏煜坡对决定士子命运的八股文进行了痛彻抨击。起源于明,僵化于清的八股文,对于真正有才华且喜欢诗文创作的士子来说,非但不能成为他们晋身的依靠,相反会成为他们实现人生价值的累绊。有清一代,多少才华之士,因为所作八股文不合考官之意而困厄于考场多年,甚至终生,这方面的例子,乾嘉学派的开创者之一戴震、小说家蒲松龄等皆为典型。苏煜坡中举之后,埋头于诗歌创作和进京会试两件事,当诗歌创作大有收获之际,会试却连连碰壁,他终于认识到在科考上,不是自己才能不济,问题在于八股文这种教条僵化的文体上,《读补学轩制艺,有怀郑小谷先生》中写道:

> 八股名从前代定,后起人文齐擅胜。陈陈相因守范围,作文亦若尊功令。

一句“陈陈相因”,准确指出八股文的症结所在。有鉴于此,他对科举制度本身也似乎产生怀疑:“名士岂因科第贵,须知有价是文章。”(《闻品多乡试捷音,却寄》)在八股和诗文对比上,苏煜坡旗帜鲜明地站在拥护诗文,反对八股的立场上,虽然他还不得不一再留意科举:“一样功名麒麟阁,此中声价艺林尊。”(《校刊〈修拙斋〉再赋二首》)个中忧愤,道出成千上万受八股戕害的士子们的心声。

由于苏煜坡在清末广西诗坛上地位并不显赫,没有粤西十四家那样的影响,所以通过考证其交游的主要人物,可以窥见苏煜坡思想、诗风之一斑。由于受到生活圈子和地域的影响,他在有生之年所结交的人大致可以分为两类:一是地方官吏,一是和他身世差不多的爱好诗词创作的士子。对于士子,由于材料匮乏,大多难考。地方官最为有名者有如下四人:

1. 黄玉柱。玉柱(1835—1923),字笏山,祖籍福建闽县(今福州)人,出生于台湾淡水厅。翰林军机章京总管黄彦鸿之父。咸丰五年(1855)以台湾籍举于乡,九年以知县拣发广西,补授思恩县知县,调补兴业县、贺县知县。历署宜山、武缘、贵县、苍梧、宣化、临桂、桂平等县知县。光绪二年(1876),广西乡试,同考官钦加同知衔,补用直隶州知州(官秩正五品),赏戴花翎。好作八分书,工诗画,风致不凡,其兰石图,笔力挺秀,高雅成趣。著有《六宜书屋诗草》《读苏碎录》《书画题跋》等行于世。

2. 唐景崇。景崇（1844—1914），字春卿，广西灌阳人。父懋功，举人，有学行。名宦唐景崧胞弟。同治十年（1871）进士，授编修。由侍读四迁至内阁学士。光绪二十年（1894），典试广东。明年，主会试。历兵部、礼部侍郎，权左都御史，出督浙江学政，母忧归。拳祸起，命督办广西团练。二十九年，以工部侍郎典试浙江，督江苏学政。三十一年，诏罢科举考试，学政专司考校学务，景崇条上十事。明年，罢学政，还京供职，疏陈立宪大要四事。时两广疆臣建议广西省会移治南宁，遂上疏反对。清廷从其议，省会仍在桂林，广西提督移驻南宁，以重边防。转任吏部右侍郎，充经筵官。科举制度废除后任留学生廷试阅卷大臣，推动新学与旧学、中学与西学的结合。景崇以绩学端品受主知，屡司文柄。迨科举罢，廷试游学毕业生，皆倚景崇校阅。宣统元年（1909），戴鸿慈卒，遗疏荐景崇堪大用。二年，擢学部尚书。明年，诏设内阁，改学务大臣。是时学说分歧，景崇力谋沟通新旧，慎择教科书。兼任弼德院顾问大臣。武昌变起，袁世凯总理内阁，仍命掌学务。引疾去。越三年，卒，谥文简。

景崇博览群书，通天文算术，尤喜治史。自为编修时，取《新唐书》为作注，大例有三：曰纠缪，曰补阙，曰疏解，甄采书逾数百种。家故贫，得秘籍精本，辄典质购之。殚精毕世，唯缺《地理志》内羁縻州及《艺文志》，余均脱稿。

3. 于式枚。式枚（1853—1916），字晦若，广西贺县（今贺州八步区）人。少年勤学睿智，博学强记，文章甚佳。清光绪六年（1880）进士，历任翰林院庶吉士、兵部主事，充当李鸿章文案10余年，李办理洋务和外交奏牍多出其手。二十二年随李鸿章参加俄国沙皇加冕典礼，并出访德、法、英、美等国。回国后授礼部主事，由员外郎授御史，迁给事中。二十四年加入康有为组织的保国会。八国联军之役，助李鸿章签订《辛丑条约》，获赏五品京堂，先后任政务处帮办、提调，京师大学堂总办、译学馆监督。三十一年以鸿胪寺少卿调任广东学政，旋改提学使。

三十二年,经广西在京官绅68人联名推荐,受清廷之命兼任广西铁路公司总理,但广西修筑铁路之事只是纸上谈兵,筹不到巨款,故未到任。三十三年擢升邮传部侍郎,不久调吏部侍郎。清廷下诏预备立宪,其受命为考察宪政大臣出使德国。曾两次上疏,阐述自己对推行西法的见解,主张先立议院,举办地方自治,广兴教育,储备人才,并将立宪派视为乱党。这引起立宪派的强烈反对,奏请清廷将其罢革以谢天下。得到清廷袒护,攻击他的立宪派人士陈景仁被革职监禁。是年冬再赴德国考察,次年五六月间回国后称病告假。得到皇族和张之洞、袁世凯的强力支持,清廷任其为吏部侍郎,旋任学部侍郎、总理礼学馆事、修订法律大臣、国史馆副总裁。辛亥革命后隐居在山东青岛德国租界。1913年清史馆成立后,任纂修清史稿总阅。后被袁世凯聘为参政院参政,未到任即逝,谥号文和。

4. 郑小谷。小谷(1801—1872),原名存纡,字献甫,为避咸丰(爱新觉罗·奕詝)名讳,以字行,别字小谷,人们习惯称之为"小谷"。广西象州人。其生性聪颖,著作宏富,德高望重,是当时著名的经济学家、文学家、教育学家,被誉为"岭南才子""两粤宗师"。小谷于嘉庆二十年(1815)入州学,14岁考中举人,道光五年(1835)中进士,授刑部江苏、云南司主事,居官一年零两个月。因官俸微薄不足以养,加之看不惯官场的黑暗腐败,特别是对朝廷大开文字狱迫害知识分子深为愤懑,遂以养亲为由辟官归田,自此不复出,潜心著书教学。同治十一年(1872)已72岁高龄的郑小谷受广西巡抚刘长佑礼聘,重赴桂林主建孝廉书院,病逝于该书院。据有关资料记载郑小谷经学古诗共2 760多首,藏书共有9 900多卷。为纪念其风范,激励后人,象州百姓将郑小谷牌位供祀于象州文庙"乡贤祠"。有关他的轶事以口头文学形式流传民间,长盛不衰。

《萃益斋诗集》是苏煜坡生前结集的,光绪十七年(1892)随身挟至京师,递呈一代名士唐景崇阅读,唐给予较高评价,并欣然为之作序。光绪二十二年(1897),苏煜坡学生李孝先从京师回乡,拟集资刊刻,交付徐啸三、周子元任编校,然而,这项工作由于拖延时间太长,加以周子元四处宦游,官无定所,而徐啸三亦不久去世,徐家人返回原籍安徽,再无音讯,故《萃益斋诗集》原稿多有流失。民国十三年(1924),李孝先、梁培英多方搜求,重得遗稿四卷,虽非原本,"已十得六七"。李孝先此举,得到苏煜坡生前好友的热情帮助,大家"咸出资相助,遂付排印"。民国己未春(1931),《萃益斋诗集》首先在原贺县民众日报社印刷厂排印。该版本为铅活字印刷,版心刻"贺县民众日报社承印"字样。现在,这个版本仍有流传,广西壮族自治区图书馆和桂林图书馆有藏本。另一版本印刷于广州,时间不详,铅活字印刷,版心有"广东省城卫边街中汉印"字样。该版本在区图书馆仅存上半部,文字与前一部稍有不同。

我国古典诗歌源远流长,《诗经》六义、《楚辞》风格对后代诗歌创作产生了深远的影响。魏晋南北朝时期,五、七言体逐渐完备,诗歌创作和各体文学一同进入了自觉时代。至唐则大盛,内容和形式都达到了鼎盛时期。宋诗有过分议论化、散文化的倾向,但仍具备自己的特点。元明两代,诗歌创作受到戏曲、小说的冲击,趋向衰微。至清,由于形成了文学集大成的现象①,中国古典诗歌的传统精神和审美特征又一次获得了发扬。

至于清代广西诗坛,自然要受到那个时代的影响,前述各种诗论,都直接或间接传到广西,广西诗人根据自己的喜好,自觉地选择合适的创作风格。同时,广西诗坛也有自己的传统特色,"吾桂僻处南服,风气淳朴,诗人吟咏惟抒性灵,以标榜为耻"②。除了地理位置上的因素外,还与广西诗歌的自身发展有关,"方乾嘉间,海内人文极盛之秋,最后袁(枚)赵(翼)以诗鸣,一时风靡。子才(袁枚)名初起自桂林,……时临桂李松圃郎中侨家于此,门地颇盛,子才来实主之。然松圃为诗宗陶、韦,又有桂林朱小岑,高密李少鹤两君子与松圃师友,风尚颇遒。粤人

---

① 袁行霈主编《中国文学史》第四卷,高等教育出版社1999年版,第243页。
② 吕集义《广西诗征丙编·序》,内部刊物。

皆知朱、李诗法之高于子才……"①这表明广西在乾嘉时有良好的诗歌传统,出现了许多能够自立的门派,不拘泥于诗坛巨擘的苑围。

从主体倾向看,清代广西诗坛受"性灵说"影响最大。"性灵说"强调性情,倡导真学问,使诗旨趋向典雅,主张以孔子的"兴观群怨"来扫荡充斥当时诗坛的"温柔敦厚"的诗教和拟古主义、形式主义创作倾向。

中国士人作为一个特殊阶层,可以上溯到孔子。从孔老夫子时代起,便形成了一种对社会具有超越个人利益关怀的基本特征和性格,这种特征逐渐成为社会基本价值观的主流。在这种性格形成过程中,士人首先所要做的是寻求一种中介,如政治集团,把文化道德秩序转变为政治法律秩序,这就决定了士阶层必须通过"用",才能实现自己的价值理想②。寻求中介的过程,是一个等待、寂寞甚至痛苦的过程,许多人虽然苦苦挣扎,但结局可能就是永远不能被发现或认同,于是,他们对社会的强烈"参预"意识往往转向对自己本身的关注。孟子说过:"达则兼济天下,穷则独善其身。"(《孟子·尽心上》)这说明,儒家将建立社会秩序和精神上的自我完善看作是第一位的,无论穷达,首先必须善其身,才有可能成为一种社会力量存在下去,具有师教和与政治势力抗衡的作用。

在科举时代,士人的这两种精神状态很容易以科举的成功与否而给予界定。如果金榜题名,则有机遇步入仕途,有机会从事兼济天下的"宏伟事业",去实现理想抱负的大业。而如果在科举路上连连碰壁,则只有扼腕长叹,只好继续苦读,一边"独善"其身,一边等待机遇。这两种思想境界在文人们的作品中往往会鲜明地反映出来,李白早期的"大道如青天,我独不得出"(《行路难》)和后来"仰天大笑出门去,我辈岂是蓬蒿人"(《南陵别儿童入京》)的强烈对比,白居易闲适诗和讽喻诗在内容上的鲜明差别,无不是绝好明证。苏煜坡自然也不能脱离这窠

① 吕集义《广西诗征丙编·序》,内部刊物。
② 朱易安《元和诗坛与韩愈的新儒学》,《文学遗产》1993年第3期。

曰,他有用世之心,而无用世之遇,形诸歌咏,便过分地强调自己心理的郁闷、压抑。在作品题材上,大致可分为田园诗、山水诗、咏史诗、酬唱诗、亲情诗等几类。

(一)田园诗。田园诗会写到农村的风景,主体是农村的生活、农夫和农耕。中国的田园诗当以东晋陶渊明为开创者和集大成者。陶的田园诗通过描写田园景色的恬美,田园生活的朴素,来表现自己悠然自得的心境。几百年来,陶渊明的田园诗是一座高标,开拓了诗歌创作的新领域,后起诗人竞相模仿。苏煜坡所归属的清末广西平乐诗派,受到平乐、贺县、桂林等地淳朴民风的感染,这一派诗人大多生长在乡间,有的还从事农耕,过着亦读亦农的生活,因而田园诗是其创作的主要题材之一。在苏煜坡的这类诗作中,他展现的是一幅幅宁静祥和的乡风民俗、田舍家风,如《晚眺》:

> 嫣红姹紫媚清明,细雨才过忽放晴。如此韶光游未得,声声求友负流莺。
>
> 新秧远近杂青黄,子妇携锄话夕阳。望到前村人影乱,满山风笛下牛羊。

读此诗,仿佛来到了桂东北农村,雨过的晴空,求友的流莺,青黄的新秧,携锄的子妇,满山的牛羊……农忙季节的静美,似水墨山水,不施浓墨而韵味无穷。又如《家居偶成》:

> 山环左右岭中央,五亩先营四面墙。客至莫嫌室如斗,躬耕人本住田庄。
>
> 寄人篱下八年余,前岁全家始定居。容膝别无盈尺地,小楼安放半床书。
>
> 人家三五不成村,击柝差欣守望敦。最是秋晴风信早,稻花香气绕柴门。

　　嘉名肇锡借莘田,田舍家风尚俨然。侬自横经人负耒,五更天起各争先。

诗像一股和煦的南风,挟着稻花香气,秋日的风信,拂着宁静的新居,吹到读者脸上。如斗的居室,负耒的农人,稻香缭绕的柴门……一切俨然陶渊明笔下的桃花源。这个时期的诗人,徜徉于书海,漫步于乡间,有的是少年读书时的优游闲态,因而诗歌创作不事雕琢,自然清新。

　　苏煜坡的田园诗多方面地反映桂东北乡间民风的醇厚,透过诗作,我们能够体察到那个时代民间交往、礼乐风俗。比如乡邻有喜事,大家都前来庆贺,"明珠入掌最堪珍,况复牛羊过五旬"(《贺邓竹庄生子》);每逢社日,村民们要"携壶挈榼绕山行,姹紫嫣红到眼明。宰肉何如宰天下,高风千古忆陈平"(《社日小集》);面对新中举的士子,憨厚的乡亲更愿蜂拥前往,一睹风采。《拜客戏作》写道:

　　　　肩舆走遍路西东,村景萧疏在眼中。闭置嫌如新妇苦,轿帘高揭不防风。

　　　　传呼新贵到来游,士女如云拥道周,自笑登科年太少,防人看煞每低头。

　　　　南邻北里竞招延,入座居然季子先。酒壁灯红人惨绿,声来环佩妒云仙。

　　　　鸾笙凤琯闹前村,一辆花舆正出门。听得红裙私笑我,成名人尚未成婚。

这场面好比是迎接钦差,一人高中,感染远近乡亲,那场面是一般人难以企遇的,尤其是大胆姑娘们的评头论足,更见少受约束的自然淳朴乡风。

　　在诗人大量田园诗作中,还有农村文化生活的记述,如《张庙赛会竹枝词正月二十二日》：

> 乡村最暇是新年，人影衣香满市廛。愿祝今朝风自好，寒泉一盏荐张仙。
>
> 狮舞龙跳百戏齐，喧阗金鼓震山溪。东头方罢西头续，过眼真成五色迷。
>
> 一座花屏一爆台，轰然平地起春雷。爆头落处谁先得，荣比金门夺锦回。
>
> 红妆争上小蓬壶，锦簇花团俨画图。别有盘瓠尤趣绝，乱跳腰鼓似饷巫。
>
> 风会开从廿载前，沧桑却过盛香烟。买灯更欲延灯节，士女争输两夜钱。

欢快而浪漫的农村节日，男女老幼各有各的乐子，这是热闹的日子，人们暂时抛却了平日的劳碌繁忙，尽情地娱乐休闲，跳神、舞龙、买灯、赌钱等。《萃益斋诗集》多方面地记述了那个时代农村新年习俗，具有较大民俗研究价值。

作为一名土生土长的乡村诗人，苏煜坡时刻关注乡民的衣食劳作，久旱让他心急如焚，"作霖济旱镇相期，云意方兴风倒吹。苗稿枉劳连日祷，粟空愁说半年支。听蕉心切登楼早，赏菊情慵得句迟。无那秋阳困人甚，何时解愠雨催诗"（《久旱望雨次李邑侯》）。一但甘霖初降，他则马上作诗志喜："一雨定人心，功归李德林。夜分犹响溜，肤寸竟成霖。南亩三秋熟，西风万叶吟。皐材兼解愠，不羡鹿台金。"（《喜雨和啸三》）而当他得知发生在乡村的一些不平之事时，则表示出极大的关怀和同情，"入手名花掷岭南，随风飘泊竟何堪。玉真惜不逢程迥，就壁从容作小龛"（《有自弃其妾者，怜而赋此》）。喜与农夫喜，忧同农夫忧，苏煜坡的田园诗一如陶渊明的归耕情怀，真正地融入乡村，而不是游离于外，为作诗而作诗。

　　（二）山水诗。中国古代山水诗写作,有着悠久的历史,它是伴随着诗歌的产生而产生、发展而发展的。《诗经》《楚辞》中已有多篇关于山水的零篇散章,曹操《观沧海》标志着中国诗歌史上第一首完整山水诗的出现,此后,南朝谢灵运开始摆脱玄言诗羁束,大力创作山水诗,为山水诗发展作出不可磨灭的贡献,而唐代王维更是把山水诗的创作推到了极致,从此,山水诗在中国古代诗歌题材中占据着极其重要的地位。

　　山水诗总是与诗人的超逸思想分不开的,"登山则情满于山,观海则情意于海。"(《文心雕龙·神思》)诗人以山水为乐,往往把自己理想生活和山水之美结合起来。尤其是那些仕途上受过挫折的人,似乎更加表现出不愿同流合污,清高自然的人格,这样,寄情山水便成为精神的慰藉和世俗之中得不到的享受。大自然的山水之美确具有某种净化心灵的作用,能涤污去浊,息烦净虑,让人忘却尘世的烦恼,人与自然达到融为一体的纯美境界,真可谓"此中有真意,欲辩已忘言"(陶潜《饮酒》)。当然,这里还有一种情况是,有的人把寄情山水,归隐幽林作为入仕的阶梯,寻一条"终南捷径",唐宋以后,这种状况愈演愈烈,山水诗创作再也回归不到纯真的时代。基于上述情况,古代的山水诗往往有人与自然合一和人与自然游离两种创作倾向,当然,这两种倾向有时在一个作家身上都能体现出来,而没有截然的划分。

　　苏煜坡的山水诗创作贯穿其人生的各个阶段,读书、远游、赶考和为官期间无不被大自然的美景所陶醉,形诸笔端,这类作品就在《萃益斋诗集》在占据较大比重。从中我们也可以看出,山水诗的创作是诗人尽情发挥才情,宣泄内心激愤的重要途径之一。他善于向前代诗人学习,并且努力表现出自己的风格来。他在学习谢灵运以摹像为主的创作方法时,摒弃了谢的工笔画般的细部刻画,重在写意,描绘山水的混莽轮廓,如《登苍然亭,次壁间方、陶诸公韵》:

　　　　孤亭屹立耸云霄,佳日登临眼界遥。春色浓分丁字水,风声凉

送午时潮。蔚蓝倒映诗吟杜,飞白留题寺忆萧。十二碧蓝供徙倚,
茫茫何处挂诗瓢。

暖日晴霞丽九霄,韶光直接万峰遥。凤楼对峙城如画,蜃气潜
消水石潮。天外风帆来历历,江干云树望萧萧。遗碑读罢诗钞去,
有酒还思醉一瓢。

屹立云霄的孤亭,春色阑珊的江水,韶光普照的山峰,天外漂泊的风
帆……诗人站在高处,极目远眺,把上下远近的风物一一摄入眼帘。诗
像一幅泼墨山水画,取其神意而遗其筋络。

苏煜坡的山水诗并非是纯客观的模山范水,当他把家乡一带的山
水一一收进诗作中时,诗人能够跳出客观羁绊,在吟咏中得出自己的感
悟。这些感悟有属于哲理的,"驭气排空一径登,微风吹送兴飞腾。回
头俯视群峰小,始觉身居最上层"(《斜岭界顶小憩,口占二绝》其一),
"七十二佳名,来游记不清。景从天外入,人在夜间行。径曲不知远,途
穷忽放明。此中涵万象,只有暗泉声"(《七星岩》),有的受到禅学的影
响,诗中掺杂着佛理佛趣,如《朝阳岩》:

华盖摧残隐洞清,玲珑楼阁本天成。忽瞻老子青牛像,便觉函
关紫气迎。一局楸枰横北牖,万象烟火对西城。尘缘暂远尘心净,
回首步虚疑有声。

一句"尘缘暂远尘心净",不经意流露出诗人那种苦苦追求的疲倦状,
在徜徉山水中似乎有另外的收获。但是,苏煜坡更多的山水诗中,时
常融入人生感悟,还不能完全与山水相融,因为他毕竟是一个正在苦
求功名的人,在社会上还没有自己的立足之地。真正的忘记一切,与
山水化为一体,那是要在功成名就以后的引退中才能做到的,因此,
苏煜坡的山水诗做不到王维的超脱,更多的是孟浩然的眷念世情,如
《水月洞》:

　　山成象鼻境通灵,洞启重门水作屏。万顷波涵孤月白,四围天接远峰青。登厓偶发孙公啸,倚壁闲看范公铭。来趁扁舟眠藉石,醉魂偏为晚风醒。

看来山水自然给予苏煜坡的不仅仅是悦目的享受,因为此际的诗人需要的尚不完全是闲情逸致,他有自己的宏伟追求和远大的人生目标,在目标没有实现之前,他耿耿于怀,难以把全部心思寄情于山水。诗人心中,非常羡慕孙权"气吞万里如虎"(辛弃疾《永遇乐·京口北固亭怀古》),也想像范成大一样,功成名就后引退江湖,再把全部的心思用在欣赏山水之美上。可以看出,山水一旦融入了诗人的情感,这山水便是诗人自己的,而非纯客观的了。鲁迅先生说过:"即使是从前的人,那诗文完全超于政治的所谓'田园诗人'、'山林诗人'是没有的。完全超出于人间世的,也是没有的。既然是超出于世,则当然连诗文也没有,诗文也是人事,既有诗,就可以知道于世事未能忘情。"(《魏晋风度及文章与药及酒之关系》)这不正是对苏煜坡山水诗作的绝好总结吗?

　　(三)咏史诗。咏史诗是一种以历史事件与人物为感情寄托的诗歌类型,这类诗歌往往以简洁的文字、精选的意象,融合对自然、社会、历史的感触,或喟叹朝代的兴亡变化,或感慨岁月倏忽变幻,或讽刺当政者的荒淫无耻,从而表现作者阅尽沧桑后的沉思,蕴含了作者伤今怀古的忧患意识。由于局促桂北一隅,壮志难酬,苏煜坡的咏史诗中不经意间流露出对现实的无奈,所涉及历史人物大多集中在孙权、岳飞、范成大、周敦颐、柳宗元、齐姜等人身上。如岳飞曾在将军岭以八千精兵打败十万金军,历代传为美谈。苏煜坡来到古战场遗址,情不自禁地写下《将军岭》一诗:

　　踏遍荆榛认古营,衔来金字想雄兵。渡江寇直追千里,拔帜功如下百城。氛净银河忘草窃,春回玉垒见花明。至今一片燕然石,犹踞将军不朽名。

全诗一气呵成,恍如回到了八百年前的古战场,"渡江寇直追千里,拔帜功如下百城"一句,风驰电掣般地概括了当年岳家军破敌的迅疾和畅快,高度赞扬了岳飞用兵如神的军事智谋,充满了敬仰之情。另一首《永州谒柳子祠》写道:

> 品藻溪山笔一枝,恢奇人爱八愚诗。半生落拓羁边郡,一代声名匹退之。残月晓风传派远,黄蕉丹荔荐新迟。此邦供奉何如柳,可许《招魂》用《楚辞》?

对柳宗元的文采进行高度评价之后,诗中流露更多的是对其不幸遭遇的深切同情。柳宗元以如许才名闪耀于中唐,但仕途上却屡受冷遇,一贬再贬。柳宗元在柳州期间的诗文创作是其文学成就的高峰,但他内心的忧愤无论如何掩饰不住,在这一点上,苏煜坡与柳宗元时隔千年,惺惺相惜。谒柳祠,怀柳人,读柳文,对柳宗元半生落拓境遇寄予了深深同情,也许,我们从中会体会到苏煜坡本人对柳宗元如此深情怀念的原因,相似的命运,使之产生了异代共鸣。

古往今来,咏古诗没有纯粹的为咏古而咏古,其间多多少少与现实有着千丝万缕的联系,或许就是借助咏古来曲折地反映现实的情况,即便是"守拙归田园","但使愿无违"(《归园田居》)的陶渊明,也在其咏史诗中不乏惋惜和激愤,不经意间表明他"并非浑身是静穆"。苏煜坡咏史诗也一样,他仰慕古人,缅怀古事,目的还是抒发自己的心志,表明人生态度和人生观点,如《赋得齐姜醉遣晋公子》:

> 不忍怀安误乃公,肯因儿女累英雄。别无一语衷难白,劝到三杯泪欲红。幸借沉酣驰远道,自甘岑寂守深宫。郎颜未醉妾心醉,从此天涯恨不穷。

诗作运用联想手法,注重细节刻画,描写齐姜不因儿女情长,忍泪遣送晋公子重耳去完成大业的感人场面。诗从齐姜的角度出发,赞扬她抛弃一己之念,顾全大局,有着男子都不具备的宽厚胸怀。

（四）酬唱诗。广西的秀美山川,给了诗人更多的描写空间,文人们经常邀朋呼友,流连山水,反复吟咏唱和。有些诗人,尤其像苏煜坡这样处于社会中下层地位的,他们受生活圈子所围,没有机会参与重大社会活动,常和一群志同道合的朋友,诗酒光景,相互竞摹,以酬唱为乐事,几乎是每聚必写,每写必和。这样,在这类诗人的作品中,酬唱诗占据很大比重。

苏煜坡的交游已如前述,无论是师友还是地方官吏,与之往来者大都是能吟诗作文之辈,在《萃益斋诗集》中都有所记载。他的酬唱诗首先表达的是朋友间的赠答往来,或祝贺高升,或节日问候,或及时勉励。如《乡举揭晓,寄星衢弟并莫义生》:

> 橐笔初束锁院行,何期澹墨竟出名。百年门第天荒破,一代宗工藻鉴精。同榜竟传年最少,前修转虑愿难盈。秋风飞报枌榆里,定有嘉宾赋鹿苹。

> 先哲曾经中副车,不才真愧列贤书。姓名几落孙山后,诗礼难忘祖德余。菊圃霜横秋景好,桂林风动夜窗虚。禹门尚有桃花浪,可许春来跃鲤鱼。

诗作于乡试中举之后,字里行间洋溢着"春风得意马蹄疾,一日看尽长安花"的兴奋,内心欣喜掩饰不住,一定要尽快地告诉亲朋好友,让大家来共同分享这喜悦,"秋风飞报枌榆里,定有嘉宾赋鹿苹"一句,想像家人的庆贺场景,历历如在眼前。但同时,诗人也不忘对这次考试中落榜的朋友加以劝慰和鼓励,"禹门尚有桃花浪,可许春来跃鲤鱼",让落寞者在失望中看到光明的前途。

苏煜坡是个心细而周到的人,遇有朋友的喜事,定写诗以贺之,如《贺邓竹庄生子》《贺周子元大令纳宠》等诗作皆属此类。至于友人的赠诗，他总会及时唱和，以示尊敬，如《北上有期次欧阳同文送别韵》，《师竹闻余续聘，画梅见赠，并系以诗，倒用原韵奉和》等。

苏煜坡所结交的友人中，有许多是为民父母的地方官吏，在与他们的唱和诗中，他以一介书生的耿直秉性，殷切盼望地方官们能为官一任，造福一方，《投邑令黄笏山司马》中写道：

> 汉廷黄霸最循良，何幸卿云覆此方。十载心倾同小草，三春手植到甘棠。宜民颂美随车雨，久宦勤忘满鬓霜。儒吏风流政谁似，书堂窃喜傍琴堂。

诗中提到的"黄霸"是西汉武帝时的侍郎谒者，历河南太守丞。当时各级官吏秉承武帝旨意使用严刑酷法，大肆杀戮。而黄霸为官期间独用宽和，奉公守法，爱护百姓，历史上，成为一代贤良循吏的典型。苏煜坡把黄笏山比作黄霸，是盼望这位初到任的县令能够一如黄霸，急百姓所急，想百姓所想，兴利除弊，造福一方。"黄霸"这个历史人物多次在苏煜坡的诗作中出现，诗人与官吏交往时借助酬唱诗对他们寄予理想。此外，在《送笏山司马移篆桂平有序》一诗序中，诗人说：

> 司马令吾邑以静治民而不扰。三年中，抚字教诲所全实多，且乐与士绅亲，无宦场习气。余连岁安砚讲院，诗酒往还，相得甚欢，不能如澹台氏之非公不至也。今春量移桂平，行有日矣。云山花鸟未免有情，矧为部民哉。因作长句送行，用代《折柳》，工拙非所计云。

当然，由于诗人三次上京赶考皆下第，心情一直郁闷不安，自然不免倾注于杯酒光景间，在这状态下写作的酬唱诗，多联系自身的壮志难酬之感，写来较沉痛，如《雨夜小聚，次翰卿韵》：

> 雨余野语效齐东，灯影阑珊乐意融。正好名花吟芍药，不堪疏

雨滴梧桐。室中气静生虚白,门外尘喧隔软红。我有琴心无处托,
烦将消息讯秋鸿。

再如《秋夜书怀,次翰卿韵》:

> 故里浮沉一纸书,寂寥谁慰客中居。正逢凉月影窥户,又听西
> 风声满庐。慷慨雄心犹昔日,孤高本色称寒儒。更阑细忆平生事,
> 俯仰何时始自知。

> 少年努力爱春华,披览何曾遍万家。廿载有缘居马帐,半生无
> 梦到龙沙。虚名自笑月中树,晚节谁怜霜后花。一样闻鸡惊祖逖,
> 书声不压五更哗。

> 潇洒长怀贺季真,镜湖风月寄吟身。头衔已分难华国,手笔偏
> 教苦累人。半席名山栖静影,一泓秋水忆丰神。年来耐尽青灯味,
> 重向儿时觅旧因。

> 萧萧木叶下寒流,节序催人不自由。梅鹤林逋相待老,莼鲈张
> 翰未归秋。三分酒意琼筵醉,一缕诗情玉笛柔。夜坐甦寒了无赖,
> 徒将劝学比谯周。

诗人内心的隐忧,似乎只有志同道合者可以理解,把自己的心事向朋友
和盘托出,是一种信任,通过酬唱诗的形式相互间得以进一步沟通,从
中也见苏煜坡那掩抑在内心深处的真实自我。

(五)亲情诗。亲情诗最能体现诗人的真实感情,无论是诗风热情
奔放者,还是遒劲奇崛者,写起亲情诗来,大都表现出柔肠百结的缠绵感
情。杜甫的亲情诗如话家常,让人体味到号称"诗史"的作品,不仅仅关注
天下国家,对亲人也是满怀深情的。而向以"三不足"标榜的王安石,写起
亲情诗来没有了一贯的雕琢刻峭之风,其至性真情打动了许多读者。①

---

① 周生杰《远游虽好更悲伤——试论王安石的亲情诗》,《抚州师专学报》2003 年第
2 期。

苏煜坡一如前人,其亲情诗很好地展示了对亲人的关爱,反映其家庭生活的一个侧面。苏家世代为农,属于社会下层,生活很是潦倒,直到咸丰十一年(1861),苏煜坡十三岁时,全家才结束长达八年的寄人篱下生活,有了属于自己的新居。在艰难困苦中,苏家把所有的希望都寄托在苏煜坡身上,经常以诗书叮嘱之,希望他能出人头地。关于这,苏煜坡《杂诗》记道:

> 大父垂八十,五官犹聪明。语及读书事,津津有余情。自言少也贱,奔走东西程。他务未遑及,家计专力营。本支六七世,经商与农耕。故乡三百年,至今无科名。汝父抱遗籍,殷然凿前楹。汝兴托余荫,勖哉蜚笑声。闻言感且惧,深惧忝所生。春花与秋月,对之心怦怦。

大父这番殷勤叮嘱,成了诗人不断进取的动力,激励他绍继家风,振兴苏门,早日走上科举入仕的道路。

苏煜坡的亲情诗中,怀念结发妻子黄氏的作品《悼亡十二首哭黄安人》最为感人。诗作多侧面缅怀黄氏克勤克俭、恭亲爱幼的懿德,对于妻子的去世,表达了深深的伤痛之情。诗曰:

> 荒山秋尽景阑珊,一曲离鸾泪欲斑。三十五年弹指幻,分明仙谪到人间。
> 犹记丁年合卺时,杏花消息促行期。女仪少小香闺熟,不向春风怨别离。
> 夫婿年年爱远游,未曾一语劝归休。早知半世人天别,甘卧牛衣十七秋。
> 重闱食性止卿谙,私语喁喁伴夜谈。从此羹汤诸娣进,飘萧白发泪犹含。
> 八月风高雁断行,夜窗百计慰愁肠。不图眼底无多泪,又背寒

灯哭孟光。

一月家居伴榻前，不眠人倍语缠绵。分凉无计除消渴，夜半茶汤手自煎。

支离病骨已如柴，犹说精神较昔佳。扶起几回娇喘甚，乱头粗服倚郎怀。

爱儿读罢望儿归，垂死方催一剑飞。到底有缘能面诀，天留竟夕侍床帏。

半生辛苦事蚕桑，病到腰肢尚未忘。旧素新缣开箧满，那知今作殓时装。

凄凉身世迫穷愁，晚节私期蔗境酬。薄宦未成卿遽去，菅斋菅莫愧黔娄。

生前恩爱死茫然，祈梦偏无梦里缘。拟到稠桑呼妙子，不知奔月是成烟。

神伤奉倩已凄迷，况有骄儿索母啼。我是鳏鱼长不寐，魂归记取绮窗西。

诗作追记黄安人勤劳简朴、任劳任怨的一生，诗人在追悼中充满自责，"生前恩爱死茫然，祈梦偏无梦里缘"，字字为泪；"半生辛苦事蚕桑，病到腰肢尚未忘。旧素新缣开箧满，那知今作殓时装"，句句是血。虽然全诗所写都是生前身后的琐事，但饱含哀思，动人肺腑。

苏煜坡的亲情诗还表现在对后进亲属的勖勉上，弟雪堂、承五，内弟玉海、海帆，都在县学就读过，他及时写诗勉励："家学传诗礼，他乡聚弟昆。有帷随董下，此被是姜温。屋岂东西别，山原大小尊。春华须自爱，努力慰晨昏。"（《初十日雪堂、承五两入馆》）殷切期盼和叮嘱，更显长者宽厚和风度。当儿子府试夺魁后，他更是欣喜若狂，以诗庆贺：

名姓居然到榜头，才华岂易动昭州。少年英气初腾剑，良友多情早卜瓯。好藉微荣娱老景，莫矜小捷怠前修。品题尚有宗工在，雕鹗盘空盼晓秋。

——卷四《沅儿府试冠军,寄诗勖之》

从儿子身上,苏煜坡似乎看到了更大的希望,自己不能完成的事业,也许在儿子身上得到继承,这喜悦是超乎诗人自身的。

诗至于清是一次全面的诗体、诗风的大总结,各体兼备,诸法并出,真可谓洋洋大观。但由于清统治者多次兴起文字狱,思想钳制紧固,有清一代的诗人在题材选择上多小心翼翼,惟恐触犯统治者的大忌,因而,清代诗歌在内容上是无法与前代相比的。不过,为了有所突破,清代诗人转而在风格和理论上努力挖掘,形成自己的东西。要言之,清代诗歌在风格方面影响最大的一为王士禛的神韵说,一为袁枚的性灵说,两人都提倡在诗歌创作中体现个性化和形式化。神韵说针对明"七子"片面学唐只知生吞活剥,以及公安、竟陵极力宗宋,诗歌流于率直、浅陋的毛病,确实起到了救弊补偏的作用。神韵说虽然也宗唐,但也有取于宋、元,特别是强调妙悟兴合,并不以朝代强分畛域,确能使人扩大视野,耳目为之一新,推动诗人对诗歌意境和艺术风格的追求。性灵说则从诗歌创作的主观条件出发,强调创作主体必须具有真情、个性、诗才三个要素,创作构思需要灵感,艺术表现应具独创性并自然天成,作品内容则以抒发真情实感,表现个性为主,感情所寄寓的艺术形象要灵活、新鲜、生动,作品宜以感发人心,让人享受到美感为其主要功能等,其内核是真情。性灵说强调没有感情就没有诗人,也没有艺术规律和特征。

面对清代两大主流诗学主张,广西诗人深受影响。但二者相较,以袁枚性灵说给予的影响为多,而属于平乐诗派的苏煜坡更是奉性灵为圭臬,《萃益斋诗集》的创作多方体现了袁枚"作诗不可无我","凡作诗者各有身份,亦各有心胸","诗者,各人之性情耳,于唐宋无与也"等主张(袁枚《答兰垞论诗书》)。苏煜坡曾经写过一首《读随园女弟子诗》,表达对袁枚女弟子的诗才的由衷赞赏:"人生最好是诗名,到处红妆撰杖迎。岂是宣文君在世,绛纱争拜女门生。琼浆何处乞云英,生在荒山负此生。羡煞秦嘉与徐淑,扫眉窗下谱双声。"他还在诗作中,全句化用随园老人的诗句,可见其对性灵一派的顶礼膜拜之深,难怪唐景崇以"瓣香随园"①来评价苏诗了。

时人论苏煜坡诗"戛戛独造,自抒机杼"②,是说其深受性灵说影响的同时,亦能开拓属于自己的风格。

中国的诗歌源远流长,前人的丰硕成果是后人取之不尽的学习宝藏。学习前人,观照自己,创出属于自己的风格,一直是诗人们的创作理念。苏煜坡长期困于科场,熟读经书之余,把兴致转到诗歌创作上来,由于其天资聪慧,较早地进入学堂,多方结交当地的名流,因而,小小年纪便有诗名,受时人称许。苏诗思想已如前述,此不赘述,而其诗歌艺术上的首要表现便是继承"转益多师是汝师"的精神,多方学习,不断进步。

苏煜坡自述身世的诗作,深得杜甫、陆游的创作经验,读其诗,知其为人,了其行踪。宋人林亦之评杜诗曰"杜陵诗卷是图经"(《送蕲师》),王士禛评陆游诗为"读其诗如读其年谱"(《带经堂诗话》卷一),这两句用在苏煜坡诗作上亦不为过。纵观《萃益斋诗集》,诗人的人生轨迹循着诗歌编年的进展,历历在目,其人生的每一次重大事件,诸如中举、成亲、会试落榜、任职教谕、开办学堂、发妻去世、幼子科考等皆形诸歌咏,让读者很容易把握诗人的人生经历和情感变化。

至于他的田园诗,明显使人感受到受陶、孟、韦、柳一派清新淡泊诗的影响,这类诗作以刻画贺县一带的田园风光为主题,描写了安闲静谧的农家生活,乡土气息浓郁,如《野行》:

　　水渡野云低,山衔落日迷。歌声杨柳岸,香气稻花畦。满目牛羊下,争枝鸟雀栖。行行还小憩,画稿倩谁携。

---

① [清] 唐景崇《萃益斋诗集·序》。
② [清] 唐景崇《萃益斋诗集·序》。

峰奇因瘦露,村小太零星。一线炊烟白,千林暮雾青。鳞塍欣岁稔,雁讯感云停。不尽东南望,江天入杳冥。

这首诗能够较好地融汇各家风格,从中可以看到陶渊明、王绩、韦应物甚至《诗经》和《古诗十九首》的影子,作者笔随行止,极目所见,一一纳入诗中,仿佛很不经意,细读方有醇厚的诗思,很得骚人风力。

苏煜坡多方学习前人,但决非泥古不化,一味模拟,相反,他对前人的诗风有独到见解。比如酬唱赠答诗,绝大多数诗人都尝试过这类题材,这是朋友间诗酒流连的吟咏,是生活的一部分,但很多人写这类诗体仅是流于表面,像宋初的"西昆体"陈陈相因,无真情实感。苏煜坡知道"西昆体"病症所在,因而他的此类作品尽可能力避其弊,有意学习元、白感情深挚,主题鲜明,格调高昂的唱和诗作,如《和鹤山感怀之作》:

看遍人间选佛场,不须浓淡效时装。哦松试忆崔丞事,肯把微官负李唐。

依然谈笑聚华堂,何事花前恨尚长。消息莺迁听鹊报,人生志岂在膏粱?

虽是应和诗,实是自出机杼,表白心志,一句"人生志岂在膏粱",是对友人的礼赞,更是诗人人生态度的写照。

此外,苏煜坡还把同时代人也当作学习典范,《萃益斋诗集》中多次出现与诗人交往的诗人名字,徐啸三、钟少峰、周子元、黄笏山、唐景崇、郑小谷等人都给予了他创作上的影响。正是这种"不薄古人爱今人"(杜甫《论诗六绝句》)的学习态度,使苏煜坡在诗歌创作的道路上日渐成熟。

观其一生,苏煜坡首先是作为一名饱读诗书、热衷科举的才学之士出现的,做诗还是其次。他一生所念念不忘的是科举大业,以此显身扬名,吟诗作赋绝不是人生的终极目的,只能是一种闲情作为。正因如此,在苏煜坡的诗中处处体现出浓郁的书卷气,文人意象格外明显。

首先,苏诗中所歌咏的物品多具有文人气息,与文人生活息息相关。如《八咏诗和媚川》的八首诗歌分别题咏了"诗"、"酒"、"琴"、"棋"、"风"、"花"、"雪"、"月"。这些事物有的是文人日常生活所常用的,有的是历代诗人经常歌咏的,无不充满了文人色彩。再如,"摩天骨格本来高,争怪人间惜羽毛。入手恍同纨扇洁,惊心如挟怒风号"(《鹰毛扇》),"自是人间有用材,双双佳士座中来。喜君与我周旋处,淡泊膏肤一扫开"(《竹箸》)等,所咏之物分明是自信而高洁的文人形象的写照。在《题少峰〈修拙斋诗卷〉》中写道:

> 飞腾落纸富烟云,崛起临江气不群。五色独持江令笔,八荒谁撼岳家军。凤毛绮岁驰徽誉,牛耳骚坛策茂勋。仙骨珊珊神韵古,康成衣钵早传君。
>
> 北燕南鸿惯远游,异乡云物一编收。九能旧赏张京兆,八咏今传沈隐侯。有用才偏违壮志,不磨名本属清流。红羊劫后元音减,可许邯郸学步不?

这首诗表达了对钟少峰诗歌创作成就的仰慕,表达愿以之为楷模,追步后尘的愿望。全诗九处用典,辞藻丰腴,文人气息极为浓郁。

其次,苏诗按照时间线索,刻画了一个孜孜以求、知难而进、不言放弃的学者形象。虽然追求的是个人功名利禄,但在那个时代,贫寒士子想求得更高的晋身之阶,舍此别无他途。因此,诗人的读书生活、科考生活、仕宦生活等都在诗中有所反映,如:

> 远约羊求伴,来听马郑经。峰高依泰岳,酒热上元亭。树影依窗绿,灯光照简青。群居妨哈伍,独鹤正疏翎。
>
> 江远环如带,林深绕到门。无僧经舍广,有佛讲堂尊。待向钟

频扣,高吟斗欲扪。杜祁衣钵在,浮白话晨昏。

——卷一《读书水口寺》

这是同学少年,心无挂碍,悠闲有余的读书生活。

勺舞象舞年,虎变豹变志。进境岂易期,及锋仍欲试。云山莽
万重,烟水渺无际。去去前程遥,一帆趁风利。

——卷一《赴平郡岁试乙丑》

这是科场首试,初生牛犊,一战而胜,对前途充满信心的考生形象。

破浪乘风意自雄,牵云曳雪感何穷。科名要与才名称,绫饼何
曾易啖红。
一席名山坐未寒,萧然行李出长安。胸中块垒消难尽,长铗临
风不肯弹。

——卷一《落第南归》

这是第一次会试失利,锋芒顿挫而不言失败的倔强表现。

强仕于今又几年? 尚无事业倩人传。来朝逐队看花去,伴侣
欣逢李谪仙。
福命文章不易全,痴心敢望玉堂仙。南宫夜烬三条烛,此景依
稀忆昔年。

——卷四《海春闻予北上,以诗寄讯,次韵答之》

这是年过半百,自叹一事无成,第三次入京会试时志忐栖遑的心境,此
时的诗人已被折磨得异常敏感,非常不自信。

最后,苏煜坡流连光景,反映日常生活的小诗亦流露出淡淡书香,

体现出读书人的韵味,如《楼居漫兴己巳》写道:"独坐小楼中,朝阳射牖红。读书防自误,临帖让人工。当户鸟声和,隔帘花气通。饭余无个事,叱犊听郊东。"诗描绘的虽然是恬静的农村生活,但是"读书"、"临帖"又是文人所为之事,这种在田园诗中透出书生气的创作方法,正得陶渊明、王绩的嫡传。在《社日小集》《纳凉》《消夏诗十首》《大令弟秉初以小照索题》以及《手病痛》等篇章中,都可以感受到诗人的行踪。

读其诗,想见其为人。苏煜坡一生没有赫赫功绩,难展人生宏图。他是漫步于求取路上的苦行者,诗作展示的是过程,不是结果,故而文人气息弥漫于诗中,总有一番积极的态势。

这里,之所以谈及这方面的艺术特征,是有清一代的诗风深受"神韵说"和"性灵说"影响之故,同时也与清末广西诗坛主流以及平乐诗派的诗风有关的。平乐诗派在清末广西诗坛不是一个很有影响力的诗歌派别,诗人僻居在桂东北的平乐、灌阳、贺县一带,"盟主"于式枚小有名气,做过李鸿章幕僚,当过清国史馆副总裁,在这一带有影响力。平乐诗派以吟咏山水、田园及诗人本身的喜忧为主要题材,受他们阅历的限制,较少关心国运时局。风格上以清新自然见长,师从袁枚的"性灵说",主真情,重个性。

苏煜坡和于式枚同为这一诗派的中坚,在平乐诗派清新自然的诗风方面着力甚多,具体表现是:

第一,写真情,述真我。自李贽倡导"童心说",提出"天下之至文,未有不出于童心焉者也"观点,强调诗人应具备纯真的感情之后,写真情,述真我,成为许多主情诗人的自觉追求。苏煜坡诗歌大部分能够剖析自我,以自我为中心,组合诗材,体现鲜明的"这一个",个性比较突出,努力做到袁枚所提出的"作诗不可无我"(《答兰垞论诗书》)的要求。诗之"兴、观、群、怨"社会功能是通过"我"之喜怒哀乐表现出来的,如《水仙花,次云峰先生韵甲戌》写道:

自是凌波绰约仙,肯随桃李互争妍。根荄秀润全资水,花叶离

披别有天。一室香余春色外，几枝开在岁朝先。生来未受泥途辱，
若论清高似胜莲。

诗人以水仙花自喻，称赞水仙花"清高似胜莲"的纯洁品质，意在表白自
己"生来未受泥途辱"，只以读书求仕为快乐事的人生追求，这是真情之
表现，毫不掩饰对内心洁白的赞美。再如《闲居》：

懒上金门献《子虚》，云林深处结庐居。新盟惯订来鸥鸟，旧卷
重温走蠹鱼。几本绿蕉朝试笔，一帘红烛夜修书。只惭奇字无多
识，门外偏停载酒车。

这种心态与诗人在现实中的做法是一致的，苏煜坡虽然每到一处多与
地方官交往，但他没有急功近利的想法，与其往来者多为气类相投的文
字之交，无世俗名利相逐。他渴望致仕，求得重用，所认准的也只是这
么一条"正途"。

第二，领略自然妙旨。诗人都是敏感的，而那些命运坎坷者更甚。
他们感受到四季节序的变化，注目自然万物的兴衰，形诸歌咏，自然妙
旨便蕴涵于诗中。在这方面，苏煜坡以其细腻的笔触去尽情刻画，他能
够以托物起兴的方式，力求传达内在的感受。《九日偕同人游沸水寺》
写道：

万松深处一禅堂，隔越尘寰到上方。地有林泉皆胜境，天无风
雨又重阳。沦来飞瀑闲烹茗，占得名山合举觞。却怪墙东老丹桂，
今秋不作木樨香。

诗像一幅意远景深的山水画，有隐有显，有浓有淡，有动有静，通过仰
观、鸟瞰，环顾等视点，把沸水寺一带的风物交错叠映出来，深得自然之
至性。在《咏镜》的"照出妍媸凭自悟，知人全在不言中"一句，咏物之

际,颇得理趣。

第三,深厚的才学功力。苏煜坡少小即显出聪慧天赋,年纪轻轻中举,主讲各地书院,三次入京会试,一生作为都与诗书学问相关。与之相对应的是,他的作品中,时时显露出才学气,是典型的学者诗人。他的诗长于律绝,五、七古亦常见。题材上,凭借自己有限的阅历,尽力开拓。他不迷信古人,敢于向古代大诗人挑战。如唐代大诗人韩愈写过一首著名的《石鼓歌》,千百年来传诵不衰。苏煜坡读过此诗后,有所感触,同时也是一逞才气,提笔写了一首《拟韩昌黎〈石鼓歌〉》,诗曰:

> 石鼓肇自周宣王,中兴伟业莫与方。功成勒石置太庙,钟镛鼒鼐同垂光。我闻当年鼓有十,两楹罗列何堂堂?自周历唐数千载,沧海几度成田桑。神物独为天呵护,榻来一纸吾友张。我揩老眼灯下读,辞义邃密穷微茫。似隶非隶篆非篆,虫文鸟迹难推详。或者年深点画缺,无乃文古光芒长。风霜苔藓不敢蚀,龙蛇飞舞蛟鼍藏。扣之有声扪有棱,昭回云汉钦天章。自昔好古嗜奇士,金石著录屡遗忘。我生足迹半天下,睹此至宝神飞扬。会当上书告当陛,留诸太学长流芳。鸿都虎观同考究,汤盘禹鼎相颉颃。免教流落到榛莽,牧童摩挲增感伤。周德未衰善继述,矧今圣明功辉煌。淋漓大笔待濡染,后先相映文词昌。且书万本诵万遍,歌成余意犹仿徨。

此外,诗人深厚的才学功力还表现在对同一件事,对同一物品的吟咏,多层次、多角度地刻画,尽情地将情感宣泄出来,例如,一副平平常常的竹筷(《竹箸》),苏煜坡写了八首,多方联想,层层设绘。再如《菊影》:

> 粉白金黄上下同,清池倒映最玲珑。凌波瞥睹丰神瘦,写照难教笔墨工。未必孤芳如此淡,须知佳色本来空。西风帘卷香何处,只隔盈盈一望中。水中

　　横陈秋夕态娟娟,月里嫦娥见亦怜。三经霜浓侵骨冷,一帘风细漾波圆。生来有品难谐俗,淡处传神妙自天。相对不胜怀晚节,轻痕摇曳满庭烟。月下

　　银烛烧残兴未阑,一枝移向胆瓶安。赏心恰与宵来伴,回首还从壁上观。红豆光中秋色淡,碧纱橱外晚香寒。半生寂寞耽书味,我欲篱东订古欢。灯前

　　引得山鸡舞欲狂,丛丛冷艳镜中央。漫疑金屋藏娇幻,真似冰壶濯魄香。图绘风神增本色,屏开云母斗新装。从今不信黄花瘦,如此容应夺玉光。镜里

　　古人咏菊不可谓不多,但多短篇小制,苏煜坡能够另辟蹊径,专门描述菊的影子,且从水中、月下、灯前、镜里几个视点着眼,很见开创精神。

　　用典和使事是古代诗歌创作常用的手法之一,恰当用典能够深化诗歌的意境和内涵,增强诗歌的生动性和表现力。大诗人杜甫的诗被人称作字字有来历,宋代江西诗派更把用典当作作诗的秘笈。长于用典成了宋以来诗人共同的才艺体现。饱读诗书,少年天成,与游又皆好学之士,促使苏煜坡在其诗作中多化用典故,成为真正的文人诗。苏诗用典基本上能够做到随手拈来,妥帖精当,如《投邑令黄笏山司马》:

　　汉廷黄霸最循良,何幸卿云覆此方。十载心倾同小草,三春手植到甘棠。宜民颂美随车雨,久宦勤忘满鬓霜。儒吏风流政谁似,书堂窃喜傍琴堂。

　　诗以汉朝的贤吏黄霸比做黄笏山,一用典;卿云,彩云,古人视为祥瑞,二用典;以东晋谢安之小草言笏山之自谦,有高远之志,三用典;用周武王时,召伯巡幸南方,曾憩甘棠树下之事颂邑侯之亲贤爱民,四用典;又以琴堂喻县衙,道邑侯之儒雅,五用典也。一首诗中五次用典,读来却毫不拘涩,反觉左右逢源,浑然天成,足见诗人才学之深厚和诗意之

婉转。

　　同时,在用典时,苏煜坡也很注意让典故与诗歌内容相辅相成。其大多数的田园、山水诗纯以白描手法刻画自然风光、农村生活,极少用典,而亲情诗也重在感情烘托,且注意阅读对象,也不常用典。善于用典的作品多是师友间的酬唱、投赠之作,这类作品描写和投赠的对象是同声应气之人,诗中之典能被对方理会和接受,如卷三《刘采楼五旬得子,诗以贺之》:

　　　　仙果迟生始觉奇,文人老赋弄璋诗。书香异日看儿续,英物今朝有客知。厚望不妨称跨灶,承欢兼可慰含饴。故应桃李栽培久,栽得人间桂一枝。

连用"仙果"、"弄璋"、"跨灶"、"含饴"典故,对朋友的老来得子表示由衷祝贺,用典得当而雅气十足。

　　苏诗喜用典,但所用之典并不怪僻,无逞才炫学之感,大都切合原意。有些典故在诗中多次出现,像"甘棠"(包括"棠阴"、"蒂棠")用了九次,"龚黄"用了四次,"凫飞"用了三次,"琴堂"用了三次。当然,我们也注意到,出现这情况的原因既由于这些典故是熟典,适合在诗文中引用,也与苏氏本人交际圈子所囿有关。

　　王国维在《人间词话》中说过:"诗人对自然人生,须入乎其内,又须出乎其外。入乎其内,故能写之。出乎其外,故能观之。入乎其内,故有生气。出乎其外,故有高致。"无论"入乎其内",还是"出乎其外",对诗人而言,要恰当地"写之"、"观之",最有力的武器当是语言。诗歌是语言艺术,缺乏对语言的锤炼和创造,便会失去诗歌的基本特征。

　　前面已经说过,苏煜坡的诗风是"瓣香随园,自出机杼",把有清一代影响较大的袁枚的诗论当作自己的创作指南,注重真情,强调艺术个性。这种追求决定了苏煜坡走的是主情一路,在清诗崇唐与宗宋的两种趋势下,他是倾向前者的。所以其诗不像宋诗那样过分地以文为诗,整体上整饬凝练,少杂芜,语言上则以清新雅致见长。

在景物刻画上,苏煜坡往往以简洁的语言传写其神,如《白鹤岩》:"山形本如狮,岩名却借鹤。鹤去狮犹蹲,岩花自开落。"短短二十个字就写出了白鹤岩的形状、得名、传说以及静谧的环境,修辞和语言都是极平淡的,但在平淡自然中显出些厚重,仿佛在诉说一个古老的传说。短诗如此,长篇甚或组诗,诗人在语言上也能突出"精"、"雅"特色,《桂林杂述》共十八首,林林总总地把桂林的风景名胜、乡风民俗一一纳入诗中,语言看似不事雕琢,实纡徐委曲,很见精致。如其二:

> 山水曾闻佳九州,少年经过未穷搜。天台幸有兴公赋,把卷何妨作卧游。

这里,诗人没有具体描绘哪一处景点,而是用"山水曾闻佳九州"一句总述,然后以诗人的主体感受烘托桂林胜景的迷人之处。再如其六:

> 庙入名山构易新,瓣香消受雅游人。儿童别有消灾法,戒体摩挲佛不嗔。

诗人像导游,引领读者曲径通幽,在丛林深处的庙宇里,观看了一场摩佛消灾的民俗活动。"庙入神山"和"瓣香消受"都是倒装句,突出景点。"佛不嗔"是拟人,把本来了无生气的塑像写活了。再如其九:

> 春暖漓江浪正平,两三人坐野航轻。晚钟摇动云峰寺,听彻楞伽第几声。

全诗的视点从江到船,然后到寺,行踪一目了然。诗人用"春暖漓江"、"晚钟摇动"等概括性强的短语,浓缩桂林山水的精华,是鲜活的漓江唱晚图,人境和佛境相融合,更觉韵味无穷。再如其十四:

令节家家赛会忙,装成台阁斗辉煌。散花天女从空下,真个莲花似六郎。

围绕一个"忙"字,描绘了歌会的热闹景象。"真个莲花似六郎"一句传神刻画了赛歌男女的美貌多情,让人浮想联翩,犹如走进了情意绵绵的歌会。

苏煜坡诗歌语言的雅致还表现在酬唱诗中常用代字,即用同名或同姓的古人指代所要题赠的今人,如《偕钟序东、孟芗圃赏荷小集,用周椎使见赠韵》有"翩然钟子期,嗜欲性寡和。卓然孟襄阳,书法力能破"之句,这里的"钟子期"指代钟序东,"孟襄阳"指代孟芗圃。《墨村司马招游浮山,为子元椎使钱别。椎使成五言古三章,次韵奉和》亦有"颇笑何水部,诗句诙谐留。何如山谷老,啸放凌沧州"的语句,"何水部"代指浮山有"何彦宣"的诗刻,而"山谷"则代指同游的黄砚宾、黄笏山两公,因二公皆为黄姓,故指。这点,诗人在自注中也明确地说"壁间有何彦宣诗刻"、"谓砚宾笏山两公"等。这种做法在《萃益斋诗集》中比比皆是,不胜枚举。运用代字作诗由来已久,南宋辛弃疾深谙此法,后世多仿效之。这是朋友间相与赠答和恭维的方式,也是显示才学的表现,故非有渊深学识,不可妄为。

"客观之诗人,不可不阅世。阅世愈深,则材料愈丰富,愈变化。……主观之诗人,不可多阅世。阅世愈浅,则性情愈真。"(王国维《人间词话》)按照这个标准,我们更倾向于把苏煜坡划归于"主观诗人"这一类,这倒不是因为他本人及其诗作"性情愈真"。苏煜坡的一生没有大起大落,惊涛骇浪,宦海浮沉的磨炼,也没有去塞北江南,建宏功伟业,奔走投靠的阅历。比起历史上有阅历的大诗人,他的一生是平淡的,僻居于桂东北一隅,结交几位当地名士,日间常与下等人为伍。几年铨临桂县学,亦不过是默默无闻闲差。三次会试,皆抱着强烈的愿望,惜乎每次都是匆匆而去,落寞而归,对沿途景物走马观花,没有与外地人有什么深交。因此,可以说,苏煜坡从事诗歌创作,更多的是从书本中找材料,诗酒间寻线索,山水处得灵感,存在着一定的不足之处。

在内容上,苏诗围绕个人的喜怒哀乐铺叙,较少关心国计民生,诗中没有大题材。如果说杜甫、陆游等人的诗作是诗史的话,那么苏煜坡的作品只能看作自传。在一定程度上,他的诗作有着时代的局限性。

一是鼓吹封建伦理,咏烈妇,赞纳妾。如《咏胡烈妇殉夫事》:

> 珠沉玉碎未为奇,忍死须臾志不移。扶榇关河千里返,到家骨肉一朝离。冰心已白营斋后,血泪应红绝粒时。同穴私衷今遂否,墓门连理定成枝。

这本是极端残忍、偏狭的落后观念,但他带着欣赏的态度来看,时代的局限性难以消除。再如《贺子元大令纳宠》:

> 一枝花采橘江边,客里光阴意外缘。难得遭逢秋正半,未寒时节已凉天。
>
> 故里梅花信屡探,他乡桃叶梦先酣。诗人自古多情甚,怪底儿夫爱子南。
>
> 涤砚添香百事宜,偏弦好是独弹时。明年那尹知相得,我见犹怜忍避之。
>
> 交到忘形语亦粗,袁翁曾为蒋题图。不知元相金闺宠,我是杨炎许见无?

纳妾本是封建陋习,是有钱人玩弄女性的卑劣做法,苏煜坡却不加鉴别,一味以扭曲的目光去欣赏。

二是把科举当作人生的至高境界,余事则等闲视之,如卷一《题魁星像辛未》:

> 天上星辰古,人间面目尊。科名悬寸管,香火峙灵根。一代文
> 光聚,千秋正气存。朱衣头暗点,得失未容论。

诗人借对魁星像的吟咏,明确表达了对科名的无限渴望,"一代文光聚,千秋正气存",说明作者奉科举为正统,把它看成千秋万代的伟业,在科举制度行将走进历史坟墓的前夜,苏煜坡木讷落伍,冥顽不化。

在体制上,苏诗以短小见称,集中最多的是律绝,古风和排律较少,反映出诗人把握诗体的单调性。这点,与其诗题材狭小有很大关系,是体裁开拓不够所致。

凡　例

1. 本书以苏煜坡《萃益斋诗集》民国己未年（1919）贺县民众日报社承印本为底本，简称"贺本"，以《萃益斋诗集》广东省城卫边街中汉印本为校本，简称"粤本"，个别篇目以《贺县志》（民国二十三年〈1934〉）为校本，简称"贺志"。

2. 采用分篇校注方式，将校注文字置于各篇之后。

3. 校注时，先校后注。校勘记分别以①②③……顺序排列；注释分别以［1］、［2］、［3］……顺序排列。□为缺字符号。

4. 本书校勘，遇校本文字有异时，斟酌之后据正确文字改订。底本不误而校本误者，也出校记说明。

5. 本书注释，重点注解人名、地名、典故及典章制度。遇有无以稽考者，一般用"不详"标明。

6. 同一诗题下的组诗，原来没有数字标明，校注时加"其一"、"其二"等字样。

序

　　同治丁卯,吾省乡试,得人称盛。是科景崇亦忝与解额。同谱中年最少者惟临贺金堂苏君金堂,丰神秀朗,德器渊润,见者咸目为木天中人。戊辰,礼闱报罢,至庚辰大挑得教职。又十余年,壬辰会试,再至京师,知金堂铨临桂学,方赴官,遽丁外艰,连年教授乡里,主书院讲席,所造就多知名士。昔之同榜少年,今亦垂垂老矣。是科复下第,仍以学官注铨。嗟乎!曩之为金堂期者安在?讵知今日犹恋恋于苜蓿一盘,昔人所谓时命不可知,诚不可知也。金堂旋出所著《萃益斋诗稿》,嘱余序之。读至终篇,不禁作而兴曰:"天之厄金堂,天殆玉成之也。其厄之耶,其昌之也。"科举以有唐为盛,三百年中掇巍科登腏仕者,未尝不赫赫一时,而当时则荣,殁则已焉。其间能诗者如常建、温庭筠之流,官职不过簿尉,至今诗卷长留,人犹称之,此中之利钝得失,诚有非一时所能定者。金堂惟数奇不偶,乃得退居教授,优游文闱,有此数卷诗,以鸣于时而流传至于后,所遇虽塞,所得未尝不丰,金堂亦可以自慰矣。吾闻临贺多诗人,乾嘉间,龙晚樵大令于僻壤间独张一军,所著《云仓集》,高华典赡,桂林廖鱼牧刺史论桂省诗曾及之。咸丰间,钟少峰司马复以诗称,为张月卿制军、郑小谷比部所知。金堂所为诗,视其乡先辈未知何如,而综观全稿戛戛独造,自出机杼。瓣香随园,而不袭随园,面目洵为可贵。况诗律老而益细,又焉知他日不进而愈上,遂跻如唐贤之卓卓者耶?金堂言此次南归,将不再与计偕。嗟乎!金堂之诗之所造如此,诚不以一第为轻重,而吾丁卯同谱中之得第者,将来身后之名其流传如金堂者,则亦未敢预必也。金堂行有日矣,书此以当临别赠言,并以为金堂慰,金堂其以为然耶,否耶?

　　光绪壬辰四月年,愚弟灌阳唐景崇拜。

【萃益斋诗集】

·卷 一·

新正二日作_{甲子}

团圞家宴敞庭轩[1]，甲子从头纪上元[2]。青扑入帘山色
媚，红飞满地爆声喧。翻新未必花依样，积庆从知水有源[3]。
烽火不惊桑梓乐[4]，闲随父老负晴暄。

【注】

[1]团圞：亦作"团栾"，意为团聚。宋范成大《石湖集》卷二十三《喜周
妹自四明到》："团栾话里老庞衰，一妹仍从海浦来。" 庭轩：庭院中的小室。
宋张先《青门引》："庭轩寂寞近清明，残花中酒，又是去年病。"也指庭院。宋柳
永《戚氏》："晚秋天，一霎微雨洒庭轩。"

[2]甲子：中国传统干支纪年中六十年循环的第一年，也称"甲子年"。这
里指清同治三年(1864)。 上元：农历正月十五元宵节，又称为"上元节"。

[3]积庆：接踵而来的喜庆事。南朝宋鲍照《皇孙诞育上表》："东储积
庆，皇孙诞育；国启昌期，民迎福运。"

[4]桑梓：《诗经·小雅·小弁》："惟桑与梓，必恭敬止。"桑与梓为古代
住宅旁常栽之树，东汉以来遂用以比喻故乡。

家 居 偶 成

其 一

山环左右岭中央，五亩先营四面墙。客至莫嫌室如斗，躬
耕人本住田庄。

其 二

寄人篱下八年余[1]，前岁全家始定居。_{室筑于辛酉前，分居}

下料、桥头两处[2]。容膝别无盈尺地[3]，小楼安放半床书。

其 三

人家三五不成村，击柝差欣守望敦[4]。最是秋晴风信早[5]，稻花香气绕柴门。

其 四

嘉名肇锡借莘田[6]，旧名新寨，今易莘田。田舍家风尚俨然。依自横经人负耒，[7]五更天起各争先。

【注】

[1] 寄人篱下：比喻依赖他人。《南齐书·张融传》："丈夫当删诗书，制礼乐，何至因循寄人篱下。"

[2] 辛酉：为咸丰十一年(1861)，是年诗人13岁。

[3] 容膝：仅容两膝，多形容容身之地狭小。亦指狭小之地。《韩诗外传》卷九："今如结驷列骑，所安不过容膝；食方丈于前，所甘不过一肉。以容膝之安，一肉之味，而殉楚国之忧，其可乎？"

[4] 柝：古时巡夜所敲的木梆。

[5] 风信：随着季节变化应时吹来的风。唐张继《江上送客游庐山》："晚来风信好，并发上江船。"

[6] 嘉名肇锡：嘉名，美名。肇，始。语出屈原《离骚》："皇览揆余初度兮，肇锡余以嘉名。"

[7] 横经：听讲时横陈经书。《初学记》卷二十一《历吏人讲学诗》："旰食愿横经，终朝思拥帚。" 负耒：指背负农具，从事农耕。语出《孟子·滕文公上》："陈良之徒陈相，与其弟辛，负耒耜而自宋之滕。"

白 鹤 岩[1]

山形本如狮，岩名却借鹤。鹤去狮犹蹲，岩花自开落[2]。

【注】

[1] 白鹤岩在广西壮族自治区贺州市八步区开山镇。在开山谷地的垌面上,有一座狮子山,狮子山下有一个天然的石山溶洞,宽阔的洞厅可以容纳上千人。古人为了躲避战乱,曾在洞口建筑有坚固的石墩城墙,用以保护生命和财产的安全。洞内石壁上苏煜坡和清朝贡生莫兴居分别题写有"白鹤岩"和"天然普陀"摩崖石刻。

[2] 岩花自开落:化用唐王维《辛夷坞》:"涧户寂无人,纷纷开且落。"

风古庙古藤[1]

庙小不盈尺,一藤蟠左右。闻自乾嘉时,[2]此藤已独秀。

【注】

[1] 风古庙在今广西贺州市八步区境内。

[2] 乾嘉:指清代乾隆(1736—1795)和嘉庆(1796—1820)两朝。

螺　山[1]

九螺矗开山,山山螺黛好[2]。我登最高巅,村落一拳小。

【注】

[1] 螺山在今广西贺州市八步区境内。

[2] 螺黛:原指古代妇女用来画眉的一种青黑色矿物颜料,一名"螺子黛",出波斯国。这里喻指盘旋高耸的青山。明唐寅《登法华寺山顶》:"昔登铜井望法华,炊龙螺黛浮兼葭。"

龙　塘[1]

山后水半潭,其深不见底。夜来风雨声[2],疑有蛟龙起。

【注】

[1] 龙塘在今广西贺州八步区。

[2] 夜来风雨声:全句袭用唐孟浩然《春晓》。

读书水口寺[1]

其　一

远约羊求伴[2],来听马郑经[3]。峰高依泰岳[4],外舅黄汉卿师[5]。酒热上元亭。树影依窗绿,灯光照简青[6]。群居妨唅伍[7],独鹤正疏翎。

其　二

江远环如带,林深绕到门。无僧经舍广[8],有佛讲堂尊。待问钟频扣,高吟斗欲扪。杜祁衣钵在[9],浮白话晨昏[10]。

【注】

[1] 水口寺在今广西贺州八步区西南部水口镇。

[2] 羊求:汉羊仲与求仲的合称。汉赵岐《三辅决录》卷一:"蒋诩,字元卿,舍中三径,惟羊仲、求仲从之游。二人皆雅廉逃名之士。"

[3] 马郑:指马融和郑玄。马融(79—166),字季长,汉扶风茂陵人。安帝时为校书郎中,于东观典校秘书,桓帝时为南郡太守。才高博洽,为世通儒。卢植、郑玄皆出其门。著《三传异同说》,注《孝经》《论语》《诗经》《易经》《三

礼》《尚书》《列女传》《老子》《淮南子》《离骚》等。《后汉书》有传。郑玄(127—200),字康成,东汉高密人。曾入太学学习《京氏易》《公羊春秋》及《三统历》《九章算术》等。师事张恭祖和马融,后回乡,杜门不出,刻意研经,遍注之。今惟存《毛诗笺》《周礼注》《仪礼注》《礼记注》。

[4] 泰岳:原指泰山,《汉书·郊祀志》:"大山川有岳山,小山川有岳婿山。"后逐渐演变指岳父。唐段成式《酉阳杂俎》卷十二《语资》:"明皇封禅泰山,张说为封禅使。说女婿郑镒,本九品官。旧例,封禅后自三公以下,皆迁转一级。惟郑镒因说骤迁五品,兼赐绯服。因大脯次。玄宗见镒官位腾跃,怪而问之,镒无词以对。黄幡绰曰:'此泰山之力也!'"

[5] 外舅:妻子的父亲,即岳父。《尔雅·释亲》:"妻之父为外舅,妻之母为外姑。" 黄汉卿:为苏煜坡岳父,生平不详。

[6] 简青:简是古代用以书写的狭长竹片,把湿简烤干的过程叫"杀青"。

[7] 哙伍:《史记·淮阴侯列传》:"(韩)信尝过樊将军哙。哙跪拜送迎,言称臣。……信出门,笑曰:'生乃与哙为伍!'意思是鄙视樊哙,不屑和他为伍。后因以"哙伍"为平庸之辈的代称。

[8] 精舍:最初是指儒家讲学的学社,后来也指出家人修炼的场所。

[9] 杜祁:生平不详,疑为贺县人,曾在水口寺读书。

[10] 浮白:原意为罚饮一满杯酒。此处意为满饮或畅饮。

观 音 山[1]

那得慈云护[2],微闻郢雪歌[3]。绿阴门巷静,膏雨岁时多[4]。源远津难问,春晴客偶过。拈花同一笑[5],尘梦醒维摩[6]。

【注】

[1] 观音山在贺州钟山十里画廊景区内,区内主要景观还有荷塘群峰、双元群峰、公婆山、阳元石(朝天蜡烛)、宝塔山等。

〔2〕慈云：比喻佛之慈心广大，犹如大云覆盖世界众生。

〔3〕郢雪歌：《文选》之宋玉《对楚王问》："客有歌于郢中者，……其为《阳春白雪》，国中属而和者不过数十人。"后因以"郢雪"称高雅的音乐。

〔4〕膏雨：滋润作物的霖雨。《左传·襄公十九年》："小国之仰大国也，如百谷之仰膏雨焉。"

〔5〕拈花同一笑：即"拈花一笑"，佛教语，禅宗以心传心的第一宗典故。包含两层意思：一是指对禅理有了透彻的理解；二是指彼此默契，心领神会。

〔6〕维摩：佛名。即"维摩诘"，释迦牟尼同时人，也作毗摩罗诘。意译无垢称，或作净名。曾向佛弟子舍利佛、弥勒、文殊、师利等讲说大乘教义。南朝梁萧统小字维摩，唐王维字摩诘，皆取此为义。

赴平郡岁试乙丑

勺舞象舞年，[1] 虎变豹变志。[2] 进境岂易期，及锋仍欲试。[3] 云山莽万重，烟水渺无际。去去前程遥，[4] 一帆趁风利。

【注】

〔1〕勺舞象舞年：勺舞，即舞勺，古代文舞的一种。《礼记·内则》："十有三年，学乐、诵诗、舞勺。成童，舞象。"注："先学勺，后学象，文舞之次也。"疏："舞勺者，勺，籥也。言十三之时，学此舞籥之文舞也。"后称未成年时为舞勺之年。舞象，即象舞，古代武舞名。《礼记·内则》："成童，舞象，学射御。"疏："成童，谓十五以上；舞象，谓武舞也。熊氏云：谓用干戈之小舞也。"也用为"成童"的代称。本句指作者时年在13—15岁之间。

〔2〕虎变豹变志：虎变，谓虎身花纹之斑驳多彩。《易经·革卦》："象曰：大人虎变，其文炳也。"疏："损益前王，创制立法，有文章之美，焕然可观，有似虎变，其文彪炳。"后常以喻大人物行止屈伸，非常莫测。　豹变，豹文变美，喻润色事业，或迁喜去恶。《易经·革卦》："君子豹变，其文蔚也。"

〔3〕及锋：趁锐气正盛有所作为。《史记·高祖本纪》："军吏士卒，皆山

东人也。日夜跂而望归,及锋而用之,可以有大功。"

[4] 去去:越离越远。《文选》之《苏子卿(武)古诗》之三:"参辰皆已没,去去从此辞。"

补书癸亥科试时事

欲明未明天五更,爆声初起人声惊。整衣橐笔趋考棚[1],蜂屯蚁聚排前楹。长官高坐呼点名,鱼贯而入无先争。忽闻场外如狐鸣,狡焉思逞纷击人。_{时有考生攻谢君庭榕及余冒籍}[2]。可怜孤军谢宣城[3],头颅之血霑衣襟。嗟余身短年尤轻,杂立众中騁双睛。随棚军士来相迎,翠幄深处姑藏莺。_{匿余幕中,以被蒙首。}长官一声传苏琼[4],方月樵师时充提调[5]。如绷孩儿疾趋行。呼驺前导登公庭,虎视眈眈寂无声。文宗语和颜色平[6],_{鲍华潭师}[7]。命即隅坐陪群英。濡毫伸纸文初成,特地来观加题评。金齑之脍玉糁羹[8],援餐句竟缁衣赓。_{交卷后命用膳始出。}咄哉小子太憨生,谬蒙拂拭难为情。人欲锄兰公披榛,从此孤花转流馨。作诗纪事心怦怦,翘首卿月当空明。

【注】

[1] 橐笔:古代书史小吏,手持橐囊,簪笔于头,侍立于帝王大臣左右,以备随时记事,称作持橐簪笔,简称"橐笔"。后亦以指文士的笔墨耕耘。

[2] 谢庭榕:生平不详,玩诗意可知为作者同年。　　冒籍:假冒籍贯,古代科闱弊端之一种。清制,凡科举考试,各省参加考试的生员名额以及录取名额,均有限定,录取之规定亦有别。故士子参加考试,必归于本籍(亦可在本籍与寄籍中作一选择)投考,不得越籍赴试。但有的士子为了取巧投机,假冒他省之籍投考者,称之冒籍。

[3] 谢宣城:即谢朓(464—499),字玄晖,南齐陈郡阳夏人。与谢灵运同

族,称"小谢"。初为隋王萧子隆文学。明帝辅政,朓领记室,出为宣城太守,世称"谢宣城"。善草隶,长五言,以山水风景诗最为出色,为"永明体"主要作家。这里借指谢庭榕。

[4]苏琼:字珍之,长乐武强(今河北武强)人。北魏时任东荆州刺史府长流参军。北魏孝武帝永熙元年(532),任刑狱参军,后任南清河太守。北齐年间,苏琼受命担任清河太守。当时郡内官吏腐化,贪污送礼之风盛行。苏琼上任伊始,即向全郡告示,不接受任何名目的馈赠。不日,属下府丞送他鲜鱼,苏琼接受后悬挂在门边。府丞再送,苏琼仍将鱼挂上以示谢绝之意。时郡内有一八十余岁赵姓老者,仗着年纪大又以鲜鱼相送,苏琼仍将鱼挂在门梁,始终不吃。

[5]方月樵:原名炳奎,号月樵,安徽怀宁人。咸丰二年(1852)进士。历任河北省灵寿、晋州、静海等县知县。咸丰十一年(1861)任广西平乐知府。长于诗,格调清苍。著有《中稳堂诗集》8卷。 提调:官名,提举调度的意思。清末各新设机构常置此职,系处理事务的高级人员。其职权大小,因机构而异。

[6]文宗:文章宗匠。原指众人所宗仰的文章大家。《后汉书·崔骃传》:"崔为文宗,世禅雕龙。"清代用以誉称省级学官提督学政(简称"提学"、"学政")。清制,各省学政在三年任期内依次到本省各地考试生员,称案临。考试的名目有"岁考"、"科考"两种。

[7]鲍华潭:即鲍源深(1811—1884),字华潭,号穆堂、澹庵,安徽和县人。清道光二十七年(1847)进士,后改翰林院庶吉士、编修。历任国史馆协修官、纂修官。咸丰十年(1860)七月,奉命帮助恭亲王办理洋务。后授工部、礼部左侍郎,吏部、兵部、户部右侍郎等职。著有《补竹轩文集》。

[8]金齑之脍:也称"金齑玉脍"。原名鲈鱼脍,最早出现在北魏贾思勰所著《齐民要术》书中。相传隋炀帝巡幸江南品尝此菜时,因其味鲜美异常,鱼肉洁白如玉,齑料色泽金黄,连声赞曰:"金齑玉脍!" 玉糁羹:传说苏轼被流放海南时,生活清苦,和当地乡民一样日以山芋充饥。儿子苏过想弄点好吃的给父亲享受,没有别的东西,就拿芋羹想办法。苏东坡吃得眉飞色舞,即兴作诗一首,其诗云:"香似龙涎仍酽白,味如牛奶更全清。莫将南海金齑脍,轻比东坡玉糁羹。"

酬刘彩楼二律，次癸亥泮旋见赠韵^[1]

其 一

卓荦观书到处传^[2]，纵横摘藻共春妍^[3]。青衿我愧游庠序^[4]，绿字君殷校简编^[5]。三尺雪门多玉立^[6]，九秋云路伫镳联^[7]。功名自是儒生事，况有文章翼圣贤。

其 二

德门忠厚世相传，群季森然尽秀妍。田可代耕惟旧砚，城常坐拥半新编。提躬似璧人争羡^[8]，好句如珠孰许联。自笑童心犹未化，垂青偏遇步兵贤^[9]。

【注】

[1] 刘彩楼，人名，生平不详，观诗意可知为苏煜坡同年。

[2] 卓荦：卓绝出众。《后汉书·班固传》："卓荦乎方州，羡溢乎要荒。"李贤注："卓荦，殊绝也。"

[3] 摘藻：铺陈辞藻。意谓施展文才。汉班固《答宾戏》："虽驰辩如涛波，摘藻如春华，犹无益于殿最也。" 春妍：指春天妍丽的景色。宋陆游《天华寺前遇县令》诗："堕絮飞花掠钓船，天华寺下赏春妍。"

[4] 青衿：《诗经·郑风·子衿》："青青子衿，悠悠我心。"汉毛亨《传》："青衿，青领也，学子之所服。"后称士子为青衿，本此。 庠序：古代地方所设的学校，与帝王的辟雍、诸侯的泮宫等大学相对而言，后泛指学校。《孟子·梁惠王上》："谨庠序之教。"注："庠序者，教化之宫也。殷曰序，周曰庠。"

[5] 简编：古人泛称书籍为简编。

[6] 三尺雪门：源于"程门立雪"。宋程颐门人杨时、游酢，一日往见颐。时值大雪，颐偶然瞑目而坐，二人遂侍立不去。待颐觉，时、酢始辞别，门外已雪深一尺。后因此为尊师重道的典范。

[7] 镳联：即"联镳"之倒写，联鞭的意思。唐权德舆《酬崔千牛四郎早秋

见寄》："联镳长安道,接武承明宫。"喻相等或同进。《北史·甄琛传》："观其状也,则周孔联镳,伊颜接祍。"

[8] 禔躬:犹禔身。《明史·隐逸传·刘闵》："求古圣贤禔躬训家之法,率而行之。"明谢肇淛《五杂俎·事部二》："抱苦节之贞者,必褊于容众;具通达之职者,或昧于禔躬。"

[9] 垂青:表示尊重爱悦,谓以青眼相看,表示重视或见爱。出自《晋书·阮籍传》："籍又能为青白眼。见礼俗之士,以白眼对之。常言:'礼岂为我设耶?'时有丧母,嵇喜来吊,阮作白眼,喜不怿而去。喜弟康闻之,乃备酒挟琴造焉,阮大悦,遂见青眼。"　　步兵:三国魏陈留尉氏(今属河南)人阮籍,曾任步兵校尉,世称阮步兵。阮籍崇奉老庄之学,政治上则采取谨慎避祸的态度,与嵇康、刘伶等七人为友,常集于竹林之下肆意酣饮,世称竹林七贤。

赠莫德美丙寅

其　　一

绝无俗事混胸襟,早有奇闻纪古今。君喜览传奇。卅载埙篪敦雁序[1],千秋稗史购鸡林。[2]承欢可继先人志,结契曾倾好友心。[3]领略山村风味美,百年此乐更何寻。

其　　二

名姓何须海内知,扣关客到即心仪。居分两地星常聚,话到三更月未离。潇洒一生无我相[4],淋漓四壁有新诗。君好客,凡有投赠之作俱糊壁间。自来说士甘于肉[5],那怪逢人说项斯[6]。

【注】

[1] 埙篪:两种古乐器。埙,土制;篪,竹制。《诗经·小雅·何人斯》:"伯氏吹埙,仲氏吹篪。"埙、篪声能相和,后来因此比喻兄弟和睦。　　雁序:

原指有秩序地飞行的雁群。唐杜甫《天池》诗:"九秋惊雁序,万里狎渔翁。"此处比喻兄弟、兄弟辈,是对兄弟的雅称。雁飞前后有序,兄弟出行亦如此,故喻称。亦可作"雁行"。唐高适《酬秘书弟兼寄幕下诸公》诗序:"族弟秘书,雁序之白眉者,风尘一别,俱东西南北之人。"

〔2〕稗史:记录遗闻琐事之书。有别于正史,故称稗史。　　鸡林:古国名,即新罗。唐龙朔三年(663)置新罗为鸡林州,以新罗之法敏为大都督。见《新唐书·新罗国传》。此句言购得之远。

〔3〕结契:结交相得。《文苑英华》卷九十二刘知己《思慎赋》:"余推诚而裨耳,萧结契而连朱。"旧时称朋友交谊牢固为"金兰契结"。

〔4〕无我相:语出《金刚经》:"无我相,无人相,无众生相,无寿相者。"无我并不是指没有实实在在的物质,而是万事万物皆缘起性空,无有真实、固定、不变的自性。

〔5〕说士:游说之士。《史记·绛侯周勃世家》:"勃不好文学,每召诸生说士,东乡坐而责之。"

〔6〕说项斯:唐项斯字子迁,江东人。始未著名,以卷谒杨敬之。杨赠诗云:"几度见诗诗尽好,及观标格过于诗。平生不解藏人善,到处逢人说项斯。"诗达长安,明年擢为上第。见《唐诗纪事》卷四十九《项斯》。后因称替人说好话为说项。

赠唐桐卿丈[1]

　　雷霆精锐雪冰聪,尊酒论文气概雄。惯向琴书消永日,早因松菊见高风。迟抛白纻名流惜[2],老守青毡俗虑空[3]。余慧齿牙沾丐远,[4]不妨求我到童蒙。

【注】

〔1〕唐卿桐,人名,生平不详。

〔2〕白纻:即白纻舞,盛行于晋、南朝各代的江南民间舞蹈,有独舞和群

舞两种。舞者穿轻纱般的白色长袖舞衣。

〔3〕青氈:《晋书·王羲之传》附"王献之":"夜卧斋中,而有人入其室,盗物都尽。献之徐曰:'偷儿,青氈我家旧物,可特置之。'群盗惊走。"后以青氈为士人故家旧物之代称。

〔4〕余慧齿牙:源自"拾人牙慧"。牙慧,蹈袭陈言。　　沾丐:滋润。谓给人以实惠。《新唐书·杜审言传》附"杜甫":"唐兴诗人……皆自名所长,至甫,浑涵汪茫,千最万状,兼古今而有之,他人不足,甫乃厌余,残膏剩馥,沾丐后人多矣。"

赠余媚川[1]

芳名耳熟久神驰,快到今朝握手时。习礼黉宫曾佾舞[2],传经故里又星移[3]。春花早植桃千树[4],秋色初吟桂一枝。此后有邻相访易,三生不恨订交迟[5]。

【注】

〔1〕余媚川,人名,生平不详。

〔2〕黉宫:学校。元洪希文《续轩渠集》卷九《踏莎行·示观堂》:"郡国兴贤,黉宫课试,书生事业从今始。"　　佾舞:佾舞生的省称,也叫乐舞生。旧时孔庙中祭祀时的乐舞人员,由童生担任。清制,各省府州县佾舞生,额设三十六名,外加四名。见《清会典事例》卷三百九十二《礼部·学校·挑选佾舞》。

〔3〕星移:即斗换星移。感叹时光飞逝,事物变化,物是人非。

〔4〕桃千树:语出唐刘禹锡《再游玄都观》:"玄都观里桃千树,尽是刘郎去后栽。"

〔5〕订交:谓彼此结为朋友。明叶盛《水东日记》卷一《王孟端遗事》:"毘陵王绂孟端,高介绝俗之士,所订交皆一时名人,遇流俗辈辄白眼视之。"

月 夜 有 怀

　　烛剪西窗事已虚[1]，波生南浦恨何如[2]。寒光依旧明如水，人坐萧斋夜读书[3]。

【注】

　　[1] 烛剪西窗：语出唐李商隐《夜雨寄北》："何当共剪西窗烛，却话巴山夜雨时。"

　　[2] 南浦：泛指南面的水边。屈原《九歌·河伯》："子交手兮东行，送美人兮南浦。"后来多泛指为送别的地方。

　　[3] 萧斋：书斋的别称。唐李肇《国史补》："梁武帝造寺，令萧子云飞白大书萧字，至今一'萧'字存焉。李约竭产自江南买归东洛，建一小亭以玩，号曰萧斋。"后来沿用为书斋之称，兼取萧瑟之意。

德美和章至，叠前诗第一韵答之

　　光风霁月浣尘襟[1]，超矣阿龙独步今。正赏琴尊过北海[2]，忽传翰墨到西林[3]。拨云暂眷林泉目，捧日犹悬霄汉心。井里桑麻闲料简[4]，催科宁待吏侵寻[5]。时为派粮事开局，君主其事[6]。

【注】

　　[1] 光风霁月：光风，雨后初晴时的风；霁，雨雪停止。形容雨过天晴时万物明净的景象。也比喻开阔的胸襟和心地。宋黄庭坚《豫章集·濂溪诗序》："春陵周茂叔，人品甚高，胸怀洒落，如光风霁月。"　　尘襟：世俗的胸襟。唐黄滔《寄友人山居》诗："茫茫名利内，何以拂尘襟。"

［2］北海：古时泛指北方最远的地区。《左传·僖公四年》："君处北海，寡人处南海,惟是风马牛不相及也。"

［3］西林：北魏宫苑名。《魏书·宣武灵皇后传》："幸西林园法流堂,命侍臣射,不能者罚之。"另见《读史方舆纪要·广西六》："西林,县名,属广西。宋元称上林峒,属泗城州。明初置上林长官司。清康熙五年析治西林县。"此处与"北海"对举,应为地名。

［4］料简：一作"料拣",清理检查,清点察看。《元史·世祖纪十二》："以江南站户贫富不均,命有司料简。"

［5］催科：意为催收租税。

［6］沽：音 gū,原指古河名,源出山西,流至天津入海。此处应以客家话读之,音义同"派"。

赠莫义生[1]

其 一

高谊雷陈不自知[2],萧窗回首恋鸿仪[3]。莺花有句晨相赏,风雨连床夜不离。与君同学水口寺[4]。

其 二

曼倩诙谐销旅恨,牧之薄幸寄风诗[5]。他年会作云龙逐[6],入座交推某在斯[7]。

【注】

［1］莫义生,人名,生平不详。

［2］雷陈：东汉雷义与陈重的并称。《后汉书》卷八十一《独行传·陈重传》："陈重字景公,豫章宜春人也。少与同郡雷义为友,俱学《鲁诗》《颜氏春秋》。太守张云举重孝廉,重以让义,前后十余通记,云不听。义明年举孝廉,重与俱在郎署。"同书《雷义传》："雷义字仲公,豫章鄱阳人也。初为郡功曹,尝擢

举善人,不伐其功。义尝济人死罪,罪者后以金二斤谢之,义不受,金主伺义不在,默投金于承尘上。后葺理屋宇,乃得之,金主已死,无所复还,义乃以付县曹。后举孝廉,拜尚书侍郎,有同时郎坐事当居刑作,义默自表取其罪,以此论司寇。同台郎觉之,委位自上,乞赎义罪。顺帝诏皆除刑。义归,举茂才,让于陈重,刺史不听,义遂阳狂被发走,不应命。乡里为之语曰:'胶漆自谓坚,不如雷与陈。'三府同时俱辟二人。"比喻交谊深厚的朋友。

　　[3] 鸿仪:《易经·渐卦》:"鸿渐于陆,其羽可用为仪,吉。"《疏》:"处高而能不以位自累,则其羽可用为仪表,可贵可法也。"后以"鸿仪"喻官位。

　　[4] 水口寺:注见本卷《读书水口寺》。

　　[5] 牧之薄幸:牧之,唐诗人杜牧字,其诗《遣怀》有"赢得青楼薄幸名"之句。

　　[6] 云龙:即龙。《易经·乾卦》:"云从龙,风从虎,圣人作而万物睹。"

　　[7] 某在斯:语出《论语·卫灵公》:"师冕见,及阶,子曰:'阶也。'及席,子曰:'席也。'皆坐,子告之曰:'某在斯,某在斯。'"意思是某某在这里。

贺邓竹庄生子[1]

其　一

　　明珠入掌最堪珍,况复年华过五旬。昴应星飞欣举子[2],神传岳降定如申[3]。高禖久祀心初慰[4],甘蔗旁生眼忽新[5]。英物不凡啼亦异,无须摩顶认麒麟[6]。

其　二

　　仗义曾闻散鹿台[7],钟祥果见产龙媒[8]。箕裘此后南阳继[9],汤饼今朝北海开[10]。画虎可无名论训,占熊应有大人来[11]。桑弧蓬矢安排便[12],是父悬知子也才。

【注】

[1] 邓竹庄，人名，生平不详。

[2] 昴：星名。二十八宿之一。西方白虎七宿，有星四颗。《尚书·尧典》："日短星昴，以正仲冬。"《传》："昴，白虎之中星。"也称"髦头"。

[3] 岳降定如申：称颂诞生或诞辰。语出《诗经·大雅·崧高》："崧高维岳，骏极于天。维岳降神，生甫及申。维申及甫，维周之翰。四国于蕃，四方于宣。"

[4] 高禖：指媒神。帝王祀以求子。《礼记·月令》"仲春之月"："玄鸟至。至之日，以太牢祠于高禖，天子亲往。"《注》："高辛氏之出，玄鸟遗卵，简吞之生契。后王以为媒，官嘉祥而立其祠焉。变媒言禖，神之也。"

[5] 甘蔗旁生：广东、广西一带风俗，在清明习惯"斩蔗"和"插柳"，蔗斩成矛形，两端作尖锋状拜祭先人，取义"甘蔗旁生，以衍宗枝"之义。

[6] 麒麟：传说中仁兽名。《礼记·礼运》："凤皇麒麟，皆在郊棷。"司马贞《史记索隐》引张揖言："雄曰麒，雌曰麟，其状麋身、牛尾、狼蹄、一角。"借喻杰出人物。

[7] 鹿台：古台名。故址在今河南省汤阴市朝歌镇南，相传为贮藏珠玉钱帛的地方。《尚书·武成》："散鹿台之财，发巨桥之粟。"这里喻指邓竹庄仗义疏财的品行。

[8] 龙媒：指骏马。《汉书·礼乐志》："天马徕龙之媒。"颜师古注引应劭曰："言天马者乃神龙之类，今天马已来，此龙必至之效也。"后因称骏马为"龙媒"，又喻俊才。唐杨炯《后周明威将军梁公神道碑》："于是龙媒间出，麟驹挺生。伯乐多谢于精微，日碑有惭于牧养。"

[9] 箕裘此后南阳继：古代祭祖文常有"绪缵南阳，克绍箕裘"之语。箕裘，谓克承父业。《礼记·学记》："良冶之子，必学为裘；良弓之子，必学为箕。"良冶、良弓，指冶金、造弓能手，其子见闻多，因能善继世业。

[10] 汤饼：即"汤饼会"。俗寿辰及小孩出生第三天或满月、周岁时举行的庆贺宴会。因备有象征长寿的汤面，故名。

[11] 占熊：即"熊占"。古人以为梦熊为生男之兆。因以"熊占"指生男儿。语本《诗经·小雅·斯干》："大人占之，维熊维罴，男子之祥。"郑玄笺："熊罴在山，阳之祥也，故为生男。"

[12] 桑弧蓬矢：古时男子出生，以桑木为弓，蓬草为矢，使射人射天地四方，寓志在四方之意。《礼记·内则》："国君世子生，……射人以桑弧蓬矢六，射天地四方。"也作"桑弧蒿矢"。

八咏诗和媚川[1]

其　一

十岁何曾走马成，三秋空自效虫鸣。烟云花草寻常物，谱入声歌便有情。诗

其　二

毕卓刘伶未足豪[2]，清名徒向饮中逃[3]。称仙称圣远推李[4]，八斗才因斗酒高[5]。酒

其　三

高山流水赏音难[6]，焦尾谁从爨下看[7]。忆自成连来海上[8]，人间无复广陵弹[9]。琴

其　四

手谈终日对楸枰[10]，动静方圆妙趣呈。我愧李生难更赋[11]，中间黑白颇分明。棋

其　五

裁桃裁柳技原工，吟竹吟松音不同。扫尽尘沙还锦绣，披襟应让大王雄。风

其　六

生香不断四时开，引得游人载酒来。我慕青莲一枝笔[12]，梦中别有化工催。花

其　七

一白能飞六出花，天公玉戏亦风华[13]。谢安清咏袁安卧[14]，高士何曾逊大家[15]。雪

其　八

悬向中天吐自云，一轮金粟影缤纷。人间同此清辉照，不信扬州占二分。月

【注】

[1] 媚川即余媚川，作者好友。

[2] 毕卓（322—?）：字茂世，晋新蔡铜阳（今安徽阜阳市临泉县）人。大兴末为吏部郎，常饮酒废职。邻宅酿熟，卓至其瓮间盗饮，为掌酒者所缚，明晨视之，乃毕吏部，即解缚。因与主人共饮瓮侧，醉后始去。后从温峤为平南长史，卒于官。后来诗文中多用为嗜酒的典故。　刘伶（约221—300）：字伯伦，晋沛国（治今安徽淮北市濉溪县）人。与阮籍、嵇康等交好，称为"竹林七贤"。纵酒放达，乘鹿车，携一壶酒，使人荷锸相随，说："死便埋我。"尝著《酒德颂》，自称"惟酒是务，焉知其余"。仕晋，为建威参军。后世常以刘伶为蔑视礼法，纵情饮酒，逃避现实的典型。

[3] 饮中逃：语出杜甫《饮中八仙歌》："苏晋长斋绣佛前，醉中往往爱逃禅。"

[4] 李：这里指李白。杜甫《饮中八仙歌》有"李白斗酒诗百篇，长安市上酒家眠"之句。

[5] 八斗才因斗酒高：化用"才高八斗"典故。南朝诗人谢灵运称颂三国魏诗人曹植时说："天下才共一石，曹子建（曹植）独占八斗，我得一斗，天下共分一斗。"后来人们便用"才高八斗"形容人文才高超。

　　［6］高山流水：《列子·汤问》："伯牙善鼓琴，钟子期善听。伯牙鼓琴，志在高山。钟子期曰：'善哉，峨峨兮若泰山。'志在流水，钟子期曰：'善哉，洋洋兮若江河。'"后多用此为知音难遇之典，或喻乐曲高妙。

　　［7］焦尾：琴名。《后汉书·蔡邕传》："吴人有烧桐以爨者，邕闻火烈之声，知其良木，因请而裁为琴，果有美音，而其尾犹焦，故时人名曰焦尾琴焉。"又见《搜神记》卷十三。　　爨：灶台。

　　［8］成连：春秋时著名琴师，传说伯牙曾从成连学琴，三年不能精通。成连因与伯牙同往东海中蓬莱山，使闻海水激荡、林鸟悲鸣的声音，伯牙情致专一，得到启发，终于成为天下妙手。见唐吴兢《乐府古题要解》下《水仙操》。

　　［9］广陵弹：又称"广陵散"，琴曲名。三国魏嵇康善鼓琴，景元三年（262）被杀，临刑索琴奏《广陵散》，曲终，叹曰："袁孝尼（准）尝从吾学《广陵散》，吾每固之不与，《广陵散》于今绝矣！"现存《广陵散》谱最早者见于《神奇秘谱》，其题解称所录为隋宫所收，后流传于民间。后称人事凋零或事成绝响为广陵散。

　　［10］手谈：围棋对局的别称。在下围棋时，对弈双方均需默不作声，仅靠一只手的中指、食指，运筹棋子在棋盘上来斗智、斗勇。南朝宋刘义庆《世说新语·巧艺》："王中郎以围棋是坐隐，支公以围棋为手谈。"　　楸枰：棋盘。古代多用楸木做成，故名。

　　［11］李生：疑为唐李洞，生卒年不详，字才江，京兆（今陕西西安市）人，诸王孙。其《对棋》有"侧楸敲醒睡，片石吏吟诗"之句。见《全唐诗》卷七百二十二。

　　［12］青莲：唐诗人李白，号清莲居士。

　　［13］称下雪。宋陶谷《清异录·天文》："比丘清传，与一客同入湖南，客曰：'凡雪，仙人亦重之，号天公玉戏。'"

　　［14］谢安清咏：谢安（320—385），字安石，晋阳夏（今河南周口市太康县）人。当朝名士。尝雪日内集，安欣然曰："白雪纷纷何所似？"侄朗曰："撒盐空中差可拟。"侄女道蕴曰："未若柳絮因风起。"传为佳话。　　袁安（？—92），字邵公，东汉汝南汝阴（今河南商水县西南）人。为人严谨，州里敬重，洛阳令举为孝廉。《后汉书·袁安传》："时大雪积地丈余，洛阳令身出案行，见人家借除雪

出,有乞食者。至袁安门,无有行路,谓安已死。令人除雪入户,见安僵卧。问何以不出。安曰:'大雪人皆饿,不宜干人。'令以为贤,举为孝廉。"后人多以此为诗画题材。

[15] 高士何曾逊大家:此处高士指南朝梁诗人何逊(472?—519?),字仲言,东海郯(今山东省兰陵县)人,何承天曾孙,宋员外郎何翼孙,齐太尉中军参军何询子。八岁能诗,弱冠州举秀才,官至尚书水部郎。诗与阴铿齐名,世号"阴何"。何逊有《咏春雪寄族人治书思澄》诗:"可怜江上雪,回风起复灭。本欲映梅花,翻悲似玉屑。朝莺日弄响,暮条行可结。咸言不适时,安知非矫节。"

除夕立春

北堂方送腊[1],东郭已迎春。户换桃符旧[2],樽开柏酒新[3]。年光看泄柳,身世等劳薪[4]。一笑无诗祭,黄羊闹比邻。

【注】

[1] 送腊:辞送腊月。宋叶适《元夕立春喜晴,于是郡人久不出矣》诗:"十夜茅檐宿冻云,商量送腊又迎春。"

[2] 桃符:相传东海杜朔山有大桃树,其下有神荼、郁垒二神,能食百鬼。故俗于农历元旦,用桃木板画二神于其上,悬于门户,以驱鬼避邪。五代后蜀始于桃符板上书写联语,其后书写于纸,演为后代的春联。

[3] 柏酒:古代风俗,以柏叶后凋而耐久,因取其叶浸酒,元旦共饮,以祝长寿。

[4] 劳薪:《世说新语·术解》:"荀勖尝在晋武帝坐上食笋进饭,谓在坐人曰:'此是劳薪炊也。'坐者未之信,密遣问之,实用故车脚。"按车运载时,车脚最劳,析以为薪,故曰劳薪。

元旦_{丁卯}

金鸡膈膊曙光微[1]，宝鸭氤氲烛影辉[2]。人向东方迎喜气，天从南极降祥晖。屠苏酒热分尝醉[3]，爆竹声高拜祀归。献岁今年春较早[4]，梅花如雪傍檐飞。

【注】

[1] 金鸡：传说中的神鸡。旧题汉东方朔《神异经·东方经》："扶桑山有玉鸡，玉鸡鸣则金鸡鸣，金鸡鸣则石鸡名，石鸡鸣则天下之鸡悉鸣。" 膈膊：象声词，鸡声。唐韩愈《昌黎集》卷八《斗鸡联句》："膈膊战声喧，缤翻落羽。"

[2] 宝鸭：香炉。以作鸭形，故称。《全唐诗》卷七百四十三孙鲂《夜生》："划多灰杂苍虬迹，坐久烟消宝鸭香。" 氤氲：云烟弥漫貌。

[3] 屠苏酒：也作"屠酥酒"、"酴酥酒"。古代风俗在农历正月初一饮屠苏酒。唐韩谔《岁华纪丽》卷一《元日》："进屠酥。"注："俗说屠苏乃草庵之名。昔有人居草庵之中，每岁除夜遗闾里一药帖，令囊浸井中，至元日取水，置于酒樽，合家饮之，不病瘟疫。今人得其方而不知其人姓名，但曰屠苏而已。"

[4] 献岁：一年之始。《楚辞》宋玉《招魂》："献岁发春兮，泪吾南征。"

百　花　镜[1]

一点灯光盏上悬，万枝火色镜中妍。图如太极屏如锦[2]，入夜重开烂漫天。

【注】

[1] 百花镜为我国古代老人佩戴的老花镜一种，明代崇祯年间苏州技师孙云球磨制而成。

［2］太极：指原始混沌之气。《易经·系辞》上："易有太极,是生两仪,两仪生四象,四象生八卦。"

社 日 小 集[1]

携壶挈榼绕山行[2],姹紫嫣红到眼明。宰肉何如宰天下[3],高风千古忆陈平[4]。

【注】

［1］社日是古代农民祭祀土地神的节日,汉以前只有春社,汉以后开始有秋社,自宋代起,以立春、立秋后的第五个戊日为社日。

［2］榼：古代盛酒或贮水的器具。

［3］宰肉何如宰天下：《史记·陈丞相世家》："里社中,平为宰,分肉食甚均。父老曰:'善,陈孺子之为宰!'平曰:'嗟乎!使平得宰天下,亦如是肉矣!'"后因称人在处理小事中可以看出治国之才。也作为人在未遇时怀才不遇有大志的典故。

［4］陈平(?—前178)：汉阳武(今河南原阳)人。少时家贫,好读书。秦末农民起义,初从项羽,后归刘邦。有谋略,积功任护军中尉,封曲逆侯。惠帝时为丞相。后与太尉周勃合力,尽诛诸吕,迎立文帝,卒安汉朝。《史记》《汉书》皆有传。另见注[2]。

白鹤岩纳凉[1]

其 一

赤足科头意洒然[2],朅来此地小游仙[3]。岩前狮子云间鹤,风景别开一洞天。

其 二

小阁颓欹福地荒,香烟何日迓祥光[4]。旧有观音阁,今废。

松风谡谡生虚谷[5],消受红尘半日凉。

【注】

[1] 白鹤岩为贺州八步区开山镇一处摩崖石刻,"白鹤岩"三字为苏煜坡题。

[2] 科头:结发不戴冠。《战国策·韩策一》:"秦带甲百余万,车千乘,骑万匹,虎挚之士,跿跔科斗,贯颐奋戟者,至不可胜计也。"注:"不著兜。"

[3] 揭来:揭,通"盍",何来。汉司马相如《大人赋》:"回车揭来兮,绝道不周,会食幽都。"

[4] 迓:迎接。

[5] 谡谡:形容盛多、繁茂。《素问·宝命全形论》:"见其乌乌,见其谡谡,从见其飞,不知其谁。"张景岳注:"谡谡,言气盛如稷之繁也。"

赴乡试,道经八仙界,晚投大路铺,题壁[1]

镇日山椒彳亍行[2],观风玩景快生平。鹏程万里游原壮,鸟送千层梦尚惊。弧矢四方男子志[3],盘餐兼味主人情[4]。主人李姓,素不相识,款接甚殷。榕城此去无多路[5],洗耳秋高听《鹿鸣》[6]。

【注】

[1] 此诗写诗人参加乡试的情况。乡试:科举时代,每三年各省集士子于省城,朝廷选派正副主考官,试《四书》《五经》、策问、八股文等,谓之乡试。中试者称举人。

[2] 镇日:犹整日。　　山椒:山陵。　　彳亍:小步走,欲行又走貌。

[3] 弧矢:注见本卷《贺邓竹庄生子》。

〔4〕盘餐：指饭食。　兼味：两种以上的菜肴。

〔5〕榕城此去无多路：榕城，福建福州市的别称，又名榕海。宋治平中于城内遍植榕树。此句源于唐李商隐《无题》："蓬山此去无多路。"

〔6〕洗耳：比喻不愿听，不愿问世事。晋皇甫谧《高士传·许由》："尧让天下于许由……由是遁耕于中岳颍水之阳，箕山之下，终身无经天下色。尧又召为九州长，由不欲闻之，洗耳于颍水滨。"这里是细心倾听之意。　《鹿鸣》：《诗经·小雅》篇名，为宴会宾客时奏的乐歌。

途 中 偶 吟

破晓篮舆出[1]，联翩聚七星。同行七人。树头出日白，山口地名。断云青。乡梦连宵续，书声一路听。此行忘仆仆[2]，谈笑到长亭[3]。

【注】

〔1〕篮舆：竹轿。也作"篮梁"。

〔2〕仆仆：烦扰，劳顿。用以形容旅途劳顿。《孟子·万章下》："子思以为鼎肉，使己仆仆尔亟拜也。"

〔3〕长亭：秦汉十里置亭，亦谓之长亭，为行人休憩及饯别之处。

乡举揭晓，寄星衢弟并莫义生[1]

其　　一

橐笔初来锁院行[2]，何期澹墨竟书名。百年门第天荒破[3]，一代宗工藻鉴精[4]。同榜竞传年最少，前修转虑愿难盈[5]。秋风飞报枌榆里[6]，定有嘉宾赋鹿苹[7]。

其　二

先哲曾经中副车，崇祯己卯副榜莫元亭，义生远祖也[8]。不才真愧列贤书。姓名几落孙山后[9]，名次四十八。诗礼难忘祖德余。菊圃霜横秋景好，桂林风动夜窗虚。首场诗题为《秋风动桂林》。禹门尚有桃花浪[10]，可许春来跃鲤鱼[11]。

【注】

［1］星衢即苏星衢，苏煜坡的同宗弟。

［2］橐笔：古代书史小吏，手持囊橐，簪笔于头，侍立于帝王大臣左右，以备随时记事，称作持橐簪笔，简称"橐笔"。后亦以指文士的笔墨耕耘。

［3］天荒破：即"破天荒"。唐代荆州每岁解送举人，多不成名，号曰"天荒"。至大中四年（850）刘蜕以荆解及第，刺史崔铉特给钱七十万贯为破天荒钱，蜕谢书有："五十年来，自是人废；一千里外，岂曰大荒。"见五代王定保《唐摭言》卷二、宋孙光宪《北窗琐言》卷四。又自宋初以来，士人未有以状元及第者。绍圣四年（1097）何昌言始以对策居第一。谢民师以诗寄昌言云："万里一时开骥足，百年今始破天荒。"后来用以泛指前所未有、第一次出现的新事物。

［4］宗工：犹宗匠、宗师。指文章学术上有重大成就，为众所推崇的人。宋洪迈《容斋三笔·作文字要点检》："作文字不问工拙小大，要之不可不着意点检。若一失事体，虽遣词超卓，亦云未然。前辈宗工，亦有所不免。"　藻鉴：同"藻镜"，品藻鉴察，即品评鉴别之意。

［5］前修：指前代有品德的人。《楚辞·离骚》："謇吾法夫前修兮，非世俗之所服。"《后汉书·刘恺传》："今恺景仰前修，有伯夷之节，宜蒙矜宥，全其先功，以增圣朝尚德之美。"李贤注："前修，前贤也。"

［6］枌榆：汉高祖为丰邑枌榆乡人，初起兵时祷于枌榆社。见《史记·封禅书》。后因以枌榆为故乡的代称。

［7］嘉宾：贵客。《诗经·小雅·鹿鸣》："我有嘉宾，鼓瑟吹笙。"　鹿苹：《诗经·小雅·鹿鸣》："呦呦鹿鸣，食野之苹。"

［8］先哲：尊称已经死去的有才德的人，此处指莫义生远祖莫元亭。

副车：科举时代乡试的副榜贡生。

[9] 姓名几落孙山后：相传吴人孙山和同乡的儿子去赴考，孙山考取最后一名。回到家乡，同乡向他打听儿子考取了没有，孙山说："解名尽处是孙山，贤郎更在孙山外。"见宋范公偁《过庭录》。后来便称考试不中为名落孙山。

[10] 禹门：即龙门。相传为禹所凿，故称，在山西河津县西。　　桃花浪：即"桃花汛"。农历二三月桃花盛开时节，冰化雪融，黄河等处水势猛涨，称为桃花汛，简称桃汛或春汛，又称桃花水。

[11] 跃鲤鱼：即"鲤鱼跳龙门"。传说黄河鲤鱼跳过龙门，就会变化成龙。比喻中举、升官等飞黄腾达之事，也比喻逆流前进，奋发向上。这里指中举。

到　家

爆竹声来烟蔽天，乡人快睹互争先。漫劳儿辈笙歌迓，未暇中途笑语联。过市名投新手板[1]，入门恩拜老神仙。紫袍金带乔妆束①[2]，添得银花插帽边[3]。

【校】

① "束"原为"朿"，据粤本改。

【注】

[1] 手板：即笏。古代官吏上朝或谒见上司时所持，备记事用。《宋书·礼志五》："笏者，有事则书之。……手板，则古笏矣。"亦作"手版"。

[2] 紫袍金带：古代高官的朝服。

[3] 银花：镂银花以为饰。《旧唐书·倭国传》："妇人衣纯色裙，长腰襦，束发于后，佩银花，长八寸，左右各数枝，以明贵贱等级。"

拜客戏作

其一

肩舆走遍路西东[1]，村景萧疏在眼中。闭置嫌如新妇苦，轿帘高揭不防风。

其二

传呼新贵到来游，士女如云拥道周。自笑登科年太少，防人看煞每低头。

其三

南邻北里竟招延，入座居然季子先[2]。酒壁灯红人惨绿，声来环佩妒云仙。

其四

鸾笙凤琯闹前村[3]，一辆花舆正出门。听得红裙私笑我，成名人尚未成婚。

【注】

[1] 肩舆：用人力抬的代步工具。

[2] 季子：少子。这里指诗人年龄小。

[3] 琯：同"管"，古乐器名。用玉制成，六孔，像笛。

催　妆

其　一

两行花烛比金莲,交拜青庐恰并肩[1]。侬选佳期天亦就,今宵人与月同圆。时腊月望日也。

其　二

霓裳刚自蕊宫来[2],又见婵娟倚镜台。此后鸡鸣同警旦[3],承欢须及杏花开。

【注】

[1] 青庐:古代婚俗,以青布幔为屋,于此交拜迎妇,称青庐。《古诗为焦仲卿妻作》:"其日牛马嘶,新妇入青庐。"

[2] 蕊宫:道家传说天上上清宫有蕊珠宫,神仙所居。诗文中常以指道家的宫观,省作蕊宫。

[3] 鸡鸣同警旦:见《诗经·郑风·鸡鸣》:"女曰鸡鸣,士曰旦昧。"

元旦戊辰

洞启重扉向太清[1],光涵一气引黎明。衣冠贺岁先瞻阙,宇宙迎新特放晴。酒冽茶香团雅集,笙清簧暖绘承平。今朝预话明朝别,敢拟联题雁塔名[2]。

【注】

[1] 太清:天空。古人认为天系清而轻的气所构成,故称为太清。

[2] 联题雁塔:唐天宝十一年(752),杜甫、高适、岑参、储光羲和薛据等

同登长安慈恩塔(大雁塔),每人写诗一首。后为诗人唱和的典故。唐代新科进士常于此题名,也被作科举高中的典故。

新正二日起程入都[1]

一囊书剑整行装,风景凌晨喜载阳[2]。十日人刚谐凤侣,三年士合觐龙光[3]。芙蓉镜下功名美[4],桃李门中姓字香[5]。海不扬波山置驿,舟车万里是康庄[6]。吾邑公车入都向由陆路,此行改道东粤,航海北上,较前为便捷矣。

【注】

[1] 新正谓新年之正月,又作元旦,这里为后一意。

[2] 载阳:气温刚刚回升。《诗经·豳风·七月》:"春日载阳,有鸣仓庚。"

[3] 觐:古代诸侯秋朝天子称为觐。

[4] 芙蓉镜:镜名。以形似莲花而称。传说唐李固言下第游蜀,遇一老妇,告以明年芙蓉镜下及第,又二十年后拜相。明年固言果状元及第,所试诗赋题有"人镜芙蓉"之目。二十年后拜相。

[5] 桃李:《韩诗外传》卷七:"夫春树桃李,夏得阴其下,秋得食其实;春树蒺藜,夏不可采其叶,秋得其刺焉。"后因以桃李实多喻所栽培门生或所荐士之众。

[6] 康庄:四通八达的大道。

火　轮　船

长三十丈广四丈,中具机关莫名状。烟腾毂转船如飞,瞬息百里破风浪。人坐船中心旌摇,辕驹局促无昏朝[1]。强上舵楼一眺望,茫茫海水连天遥。

【注】

[1] 辕驹:即"辕下驹",指车辕下不惯驾车之幼马,亦比喻少见世面、器局不大之人。亦作自谦之辞。

落第南归

其　一

破浪乘风意自雄,牵云曳雪感何穷。科名要与才名称,绫饼何曾易啖红[1]。

其　二

一席名山坐未寒,萧然行李出长安。胸中块垒消难尽[2],长铗临风不肯弹[3]。

【注】

[1] 绫饼:即进士糕与状元饼。相传宋代科举盛行,每年进京赶考的书生云集京师开封。商人们迎合考生心理,争相制作"进士糕"与"状元饼"。两者的原料、做法相近,工艺精良,只是用馅不同。做好后用不同的模子压上"进士"和"状元"的字样,然后放入炉中烘烤而成。经加工制成的进士糕、状元饼颜色大红金黄,形体大小匀称,香、甜、松软、入口即化。其中,进士糕以浓香果仁和桂花香味取胜,而状元饼更以郁馥的枣泥甜香味见长。清廷承袭前代之制,会试后于文华殿为新科进士设宴,宴后均赏绫饼。

[2] 块垒:也作"块磊",心中郁结不平。

[3] 长铗:长剑。《战国策·齐策四》"(冯谖)倚柱弹其剑,歌曰:'长铗归来乎,食无鱼!'"

野　行

其　一

水渡野云低,山衔落日迷。歌声杨柳岸^①,香气稻花畦。
满目牛羊下,争枝鸟雀栖。行行还小憩[1],画稿倩谁携。

其　二

峰奇因瘦露,村小太零星。一线炊烟白,千林暮雾青。鳞
塍欣岁稔[2],雁讯感云停^②。不尽东南望,江天入杳冥。

【校】

①"杨柳"贺本为"柳杨",据粤本改。

②"讯"贺本为"訉",据粤本改。

【注】

[1] 行行:走着不停。《古诗十九首》之一:"行行重行行,与君生别离。"

[2] 鳞塍:密集的田垄。清冯桂芬《怪园记》:"墙外鳞塍雉堞,一目数里。" 岁稔:年成丰熟。唐白居易《泛渭赋》序:"上乐时和岁稔,万物得其宜。"

楼居漫兴己巳

独坐小楼中,朝阳射牖红。读书防自误,临帖让人工。当
户鸟声和,隔帘花气通。饭余无个事,叱犊听郊东[1]。

【注】

[1] 叱犊:大声驱牛,牧牛。宋陆游《访村老》诗:"大儿叱犊戴星出,稚子捕鱼乘月归。"

送星衢弟应县试

读书非求自试[1]，出身当由秀才。一帆风送君去，庭外紫
荆正开。剑自炉中铸成，金从沙里拣得。记取寸铁莫持，白战
书生本色[2]。

【注】

[1] 自试：自我尝试。《易经·乾卦》："或跃在渊，自试也。"又，三国魏文
帝曹丕死后，曹睿即位，是为明帝。明帝在政治上依然对曹植采取严加防范、不
予任用的态度，使曹植长期处在受压制的境地。曹植为此"常自愤怨，抱利器而
无所施"。于太和二年（228），曹植向明帝进呈《求自试表》，以此表达期待得到
朝廷任用，实现为国效力、建功立业的夙愿。

[2] 记取寸铁莫持，白战书生本色：白战，徒手战，比喻不加形容、不用
"体物语"的白描手法。一作"百战"。此句化用苏轼《聚星堂雪》"白战不许持
寸铁"。

除　夕

守到黄鸡唱晓时[1]，絮谈忘却夜何其。床头今岁金钱满，
都为朝来正洗儿[2]。水儿生才三日。

【注】

[1] 黄鸡：即"荒鸡"。古以夜三鼓前鸣的鸡为荒鸡。迷信的人以半夜鸡
鸣附会为兵起之象。《晋书·祖逖传》："与司空刘琨俱为司州主簿，情好绸缪，
共被同寝。在夜闻荒鸡鸣，蹴琨觉曰：'此非恶声也。'因起舞。"

[2] 洗儿：又称"洗三"。旧俗，婴儿生后三天或满月，有替婴儿洗身的习

俗。宋孟元老《东京梦华录》卷五《育子》："至满月，……大展洗儿会，亲宾盛集，蒸香汤于盆中，下果子彩线葱蒜等，用数丈彩绕之，名曰围盆，以钗子搅水，谓之'搅盆'，观者各撒钱于水中，谓之'添盆'，盆中枣子直立者，妇人争取食之，以为生男之征。浴儿毕，落胎发，遍谢坐客。"

赠罗聘三少尉，时自楚回籍劝捐[1] 庚午

支持危局忆当年，土客之变，君力卫桑梓。磨炼雄才向楚天。鸾凤只今栖枳棘[2]，骅骝终看蹑云烟[3]。情殷子舍兼筹饷，游倦辰溪或改弦[4]。君欲改省贵州。桂馆香凝聊促席，清谈不惜夜床连。

【注】

［1］罗聘三，人名，生平无考。

［2］鸾凤：鸾鸟和凤凰。传说中的神鸟，比喻贤良、俊美的人。汉贾谊《吊屈原文》："鸾凤伏窜兮，鸱枭翱翔。"　　枳棘：枳积木与棘木。二木皆多刺，因常用以比喻艰难险恶的环境。

［3］骅骝：赤色骏马，亦名枣骝，用以比喻异才。杜甫《奉赠鲜于京兆二十韵》："骅骝开道路，雕鹗离风尘。"

［4］辰溪：水名，即辰水，又名锦水、锦江。自贵州铜仁市东南流入湖南麻阳县界，又东北流入辰溪县西南入沅江。

月 夜 偶 成

盼到南窗月上时，已眠重起诵新诗。炎威散尽凉如水[1]，愁绪添来乱若丝。千古光阴惟夜好，一帘香味与花宜。红栏几曲凭临遍，影过墙东未觉疲。

【注】

　[１]炎威：显赫的威力。唐刘禹锡《裴祭酒尚书见示寄王左丞高侍郎之什,命同作诗》:"吟风起天籁,蔽日无炎威。"叶玉森《一雨》诗:"炎威尔何物,一雨便长驱。"

寄怀内弟黄玉之、海帆昆仲

其　一

　枝连四玉品双丁[1],奕奕风神侍鲤庭[2]。摛藻春园无俗艳[3],编蒲石室有专经[4]。生来仙骨飞腾易,悟到文心运用灵。问罢亲安问奇字,无须更上子云亭[5]。

其　二

　记得灯宵聚德门,龙跳狮舞向黄昏。相思未免云山远,入梦依然笑语温。流水光阴分寸惜,名山事业短长论。茑萝久施萍终合[6],有约萧斋咬菜根[7]。

【注】

　[１]双丁：三国魏丁仪、丁廙,以文学才名,为曹操所重,故称双丁。

　[２]鲤庭：《论语·季氏》:"(孔子)尝独立,鲤趋而过庭。曰:'学诗乎?'对曰:'未也。''不学诗,无以言。'"鲤,孔子之子。后遂称子承父训为鲤庭。

　[３]摛藻：铺张辞藻。

　[４]编蒲：用蒲叶编订成册,以供写书。相传汉代路温舒父为里监门,使温舒牧羊,温舒取泽中蒲,截以为牒,编用写书。见《汉书·路温舒传》。后来用编蒲为勤学典故。　石室：古代藏图书档案之室。《史记·太史公自序》:"绌史记石室金匮之书。"《史记索隐》:"案石室金匮,皆国家藏书之处。"

　[５]子云亭：在四川省绵阳市,相传为西汉学者扬雄读书处。扬雄(前

53—18），字子云，蜀郡成都人。汉成帝时期曾出任黄门侍郎，是皇宫内侍从皇帝、传达皇帝诏令的官职。扬雄少年用心专注，博学多才，"博览无所不见"，曾经"专精《大易》、耽于《老》《庄》"。精通训诂和文字学，喜好辞赋。曾撰《輶轩使者绝代语释别国方言》（简称《方言》），是古代第一部比较方言词汇的重要著作。

[6]茑萝：《诗经》云"茑为女萝，施于松柏"，意喻兄弟亲戚相互依附。茑即桑寄生，女萝即菟丝子，二者都是寄生于松柏的植物。

[7]萧斋：注见本卷《月夜有怀》。　咬菜根：比喻安心过艰苦的生活。宋吕本中《东莱吕紫薇师友杂志》："汪信民（革）尝言：人常咬得菜根则百事可做。"

题　　画

一鞭遥指水云西，风送花香衬马蹄①。门巷绿荫扉白板，此中宜有异人栖。

【校】

① "衬"粤本为"榇"。

漫　　兴[1]

未惯他乡住，寒暄费护持。赏花频病酒，题叶懒酬诗[2]。远信沉双鲤[3]，奇书借一鸥[4]。昂藏冷瘦骨[5]，黄菊早相知。

【注】

[1]漫兴谓率意赋诗，并不刻意求工。杜甫《江上值水如海势，聊短述》："老去诗篇浑漫兴，春来花鸟莫深愁。"自注："今老矣，所为诗则漫兴而已，无复

着意于惊人也。"

〔2〕题叶：相传北魏高祖尝宴侍臣于清徽堂，日晏，移于流化池芳林之下。高祖曰："觞情始畅，而流景将颓，竟不尽适，恋恋余光，故重引卿等。"因仰观桐叶之茂，曰："'其桐其椅，其实离离。恺悌君子，莫不令仪。'今林下诸贤，足敷歌咏。"遂令黄门侍郎崔光读暮春群臣应诏诗。后遂以"题叶"为咏暮春群臣相聚宴饮的典故。唐杜牧《题桐叶诗》："江楼今日送归燕，正是去年题叶时。"

〔3〕双鲤：《文选·古乐府诗》之一："客从远方来，遗我双鲤鱼。呼儿烹鲤鱼，中有尺素书。"后人因以双鲤指书信。按：明杨慎谓汉世书札相遗，或以绢素叠成双鲤之形。古语之"尺素如霜雪，叠成双鲤鱼。要知心里事，看取腹中书"是其明证。故古诗有"客从远方来，遗我双鲤鱼"之句，指此。昧者不知，以为能寄书。下云烹鱼得水中鲤鱼书，亦譬况之言。

〔4〕鸱：古意有多种：一为鸱鹰。一为鸱鸺，猫头鹰的一种。一为传说中的怪鸟。

〔5〕昂藏：高峻，轩昂，指人的气概高朗。晋陆机《陆士衡集》卷十《晋平西将军孝侯周处碑》："汪洋廷阙之傍，昂藏寮寀之上。"

观 剧 夜 归

云璈已罢绕梁声[1]，星驾犹余顾曲情[2]。搅得骊龙难熟睡[3]，夜归灯火一江明。

【注】

〔1〕云璈：乐器名，一为弦乐器的一种，一即云锣。《元史·礼乐志五》："云璈，铜制，为小锣十三，同一木架，下有长柄，左手持，而右手以小槌击之。"　绕梁声：《列子·汤问》："昔韩娥之齐，匮粮，过雍门，鬻歌假食。既去，而余音绕梁，三日不绝。"比喻歌声高亢回旋，经久不息。后因以"余音绕梁"形容歌声优美，令人长久难忘。

〔2〕星驾：星夜驾车驰行。《诗经·鄘风·定之方中》："星言夙驾，说于

桑田。"　　顾曲:《三国志·吴书·周瑜传》:"瑜少精意于音乐,虽三爵之后,其有阙误,瑜必知之,知之必顾,故时人谣曰:'曲有误,周郎顾。'"后遂以"顾曲"为欣赏音乐、戏曲之典。

[3] 骊龙:即骊,黑色的马。

腊月十五日立春

节届嘉平半[1],春回大地先。寒冲将尽腊,暖入未残年。
黍谷风微扇[2],梅梢月正圆。遥知开岁日[3],桃李定争妍。

【注】

[1] 嘉平:腊月的别称。《史记·秦始皇本纪》:"三十一年十二月,更名腊曰嘉平。"《索隐》:"殷曰嘉平,周曰大蜡,亦曰腊。"秦从殷之旧称。

[2] 黍谷:山名。又名燕谷山、寒谷山。在今北京密云区西南。旧说,黍谷地美而寒,不生五谷,邹衍吹律而温气生,燕人种黍其中,故号曰黍谷。后因称处境穷困而有转机为黍谷回春或黍谷生春。

[3] 开岁:岁首曰开岁。《后汉书·冯衍传》:"开岁发春兮,百卉含英。"

题魁星像[1]辛未

天上星辰古,人间面目尊。科名悬寸管[2],香火峙灵根[3]。一代文光聚,千秋正气存。朱衣头暗点,得失未容论。

【注】

[1] 北斗七星中第一至第四为魁,一说第一星为魁,旧时迷信指主宰文运的神。

[2] 科名:科举的名目。　　寸管:毛笔。

　　［3］灵根：本根，喻祖考。晋陆士衡《君子有所思行》："痛灵根之凤陨，怨具尔之多丧。"

出　　门

其　　一

　　一听鸡鸣便理装，中庭凉月白于霜[1]。人间万事皆宜早，莫笑出门人太忙。

其　　二

　　侵晨行路不知难[2]，十里驰驱一瞬间。纵有骄阳今不畏，乘风已过几重山。

【注】

　　［1］凉月：秋月。南朝齐谢朓《移病还园示亲属》："停琴伫凉月，灭烛听归鸿。"

　　［2］侵晨：黎明，早晨初现光亮。《三国志·吴志·吕蒙传》："侵晨进攻，蒙手执枹鼓，士卒皆腾踊自升，食时破之。"

纳　　凉

　　水光摇绿日消红，洞启明窗面面通。最是纳凉天气好，梧桐庭院芰荷风[1]。

【注】

　　［1］芰：菱角，两角者为菱，四角者为芰。

即 景

山雨欲来风怒号[1]，咿哑百鸟争归巢[2]。忽然天半黑云散，依旧夕阳明树梢。

【注】

[1] 山雨欲来：唐许浑《丁卯集》上卷《咸阳城东楼诗》："溪云初起日沉阁，山雨欲来风满楼。" 风怒号：唐杜甫《茅屋为秋风所破歌》有"八月秋高风怒号"。

[2] 咿哑：象声词，这里指鸟叫声。

灯 花

夜对寒灯静不哗，垒垒珠结一双花。连宵不寐非因喜，有甚佳音报我家。

大凝竹枝词[1]

其 一

衣裳屏却绮罗香[2]，面目生成粉黛光。高髻盘云梳掠便[3]，不嫌白帕衬红妆。

其 二

晴天强半在东皋[4]，汗点如珠不惮劳。听说今年新雨足，棉花高过女儿腰。

其　　三

鸥波胜处是儿家[5]，看遍朝霞与晚霞。顾影不须临镜照，一江春水当菱花[6]。

其　　四

乘凉列坐树阴中，手拂围裙自扇风。欢笑不知缘底事，晕生双颊带潮红。

【注】

[1] 竹枝有二义。一指乐府名，唐刘禹锡于贞元中在沅湘所创新词，见《刘梦得集》卷九《竹枝词引》。其形式为七言绝句，唐人所作多以写旅人离愁思绪，或儿女柔情，后人所作多歌咏风土人情。二指词牌名，又名巴渝辞，本出于乐府竹枝词，单调，有十四字、二十八字两体。这里为前一种。

[2] 绮罗：泛指华贵的丝织品或丝绸衣服。

[3] 高髻：古代汉族妇女发式，又称"峨髻"，是指髻式高耸的称谓。《后汉书·马援传》："城中好高髻，四方高一尺。"

[4] 东皋：田野或高地的泛称。陶渊明《归去来兮辞》："登东皋以舒啸，临清流而赋诗。"

[5] 鸥波：鸥鸟生活的水面。比喻悠闲自在的退隐生活。宋陆游《杂兴》诗："得意鸥波外，忘归雁浦边。"

[6] 菱花：即菱花镜，古代铜镜一种。镜多为六角形或背面刻有菱花者名菱花镜。《赵飞燕外传》："飞燕始加大号婕妤，奏上三十六物以贺，有七尺菱花镜一奁。"

谢梁声甫馈岭南鲜龙眼[1]

其　　一

一骑红尘远寄将[2]，居然嘉果许分尝[3]。晶盘捧出珠相似,嚼破琼浆透齿凉。

其　二

轻绡薄縠裹冰肌,风味何曾减荔支^[4]。记得花开鸣蛤
蚧^[5],承筐又到雁来时^[6]。

【注】

[1] 梁声甫,人名,今广西贺州富川瑶族自治县人,苏煜坡好友,生平无
考。　　龙眼:果名。俗称桂圆,又称木弹、骊珠、益智、绣水团等。树如荔枝,
但枝叶稍小。荔枝过即龙眼熟,因常随其后,故谓荔枝奴。产于闽粤等地。

[2] 一骑红尘:唐杜牧《过华清宫》:"一骑红尘妃子笑,无人知是荔
枝来。"

[3] 嘉果:美果。《山海经·西山经》:"不周之山……爰有嘉果,其实如
桃,其叶如枣,黄华而赤柎,食之不劳。"此处指龙眼。

[4] 荔支:今作"荔枝"。

[5] 蛤蚧:壁虎的一种,也叫大壁虎。唐刘恂《岭表录异》下卷:"蛤蚧首
如虾蟆,背有细鳞如蚕子,土黄色,身短尾长,多巢于树中。……里人采之,鬻于
市,为药能治肺疾。医人云:药力在尾,不具者无功。"

[6] 承筐:《诗经·小雅·鹿鸣》:"我有嘉宾,鼓瑟吹笙。吹笙鼓簧,承筐
是将。"朱熹《集解》:"承,奉也。筐,所以盛币帛者也。"后以"承筐"借指欢迎
宾客。

中元还家作^[1]

其　一

盲风怪雨滞行装^[2],苦累家人引领望。盼得到门灯已上,
流苏披拂一床凉^[3]。

其　二

独卧牛衣耐苦辛[4]，也如面目老风尘。交梨火枣寻常物[5]，犹有闲情念远人。

【注】

[1]中元为节令名，道家以农历七月十五日为中元节。旧时道观在这一天作斋醮，僧寺作盂兰盆斋。

[2]盲风怪雨：指非常急骤凶猛的风雨。清钱泳《履园丛话·题壁诗》："盲风怪雨日纵横，纸阁芦帘拽水行。"

[3]流苏：以五彩羽毛或丝线制成的穗子，常用作车马、帷帐等的垂饰。

[4]牛衣：为牛御寒之物，如蓑衣之类，以麻或草编成。

[5]交梨火枣：道教称神仙所食的两种果品。南朝梁陶弘景《真诰》卷三："玉醴金浆，交梨火枣，此则腾飞之药，不比于金丹也。"

秋日偕陈德夫访家熙亭，即以留别[1]

春夏曾劳折柬招[2]，喜逢秋色霁今朝。半林日淡人初至，三径风微暑未消。同姓敢叨嘉客礼，幽居自远俗尘嚣。清谈况有陈同甫[3]，明月勾留是此宵。

【注】

[1]陈德夫，人名，生平无考。

[2]折柬：亦作"折简"。折半之简，言其礼轻。古人以竹简作书，后指书札或信笺。

[3]陈同甫：同甫(1143—1194)，原名汝能，后改名陈亮，字同父(甫)，人称龙川先生。婺州永康(今属浙江金华)人。南宋思想家、文学家。光宗淳熙四年(1193)策进士，擢第一，未官而卒。亮才气超迈，好言兵，议论风生，喜用时而不得一试。著有《龙川文集》。《宋史》有传。这里作者以同姓比陈德夫。

中　秋

其　一

银灯高矗绮筵开[1]，揽胜同登拜月台。底事嫦娥栖玉宇[2]，今宵不早出云来。

其　二

去年佳节侍重堂[3]，此夕浮踪寄异乡。风景依然云舍远，遥知醉月正飞觞[4]。

【注】

[1]绮筵：华丽丰盛的筵席。唐陈子昂《春夜别友人》之一："银烛吐青烟，金樽对绮筵。"

[2]玉宇：瑰丽的宫阙殿宇。苏轼《水调歌头·明月几时有》："我欲乘风归去，又恐琼楼玉宇，高处不胜寒。"

[3]重堂：俗家称家有祖父母为重堂。

[4]飞觞：举杯或行觞。左思《吴都赋》："里宴巷饮，飞觞举白。"《文选》注："行觞疾如飞也。大白，杯名，有犯令者举而罚之。"又指传杯行酒令。

钩挂岭 九月十八日偕紫卿丈过此

岭云划断东西界，芙蓉万叠逞光怪[1]。斩荆披棘来摩天，只有一条鸟道在。路转十三湾，梯登百步险。十三湾、百步梯俱岭中峻绝处。行到最高头，烟云生冉冉。眼观下界难分明，川原村落一掌平。人间绝顶莫久占，罡风四面生涛声[2]。

【注】

　　［1］芙蓉：荷花的别称。这里指云。

　　［2］罡风：古人对高空气流的一种想象性的说法，多存在于神话和道教书籍中。因为这种风谁也无法体会到，人们看到地面有风，空中有云在飘动，自然想到高空中也应有风，因为没人能感受得到，所以在神话和求仙术中它就有了神秘的力量，可以说是无孔不入，也可说是无坚不摧的，罡风到处，扫荡一切。

撑口岩[1]岭东小墟北去里许

　　岩口翕然张，胡为撑以木？闻道三阅年，旧去新忽续。时必大风雨，雷电相连属。及霁窥其岭，奇光炫人目。旧者或拾得，隐隐有符篆[2]。新者高悬空，落落无边幅。去来不分明，乘除互倚伏[3]。得毋云梦吞[4]，山灵求大欲。竟为造物忌，箝之使检束。抑或石能言，惊世而骇俗。愿如金人缄[5]，庶几免耻辱。天公弄狡狯[6]，未可常理卜。行人指略彴[7]，欲探奇书读。岩高而深，从无人入。谡谡岩风生[8]，犹能啸山谷。

【注】

　　［1］撑口岩在桂林市恭城瑶族自治县莲花镇红岩生态旅游区境内。景区内山清水秀，果海连绵，百年古柿成林，美丽的平江河流途经该村，河畔翠竹林立，杨柳飘逸。据村上老人说，红岩村址的地名叫"五马归巢"，周边以马头山、老虎山为代表的五座山峰，其中老虎山洞有一根巨大的石柱由下至上似乎是完整的撑住了洞口，所以老虎山洞又叫撑口岩。

　　［2］符篆：符篆术起源于巫觋，始见于东汉。道教在长期传习符篆术的过程中，创造了纷繁的符篆道法，造作了众多的符书，符篆样式千奇百怪。后世道士用以召神驱鬼，治病延年。

　　［3］乘除：抵消。意为一乘一除，仍为原数。唐韩愈《昌黎集》卷四《三星行》："名声相乘除，得失少有余。"

　　[4] 云梦:泽名。《尚书·禹贡》:"云土梦作乂。"按古云梦泽历来说法不一,一说本二泽,云在江北,梦在江南;一说云梦实为一泽,可单称云或梦。综合古籍记载,先秦两汉所称云梦泽,大致包括今湖南益阳市、湘阴县以北,湖北江陵县以南,武汉市以西地区。

　　[5] 金人缄:又作"金人缄口"、"金人铭"。《孔子家语·观周》:"孔子观周,遂入太祖后稷之庙,庙堂右阶之前,有金人焉,三缄其口(缄,封也),而铭其背曰:'古之慎言人也。'"

　　[6] 狄犷:一意嬉戏,一意开玩笑。

　　[7] 略彴:小木桥。晋郭义泰《广志》:"独木之桥曰榷,亦曰彴。"

　　[8] 谡谡:形容挺劲有力,挺拔。见苏轼《石氏画苑记》:"在稠人中,耳目谡谡然,专求其所好。"

送声甫先生归里并序

　　声甫开建人[1],己巳秋至舍,庚辛两载游大凝[2]。适予馆,其地居近咫尺,常相过从。今予将解席归,声甫亦放舟东下,临歧握手,不胜依依,作此送之。

　　一卷青乌艺早成[3],三年绿蚁酿同倾[4]。联交兼有渭阳戚[5],叙旧难忘桑梓情。君与家大母同族。素性由来无我相[6],苍颜到处有人迎[7]。芒鞋踏遍峰峦顶,指点来龙去脉清。

　　共客天涯若比邻[8],夜谈欣有素心人[9]。萧斋未作三旬别,高谊真如一脉亲[10]。纵览堪舆抛雪案[11],倦游山水悔风尘。萍蓬吹聚知何日,话到临歧各怆神。

【注】

　　[1] 声甫:即梁声甫,见本卷《谢梁声甫馈岭南鲜龙眼》。　　开建:村名,在今贺州市富川瑶族自治县境内。

　　[2] 大凝:也作大宁,镇名,在今广西壮族自治区贺州市八步区。

〔3〕青乌：青乌子，商周时期方士。相传其善葬术，著《相冢书》，后世治堪舆之术士奉以为祖。其书久亡，后来托名撰述者甚多。亦指相地之术。

〔4〕绿蚁：酒上浮起的泡沫。也作酒的代称。南齐谢朓《在郡卧病呈沈尚书》："嘉鲂卿可荐，绿蚁方独持。"

〔5〕渭阳：《诗经·秦风·渭阳》："我送舅氏，曰至渭阳。"《诗集传》："舅氏，秦康公之舅，晋公子重耳也。出而在外，穆公召而纳之，时康公为太子，送至渭阳而作此诗。"故后世以"渭阳"表示甥舅。

〔6〕无我相：注见本卷《赠莫德美》。

〔7〕苍颜：苍老的容颜。宋欧阳修《醉翁亭记》："苍颜白发，颓然乎其间者，太守醉也。"

〔8〕共客久涯若比邻：化用唐王勃《送杜少府之任蜀州》："海内存知己，天涯若比邻。"

〔9〕素心：本心，本愿，心地纯洁。语出东晋陶渊明诗《移居》（其一）："闻多素心人，乐与数晨夕。"

〔10〕高谊：深情厚谊，多用于敬称别人的情谊。《公孙龙子·迹府》："龙与孔穿会赵平原君家，穿曰：'素闻先生高谊，愿为弟子久，但不取先生以白马为非马耳，请去此术，则穿请为弟子。'"

〔11〕堪舆：风水学。《汉书·扬雄传》载其《甘泉赋》："属堪舆以壁垒兮，梢夔魖而橘狂。"《注》引张晏以堪舆为天地之总名，孟康以堪舆为造图宅书的神名。又《文选·甘泉赋注》："《淮南子》曰：堪舆行雄以知雌。许慎曰：堪，天道也；舆，地道也。"

出门词壬申

其　一

年年踏雪笑飞鸿[1]，那有栽桃润李功。此去濂溪生长地[2]，莲塘今日尚花红[3]。

其　二

东风料峭雨如丝,捡点衣装费护持。笑谢闺人添半臂[4],
轻寒薄暖总相宜。

【注】

[1] 踏雪笑飞鸿:飞鸿,指鸿雁。宋苏轼《和子由渑池怀旧》:"人生到处
知何似? 应似飞鸿踏雪泥。"

[2] 濂溪:一指水名,在湖南道县。旧道州西营乐乡,有安定山,山有溪
名濂溪,为宋周敦颐家居处。一指宋周敦颐的别号。这里用后者。

[3] 莲塘:在濂溪。周敦颐读书地。后人于此修建周子祠。

[4] 半臂:指短袖或无袖上衣,即衣袖只有手臂的一半。宋邵博《闻见后
录》卷二十:"李文伸言东坡自海外归毗陵,病暑,着小冠,披半臂,坐船中。"清
顾太清《浪淘沙》:"楼外雨初晴。人倚云屏。月华如水照吹笙。多事夜寒添半
臂,春也无情。"

入馆示诸友

十里春风入座来,一天花雨讲堂开[1]。摩挲神剑须加
潎[2],莫向丰城老异材[3]。

【注】

[1] 花雨:花季所降的雨。前蜀贯休《春山行》诗:"重叠太古色,濛濛花
雨时。"

[2] 摩挲:抚摩。　潎:漂洗。

[3] 丰城:县名,今江西丰城市。汉南昌县地。晋太康元年(280)移至丰
水西,改名丰城,属豫章郡。南北朝以后,废置不设。元改富州,明洪武二年
(1369)复为丰城县。明清皆属南昌府。

读补学轩制艺，有怀郑小谷先生[1]

八股名从前代定[2]，后起人文齐擅胜。陈陈相因守范围[3]，作文亦若尊功令。先生博雅同时惊，等身著作中年成。偶为时艺亦绝异[4]，笔如天马空中行[5]。立格虽奇论题好，创解迥出人意表。辞达不嫌破体成[6]，理足始信断狱老[7]。自非才大复心细，辨驳那能悉了了。我闻笔阵有偏锋[8]，堂堂正正原不同。能补前人所未及，岂徒议论称豪雄。如此才华世有几，悔我当年违尺咫。丁卯公在省，竟未往谒。渡江未见刘元城[9]，登门空慕李元礼[10]。读公心法喜欲狂，谓批选时文读本。观公手书感尤长。有扇为公手书。会须什袭巾箱去[11]，奉作南丰一瓣香[12]。

【注】

[1] 郑小谷（1801—1872）：字献甫，也叫郑献甫，自号"识字耕田夫"，广西象州人，清代著名教育家、经学家、诗人、学者，广西历史上较有影响的壮族历史文化名人，有"江南才子"和"两粤宗师"之称。

[2] 八股：明清科举考试的文体之一。也称制艺、制义、时义、时文、八比文等。因题目取于《四书》，故又称四书文。其体源于宋元的经义，明成化后渐成定式，清光绪末年废。八股文以《四书》的内容作题目，文章先破题，后承题，然后为起讲。起讲后分起股、中股、后股和束股四个段落发议论。每个段落都有两段排比对偶的文字，合共八股，故名八股文。

[3] 陈陈相因：本意谓陈谷逐年增积。《史记·平准书》："太仓之粟，陈陈相因，充溢露积于外，至腐败不可食。"后因以比喻因袭陈旧，而无创新。

[4] 时艺：即时文、八股文。明沈德符《万历野获编·徵梦·甲戌状元》："（杏源）时艺奇丽，与冯祭酒开之、袁职方了凡，同社相善。"清钱泳《履园丛话·考索·时艺》："文至时艺亦不复能再变矣。"

[5] 天马空中行：即天马行空。天马，神马。天马奔腾神速，像是腾起在

空中飞行一样。比喻诗文气势豪放。

　　[6]破体：即"破题"，唐宋时应举诗赋和经义的起首处，须用几句话点破标题要义。八股文的第一股，用一两句话说破文题的要义。

　　[7]断狱：审理和判决案件。

　　[8]笔阵：比喻写作文章，谓诗文谋篇布局譬画如军阵。　　偏锋：原为写毛笔字时笔锋斜出的笔势，泛指写文章、说话等从侧面着手的方法。

　　[9]刘元城：刘安世，号元城（1048—1125），北宋后期大臣，以直谏闻名。官至左谏议大夫，枢密都承旨，后屡次谪贬外放，被称为"广东古八贤"。赐谥忠定，有《尽言集》。

　　[10]李元礼（110—169）：即李膺，字元礼，东汉颍川襄（今河南襄城县）人。桓帝时为司隶校尉，与太学生首领郭太结交，反对宦官专权。宦官张让弟朔贪残无道，膺率将吏捕杀之。使诸黄门常侍鞠躬屏气，休沐不敢复出宫省。是时朝廷纲纪废弛，膺独持风裁，以声名自高，士有被其客接者，称"登龙门"。后以党锢免官。灵帝时复起，与窦武等谋诛宦官，事败被杀。《后汉书》称："天下楷模李元礼。"

　　[11]什袭：把物品重重叠叠地包裹起来，引申为郑重珍藏之意。　　巾箱：古时放置头巾或文件、书卷的小箱筐。

　　[12]南丰：县名，属江西省。汉南城县，三国吴太平二年置县于广昌县东，以其地产嘉禾而名。明清属建昌府。南丰以产贡桔著称，"一瓣香"或指此。

桂

　　亭亭如盖小山藏，长许留人坐晚凉。天上花开谁竞秀？人间木落始含芳。丹心自可香千古，翠影从教荫一方。此地未容盘错老，前身原在广寒乡[1]。

【注】

　　[1]广寒乡：即广寒宫。旧题汉郭宪《洞冥记》："冬至后月养魄于广寒

宫。"本为虚构,后遂以为月中仙宫名。

墨竹二首,外舅黄汉卿先生属题[1]

其　一

历过风霜节愈坚,此君骨格本如仙。红尘一出能黟俗,合有龙孙次第联[2]。

其　二

自写胸中磊落才,渭川千亩一挥来[3]。干宵笔势谁能擅[4]?生面重看妙手开。

【注】

[1] 黄汉卿,苏煜坡岳父,生平不详。

[2] 龙孙:《魏书·王慧龙传》:"(王慧龙)幼聪慧,愉以为诸孙之龙,故名焉。"后因以"龙孙"敬称他人之孙。宋胡继宗《书言故事·子孙类》:"龙孙,称人孙曰龙孙。"

[3] 渭川千亩:汉人谓有"渭川千亩竹","其人与千户侯等",见《史记·货殖列传》。后言竹之繁茂,多谓"渭川千亩"。

[4] 干宵:高高地耸起,直逼云霄,比喻前程远大,能够迅速成才。宋黄榦《勉斋文集·五·林子至子字序》:"勉乎哉!行将见子干宵凌云,而为栋梁之用。"亦称"干霄凌云"。

将军岭岳武穆以八千人破曹成于此[1]

踏遍荆榛认古营[2],衔来金字想雄兵[3]。渡江寇直追千里,拔帜功如下百城。氛净银河忘草窃[4],春回玉垒见花明[5]。至今一片燕然石[6],犹踞将军不朽名。初名莲头岭,破曹后易今名。

【注】

[1]将军岭在贺州桂岭镇境内,传说为岳飞剿寇遗址。 岳武穆:即南宋抗金英雄岳飞,宋孝宗时追谥曰"武穆"。

[2]荆榛:亦作"荆蓁"。泛指丛生灌木,多用以形容荒芜情景。三国魏曹植《归思赋》:"城邑寂以空虚,草木秽而荆榛。"

[3]金字:以金粉书就之文字。指铭刻于碑石、器物上的文字。《文选·陆倕〈新漏刻铭〉》:"宁可使多谢曾水,有陋昆吾,金字不传,银书未勒者哉!"张铣注:"金字银书,谓碑铭之书也。"

[4]草窃:意思是掠夺、盗窃,或指草寇。《梁书·昭明太子统传》:"且草窃多伺候民间虚实,若善人从役,则抄盗弥增。"

[5]玉垒:指玉垒山。在四川省理县东南,多作成都的代称。晋左思《蜀都赋》:"廓灵关以为门,包玉垒而为宇。"

[6]燕然:山名,即今蒙古国境内的杭爱山。后汉永元元年(89),窦宪大破北单于,登燕然山,即此,班固为之撰《封燕然山铭》。事见《后汉书·窦宪传》。

莲塘上有周子祠,今未修复

半壁荒祠半亩塘,曾听遗老纪嘉祥[1]。莲花不改千秋色,池水长留一瓣香。塘莲近千百年尚在,亦可异也。道学渊源开宋代[2],美人踪迹寄西方。元公生于桂岭县署。林逋而后周张继,林勋、周冕、张煜俱桂岭人,并祀乡贤[3]。俎豆何时荐一堂[4]。

【注】

[1] 嘉祥:祥瑞。《汉书·宣帝本纪》:"屡获嘉祥。"

[2] 道学:本指道家的学说,即老庄之学,这里指宋代的理学。自周敦颐、程颐、程颢至朱熹最后完成的以儒家为主、兼容佛道思想某些内容的一种思想体系。见《宋史·道学传》。

[3] 林逋:字君复,宋钱塘人。隐居西湖孤山,工行书,善为诗,不娶,种梅养鹤以自娱,因有"梅妻鹤子"之称。卒谥和靖先生,有《林和靖诗》三卷。这里以林逋代指林勋。 周冕:周敦颐嫡孙,明代宗景泰七年(1456)世袭五经博士。 张煌:生平不详。

[4] 俎豆:俎,置肉的几;豆,盛干肉一类食物的器皿。都是古代宴客、朝聘、祭祀用的礼器。《论语·卫灵公》:"俎豆之事,则尝闻之矣。"后引申为祭祀、崇奉。

读随园女弟子诗[1]

其　一

人生最好是诗名,到处红妆撰杖迎[2]。岂是宣文君再世[3],绛纱争拜女门生[4]。

其　二

琼浆何处乞云英[5],生在荒山负此生。羡煞秦嘉与徐淑[6],扫眉窗下谱双声[7]。

【注】

[1] 随园为清袁枚别墅名。康熙时江宁织造隋氏在金陵城外小仓山筑堂,号"隋园"。后倾颓,为袁枚所购,随其高为置江楼,随其下为置溪亭,随其夹涧为之桥,随其湍流为之舟,因改作"随园",因以自号。故址在今江苏南京市北。

[2] 撰杖:执教。清曾国藩《欧阳生文集序》:"昔时姚先生撰杖都讲之

所,今为犬羊窟宅,深固而不可拔。"

　　[3]宣文君:指卓文君。汉临邛大富商卓王孙之女,寡居在家。司马相如过饮于卓氏,以琴心挑之,文君夜奔相如,同归成都。因家贫又返临邛,与相如卖酒,文君当垆,相如与佣保杂作,卓王孙深以为耻,分财产与之,使回成都。《西京杂记》说她有司马相如谏文传世,又说相如拟聘茂陵女为妾,文君作《白头吟》以自绝,相如乃止。后世以"文君"代指才女。

　　[4]绛纱:又名"绛纱系臂"。晋武帝既平蜀吴,追求声色,民间女子有姿者,吏以绊彩结女臂,强纳入宫,虽豪家往往不免。事见《晋书·胡贵嫔传》。

　　[5]云英:人名。唐钟陵妓。罗隐《甲乙集》卷八《偶题》:"钟陵醉别十余春,重见云英掌上身。我未成名君未嫁,可能俱是不如人。"

　　[6]秦嘉与徐淑:东汉陇西人,为夫妇。嘉,字士会,为郡上掾。《玉台新咏》有嘉《赠妇诗》三首,嘉妻徐淑答诗一首,叙夫妻惜别互矢忠诚之情,为历代所传颂。

　　[7]扫眉:即扫眉才子。称有文学才能的女子。五代后蜀何光远《鉴诫录》卷十《蜀才妇》引唐胡曾赠薛涛诗:"扫眉才子知多少,管领春风总不如。"

邑令张丹叔太守卸篆,寄诗送别,
次其《题淑芳斋壁》原韵[1]

　　莺迁消息遍岩隈[2],借寇思随竹马来[3]。不愧口碑传远道,早悬心镜照高台[4]。两歧正作张侯颂[5],一檄谁教吕相催。新令为吕君伯垣。良吏自应超秩去[6],峰头犹盼雁重回。

【注】

　　[1]张丹叔即广西巡抚张联桂(1838—1897),字丹叔,又字韬叔,江苏江都人。光绪十五年(1889)迁广西布政使,光绪十八年(1892)升授广西巡抚。光绪二十年(1894),中日战争爆发,张联桂反对议和,力争不得,愤懑致疾,终被病免,光绪二十二年(1896)卒。　　卸篆:即卸印,辞官。

〔2〕莺迁：《诗经·小雅·伐木》："伐木丁丁，鸟鸣嘤嘤。出自幽谷，迁于乔木。"嘤为鸟鸣声。自唐以来，常以嘤鸣出谷之鸟为黄莺，以莺迁为升擢或迁居的颂词。　　岩隈：深山曲折处。隋炀帝《秦孝王诔》："扈驾仁寿，抚席岩隈。"

〔3〕借寇：东汉寇恂曾为颍川太守。后随光武帝至颍川，百姓在路上拦住光武帝说："愿从陛下复借寇君一年。"事见《后汉书·寇恂传》。后以借口为地方挽留官员的典故。　　竹马：儿童游戏时当马骑的竹竿。《后汉书·郭汲传》："始至行郡，到河西美稷，有童儿数百，各骑竹马，道次迎拜。"后人常用儿童骑竹马迎郭汲事称颂地方官吏。

〔4〕心镜：佛教谓人心明净如镜，能照万物。也泛指心。

〔5〕张侯：西汉张禹（？—前5年），字子文，河内轵县（今河南济源东）人，后移居莲勺。从施雠学《易经》，从王阳、庸生习《论语》，被推为郡文学。甘露年间，诸儒推荐做了博士。初元年间授太子《论语》，升任光禄大夫。河平四年（前25年），代王商任丞相，封安昌侯。建平二年（前5年），张禹去世，谥号节侯。此处代指张联桂。

〔6〕超秩：又作"超秩绝尘"。骏马飞驰，出群超众，不着尘埃。《庄子·徐无鬼》："天下马有成材，若恤若失，若丧其一，若是者，超秩绝尘，不知其所。"比喻出类拔萃。

二月朔日作_{癸酉}

明媚春光又满天，难因暖节弃寒毡[1]。匆匆惜别山如画，辘辘催耕砚是田。诗匪和人多白战[2]，书还读我在青年。玄亭况有侯芭待[3]，走马来朝猛着鞭[4]。

【注】

〔1〕寒毡：亦作"寒毡"、"寒毡"。《新唐书·文艺传·郑虔》："（郑虔）在官贫约甚，澹如也。杜甫尝赠以诗曰'才名四十年，坐客寒无毡'云。"后以"寒毡"形容寒士清苦的生活。

〔2〕白战：这里指白战体,也即禁体诗,世人简称之为禁体。因为苏轼诗中有"白战不许持寸铁"之句,又被称为"白战体"。此处指写诗。

〔3〕玄亭：即扬雄的草玄亭。此处代指扬雄。　　侯芭：又名侯辅,西汉巨鹿(今山东巨鹿)人,扬雄弟子,学习《太玄》《法言》。

〔4〕走马来朝：一作"来朝走马"。语出《诗经·大雅·緜》："古公亶父,来朝走马。率西水浒,至于岐下。"

复馆桂岭示诸友

篮舆穿过万山云[1],敬业从来在乐群。香火因缘知未尽,雪泥痕爪笑难分[2]。弦歌罢后帐虚设,谈论深时膏任焚[3]。可忆临歧曾赠语,馈贫粮是富多文[4]。

【注】

〔1〕篮舆：注见本卷《途中偶吟》。

〔2〕雪泥痕爪：注见本卷《出门词》。

〔3〕膏任焚：即"焚膏继晷"。语出唐韩愈《进学解》："焚膏油以继晷,恒兀兀以穷年。"膏,油脂之属,指灯烛。晷,日光。后以"焚膏继晷"形容夜以继日地勤奋学习、工作等。宋周密《齐东野语·讥不肖子》："所谓焚膏继晷者,非为身计,正为门户计。"

〔4〕馈贫粮：即"馈贫之粮"。意为广博的见闻是赠给知识贫乏者的宝贵的精神食粮。语出南朝梁刘勰《文心雕龙·神思》："是以临篇缀虑,必有二患：理郁者苦贫,辞溺者伤乱,然则博见为馈贫之粮,贯一为拯乱之药。"

读刘湘芸观察《石龛诗卷》[1]

人颂福星遍朔方[2],天移卿月到蛮疆[3]。政声早有龚黄誉^[4]，诗卷能分李杜光^[5]。檄鸟判花凭史笔^[6]，模山范水付奚
囊^[7]。一官一集欣先睹^[8]，余事王筠乐未央^[9]。

【注】

[1] 刘湘芸即清人刘楚英(1815—?)，字湘芸，一字香郧，又字拙生，四川中
江人。道光十一年(1831)举人，授甘肃平罗知县，咸丰九年(1859)升任广西梧州
知府，同治二年(1863)调署桂林知府，同治三年回任梧州府。同治八年(1869)兼
代桂平梧郁道，次年实授。同治十二年，权右江兵备道。著有《石黾诗卷》20 卷。

[2] 福星：民间信仰的神仙之一，传说唐代道州出侏儒，历年选送朝廷为
玩物。唐德宗时道州刺史阳城上任后，即废此例，并拒绝皇帝征选侏儒的要求，
州人感其恩德，逐祀为福神。象征能给大家带来幸福、希望的人或事物。福星
头戴官帽手持玉如意或手捧小孩为天官一品大帝，天官赐福由此而来。　　朔
方：北方。《尚书·尧典》："申命和叔，宅朔方，曰幽都。"

[3] 卿月：月亮的美称。亦借指百官。《尚书·洪范》："王省惟岁，卿士惟
月，师尹惟日。"孔传："卿士各有所掌，如月之别。"孔疏："卿士分居列位，惟如月也。"

[4] 龚黄：指汉代龚遂、黄霸。龚遂，生卒年不详，字少卿，山阳南平阳
(今山东省邹城市)人。仕昌邑王刘贺。贺行多不正，遂累引经义，陈祸福，谏争
忘己。宣帝时，为渤海太守，时值饥荒，遂单车至郡，开仓济贫，劝民农桑。民皆
卖剑买牛，卖刀买犊，境内大治。见《汉书》本传。黄霸(？—前51)，字次公，汉
淮阳阳夏(今河南太康)人。少学律令，武帝末补侍郎谒者，历河南太守丞。时
吏尚严酷，而霸独用宽和为名。宣帝时，为廷尉丞，坐夏侯胜事系狱，在狱中从
夏侯胜受《尚书》。后罢颍川太守，任扬州刺史，得吏民心。官至御史大夫、丞
相，封建成侯。汉世言治民吏，霸为第一。《汉书》入《循吏传》。

[5] 李杜光：李指李白，杜为杜甫。唐韩愈《调张籍》："李杜文章在，光焰
万丈长。"

[6] 判花：指判词文书。宋刘克庄《送洪使君》诗："判花人竞诵，诗草士
深藏。"

[7] 模山范水：用文字、图画描绘山水。南朝梁刘勰《文心雕龙·特色》：
"及长卿之徒，诡势瑰声，模山范水，字必鱼贯，所谓诗人丽则而约言，辞人丽淫

而繁句也。" 奚囊：《唐文粹·李贺小传》："每旦日出，与诸公游，恒从小奚奴，骑距驴，背一古破锦囊，遇有所得，即书投囊中。"后因称诗囊为奚囊。

［8］一官一集：旧时士大夫以所署官作为撰集之名，始于南朝梁王筠。《南史·王筠传》："筠自撰其文章，以一官为一集，自《洗马》《中书》《中庶》《吏部》《左佐》《临海》《太府》各十卷，《尚书》三十卷，凡一百卷，行于世。"宋楼钥《送杨廷秀秘监赴江东漕》诗："一官定一集，流传殆千卷。"

［9］未央：未尽，无已。《汉书·礼乐志》："灵殷殷，灿扬光。延寿命，永未央。"

初十日雪堂、承五两弟入馆[1]

家学传诗礼，他乡聚弟昆。有帷随董下[2]，此被是姜温[3]。屋岂东西别，山原大小尊。春华须自爱，努力慰晨昏。

【注】

［1］雪堂、承五皆人名，苏煜坡堂弟，余不详。

［2］董帷：典故名，典出《汉书》卷五十六《董仲舒传》。"（董仲舒）下帷讲诵，弟子传以久次相授业，或莫见其面，盖三年不窥园，其精如此。"后因以"董帷"指授课之处。

［3］此被是姜温：出自"姜被"典故。《后汉书·周黄徐姜申屠列传·姜肱》："（姜肱）与二弟仲海、季江，俱以孝行著闻。其友爱天至，常共卧起。"后遂以"姜被"咏兄弟友爱。

二十日家大父寿辰敬赋

重堂八十尚齐眉[1]，龙马精神喜不支[2]。介寿人多尝膝绕[3]，离家日久倍心驰。诒谋早受范乔砚[4]，述德难赓灵运诗[5]。但愿年年约宾从,长春花下祝期颐[6]。

【注】

[1] 重堂:俗称家有祖父母曰重堂。　齐眉:比喻夫妻相敬爱,源于"举案齐眉"。

[2] 龙马:古代传说中的瑞马。《艺文类聚》卷十一《尚书中候》:"龙马御甲,赤文绿色。"《注》:"龙形象马,甲所以藏图也。"

[3] 介寿:《诗经·豳风·七月》:"八月剥枣,十月获稻。为此春酒,以介眉寿。"　膝绕:即"绕膝",儿女围绕在父母的跟前,引申为儿女侍奉在父母身边,孝养父母。明李攀龙《送妻弟魏生还里》:"阿姊扶床泣,诸甥绕膝啼。"

[4] 诒谋:为子孙妥善谋划,使子孙安乐。唐李德裕《序》:"臣伏思太宗往日之惧,致我唐百代之隆,则圣祖诒谋,可谓深矣。"　范乔(221—298),字伯孙,西晋陈留外黄(今河南民权)人。乔二岁时,其祖范馨临终,以所用之砚与之。乔五岁,祖母告之,乔捧砚涕泣不已。立志于学,闻于乡里,刘毅、王琨、张华等先后表荐起用。著《刘杨优劣论》。

[5] 谢灵运:原名公义,字灵运,小名客儿,世称谢客,以字行于世。谢玄之孙,袭封康乐公。南朝宋阳夏人(今河南太康县)。博览群书,工书画,初为武帝太尉参军,后迁太子左卫率。少辛时贬为永嘉太守。好山水,既不得意,便肆意遨游,各处题咏。灵运之诗,以咏山水者居多。有诗集传世。

[6] 长春花:即月季花,四时不绝,故名。　颐期:即期颐,称百岁之人。百年为人生年数之极,故为期。此时起居生活待人养护,故曰颐。《礼记·曲礼》:"百年曰期颐。"

酬钟清泉见赠

暮雨潇潇款段来[1],寒灯焰焰蕊珠开。风尘那料逢佳士,治世奚容老此才。干将莫邪虞缺折[2],清泉性耿介,故箴之。苍松翠柏厚栽培。人情悟透何须道,且尽樽前酒百杯。

【注】

　　［１］款段：指马行迟缓貌，借指马。喻指普通的生活或悔悟之情。《后汉书》卷二十四《马援列传》：“士生一世，但取衣食裁足，乘下泽车，御款段马。”

　　［２］干将莫邪：相传春秋时吴人干将与莫邪善铸剑。铸有二剑，锋利无比，一名干将，一名莫邪，献给吴王阖闾。事见《吴越春秋·阖闾内传》。　　虞缺折：恐怕要被折坏。语出《资治通鉴》卷二百一十五：“春，正月，辛巳，李邕、裴敦复皆杖死。邕才艺出众，卢藏用常语之曰：‘君如干将、莫邪，难与争锋，然终虞缺折耳。’邕不能用。”“邕”即李邕（678—747），也称李括州，唐代书法家，字泰和，鄂州江夏（今湖北省武汉市）人。其父李善，为《文选》作注。李邕少年即成名，后召为左拾遗，曾任户部员外郎、括州刺史、北海太守等职，人称“李北海”。

漫　　成

　　甲乙丹黄苦未休[1]，拥书权作百城侯[2]。师丹未老偏多忘[3]，王粲逢春亦远游[4]。五角六张千古恨[5]，三山二水一编收。谋生既拙聊安拙，樵唱渔歌次第讴。

【注】

　　［１］丹黄：点校书籍所用的两种颜色。旧时点校书籍，用朱笔书写，如遇误字则用雌黄涂抹。

　　［２］拥书权作百城：即“拥书百城”，比喻藏书极其丰富或嗜书之深。典出《魏书·逸士传·李谧》：“丈夫拥书万卷，何假南面百城！”

　　［３］师丹：西汉人，字仲公，从匡衡学诗。举孝廉为郎，官至大司空。哀帝时，外戚专政，丹因逆帝意，免为庶人。平帝时复为义阳侯。《汉书》有传。

　　［４］王粲（177—217）：字仲宣，三国魏山阳高平（今山东微山县）人。王粲博学多识，文思敏捷。尝往谒蔡邕，邕倒屣相迎。献帝初避地往依荆州刘表十五年，后归曹操，任丞相掾，累官至侍中。建安二十二年（217）从征吴，途中病

卒。为建安七子之一,著有诗赋论议六十篇,代表作为《登楼赋》。《三国志·魏书》有传。

[5] 五角六张:乖角,七颠八倒。宋马永卿《嬾真子》卷一:"世言五角六张,此古语也。……五角六张,谓五日遇角宿,六日遇张宿,此两日做事,多不成。"

途中口占清明前三日还家

雨过草痕活,风来花气馨。饧箫惊令节[1],麦饭感寒坰[2]。险上千层磴,凉生七里亭。茶余人小憩,饱看远山青。

【注】

[1] 饧箫:卖饧者所吹之箫。《诗经·周颂·有瞽》:"箫管备举。"汉郑玄笺:"箫编竹管为之,如今卖饧者所吹也。"

[2] 寒坰:寒冷荒凉的野外。明郑若庸《玉玦记·赏花》:"朝云何处?空怜草宿寒坰。"明屠隆《昙花记·群魔历试》:"想着我朝宴华堂,昼出荒郊,夜宿寒坰。"

扫先太孺人墓感赋

陟屺悲深十四年[1],墓门松柏锁荒烟。惊心杜宇声凄绝[2],回首童乌事惘然[3]。母见背时,年才十二。新土一抔添冷节,遗孤几辈恨终天。青毡坐把黄封误[4],杯酒何曾到九泉。

【注】

[1] 陟屺:登山。有草木之山为岵,无草木之山为屺。《诗经·魏风·陟

岵》："陟彼岵兮,瞻望父兮。"笺："孝子行役,思其父之戒,乃登彼岵山,以遥瞻
望其父所在之处。"又："陟彼屺兮,瞻望母兮。"笺："此又思母之戒,而登屺山而
望也。"后因以陟岵、陟屺喻思亲。

[2] 杜宇:古蜀帝名,化为杜鹃,后人因称杜鹃为杜宇。《太平御览》卷一
百六十六汉扬雄《蜀王本纪》："杜宇……乃自立为蜀王,号曰望帝。"又《十三州
志》："当七国称王,独杜宇称帝于蜀,……望帝使鳖令凿巫山治水有功。望帝字
以德薄,乃委国禅鳖令,号曰开明,遂自亡去,化为子规。"子规,即杜鹃,一称
杜主。

[3] 童乌:汉扬雄《法言·问神》："育而不苗者,吾家之童乌乎? 九龄而
与我玄文。"童乌,雄子。后因以童乌作早慧或幼殇者之典。

[4] 黄封:宫廷酿造之酒以用黄罗帕封,也用以泛指美酒。

寄刘采楼[1],代柬

　　莺花到眼又春三,远隔芳邻未共探。笔砚生涯聊复尔,英
雄末路更何堪。少年文战名虽北[2],故里经传道已南[3]。知
否故人期望意,早从花里种宜男[4]。

【注】

　　[1] 刘采楼,人名,生平无考。

　　[2] 文战:指科举考试。唐方干《送喻坦之下第还江东》诗："文战偶不
胜,无令移壮心。"

　　[3] 道已南:即"道南"。典出宋人杨时。杨时拜程颢为师。学习勤奋,
很肯钻研,学业优异,深得老师赏识,成为程门高弟。学成归去之日,向恩师告
别,程颢目送他离去,对旁边的人说："吾道南矣!"北宋元祐八年(1093),杨时
二度北上,到洛阳再拜程颐为师,得到二程理学的所有真传。后来,杨时在东南
讲学传道,成为二程理学南传和发展的至关重要人物,后人称之为"道南第一
人",果真应验了程颢的预言。按,杨时(1053—1135),字中立,号龟山,祖籍弘

农华阴(今陕西华阴东),南剑州龙池团(今属福建将乐县龙池)人,熙宁九年(1076)进士,历官浏阳、余杭、萧山知县,荆州教授、工部侍郎、以龙图阁直学士专事著述讲学。晚年隐居龟山,学者称龟山先生。

〔4〕宜男:萱草的别名。古代迷信,说孕妇佩之则生男,故名。《太平御览》卷九十九《本草经》:"萱,一名忘忧,一名宜男,一名歧女。"旧时引申为祝颂多子之词。

吴生恭群入学来谒,赋此勖之[1]

芹宫香到小斋西[2],得意春风趁马蹄。独立正如嵇绍鹤[3],深谈可忆宋宗鸡[4]。一行露布初挥笔[5],万里云程已得梯[6]。唐代秀才科最贵,今通尤要古能稽。

【注】

〔1〕吴恭群,人名,苏煜坡弟子,生平无考。

〔2〕芹宫:学宫,学校。古人以芹藻喻有才学之士。《诗经·鲁颂·泮水》:"思乐泮水,薄采其芹。"清王蓉生《锄经书舍零墨序》:"式权茂才,家居笋里,名噪芹宫。"

〔3〕嵇绍鹤:典出《晋书·忠义传》:"嵇绍,字延祖,魏中散大夫康之子也。十岁而孤,事母孝谨。武帝发诏征之,起家为秘书丞。绍始入洛,或谓王戎曰:'昨于稠人中始见嵇绍,昂昂然如野鹤之在鸡群。'"嵇绍(253—304),谯国铚(今安徽淮北市濉溪县临涣镇)人。八王之乱时,随惠帝与成都王颖战,兵败,百官、侍卫皆溃败,独绍以身护卫惠帝。乱兵至,被杀,血溅帝衣。后乱平,左右欲洗衣。惠帝曰:"此嵇侍中血,勿去。"

〔4〕宗鸡:"宋宗鸡窗"的省称。《幽明录》曰:晋兖州刺史沛国宋处宗,尝买得一长鸣鸡,爱养甚至,恒笼着窗间,鸡遂作人语,与处宗谈论,极有言智,终日不辍,处宗因此言巧大进。

〔5〕露布:不缄封之文书。汉蔡邕《独断》:"唯赦令、赎令,召三公诣朝堂

受制书,司徒印封,露布天下州郡。"《后汉书·李云传》:"云素刚,忧国将危,心不能忍,乃露布上书,移副三府。"注:"露布谓不封之印也。"后多指捷报、檄文等。

［6］云程:遥远的路程。《太平广记》卷四百一十八引唐李复言《续玄怪录·李卫公靖》:"计两处云程,合逾万里。"喻远大的前程,得意的仕途。

柬罗晓垣孝廉借《文选》[1]

其　　一

高卧元龙拥百城[2],牙签万轴旧知名[3]。选楼文理须精熟[4],可许书痴一借荆[5]。

其　　二

惭愧醇醪少一鸥[6],借书休笑读书迟。良宵下酒宜何物?大白当浮击节时[7]。

【注】

［1］罗晓垣,人名,事迹无考。　孝廉:本为汉选举官吏的两种科目名。孝,指孝子;廉,指廉洁之士。汉武帝元光元年(前134)初,令郡国举孝廉各一人,后来合称为孝廉。至隋唐只有秀才之科,无孝廉之举,清别为贡举的一种。后因之俗称举人为孝廉。

［2］高卧元龙:又叫"元龙高卧"。汉末陈登字元龙,志向高迈。有次许汜去看他,他不把许汜放在眼里,自己睡在大床上,让客人睡在下床。后称人待客简慢。事见《三国志·魏书·陈登传》。

［3］牙签:象牙制的书签。《旧唐书·经籍志》下:"其集贤院御书:经库皆钿白牙轴,黄缥带,红牙签;史库钿青牙轴,蓝缥带,绿牙签;子库皆雕紫檀轴,紫缥带,碧牙签;集库皆绿牙轴,朱带,白牙签。以分别之。"

［4］选楼文理须精熟:选楼,指《昭明文选》。历代文人多从《文选》中获

益,杜甫说过"熟精《文选》理",宋代更出现"《文选》烂,秀才半"的俗谚。

[5]借荆:即刘备借荆州的历史故事。赤壁之战后,荆州七郡被魏、蜀、吴三家瓜分,曹操占据荆州北部最大的南阳郡,孙权得到江夏郡和南郡,刘备得到荆州南部四个郡(长沙、零陵、桂阳、武陵)。刘备屯兵公安,不利于发展,便向孙权两次提出借荆州的南郡,鲁肃劝说孙权暂时将南郡借给了刘备,于是刘备便有了荆州五郡(南郡、长沙、零陵、桂阳、武陵),北抗曹操,东和孙权,得益州(今四川),建立了蜀汉基业。后来,刘备得到四川后,将长沙、桂阳两郡还给了孙权,相当于还了南郡,但由于《三国演义》的影响,至今仍有"刘备借荆州——一借永不还"的俗谈。此处戏谑借书不还。

[6]惭愧醇醪少一鸥:醇醪,味厚的美酒。《史记·袁盎列传》:"乃悉以其装赍,置酒醇醪。" 鸥,传说中怪鸟,亦指盛酒器。宋苏轼《和陶赠羊长史》:"不持两鸥酒,肯借一车书。"

[7]大白当浮:大白,大酒樽,大酒杯。汉刘向《说苑·善说》:"魏文侯与大夫饮酒,使公乘不仁为觞政,曰:'饮不釂者,浮以大白。'"

韦黼堂至自江华,谈及旧事感赋,即以赠别

其 一

沱江百里渺云天[1],岭外萍踪蓦地联[2]。共赏烟花三月候,早盟车笠十年前[3]。钟声夜听寒山寺[4],渔唱春摇野渡船。回首龙华留胜会[5],梦魂今绕鉴湖边[6]。

其 二

频年消息阻传闻,喜得连床一快论。既往事真流似水,壮游客已散如云。散人君合江湖署,末路侬思笔砚焚[7]。天为遮留知有意,一宿欲行,而雨不止。巴山夜雨酒重醺[8]。

【注】

〔1〕沱江：长江上游支流。发源于川西北绵竹市，经泸州汇入长江。

〔2〕蓦地：亦作"蓦的"。出乎意料地，突然。明王玉峰《焚香记·辨非》："怕有奸人蓦地生恶意，乘机就里施毒计。"

〔3〕车笠：即"车笠交"的省称。晋周处《风土记》："越俗性率朴，祁与人交有礼，封土坛，祭以鸡犬，祝曰：'卿虽乘车我戴笠，后日相逢下车揖。我步行，君乘马，他日相逢君当下。'"俗称不因贵贱而改变的好友为"车笠交"。

〔4〕钟声夜听寒山寺：语出唐张继《枫桥夜泊》："姑苏城外寒山寺，夜半钟声到客船。"

〔5〕龙华留胜会：龙华会即浴佛节，又称佛诞节，为每年的农历四月初八，是佛祖释迦牟尼诞辰。史书记载释迦牟尼佛生于周昭王二十四年（前1027），是迦毗罗卫国（今尼泊尔境内）王子。传说降生时一手指天、一手指地，大地为之震动，九龙吐水为之沐浴。现世界各国的佛教徒常以浴佛等方式纪念佛祖诞辰。

〔6〕鉴湖：湖名，即镜湖。东汉永和五年（140）太守马臻所创开，周回三百余里，溉田九千余顷。自宋熙宁以来，浚治不时，日久湮废。故址在今浙江绍兴市西南。

〔7〕笔砚焚：称赞他人诗文高妙，自愧不如；或指不再著述、写作。《晋书·陆机传》："机天才秀逸，辞藻宏丽，张华尝谓之曰：'人之为文，常恨才少，而子更患其多。'弟云尝与书曰：'君苗见兄文，辄欲烧其笔砚。'"

〔8〕巴山夜雨：语出唐李商隐《夜雨寄北》："何当共剪西窗烛，却话巴山夜雨时。"

题　画

看山扶杖来，随意立苍苔。云护幽人宅[1]，衡门开未开[2]。

【注】

［1］幽隐之人；隐士，幽居之士。《易经·履卦》："履道坦坦，幽人贞吉。"孔颖达疏："幽人贞吉者，既无险难，故在幽隐之人守正得吉。"《后汉书·逸民传序》："光武侧席幽人，求之若不及。"

［2］衡门：横木为门，喻简陋的房屋。《诗经·陈风·衡门》："衡门之下，可以栖迟。"后借指隐者所居。

过李太后先茔作[1]

其 一

椒房世系久难详[2]，灵气犹钟绿野庄[3]。剩有两三翁仲在[4]，秋风秋雨泣英皇[5]。

其 二

桑梓流传似近真，金縢纪述岂无因[6]。《本传》姓纪，而相传则云李姓。九原难起神君问[7]，一笑随声附和人。

【注】

［1］李太后先茔在今桂岭镇善华村境内。太后姓纪，贺县桂岭人，是明孝宗朱祐樘的生母，其墓在北京十三陵。此墓是朝廷为其先人所建，现存尚有石雕翁仲、石羊、石龟等。

［2］椒房：汉皇后所居的宫殿，以椒和泥涂壁，取温、香、多子之义。后因以椒房为后妃的代称。

［3］绿野庄：即绿野堂。唐裴度的别墅，旧址在河南洛阳。度以宦官擅权，时事已不可为，乃自请罢相，于午桥创别墅，花木万株，中起凉台暑馆，名曰绿野堂。也省称"绿野"。

［4］翁仲：传说为秦时巨人名。《淮南子·氾论》："秦之时……铸金人。"汉高诱注："秦皇帝二十六年，初兼天下。有长人见于临洮，其高五丈，足迹六

尺。放写其形,铸金人以象之,翁仲君何是也。"后指铜像或墓道石像。

　　[5]英皇:人名,女英和娥皇的合称。《后汉书·崔琦传》:"昔在帝舜,德隆英、皇。"注:"帝舜妃娥皇女英,帝尧之女,聪明贞仁。"

　　[6]金縢:《尚书》篇名。武王疾,周公祷于三王,愿以身代。史纳其祝册于金縢匮中,其后周公因管蔡流言,避居东都。成王开匮得其祝文,乃知周公之忠勤,执书而泣,遂迎周公归宗周。因其匮缄之以金,故称金縢。见《尚书·金縢》。

　　[7]神君:指神灵、神仙。古时也称贤明官吏为神君。语出《韩非子·说林上》:"不如相衔负我以行,人以我为神君也。'"

答卢跃之茂才见寄[1]

　　　跃之,花县人。省其父毓甫贰尹来桂岭,尚未谋面,于友人处见予《将军岭》《莲塘》诸作,欣然和之。且修书问讯①,并寄所作。拈此奉答。

　　记从海上访成连[2],露白蒹苍思渺然。昨访贰尹,竟未语及。难得聆音偏识曲[3],远教擘锦更分笺[4]。新吟藉壮湖山色,下里欣联翰墨缘[5]。珍重江郎花管艳[6],赓歌须到大罗天[7]。

【校】
　　①"问讯"原文为"问訊",据粤本改。
【注】
　　[1]卢跃之,人名,事迹无考。
　　[2]成连:注见本卷《八咏诗和媚川》。
　　[3]识曲:谓通晓音乐。《文选·古诗〈今日良宴会〉》:"令德唱高言,识曲听其真。"吕延济注:"识曲,谓知音人听其真妙之声。"
　　[4]擘锦更分笺:即"擘笺",谓裁纸。宋陆游《阆中作》诗:"擘笺授管相逢晚,理鬓薰衣一笑哗。"清姚鼐《游瞻园和香亭同年》之七:"祗怜才尽者,偏畏

擘笺长。"

[5] 下里: 乡里。宋玉《对楚王问》:"客有歌于郢中者,其始曰下里巴人。"下里本谓乡曲里间,因以下里名其歌。后来遂为民间歌谣之通称。

[6] 江郎: 即江淹(444—505),字文通,南朝梁济阳考城(今河南商丘市民权县)人。出身孤寒,历仕南朝宋、齐、梁三代。梁时官至金紫光禄大夫,封醴陵侯。以文章见称于世,晚年才思衰退,诗文无佳句,时人谓之江郎才尽。其诗长于杂拟,抒情赋中以《恨赋》《别赋》最著名。

[7] 庚歌: 作歌唱和。唐李商隐《寄令狐学士》:"庚歌太液翻黄鹄,从猎陈仓获碧鸡。"   大罗天: 道家诸天之名。旧题晋葛洪《枕中计》引《真计》:"玄都玉宗七宝山,周回九万里,在大罗上。"唐段成式谓道家列三界诸天数,与释氏同,但名异。三界外曰四人境,为常融、玉隆、梵度、贾奕四天;四人天外曰三清,即大赤、禹余、清微;三清上曰大罗。

归　来

其　一

别后音书几度通,归来谈笑一家同。问安深喜高年健,春在幽人杖履中[1]。

其　二

重把新纱补旧襦,白生虚室一灯青。年来坐到三更惯,夜话刚逢月满庭。

【注】

[1] 春在幽人杖履中: 化用宋辛弃疾《鹧鸪天》:"春在溪头荠菜花"。幽人,幽隐之人,隐士。《易经·履卦》:"履道坦坦,幽人贞吉。"

晓　妆

远山横黛晓光寒[1]，香鬓梳云翠袖单。妆罢何须问夫婿，镜中有镜自家看[2]。

【注】

[1] 远山横黛：出自宋晏幾道《生查子》："远山眉黛长，细柳腰肢袅。"

[2] 妆罢何须问夫婿，镜中有镜自家看：化用唐朱庆馀《近试上张籍水部》："洞房昨夜停红烛，待晓堂前拜舅姑。妆罢低声问夫婿，画眉深浅入时无。"

读吉祥花题辞

其　一

扬榷中存劝戒心[1]，莫因稗史弃金箴[2]。吉人自可祥和召[3]，指出迷津是福林[4]。

其　二

好花开后人争羡，谁识当年灌溉功。根本厚培须及早，到头结果一般同。

【注】

[1] 扬榷：约略，举其大概。《庄子·徐无鬼》："颉滑有实，古今不代，而不可以亏，则可不谓有大扬榷乎？"

[2] 稗史：记录遗闻琐事之书。有别于正史，故称稗史。元仇远有《稗史》一卷，元徐显有《稗史集传》一卷。清人有《明季稗史汇编》。　金箴：可贵的教言。

［3］吉人：善人，贤人。《易经·系辞下》：“吉人之辞寡。”《诗经·大雅·卷阿》：“蔼蔼忘多吉人。”

［4］迷津：一义为迷途。唐孟浩然《南还舟中寄袁太祝》：“桃源何处是？游子正迷津。”一为佛教用语，指迷惘的境界。唐敬播《大唐西域记·序》：“廓群疑于性海，启妙觉于迷津。”

斜岭界顶小憩，口占二绝

其　一

驭气排空一径登[1]，微风吹送兴飞腾。回头俯视群峰小，始觉身居最上层。

其　二

奇秀弯环态有余，山中人在画中居。此乡信美原吾土，底用离家去读书。

【注】

［1］驭气排空：也作“排空驭气”。出自白居易《长恨歌》：“排空驭气奔如电，升天入地求之遍。上穷碧落下黄泉，两处茫茫皆不见。”

晚　眺

其　一

小扇轻衫立陇头，晚凉天送野风柔。稻花香里秋光早，百日居然露积收[1]。

其　二

刈谷分秧事并行[2]，农忙真觉是西成[3]。舍南舍北添新水[4]，入夜犹闻叱犊声。

【注】

[1] 露积：露天堆积。《诗经·小雅·楚茨》："我庾维亿。"毛传："露积曰庾。"孔颖达疏："露积言露地积聚之。"

[2] 分秧：将稻种播种于秧田中，待成苗后，分而插之，谓之分秧。宋苏轼《东坡》诗之四："分秧及初夏，渐喜风叶举。"

[3] 西成：谓秋季收成。《尚书·尧典》："寅饯纳日，平秩西成。"传："秋，西方，万物成。"

[4] 舍南舍北添新水：见唐杜甫《客至》："舍南舍北皆春水，但见群鸥日日来。"

寄贺龙品多拔萃[1]

其　一

果然能夺锦标来[2]，拔萃科宜得此才[3]。凤阙挥毫真不日[4]，鸿名破柱早如雷[5]。风云万里丁年奋[6]，衣钵一门酉榜开[7]。君叔曾祖及父兄俱酉科获隽。从此飞黄腾达去[8]，神山有路到蓬莱[9]。

其　二

张南周北感殊方[10]，听说君来喜欲狂。屡探前驱沉雁信[11]，深期后会话霓裳[12]。交依玉树情原密[13]，谱忆金兰梦最长[14]。凭仗西风遥寄语，开樽莫负菊花黄。

【注】

[1] 龙品多,人名,生平不详。拔萃:《孟子·公孙丑上》:"出乎其类,拔乎其萃。"后因称才能出众为拔萃。又唐制,选官有一定年限,期限未满,试判三条,合格入官的谓之拔萃。

[2] 锦标:锦制之旗,用以奖励竞赛取胜的人。

[3] 拔萃科:即"书判拔萃科"。古代科举之一种,唐代设置。书判拔萃科是针对选人破格铨选而设置的,以经义和律法为考试内容的科目。

[4] 凤阕:阕原指歌曲,此处指华美的词章。

[5] 鸿名:大名,崇高的名声。 破柱:也作"题柱"。古代文人题诗于柱的故事。汉司马相如初去长安,过升仙桥,题柱曰:"不乘高车驷马,不过此桥。"

[6] 丁年:成丁之年。《文选》旧题汉李陵《答苏武书》:"丁年奉使,皓首而归。"注:"丁年,谓丁壮之年也。"

[7] 衣钵:佛教僧尼的袈裟和食器。《金刚经》:"尔时世尊食时,著衣持钵,入舍卫大城乞食,……饭食讫,收衣钵。"中国禅宗初祖至五祖师徒间传授道法,常付衣钵为信证,称为衣钵相传。

[8] 飞黄腾达:神马飞驰。也作"飞黄腾踏"。飞黄,神马名。唐韩愈《符读书城南》:"飞黄腾踏去,不能顾蟾蜍。"以喻人骤然得志,官位升迁之快。

[9] 蓬莱:山名。古代方士传说为仙人所居。《山海经·海内北经》:"蓬莱山在海中。"《史记·封禅书》:"自威、宣、燕、昭使人入海求蓬莱、方丈、瀛洲。此三神山者,其传在渤海中。"也名蓬壶。此处喻朝廷。

[10] 张南周北:语出《南史》卷三十九《刘勔列传》:"永明末,都下人士盛为文章谈义,皆凑竟陵西邸,绘为后进领袖。时张融以言辞辩捷,周颙弥为清绮,而绘音采赡丽,雅有风则。时人为之语曰:'三人共宅夹清漳,张南周北刘中央。'言其处二人间也。"宋葛立方《减字木兰花》:"张南周北,漫说清漳摇绀碧。何似幽栖,甥舅相望共一溪。璇题沙版,不用买邻縻百万。余户增辉,庭列芝兰户戟枝。"

[11] 沉雁:即"鱼沉雁杳"。比喻书信不通,音信断绝。语出唐戴叔伦《相思曲》:"鱼沉雁杳天涯路,始信人间别离苦。"

[12] 霓裳:以霓为裳。屈原《九歌·东君》:"青云衣兮白霓裳,举长矢兮

射天狼。"

[13] 玉树：语出李白《对雪献从兄虞城宰》："庭前看玉树,肠断忆连枝。"

[14] 金兰：言交友相投合。《易经·系辞上》："二人同心,其利断金;同心之言,其臭如兰。"

秋 夜 偶 成

客馆灯如一豆红,凉声满树又秋风。迢迢信滞楼头雁,唧唧音怜砌下虫。敢谓乐忧共天下,转惭温饱在胸中。无多奇字扬雄识[1],答问先愁腹笥空[2]。

【注】

[1] 扬雄(前53—18)：字子云,西汉蜀郡成都人。少好学,长于辞赋,多仿司马相如。成帝时以大司马王音荐,献《甘泉》《河东》《羽猎》《长杨》四赋,拜为郎。王莽时为大夫,校书天禄阁。以事被株连,投阁自杀,几死。雄博通群集,多识古文奇字。仿《易经》《论语》作《太玄》《法言》。又编字书《训纂篇》《方言》。

[2] 腹笥：笥,藏书之器,以腹比笥,言学识丰富。《后汉书·边韶传》："腹便便,五经笥。"又《宋文粹》卷二十二杨亿《受诏修书述怀感事三十韵》："讲学情田确,谈经腹笥空。"

九日偕友人登螺山

其 一

登临须到最高峰,石磴弯环落叶封。如此秋光谁领取,螺鬟梳就胜芙蓉[1]。

其 二

竟从绝顶矗高台,纵览真教眼界开。烽火频经庐舍毁,几人曾到此间来。

其 三

壁上留题互斗奇,流光易逝事难知。十年人已成今昔,何处莓苔觅旧诗。吴香亭、黄鸣宇两茂才及予先后来游[1],俱有诗。今两君已下世,壁上诗亦不复存矣。

其 四

楚粤分疆此一山,当年百战控荆蛮。戊午罗匪踞岭东,乡人力拒于此。云中鸡犬今无恙[3],万户炊烟指顾间。

其 五

万壑凉风送远声,半山斜日迫归程。清时不饮茱萸酒[4],菊酿明朝好共倾。

【注】

[1] 螺髻:螺壳状的发髻。也比喻矗立耸起如髻的峰峦。辛弃疾《稼轩词》卷二《水龙吟》:"遥岑远目,献愁共恨,玉簪螺髻,落日楼头。"

[2] 吴香亭、黄鸣宇:生平不详。

[3] 云中鸡犬:典出汉王充《论衡·道虚》:"儒书言:淮南王学道,招会天下有道之人,倾一国之尊,下道术之士。是以道术之士,并会淮南,奇方异术,莫不争出。王遂得道,举家升天,畜产皆仙,犬吠于天上,鸡鸣于云中。此言仙药有余,犬鸡食之,并随王而升天也。"后以此喻仙家生活。唐罗隐《广陵开元寺阁上作》:"云中鸡犬刘安过,月里留歌扬帝归。"

[4] 茱萸:植物名,有山茱萸、吴茱萸、食茱萸三种。生于川谷,其味香烈。古代风俗,阴历九月九日重阳节佩戴茱萸,以祛邪避灾。王维《九月九日忆山东兄弟》:"遥知兄弟登高处,遍插茱萸少一人。"

哭星衢弟八首

同怀弟煜光,号星衢[1]。补博士弟子员[2],刻苦读书。得咯血疾,已治愈。乃九日登高赋诗,冒感风寒,旧症复发,越十月廿八日遽卒,年二十三,无子。命也夫! 何言第群季一堂,惟渠颇慧。惠连既逝[3],康乐何堪[4]? 长歌当哭,聊以志哀,不知其是泪是墨也。

其 一

朔风四野动悲声,天为斯人诉不平。论命曾谁知夭折,求医空自望高明。影孤荆树花长谢[5],梦冷池塘草不生[6]。绝好充闾佳子弟[7],芹宫一注了前程[8]。

其 二

埋首书丛蠹不仙[9],消磨心血几经年。夏侯青紫拾如芥[10],张鷟文章万选钱[11]。慧业定由前世具[12],清修曾见几人全[13]。怜他身死心难死,死到明朝眼尚悬。

其 三

忆从六岁授书时,庭训同闻礼与诗[14]。家岂易传专望弟,兄犹难作况为师。西堂得句疑神助[15],南国谈经似影随。此后萧斋子由去,吹埙若个解吹篪[16]。

其 四

破胆昌黎险语耽[17],呕心长吉锦囊探[18]。残膏剩馥容人拾[19],苦雨凄风耐夜谈。蒲柳衰姿原易槁[20],芙蓉清品信无惭。鲍家诗好音尘绝[21],唱遍秋坟鬼不谙[22]。

其 五

楼居花萼廿余春,友爱从无片语瞋。怕累亲忧常讳疾,不趋时好惯安贫。固知勤苦能绳祖[23]，那料聪明转误人。意气自豪年数促，仰天何处问前因。

其 六

堂上重重几白头，晨昏一说泪双流。九原非为夫人恸[24]，万叠何来旅客愁。寂寞人琴伤子敬[25]，凄凉身世感黔娄[26]。含悲为理丛残稿，此债难愁此事休。

其 七

慰我羁怀恃雁鱼[27]，沉疴曾说渐消除。始知此日千秋诀，几误前番一纸书。梦入音容人宛在，哭无儿女痛何如。峰头一管题诗笔，竟有风雷起太虚。弟九日登界头山，句云："俯览当年旧营垒，题诗笔欲起风雷。"其绝笔也。

其 八

伏枕怜君转自怜，余生碌碌守青毡。穷通有定都归命[28]，修短无常莫怨天[29]。布被今生缘未了[30]，金环来世事重圆。长歌不尽中怀痛，焚向幽宫也黯然[31]。

【注】

[1] 同怀：志趣相同。谢灵运《登石门最高顶》："惜五同怀客，共登青云梯。" 星衢：姓苏，苏煜坡同族弟。

[2] 博士弟子员：汉武帝设博士官，置弟子五十人，令郡国选送。见《汉书·武帝纪》"元朔五年"及《汉书·儒林传序》。唐以后也称生员为博士弟子。

[3] 惠连：南朝宋谢惠连能文，为族兄谢灵运所赏识。后来诗文中因以"惠连"作为从弟的美称。李白《李太白诗》卷二七《春夜宴从弟桃花园序》："群季俊秀，皆为惠连。"

[4] 康乐：谢灵运袭封康乐公。见本卷《二十日家大父寿辰敬赋》。

［5］荆树：这里指紫荆。据南朝梁吴均《续齐谐记》载：汉代田真、田庆、田广三兄弟分家，决定把院中的紫荆树也分三段，各家一份。第二天砍树时，紫荆已枯死。田真见此情景，对两个弟弟说，树听说分为三段，自己枯死，我们真不如树，说完悲不自胜。三人决定不再分家，而紫荆树居然又复活了。故后人以"紫荆"比喻兄弟骨肉同气相连。

［6］梦冷池塘草不生：化用朱熹《偶成》："少年易学老难成，一寸光阴不可轻。未觉池塘春草梦，阶前梧叶已秋声。"以此来表示时光容易逝去。

［7］充闾：光大门户的意思。《晋书·贾充传》："贾充字公闾，……父逵……晚始生充，言后当有充闾之庆，故以为名字焉。"后也用为贺人生子之词。

［8］芹宫：注见本卷《吴生恭群入谒，赋此勖之》。

［9］埋首书丛蠹不仙：此句用"蠹鱼"形容苏星衢读书刻苦。

［10］夏侯：这里指夏侯胜。字长公，西汉宁阳侯国（今山东宁阳）人。少从简卿及欧阳生问学。征为博士。宣帝立，大将霍光令胜用《尚书》传太后。后因事与黄霸同时下狱，在狱中授霸《尚书》。遇赦出狱，任太子太傅。受诏撰《尚书说》《论语说》。胜曾以《尚书》之学传侄建，故《尚书》有大、小夏侯之学。

［11］张鷟文章万选钱：语出"青钱万选"，喻文才超众，如青铜钱，万选万中。《新唐书·张荐传》："员外郎员半千数为公卿称：'（张）鷟文辞犹青铜钱，万选万中。'时号鷟青钱学士。"

［12］慧业：佛教语，指智慧的业缘。《维摩经·菩萨品》："知一切法，不取不舍，入一相门，起于慧业。"

［13］清修：指操行洁美。《后汉书·宋弘传》附宋汉策："太中大夫宋汉，清修洁白，正直无邪。"

［14］庭训：《论语·季氏》记孔子在庭，其子伯鱼（鲤）趋而过庭，孔子教以学《诗》《礼》。后因称父教为庭训。

［15］西堂：西厢的前堂。《尚书·顾命》："一人冕，执刘，立于东堂；一人冕，执钺，立于西堂。"孔传："立于东西厢之前堂。"

［16］吹埙、吹篪：注见本卷《赠莫德美》。

［17］昌黎：世称韩愈为昌黎，以其郡望为名。

［18］呕心长吉锦囊探：长吉，唐诗人李贺（790—816）字，河南昌谷（今河南洛阳市宜阳县）人。宗室郑王（李彦）之后。以父名晋肃，避讳不举进士。曾

官协律郎。少能文,为韩愈、皇甫湜所重。相传李贺常骑驴外出,从小奚奴,背古锦囊,途中得佳句,即书投囊中,及暮归,整理成篇。其诗想象丰富,炼词琢句,险峭幽诡,但因过于矜奇,有时流于晦涩。尤长于乐府,能合之管弦。新旧《唐书》有传。

[19] 残膏剩馥:比喻前人留下的文学遗产。语出《新唐书·杜甫传赞》:"唐诗人杜甫,浑涵汪茫,千汇万状,兼古今而有之。他人不足,甫乃厌余,残膏剩馥,沾丐后人多矣。"

[20] 蒲柳:水杨,一种入秋就凋零的树木。古以比喻人之早衰。

[21] 鲍家诗好:鲍照(414—466),字明远,南朝宋东海(今山东省临沂市兰陵县)人。工诗文。临川王刘义庆爱其才,任为国侍郎。临海王刘子顼镇荆州,为前军参军,掌书记,世号称鲍参军。江陵乱,死于乱军中。鲍照诗文辞赡逸遒丽,以七言歌行为长。

[22] 唱遍秋坟鬼不谙:语出唐李贺《秋来》:"秋坟鬼唱鲍家诗。"

[23] 绳祖:《诗经·大雅·下武》:"昭兹来许,绳其祖武。"传、疏皆训"绳"为戒慎,朱熹《诗集传》训为继承,后多用朱义,称继承祖先为绳武、绳祖。

[24] 九原:九泉,黄泉。《旧唐书·李嗣业传》:"忠诚未遂,空恨于九原。"

[25] 晋代王献之(字子敬)死,其兄王徽之前去恸吊,抚其平日喜欢的琴,琴亦不调,于是倍加哀痛。后遂用"人琴俱亡、人琴并绝、寂寞人琴、叹人琴、人琴去、人琴之感"等写对知己、亲友去世的悼念之情。

[26] 黔娄:战国齐隐士。家贫,不求仕进,齐鲁之君聘赐,俱不受。死时衾不蔽体。《汉书·艺文志》"道家"有《黔娄子》四篇。后以喻贫士。

[27] 雁鱼:指书信。

[28] 穷通:困厄与显达。《庄子·让王》:"古之得道者,穷亦乐,通亦乐,所乐非穷通也;道德于此,则穷通为寒暑风雨之序矣。"

[29] 修短:即"修短随化"。旧指自然界的主宰者,迷信说法指运气、命运。语出晋王羲之《兰亭集序》:"况修短随化,终期于尽。"此处指人的寿命长短,随造化而定。

[30] 布被:布制的被子,指生活简朴。《史记·平准书》:"公孙弘以汉相,布被,食不重味,为天下先。"

[31] 幽宫:谓坟墓。唐王维《过秦皇墓》诗:"古墓成苍岭,幽宫象紫台。"

接徐生上瓒书,知乃弟上瑁县试冠军,
却寄二首

其 一

风雪空山兀坐时,飞来佳报展愁眉。区区门下新桃李,竟是临江第一枝。

其 二

知否初基未足多,出人头地在巍科[1],年来桂岭风流减[2],凭仗诸君喜起歌。

【注】

[1]巍科:古代科举考试,榜上名分等次,排在前列者称巍科。犹言高第。

[2]桂岭:镇名,隶属广西贺州市八步区,地处湘、粤、桂三省(区)交界处。

【 萃益斋诗集 】

·卷 二·

水仙花，次云峰先生韵_{甲戌}

自是凌波绰约仙[1]，肯随桃李互争妍。根荄秀润全资水[2]，花叶离披别有天。一室香余春色外，几枝开在岁朝先[3]。生来未受泥途辱，若论清高似胜莲。

【注】

[1] 绰约：柔美貌。汉傅毅《舞赋》："绰约闲靡，机迅体轻。"也作"淖约"。

[2] 根荄：亦作"根垓"、"根核"。植物的根。《文子·符言》："故羽翼美者，伤其骸骨；枝叶茂者，害其根荄；能两美者，天下无之。"

[3] 岁朝：阴历正月初一。出自《后汉书·周磐传》："岁朝会集诸生，讲论终日。"李贤注："岁朝，岁旦。"

张庙赛会竹枝词_{正月二十二日}

其　　一

乡村最暇是新年，人影衣香满市廛[1]。愿祝今朝风自好，寒泉一盏荐张仙。

其　　二

狮舞龙跳百戏齐，喧阗金鼓震山溪[2]。东头方罢西头续，过眼真成五色迷。

其　　三

一座花屏一爆台，轰然平地起春雷。爆头落处谁先得，荣比金门夺锦回[3]。

其　四

红妆争上小蓬壶[4]，锦簇花团俨画图。别有盘瓠尤趣绝[5]，乱跳腰鼓似饷巫。

其　五

风会开从廿载前[6]，沧桑却过盛香烟。买灯更欲延灯节，士女争输两夜钱。

【注】

[1] 市廛：《孟子·公孙丑上》："市，廛而不征。"本指在市场上供给、储存货物的仓库、场地，于交易前不征收货物税。后用以称商店集中的处所。

[2] 喧阗：哄闹声。唐王维《同比部杨员外十五夜游有怀静者季杂言》："香车宝马共喧阗，个里多情侠少年。"

[3] 夺锦：亦称"夺袍"。语出《新唐书·文艺传》："武后游洛南龙门，诏从臣赋诗，左史东方虬诗先成，后赐锦袍，之问俄顷献，后览之嗟赏，更夺袍以赐。"后因称竞赛中获胜为"夺袍"。明高启《谢赐衣》诗："被泽徒深厚，惭无夺锦才。"

[4] 蓬壶：注见卷一《寄贺龙品多拔萃》。

[5] 盘瓠：也作"桑瓠"。古代传说为帝高辛氏之犬，其毛五色。帝募天下有能得犬戎吴将军之头者，妻以少女。盘瓠衔头来，帝以女配之。盘瓠负女入南山石室，为夫妇，子孙繁殖，分布西南各地。参见《后汉书·南蛮传》、晋干宝《搜神记》卷十四。

[6] 风会：时尚。《明史·乔允升曹于汴等传赞》："虽其材识不远，耳目所熟习，不能不囿于风会，抑亦一时之良也。"

花朝展星衢墓[1]

其　一

烟草迷离日欲曛[2]，一盂麦饭上新坟[3]。九原知否阿兄至，心绪如麻语不文。

其　二

去年共汝作清明,今日翻来汝墓行。聚散无常谁料得,梨
花风送杜鹃声。

其　三

孤魂半载滞东皋,草又池生梦想劳。三尺新碑频拂拭,不
教字迹掩蓬蒿。

其　四

典册高文寿艺林[4],钟期虽死有知音[5]。墓铭为汉卿先生
作。此生已被聪明误,莫再他生爱苦吟[6]。

【注】

[1] 花朝即花朝节,俗称"花神节"、"百花生日"、"花神生日"、"挑菜
节",由来已久,最早在春秋时的《陶朱公书》中已有记载。流行于东北、华北、
华东、中南等地,一般于农历二月初二、二月十二或二月十五举行。节日期间,
人们结伴到郊外游览赏花,称为"踏青",姑娘们剪五色彩纸粘在花枝上,称为
"赏红"。　星衢:注见卷一《哭星衢弟八首》。

[2] 曛:黄昏。

[3] 麦饭:祭祀用的饭食。宋刘克庄《寒食清明》诗:"汉寝唐陵无麦饭,
山蹊野径有梨花。"

[4] 典册:记载典章制度等的主要书籍。《三国志·魏书·陈留王传》:
"壬辰,晋太子炎绍封袭位,总摄百揆,备物典册,一截如前。"　艺林:指典籍
著述之事或藏书之处。《魏书·崇爽传》:"顷因暇日,属意艺林,略撰所闻,诗
论其本,名曰《六经略注》,以训门徒焉。"

[5] 钟期:即钟子期。春秋楚人,精于音律。伯牙鼓琴,志在高山流水,
子期听而知之。子期死,伯牙谓世无知音者,乃绝弦破琴,终身不复鼓琴。

[6] 苦吟:反复吟诵,雕琢诗句。中唐孟郊、贾岛都是著名的苦吟诗人。

闲　居

懒上金门献《子虚》[1]，云林深处结庐居。新盟惯订来鸥鸟[2]，旧卷重温走蠹鱼[3]。几本绿蕉朝试笔，一帘红烛夜修书。只惭奇字无多识，门外偏停载酒车[4]。

【注】

[1] 金门：金马门之省称。汉武帝得大宛马，乃命相马者东门京以铜铸像，立马于鲁班门外，因称金马门。东方朔、主父偃、严安、徐乐皆待诏金马门，即此。《史记·东方朔传》："（朔）时坐席中，酒酣，据地歌曰：'陆沉于俗，避世金马门。宫殿中可以避世全身，何必深山之中，蒿庐之下。'金马门者，宦者署门也，门旁有金马，故谓之'金马门'。"　子虚：汉司马相如假托子虚、乌有、亡是公三人为辞，作《子虚赋》。文见《史记》《汉书》本传及《文选》。后人因称虚无之事为子虚乌有或乌有子虚。

[2] 新盟惯订来鸥鸟：即"盟鸥"，与鸥鸟为盟友，喻退隐。宋陆游《雨夜怀康安》："小阁帘栊频梦蝶，平湖烟水已盟鸥。"

[3] 蠹鱼：虫名。常蛀蚀衣服及书籍。体小，有银白色细鳞，形似鱼，故名。又名纸鱼、衣鱼。唐白居易《伤唐衢》之二："今日开筐看，蠹鱼损文字。"

[4] 载酒车：语出"载酒问字"典。《汉书·扬雄传赞》："家素贫，嗜酒，人稀至其门，时有好事者载酒肴从游学。"又，"刘棻尝从雄作奇字"，后世传为博学高文的典故。

上巳后一日，莫义生展先墓，招同踏青[1]

柑酒听莺雅兴同，卖饧天暖步郊东①。游追曲水清风后，饮到乱山红雨中。树老冬青留厚泽，草肥新绿护幽宫[2]。南山彩凤家声远[3]，况有佳城气郁葱。

【校】

①"旸"应为"饧",据粤本改。"饧"即麦芽糖。

【注】

〔1〕上巳,即农历每月上旬的巳日,三月上巳为古代的节日。汉以前,上巳必取巳日,但不必三月初三。自魏以后,一般习用三月初三日,但不定为巳日。

〔2〕幽宫:注见本卷《花朝展星衢墓》。

〔3〕彩凤:即凤凰。唐李商隐《无题》诗之一:"身无彩凤双飞翼,心有灵犀一点通。"

初 夏 即 目

梅雨初晴径觅三,行经水北更花南。秧青几日争驰马,桑绿何人善浴蚕[1]。薄暮四围暗老树,隔江一线袅晴岚[2]。闲人不信乡村少,归市肩摩杂笑谈。

【注】

〔1〕浴蚕:养蚕的一种育种方法。据《周礼》"禁原蚕"注引《蚕书》:"蚕为龙精,月值大火(二月)则浴其种。"明宋应星《天工开物·乃服》对此有详细介绍。

〔2〕晴岚:岚,指山林间的雾气。晴天空中仿佛有烟雾笼罩。唐郑谷《华山》诗:"峭仞耸巍巍,晴岚染近畿。"

贺玉之、海春入泮[1]

其 一

天教国士启南邦,江夏无双竟有双[2]。科第郊祁今崛起[3],声华仪廙本难降[4]。一庭鲤对遗经授[5],百斛龙文健笔扛[6]。得意春风并年少,胶庠佳话遍沱江[7]。

其　二

共抱掔云捧日心[8]，十年盼望到于今。簪缨事业谈何易[9]，文字因缘感不禁。轫发前程看远上[10]，珠编初集任联吟。丹山老凤携雏凤[11]，会见齐飞入翰林。

【注】

[1]　入泮，科举时代，学童考进县学为生贡，叫入泮。因学宫前有泮水，故云。

[2]　江夏无双：借指聪敏颖慧、才华出众之人。宋苏轼《用和人求笔迹韵寄莘老》："江夏无双应未去，恨无文字相娱嬉。"一作"日下无双"。《东观汉记·黄香传》："黄香，字文强，江夏安陆人。年九岁，失母，思慕憔悴，殆不免丧，乡人称其至孝。年十二，博览传记。京师号曰：'日下无双江夏黄童。'……章帝诏黄香令诣东观，读所未尝见书，谓诸生曰：'此"天下无双江夏黄童"者也。'"

[3]　郊祁：指宋代湖北安州安陆人宋郊、宋祁兄弟，二人同年进士。宋郊后改名宋庠，字伯痒，又改字公序，卒谥元宪。官至宰相。与弟弟宋祁俱有文名，世称"二宋"或"大小宋"。

[4]　仪廙：即丁仪、丁廙，三国时人，俱有才学。后为兄弟的代称。

[5]　有庭鲤对：注见卷一《哭星衢弟八首》。

[6]　斛：器量名，也为容量单位。古代以十斗为一斛。南宋末年改为五斗为一斛，两斗为一石。

[7]　胶庠：周学校名。胶为周之大学，在国中王宫之东，庠为小学，在国之西部。《礼记·王制》："周人养国志于东胶，养庶老于虞庠。"

[8]　掔云：犹凌云。比喻志向高远。《文苑英华》卷三百三十六唐李贺《致酒行》："少年心事当掔云，谁念幽燕坐鸣呃。"　　捧日：旧时以日喻帝王。因以捧日指拥戴。《三国志·魏书·程昱传》："表昱为东平相，屯范。"注引《魏书》："昱少时常梦上泰山，两手捧日。"

[9]　簪缨：古代官吏的冠饰，因以喻显贵。

[10]　轫发：即"发轫"。轫，刹住车轮的木头。故车启行曰发轫。屈原《离骚》："朝发轫于苍梧兮，夕余至于县圃。"

［11］老凤携雏凤：语出唐李商隐《韩冬郎即席为诗相送,因成二绝》:"桐花万里关山路,雏凤清于老凤声。"

和彭芝莼茂才见赠

二水三山外,来游意倍亲。清谈深夜月,和气一腔春。落拓原无碍[1],迂疏亦有真[2]。新诗脱手赠,倾盖惜风尘[3]。

【注】

［1］落拓：放浪不羁。又意为穷困失意,景况零落。

［2］迂疏：犹言迂远疏阔。唐权德舆《自杨子归丹阳初遂闲居聊呈惠公》诗:"蹇浅逢机少,迂疏应物难。"

［3］倾盖：指途中相遇,停车交谈,双方车盖往一起倾斜。形容一见如故,或偶然的接触。

咏　镜

高悬清画鉴堂东,一片冰心百炼铜[1]。照出妍媸凭自悟[2],知人全在不言中。

【注】

［1］百炼铜：百炼而成的铜镜,语出唐白居易《百炼镜》:"乃知天子别有镜,不是扬州百炼铜。"

［2］妍媸：也作"妍蚩",美和丑。晋陆机《文赋》:"混妍蚩而成体,累良质而为瑕。"

白　鸟

　　竟欲肌肤噬，频从暮夜谋。雷声助鸣夏，霜信不知秋。口腹终身累，虫沙一例收。当年露筋女[1]，清节至今留。

【注】

　　[1] 露筋女：江苏高邮南有露筋庙，俗称仙女庙。宋米芾《露筋庙碑》云有女子露处于野，义不寄宿田家，为蚊所噆，露筋而死。后人于其地里祠以祀。欧阳修《文忠集》卷三《憎蚊》："尝闻高邮间，猛虎死凌辱。哀哉露筋女，万古仇不复。"

中 秋 对 月

　　清凉令节倚庭柯，隔院遥闻笛压歌。月下游踪宜夜静，年来客思是秋多。风声四面喧檐铁[1]，露气三更冷薜萝[2]。延伫不知宵漏永[3]，新词学谱《忆秦娥》[4]。

【注】

　　[1] 檐铁：挂在屋檐下的风铃。也称铁马、檐马、玉马。清丁榕《采桑子》词："又倚危阑，雁送西风扑面寒。声声碎玉鸣檐铁，怕说心酸。"

　　[2] 薜萝：薜荔，植物名。《楚辞》屈原《九歌·山鬼》："若有人兮山之阿，被薜荔兮带女萝。"后以薜萝指隐士的服装。女萝亦植物名。

　　[3] 延伫：久立等待。屈原《离骚》："时暧暧其将罢兮，结幽兰而延伫。"伫，也作"竚"。　　宵漏：指代夜间。漏，古计时器。《梁书·武帝纪下》："朕负扆君临，百年将半。宵漏未分，躬劳政事；白日西浮，不遑飧饭。"

　　[4]《忆秦娥》：词牌名。唐李白有"秦娥梦断秦楼月"句，故名。又名秦楼月。自唐以来，体裁不一，名亦因词而异，有《双荷叶》《蓬莱阁》《碧云深》《花

深深》等名。双调,有 37 字、38 字、40 字、41 字、46 字诸体。

重九寄怀汉卿先生

其 一

西风萧瑟又重阳,冰玉飘零各一方。我客祁公门下久[1],今年浮白负花黄[2]。

其 二

招携裙屐惯登高,太华峰头饮兴豪。不识醉余挥彩笔,何人放胆伴题餻[3]。

【注】

[1] 祁公:宋祁,详见注[3]。此处以宋祁美称岳父兼老师黄汉卿。

[2] 浮白:斟满酒。详见卷一《读书水口寺》。

[3] 题餻:唐刘禹锡尝作《九日》诗,欲用餻字,以五经中无之,辍不复为。宋祁以为不然,因九日食餻,遂作诗云:"飙馆轻霜拂曙袍,糗糍花饮斗分曹。刘郎不敢题餻字,虚负诗中一世豪。"见宋邵博《邵氏闻见后录》卷十九。

分县署桃二株,毓圃贰尹前任时手植。
今年重莅,感赋十章,为和二绝

其 一

柔枝含艳待春开,似识刘郎去又来[1]。松下吟哦花下醉,乐游端不羡天台[2]。

其 二

懒随仙李属春官, 独抱丹心耐岁寒。会见河阳开满县, 阴成人作召棠看[3]。

【注】

[1] 似识刘郎去又来: 语出唐刘禹锡《再游玄都观》: "种桃道士归何处? 前度刘郎今又来。"

[2] 天台: 指汉刘晨、阮肇入天台山遇仙女事。事见刘义庆《幽明录》。

[3] 召棠: 周召伯巡行乡邑, 曾在甘棠树下决狱治事。见《诗经·召南·甘棠》篇。后因以召棠为颂扬官吏政绩的典故。

寄怀钟少峰孝廉[1]

其 一

四度春风志不移, 终南有径肯趋之[2]。在京时, 值滇南请拣不就。雕镌万象挥毫疾, 睥睨千夫负气奇[3]。久客归来觇智识, 才人老去恋皋比[4]。东山养望谢安石[5], 霖雨苍生今未迟。

其 二

平生诗骨最风流[6], 酒地花天诩胜游。意外沧桑全室免, 全家随宦在外, 免于戊午陷城之难。眼中山水一编收。不同寒瘦怜郊岛[7], 自有光芒烛斗牛[8]。半载同居七年别, 兼葭江上满怀秋[9]。

【注】

[1] 钟少峰, 人名, 生平不详。

　　[2]终南有径：终南，秦岭山峰之一，在陕西西安市南，又称南山。古名终南山、地肺山、太一山、周南山，又泛称秦岭、秦山。《诗经·秦风·终南》："终南何有？有条有梅。"《尚书·禹贡》："终南惇物，至于鸟鼠。"皆指此山。此山历来为名士隐居首选之地，士人居此，以显身于世，尽早入仕，所以称为"终南捷径"。

　　[3]睥睨：这里有观察、窥伺之意。北齐颜之推《颜氏家训·诫兵》："睥睨宫闱，幸灾乐祸。"

　　[4]皋比：这里指虎皮坐席。唐戴叙伦《寄禅师寺华上人次韵》之二："猊座翻萧索，皋比喜接连。"后来常指学师的坐席。

　　[5]东山养望谢安石：晋谢安（安石）初为佐著作郎，因病辞官，隐东山。朝廷屡召不仕，时人因言："安石不肯出，将如苍生何？"年四十也为桓温司马，迁中书令，官至司徒。后以东山再起为隐士出仕的典故。见《世说新语·排调》《晋书·谢安传》。

　　[6]诗骨：诗的风骨。唐孟郊《戏赠无本》之一："诗骨耸东野，诗涛涌退之。"

　　[7]不同寒瘦怜郊岛：郊岛指晚唐诗人孟郊和贾岛。二人的诗清峭瘦硬，好作苦语，故有此称。宋苏轼《祭柳子玉文》："元轻白俗，郊寒岛瘦。"

　　[8]斗牛：二十八星宿的斗宿和牛宿。汉刘向《说苑·辨物》："所谓二十八星者，……北方曰斗、牛、须女、虚、危、营室、东壁。"

　　[9]蒹葭：蒹，荻；葭，芦苇。为常见的水草。喻微贱。

将解席归，留别及门诸子

其　一

此地三年绊寓公[1]，才华虽短气犹雄。储来玉轴胸襟阔，刮尽金锒眼界空[2]。既竭心思耽夏课[3]，不妨头脑笑冬烘[4]。泥中处处爪痕在，飞去飞来如塞鸿[5]。

其 二

严风寒雪逼人来，且住为佳句细裁。色到青蓝皆正色[6]，材如梁栋是真材。三冬文史随年足[7]，千里骅骝取次开[8]。相聚不难相别暂，好花桃李待重栽。

【注】

［1］寓公：原指客居在别国、外乡的官僚或贵族，后凡流亡寄居他乡或别国的官僚、士绅等都称"寓公"。《礼记·郊特牲》："诸侯不臣寓公，故古者寓公不继世。"

［2］金鎞：金属制似箭镞的手术刀，用来刮眼膜。据说可使盲者复明。杜甫《秋日夔府咏怀奉寄郑监李宾客一百韵》："金鎞空刮眼，镜象未离铨。"

［3］夏课：唐时进士登记在册而入选，叫作春关。退而肄业，叫作过夏。执业而出，叫作夏课。见唐李肇《国史补》卷下。

［4］冬烘：糊涂，迂腐。唐郑薰主持考试，误认颜标为鲁公（颜真卿）的后代，把他取为状元，当时有人作诗嘲笑："主司头脑太冬烘，错认颜标作鲁公。"见五代王定宝《唐摭言》卷八《误放》。

［5］泥中处处爪痕在，飞去飞来如塞鸿：语出宋苏轼《和子由渑池怀旧》："人生到处知何似？应似飞鸿踏雪泥。泥上偶然留指爪，鸿飞哪复计东西。"

［6］青蓝：这里是"青出于蓝"之意。《荀子·劝学》："青，取之于蓝，而青于蓝。冰，水为之，而寒于水。"北齐刘画《刘子·崇学》："青出之于蓝而胜于蓝，染使然也。"多用以喻弟子胜过老师。

［7］三冬文史：即"三冬足文史"，意思是三个冬天学到的文史知识就足够用了。典出《汉书·东方朔传》："臣朔少失父母，长养兄嫂。年十三学书，三冬文史足用。十五学击剑，十六学《诗》《书》，诵二十二万言。"

［8］骅骝：注见卷一《赠罗聘三少尉，时自楚回籍劝捐庚午》。

元旦试笔乙亥

春风来在岁朝先，去腊二十八日立春。治世重开纥缦天[1]。

万里光华赓复旦[2]，一门欢喜拜新年。延龄柏酒应谋醉[3]，得
气桃花早放妍。恰喜纪元颁圣历，感恩舞蹈遍垓埏①[4]。是岁
为光绪元年。

【校】

① 贺本少"遍"、"埏"二字，据粤本补。

【注】

［1］纠缦：亦作"纠缦缦"、"纠漫漫"，纡缓缭绕貌。《古诗源·卿云歌》：
"卿云烂兮，纠缦缦兮。"一本作"纠漫漫"。《太平御览》卷八引《尚书大传》：
"舜时，卿云见，于时百工和歌。舜歌曰：卿云烂兮纠漫漫。"

［2］赓：古文"续"字，意为继续。　　复旦：既夜而复明。《尚书大传》
卷一《卿云歌》："日月光华，旦复旦兮。"

［3］柏酒：古代风俗，以柏叶后凋而耐久，因取其叶浸酒，元旦共饮，以祝
长寿。唐杜甫《元日示宗武》："飘零还柏酒，衰病只藜床。"

［4］垓埏：天地的边际，形容极远之地。《元史·礼乐志》："神功耆定，泽
被垓埏。"

得少峰书却寄

望断山隈更水隈[1]，郁云一朵忽飞来。愈风不羡陈琳
檄[2]，落月弥思李白才[3]。洛下文章千古重[4]，尘中骐骥一鞭
开。钟嵘编就新《诗品》[5]，麟阁功名已共推[6]。

【注】

［1］隈：山水弯曲处。

［2］陈琳（？—217）：字孔璋，东汉广陵射阳（今江苏淮安）人。初为何进
主簿，后归袁绍，尝为绍作檄文，树曹操罪状。绍败归曹，操爱其才而不咎，以为
记室。所著有明人辑《陈孔璋集》。

［3］落月弥思李白才：杜甫诗《梦太白》其一："落月满屋梁，犹疑见颜色。"后人因用"落月"来指代李白的诗才。李白创作了大量咏月诗，明月意象是李白诗中极富诗情的意象。

［4］洛下文章：北宋理学代表程颢、程颐都是洛阳人，故其学被称为"洛学"。他们的文章有此称。

［5］钟嵘（约468—约518）：字仲伟。南朝梁颍川长社（今河南长葛）人。仕齐为南康王国侍郎，入梁，官晋安王记室。著《诗品》三卷，列自汉魏以来一百余诗人，论其优劣，分上中下三品。每品之首冠以序。与《文心雕龙》并称于世。

［6］麟阁：汉宣帝时有麒麟阁，在未央宫内，为图绘功臣之所，省作麟阁，见《汉书·苏建传》附"苏武"。

晚　眺

其　一

嫣红姹紫媚清明，细雨才过忽放晴。如此韶光游未得，声声求友负流莺[1]。

其　二

新秧远近杂青黄，子妇携锄话夕阳。望到前村人影乱，满山风笛下牛羊。

【注】

［1］流莺：莺鸟。流，谓其鸣声圆转。唐李白《对酒》："流莺啼碧树，明月窥金罍。"

杂　诗

其　一

璞玉贵善琢[1]，偏弦难独张[2]。集思以广益，先民垂训详[3]。我生涸乡井[4]，有志今未偿。徒抱兰蕙质，莫登风雅堂[5]。岂不欲自奋，孤花空流芳。在坐无尼父[6]，传家乏曹仓[7]。挟此兔园册[8]，妒煞百城王[9]。十室有忠信，讨论资贤良。遗世而独立，古今同感伤。

其　二

大父垂八十[10]，五官犹聪明。语及读书事，津津有余情。自言少也贱，奔走东西程。他务未遑及，家计专力营。本支六七世，经商与农耕。故乡三百年，至今无科名。汝父抱遗籍[11]，殷然凿前楹。汝幸托余荫，勖哉蜚英声。闻言感且惧，深惧忝所生。春花与秋月，对之心怦怦。

其　三

计偕赴长安，一度游未畅。年年枌榆间[12]，高设马融帐[13]。岂好为人师，深恐斯文丧。瓣香奉随园[14]，私淑愧无状[15]。生怜杜牧迟[16]，曲爱香山唱[17]。文字债纠缠，词章心闲旷。魏阙江湖情[18]，进退视所向。

其　四

此地在宋时，蕞尔亦一县[19]。当年文教敷，钟毓多英彦。瑞云接奇峰，香稻满芳甸。莲塘莲长开，金山金涌现。六七百年来，仁风四野扇。胡为今习俗，矢口尚争战。始为桑梓卫，继乃勇力炫。桀骜性未驯，诗书化难遍。愿得良有司[20]，庶几齐一变[21]。

【注】

[1] 璞玉：未经雕琢加工的玉。《孟子·梁惠王下》："今有璞玉于此,虽万镒,必使玉人雕琢之。"

[2] 偏弦：犹孤弦。晋陆机《文赋》："譬偏弦之独张,含清唱而靡应。"

[3] 垂训：垂示教训。《文选·夏侯湛〈东方朔画赞〉》："傲世不可以垂训也,故正谏以明节。"刘良注："傲慢,理不可以垂教后人。"

[4] 溷：混乱,混浊。屈原《离骚》："世溷浊而不分兮,好蔽美以嫉妒。"

[5] 风雅：原指《诗经》"风""雅"中的艺术创作精神,也就是诗歌创作的高尚意义和严肃性,后世泛指诗文之事。南朝梁萧统《序》："故风雅之道,粲然可观。"

[6] 尼父：指孔子(名丘,字仲尼)。父,同"甫",古代对男子的美称。《礼记·檀弓上》："鲁哀公诔孔丘曰:'天不遗耆老,莫相予位焉。呜呼哀哉,尼父!'"

[7] 曹仓：曹家书仓。晋王嘉《拾遗记·后汉》载,曹曾书垂万余卷,"及世乱,家家焚庐,曾虑其先文湮没,乃积石为仓以藏书,故谓曹氏为书仓"。后泛指藏书的仓库。

[8] 兔园册：也作"兔园策"。唐李恽(蒋王)命僚佐先仿效应试科目的策问,制成问答题,引经史解释,编成此书。恽是太宗之子,因取梁孝王的兔园为名,称为《兔园策》。唐代作为启蒙课本,因此受到士大夫的轻视。五代刘岳就拿"忘持兔园册来"讥讽宰相冯道没有学问。见孙光宪《北梦琐言》卷十九。

[9] 百城王：即"南面百城",语出北齐魏收《魏书·李谧传》："丈夫拥书万卷,何假南面百城?"意思是拥有万卷藏书,胜似管理一百座城的大官。比喻藏书极为丰富。

[10] 大父：指祖父。《韩非子·五蠹》："大父未死而有二十五孙,是以人民众而货财寡。"

[11] 遗籍：亦作"遗藉",指古代典籍。《隶释·晋张平子碑》："仰鉴遗藉,驰心哲人。"

　　[12] 枌榆：代指故乡。注见卷一《乡举揭晓,寄星衢弟并莫义生》。

　　[13] 马融(79—166)：字季长,汉扶风茂陵(今陕西兴平东北)人。东汉时期著名经学家,东汉名将马援的从孙。安帝时为校书郎中,于东观典校秘书。桓帝时为南郡太守,才高博洽,为世通儒,学生常有千数。常坐高堂,施绛帐,前授生徒,后列女乐,弟子以次相传,鲜有入其室者。卢植、郑玄皆出其门。著《三传异同注》,遍注群经。《后汉书》有传。

　　[14] 随园：注见卷一《读随园女弟子诗》。

　　[15] 私淑：语出《孟子·离娄上》："予未得为孔子徒也,予私淑诸人也。"意思是没有得到某人的亲身教授,而又敬仰他的学问并尊之为师受其影响的称之为私淑。

　　[16] 杜牧(803—852)：字牧之,唐京兆万年(今陕西西安)人。杜佑孙。太和二年(828)擢进士第,复举贤良方正。曾任监察御史,黄、池、睦等州刺史,后官至中书舍人。时值中晚唐,作《罪言》,提出削藩、强兵、固边、反佛等主张,又注《孙子兵法》。诗长于近体,七绝清新俊迈,尤为后人所推崇。文章奇警纵横,皆有为而发。为别于杜甫,人称小杜。临死,悉焚其文草,其甥裴延翰辑其稿,编次为《樊川集》。

　　[17] 香山：指唐白居易,号香山居士。

　　[18] 魏阙：古代宫门外的阙门。为古代悬布法令的地方。后来也作为朝廷的代称。《庄子·让王》："身在江湖之上,心居乎魏阙之下。"《淮南子·淑真》"魏阙"高诱《注》："魏阙,王者门外阙,所以悬教象之书于象魏也。巍巍高大,故曰魏阙。"

　　[19] 蕞尔：小貌。《左传·昭公七年》："郑虽无腆,抑谚曰蕞尔国,而三世执其政柄。"

　　[20] 有司：官吏。古代设官分职,事各有专司,故称有司。《尚书·大禹谟》："好生之德,洽于民心,兹用不犯于有司。"

　　[21] 庶几：也许可以,表示希望或推测之词。《庄子·人世间》："医门多疾,愿以所闻思其则,庶几其国有瘳乎。"

有 感

　　五色迷双目[1]，杂花人倦看。江天三月暮，萧寺一灯寒[2]。木以从绳正，金惟点铁难[3]。备尝甘苦味，换骨愧无丹[4]。

【注】

　　[1]五色迷双目：即"目迷五色"。语出《老子》："五色令人目盲，五音令人耳聋，五味令人口爽，驰骋畋猎，令人心发狂。"比喻事物错综复杂，分辨不清。

　　[2]萧寺：佛寺。语出唐李肇《唐国史补》卷中："梁武帝造寺，令萧子云飞白大书'萧'字，至今一'萧'字存焉。"

　　[3]金惟点铁难：即"点铁成金"，原指用手指一点使铁变成金的法术。宋代黄庭坚的《答洪驹父》："古之能为文章者，真能陶冶万物，虽取古人之陈言入于翰墨，如灵丹一粒，点铁成金也。"后以点铁成金比喻修改文章时稍稍改动原来的文字，就使它变得很出色。

　　[4]换骨愧无丹：语出惠洪《冷斋夜话》："诗意无穷而人之才力有限，以有限之才追无穷之意，虽渊明、少陵不得工也。然不易其意而造其语，谓之换骨法；窥入其意而形容之，谓之夺胎法。"

偶撷旧帙，得星衢游灵峰寺诗，云："我到人间刚廿载，三生何事问茫茫。"益信诗之成谶也，凄然有作

　　前因不肯问三生，生死关头已预明。遗草无心得赵璧[1]，虚花回首叹田荆[2]。悲人剩有雕虫技[3]，惊我如闻断雁声[4]。独坐西堂应入梦，蓉城谁与调同赓[5]。

【注】

　　［1］赵璧：即"和氏璧"。春秋时楚人卞和所得的宝玉，献于楚王，因欺诈之嫌，被削双腿。后璧为赵国所得，又称"赵璧"。

　　［2］田荆：据南朝梁吴均《续齐谐记·紫荆树》载，京兆田真兄弟三人析产，拟破堂前一紫荆树而三分之，明日，树即枯死。真大惊，谓诸弟曰："树本同株，闻将分斫，所以憔悴，是人不如木也。"兄弟感悟，遂合产和好。树亦复茂。后因以"田荆"为兄弟和好之典实。

　　［3］雕虫技：即"雕虫小技"。对仅工辞赋者贬称。亦作文士的自谦之辞。《隋书·李德林传》："至如经国大体，是贾生、晁错之俦；雕虫小技，殆相如、子云之辈。"

　　［4］断雁：失群孤雁。

　　［5］同庚：同年。宋许月卿《次韵程愿二首诗》："丙子与君无贵者，甲辰惟我亦同庚。"

消夏诗十首

其　一

　　一襟香雪向风披[1]，春日迟迟夏更迟[2]。课夏别无消夏法[3]，乌丝细格写新诗[4]。

其　二

　　水田环绕读书堂，静里光阴易得凉。四面轩窗多不闭，好风吹送稻花香。

其　三

　　山林绝异市廛嚣[5]，竹韵松涛伴寂寥。何止岁寒宜我友，阳乌来亦不能骄[6]。

其　　四

浮瓜沉李笑人忙[7]，一片冰心化热肠。闲把南华秋水读[8]，那知尘世有炎凉。

其　　五

清绝虫音胜鸟音，绿云深处听蝉吟。藤床竹枕芭蕉扇，日日移来就午阴。

其　　六

歌风独上汉王台[9]，未许徐陵带热来[10]。捡取钗头闲煮茗，樵青莫向竹间猜[11]。

其　　七

天外飞来云几重，淡妆浓抹绘山容。苍生正望为霖雨，漫诩多奇作夏峰[12]。

其　　八

欲避蚊雷作夜游[13]，池亭水榭尽勾留。贪凉踏月不知远，露湿白莲香更幽。

其　　九

浮家泛宅老烟波[14]，渔隐高风羡志和[15]。我欲垂竿犹未暇，珊瑚今入网中多。

其　　十

短调聊歌冰雪章[16]，闲身合住水云乡。红尘那管飞千丈，虚白室中生暗凉。

【注】

[1] 香雪：指花。唐韩偓《和吴子华侍郎、令狐昭化舍人〈叹白菊衰谢〉之绝，次用本韵》："正怜香雪披千片，忽讶残霞覆一丛。"

[2] 春日迟迟：迟迟，和舒貌。《诗经·豳风·七月》："春日迟迟，采蘩祁祁。"

[3] 夏课：即"课夏"。唐代举子落第后寄居京师过夏，课读为文，谓之"夏课"。参见本卷《将解席归，留别及诸子》注[3]。

[4] 乌丝细格：旧指画有乌丝栏的稿纸。

[5] 市廛：注见本卷一《张庙赛会竹枝词》。

[6] 阳乌：神话中指日中大鸟。晋左思《蜀都赋》："羲和假道于峻岐，阳乌回翼乎高标。"《文选》注："《春秋元命苞》曰：阳城于三，故日中有三足乌。"后用为日的代称。

[7] 浮瓜沉李：魏文帝曹丕《与朝歌令吴质书》有"浮甘瓜于清泉，沉朱李于寒水"句，后人习用为夏日游宴之词。

[8] 南华秋水：南华，也叫《南华经》《南华真经》，是《庄子》的别称，魏晋时只叫《庄子》。《隋书·经籍志》卷三著录有梁旷《南华论》《南华论音》二书。唐陆德明《经典释文》虽然尊《老子》《庄子》为经典，但还没有《南华》这一名称。至唐天宝元年（742）二月号庄子为南华真人，始称他所著书为《南华真经》。《秋水》是《庄子》中的一篇。中心是讨论人应怎样去认识外物。全篇由两大部分组成。前一部分写北海海神跟河神的谈话，一问一答一气呵成，构成本篇的主体。后一部分分别写了六个寓言故事，每个寓言故事自成一体，各不关联。

[9] 歌风独上汉王台：指汉高祖刘邦《大风歌》故事。《汉书·高帝纪》载："十二年冬十月，上破布军于会缶。布走，令别将追之。上还，过沛，留，置酒沛宫，悉召故人父老子弟佐酒。发沛中儿得百二十人，教之歌。酒酣，上击筑自歌曰：'大风起兮云飞扬，威加海内兮归故乡，安得猛士兮守四方！'令儿皆和习之。上乃起舞，忼慨伤怀，泣数行下。"

[10] 徐陵带热：典出《陈书·徐陵传》："（徐陵）使魏，魏人授馆宴宾。是日甚热，其主客魏收嘲陵曰：'今日之热，当由徐常侍来。'陵即答曰：'昔王肃至此，为魏始制礼仪；今我来聘，使卿复知寒暑。'收大惭。"徐陵（507—583），字孝穆，南朝东海郯（今山东郯城）人，徐摛之子。仕梁为通直散骑常侍，入陈官至尚

书,当时诏策诰命,多出其手。陵文章绮艳,与庾信齐名,时称"徐庾体",但所作以奏议为主,文学成就不及庾信。著有《徐孝穆集》。

［11］樵青:唐张志和自京出,不复仕,自号烟波钓徒,著《玄真子》。有高名,唐肃宗赐以奴婢各一,志和配为夫妻,号渔童樵青。见唐颜真卿《颜鲁公集》卷九《浪迹先生玄真子张志和碑》。后来诗文中常以樵青为女婢的通名。

［12］谩诩:浮夸,自吹。

［13］蚊雷:即聚蚊成雷,许多蚊子聚到一起,声音会像雷声那样大。典出《汉书》卷五十三《景十三王列传·中山靖王刘胜》:"夫众煦漂山,聚蚊成雷,朋党执虎,十夫桡椎。"

［14］浮家泛宅:形容以船为家,在水上生活,漂泊不定。典出《新唐书》卷一百九十六《隐逸列传·张志和》:"颜真卿为湖州刺史,志和来谒,真卿以舟敝漏,请更之,志和曰:'愿为浮家泛宅,往来苕、雪间。'"

［15］志和:指唐张志和(732—774),字子同,初名龟龄,号玄真子。婺州金华(今浙江金华)人。年十六擢明经,肃宗时待诏翰林,授右金吾卫录事参军。曾被贬为南浦尉,赦还后,不复仕,隐居江南,自称烟波钓徒。著《玄真子》,也以此自号。善歌舞,能书画、击鼓、吹笛。与颜真卿、陆羽等友善。另见注[14]。

［16］短调:诗体名,五言诗的别称。宋严羽《沧浪诗话·诗体》:"曰长调,曰短调。"胡才甫笺注:"长调即七言诗,短调乃五言诗。"

挽太学邓耀南先生[1]

落花风入邓林先[2],竟作东南领袖仙。君殁后,同乡刘、彭两翁亦卒。百事经营资女淑[3],九原归去伴妻贤。夫人先卒。身经浩劫全清福,手抱明珠及暮年。焚券指困高谊在[4],定看双凤翥云天。

【注】

［1］邓耀南,人名,生平不详。

　　[2] 邓林：神话中的树林。《山海经·海外北经》："夸父与日逐走，入日，渴欲得饮，饮于河、渭，河、渭不足，北饮大泽，未至，道渴而死，弃其杖，化为邓林。"又见《列子·汤问》。

　　[3] 女淑：原指女德，这里指女儿。

　　[4] 焚券：指历史上烧毁债券的典故。战国齐冯谖为孟尝君往薛地收债，矫命以债赐百姓，尽烧其券，民称万岁。见《战国策·齐策》。南朝宋顾绰私财甚丰，乡里士庶多负其债。父恺之每禁之不能止。及后为吴郡，恺之设谋，焚烧文券，宣语远近："负三郎债，皆不须还。"见《宋书·顾恺之传》。　　指囷：《三国志·吴书·鲁肃传》："周瑜为居巢长，将数百人故过候（鲁）肃，并求资粮。肃家有两囷米，各三千斛，肃乃指一囷与周瑜。"后因以"指囷"比喻慷慨资助朋友。

寄 周 少 鹏

其 一

　　不听牙琴两月余[1]，灯窗吟癖近何如。遣怀我有风花句，采得芭蕉当纸书。

其 二

　　不速客来罗聘三，萧斋雨夜快清谈。黔山楚水经游后，豪兴于今老更酣。

其 三

　　一叶高飞忽报秋，木桃先向故人投[2]。多情果有琼瑶报[3]，记取西风雁过楼。

【注】

　　[1] 牙琴：春秋时伯牙善弹琴，后因以泛指高手奏琴。清林则徐《杭嘉湖

三郡观风告示》："如赏牙琴,更亲听乎操缦;喻观基射,再目睹乎穿杨。"

[2] 木桃先向故人投:语出《诗经·大雅·抑》："投我以桃,报之以李。"后以比喻相互赠答或礼尚往来。

[3] 琼瑶报:语出《诗经·卫风·木瓜》："投我以木桃,报之以琼瑶。"意思是受人恩惠,当加倍报答。

鹰 毛 扇

摩天骨格本来高,争怪人间惜羽毛。入手恍同纨扇洁[1],惊心如挟怒风号。偶逢热客三庚伴[2],曾共将军万里邀。想见纶巾好风度,指挥如意不辞劳。

【注】

[1] 纨扇:细绢制成的团扇。南朝梁江淹《班婕好扇》："纨扇如团月,出自机中素。"

[2] 热客:此处指常来常往之客。宋黄庭坚《和答外舅孙莘老》："归休饮热客,俎豆您调护。"   三庚:夏至后第三庚,为初伏之始。唐曹松《夏日东斋》诗:"三庚到秋伏,偶来松槛立。"

闻品多乡试捷音却寄

其 一

芙蓉独殿晚秋芳,吹到香风我亦狂。名士岂因科第贵,须知有价是文章。

其 二

郇云五朵昨飞来,欲济时艰展吏才。一曲霓裳今绊住[1],

春风端要到蓬莱。

其　三

虎口余生虎榜登,书香一脉继承能。九原今日应含笑,明
德达人声价增。

其　四

临池墨妙本家传,转瞬挥毫到木天[2]。人在榜山山下住,
定知灵气占来先。

【注】

[1]《霓裳》:即《霓裳羽衣曲》,唐代宫廷乐舞,唐玄宗登洛阳三乡驿,望
女几山所作。作为唐歌舞的集大成之作,用于在太清宫祭献老子时演奏。舞曲
的内容表现仙人在上界的生活情状,有"上元点环招萼绿,王母挥诀别飞琼"等
道教神话场景。

[2]木天:指翰林院。明王翙《红情言》卷三九:"先生薇省鸿才,木天时
彦,远临幕府,深荷辉光。"

题少峰《修拙斋诗卷》

其　一

飞腾落纸富烟云,崛起临江气不群。五色独持江令笔[1],
八荒谁撼岳家军[2]。凤毛绮岁驰徽誉[3],牛耳骚坛策茂勋[4]。
仙骨珊珊神韵古,康成衣钵早传君[5]。谓小谷先生。

其　二

北燕南鸿惯远游,异乡云物一编收[6]。九能旧赏张京

兆[7]，八咏今传沈隐侯[8]。集中有《寿阳胜迹》诗八首。有用才偏
违壮志，不磨名本属清流[9]。红羊劫后元音减[10]，可许邯郸
学步不[11]？

【注】

[1]江令笔：也称"江淹梦笔"、"五色笔"等。南朝文学家江淹年轻时刻
苦读书，文思敏捷，作品深得众人喜爱。官至光禄大夫后文章大不如以前，诗也
平淡无奇。传说他去宣城游玩时，在冶亭梦见郭璞，郭璞向他讨还五色笔，从此
就文思枯竭，才能丧尽。

[2]岳家军：南宋岳飞所部军队之称。飞部英勇善战，抗金得力，战功卓
著，且军纪严明，史称"冻死不拆屋，饿死不掳掠"，金人有"撼山易，撼岳家军
难"之语。事见《宋史·岳飞传》。

[3]凤毛：凤凰的羽毛。常和"麟角"合用，比喻珍贵而稀少的人或物。
南朝宋刘义庆《世说新语·容止》："大奴固自有凤毛。"　　徽誉：美誉。《宋
书·王弘传》："并绸缪先眷，契阔屯夷，内亮王道，外流徽誉。"

[4]牛耳：古代诸侯会盟时，割牛耳取血，分尝为誓，以次信守。《左传·
定公八年》："卫人请执牛耳。"《注》："盟礼，尊者用牛耳，主次盟者。"　　策茂
勋：即"策勋"。纪功于策。《左传·桓公二年》："凡公行，告于宗庙。反行，饮
至，舍爵，策勋焉，礼也。"

[5]康成：郑玄，字康成。注见卷一《读书水口寺》。

[6]云物：犹言景物。南朝梁刘勰《文心雕龙·比兴》："图状山川，影写
云物。"

[7]九能：古指大夫应当具备的九种才能。《诗经·鄘风·定之方中》
"卜云其吉"毛《传》："建邦能命龟，田能施命，作器能铭，使能造命，升高能赋，
师旅能誓，山川能说，丧纪能诔，祭祀能语，君子能此九者，可谓有德音，可以为
大夫。"　　张京兆：即汉代张敞（？—前48），字子高，河东平阳（今山西临汾）
人。曾为京兆尹，人称张京兆。为官清廉，治理京兆有功。

[8]沈隐侯：即沈约（441—513），字休文，汉族，吴兴武康（今浙江湖州德
清）人，南朝史学家、文学家。卒谥隐，后世称隐侯。

［9］清流：喻指德行高洁负有名望的士大夫。

［10］红羊劫：指国难。古人迷信，以丙午、丁未是国家发生灾祸的年份，而丙、丁均属火，色赤，未属羊，故称。或谓午属马，因称丙午为赤马，丁未为红羊。唐殷尧藩《李节度平虏》："太平从此销兵甲，记取红羊换劫年。"

［11］邯郸学步：比喻仿效别人不成，反丧失原有的本领。《庄子·秋水》："且子独不闻夫寿陵余子之学于邯郸与？未得国能，又失其故行矣，直匍匐而归耳？" 寿陵，燕邑；邯郸，赵都。

寄寿汉卿先生五十

其 一

翘首东山泰岳高[1]，霞觞欢进碧葡萄[2]。年华未老先知命，戎马余生敢告劳。早学君苗焚笔砚[3]，岂容仲蔚隐蓬蒿[4]。春风记控骅骝去，两字功名兴尚豪。

其 二

年前揽辔想澄清，莲幕声华动柳营[5]。章上九重方待用，荣邀一命遽归耕。乌私反哺春晖恋[6]，马帐高悬夏课成[7]。赢得元亨长载酒[8]，半为娇客半门生。

其 三

襟怀霁月度光风，是处闻人说项同[9]。窗外草留书带绿，梦中花见笔头红。崔棱入座声都禁[10]，孔鲤趋庭训最工[11]。才语蝉嫣阶下舞[12]，已传家学到阿戎[13]。

其 四

萍踪此日寄幽燕，可有秋心在雁先？浮白书斋容我

读[14]，汗青事迹看公编[15]。驻颜岂藉丹砂力[16]，揽镜犹同绿
鬓年[17]。指日凫飞佳报至[18]，板舆花下奉神仙[19]。太夫人尚
健在。

【注】

［1］东山泰岳：岳父的别称。

［2］霞觞：犹霞杯。唐曹唐《送刘尊师祗诏阙庭》诗之二："霞觞共饮身虽
在，风驭难陪迹未闲。"

［3］君苗焚砚：君苗，晋代人。焚砚，又作焚研，指毁坏文具，不再著述。
事见《晋书·陆机传》，其称"君苗见兄文，辄欲烧其笔砚"。

［4］仲蔚：晋皇甫谧《高士传·张仲蔚》："张仲蔚者，平陵人也，与同郡魏
景卿俱修道德，隐身不仕。明天官博物，善属文，好赋诗，常居穷素，所处蓬蒿没
人，闭门养性，不治荣名，时人莫识，惟刘、龚知之。"

［5］柳营：汉周亚夫治军严明，曾营于细柳，后人因称军营为柳营。

［6］乌私反哺：比喻奉养长辈的孝心。

［7］马帐：汉马融设绛帐授学。注见卷一《读书水口寺》。

［8］元亨：犹言大通，大吉。《易经·大有》："其德刚健而文明，应乎天而
时行，是以元亨。"王弼《注》："应天则大，时行无违，是以元亨。"孔颖达《疏》：
"以有此诸事，故大通而元亨也。"　载酒：即"载酒问字"。语出《汉书·扬雄
传》："（扬雄）家素贫，嗜酒，人希至其门，时有好者载酒肴从游学。"后遂用此典
比喻慕名登门请教。

［9］说项：注见卷一《赠莫德美》。

［10］崔棱：唐代名臣，字德长。祖涛，大理卿孝公沔之弟也。史载崔棱居
官清严，所至必理，然性介急，待僚属不以礼节，恃己之廉，见赃污者如仇焉。

［11］孔鲤趋庭：注见卷一《寄怀内弟黄玉之、海帆昆仲》。

［12］才语：运用生僻的典故、辞藻以显示机巧的言辞或文字。

［13］阿戎：称从弟。《南齐书·王思远传》："（王晏）谓思远兄思微曰：
'隆昌之末，阿戎劝我自裁，若从其语，岂有今日？'按思远为晏从弟。

［14］浮白：即"浮白载笔"。浮白：指喝酒和干杯。载笔：拿着笔。一面

喝酒,一面写作。旧时比喻文人的雅量和才气。清蒲松龄《聊斋志异·自志》:"集腋成裘,妄续幽冥之录;浮白载笔,仅成孤愤之书。"

[15] 汗青:即"汗青头白",指书写成,人也老了。语出唐刘知幾《史通·忤时》:"每欲记一事载一言,皆阁笔相视,含毫不断。故头白可期,而汗青无日。"

[16] 丹砂:朱砂,指长生之药。《史记·孝武本纪》:"致物而丹砂可化为黄金。"也作"丹沙"。

[17] 绿鬓:乌亮的鬓发。南朝梁吴均《和萧洗马子显古意诗》之三:"绿鬓愁中减,红颜啼里藏。"

[18] 凫飞:东汉王乔,明帝时为邺令。每月朔自县诣台,帝疑其数来而无车骑。侦知其临至时,辄有双凫从东南飞来。因伏伺凫来,举罗张之,但得一双舄。见《后汉书·王乔传》、晋干宝《搜神记》卷一。后沿用为县令之故事。

[19] 板舆:古时老人的一种代步工具。也作"版舆"。晋潘岳《闲居赋》:"微雨新晴,六合清朗,太夫人召御版舆,升轻轩,远览王畿,近周家园。"

途 中 杂 咏

其 一

书剑飘萧作浪游,湖山佳处便勾留。桃花含笑杨花舞,引过崖腰又陌头[1]。

其 二

梅子关西是草坪[2],荒凉卌里少人行。晚来幸到钟山镇[3],一醉墟边梦不惊。

其 三

二月春深暖渐加,粉墙时见半开花。前途沽酒无须问,四五人家是白霞。

其　　四

怪雨盲风睡不成[4]，伴人隔院有书声[5]。天公未肯泥途辱，晓起依然放嫩晴。

其　　五

三株根共一株栽，门户天然大道开。惟有榕津榕最古[6]，游人无数纳凉来。

其　　六

小憩行踪滴水庵[7]，阛阓中通郭外舟[8]。为问一枝何处借？吟魂先上凤凰楼。

【注】

　　[1] 陌头：路上、路旁。唐王昌龄《闺怨》诗："忽见陌头杨柳色，悔教夫婿觅封侯。"

　　[2] 梅子关：地名，在广西壮族自治区贺州市富川瑶族自治县境内。

　　[3] 钟山镇：地名，现为广西壮族自治区钟山县政府所在地。

　　[4] 怪雨盲风：犹疾风暴雨。形容风雨来势猛。语出宋刘克庄《满江红·和王实之韵送伯昌》词："怪雨盲风，留不住江边行色。"

　　[5] 玉声：佩玉相击的声音，用以节步。《礼记·玉藻》："既服，习容观玉声。"引申为美妙的声音。

　　[6] 榕津：镇名。位于广西平乐县张家镇榕津村，距桂林市九十余公里，始建于宋绍兴元年(1131)，距今已有近千年历史。

　　[7] 滴水庵：地名，在广西平乐县境内。

　　[8] 阛阓：街市、街道。《文选·左思〈魏都赋〉》："班列肆以兼罗，设阛阓以襟带。"吕向注："阛阓，市中巷绕市，如衣之襟带然。"借指店铺、商业。

登苍然亭,次壁间方、陶诸公韵

其　一

孤亭屹立耸层宵,佳日登临眼界遥。春色浓分丁字水,风声凉送午时潮。蔚蓝倒映诗吟杜,飞白留题寺忆萧[1]。亭额为郡守方月樵师题[2]。十二碧栏供徙倚,茫茫何处挂诗瓢[3]。

其　二

暖日晴霞丽九霄,韶光直接万峰遥。凤楼对峙城如画,蜃气潜消水不潮[4]。天外风帆来历历,江干云树望萧萧。遗碑读罢诗钞去,有酒还思醉一瓢。

【注】

［1］飞白:古代书法中的一种特殊笔法,相传东汉灵帝时修饰鸿都门,匠人用刷白粉的帚子写字,蔡邕见后,归作"飞白书"。

［2］方月樵:注见卷一《补书癸亥科试时事》。

［3］诗瓢:贮诗稿的瓢。《唐诗纪事》卷五十《唐球》:"球居蜀之味江山,方外之士也。为诗捻稿为圆,纳之大瓢中。后临病,投瓢于江曰:'斯文苟不沉没,得者方知吾心尔。'至新渠,有识者曰:唐山人瓢也。"

［4］蜃气:海面风平浪静时,远处出现由折光所形成的城郭楼宇等幻象,沙漠中也可见这些幻象。古人常误以为蜃气为蜃所吐气而成。《史记·天官书》:"海旁蜃气象楼台,广野气成宫阙然。"

邂逅一首和何小明先生[1]

邂逅城西得胜游,一尊清话破羁愁。浔阳风月江州客,听罢琵琶浪拍舟[2]。

【注】

[1] 何小明,人名,生平不详。

[2] 浔阳风月江州客,听罢琵琶浪拘舟:化用唐白居易《琵琶行》中的诗意。

舟 发 昭 江

其 一

南岸洲前正放船,好风吹送上滩先。此行要看佳山水,榻近篷窗坐不眠。

其 二

刺天耿耿笑群峰,可有云龙上下从[1]。准备明朝须早起,万重苍翠耸芙蓉。

【注】

[1] 云龙:即龙。《易经·乾卦》:"云从龙,风从虎,圣人作而万物睹。"

画 山 九 马 图

房星一夜飞下天[1],化为良马腾云烟。绝壁谁遣神手画,千年犹见形图悬。风鬃雾鬣势掀舞,惊涛骇浪声激喧。按此若教骥可索[2],九老跨之合欣然[3]。

【注】

〔1〕房星：即房宿。二十八宿之一，苍龙七宿的第四宿，有星四颗。见甘公、石申《甘石星经》上卷《房宿》。

〔2〕按此若教骥可索：即"按图索骥"。明杨慎《艺林伐山》卷七《相马经》："伯乐《相马经》有'颡蛱日，蹄如累麴'之语。其子执《马经》以求马，出见大蟾蜍，谓其父曰：'得一马略与相同，但蹄不如累鞠尔。'伯乐知其子之愚，但转怒为笑曰：'此马好跳，不堪御也。'所谓按图索骥也。"

〔3〕九老：亦称"香山九老"、"洛中九老"、"会昌九老"。唐朝时，由胡杲、吉玫、刘贞、郑据、卢贞、张浑、白居易、李元爽、禅僧如满等九位七十岁以上的老人在洛阳龙门之东的香山结成"九老会"。唐武宗会昌五年（845）三月某日，他们在白居易家中聚会，欢醉赋诗，作九老诗，绘九老图。

舟 中 杂 咏

其 一

淡云微雨落花天，看罢溪山又简编。镇日高吟声断续[1]，被人错认米家船[2]。

其 二

绝无草木附云根[3]，奇到无奇分外尊。画既难能吟岂易？几回系缆驻江村。

其 三

桃花新水涨寒潭，夜静波平月影涵。一卷齐谐能破寂[4]，争搜轶事佐宵谈。

其 四

舟小行经五日程，来朝佳节又清明。纸钱处处飞蝴蝶，怅触征人万里情。

【注】

　　[1] 镇日：意指整天，从早到晚。宋朱熹《邵武道中》诗：“不惜容鬓凋，镇日长空饥。”

　　[2] 米家船：北宋书画家米芾常乘舟载书画游览江湖。后常以“米家船”借指米芾的书画。宋黄庭坚《戏赠米元章》诗之一：“沧江尽夜虹贯月，定是米家书画舡。”

　　[3] 云根：深山云起之处。晋张协《杂诗》之十：“云根临八极，雨足洒四溟。”

　　[4] 齐谐：人名。一说为书名。《庄子·逍遥游》：“齐谐者，志怪者也。”《释文》：“司马（彪）及崔（譔）并云人姓名。（梁）简文（帝）云书。”《抱朴子·论仙》：“虽有禹、益、齐谐之智，而所尝识者未若所不识者众也。”南朝宋东阳无疑有《齐谐记》七卷，吴均有《续齐谐记》一卷。见《隋书·经籍志》。清袁枚《子不语》亦名《新齐谐》。

游 风 洞 山[1]

其 一

　　独自披云冒雨来，到清凉界一徘徊。山灵有意矜奇崛，四面阴霾一扫开。

其 二

　　禅房曲折路旁通，有阁恢宏署景风。揽取一城烟景好①，归帆片片指江东。

其 三

　　境辟穹窿更壮观[2]，果然福地一庭宽。向北有福庭额。诗人惯作名山主,绝壁镌题永不刊。

其 四

选胜人争设绮筵,我来偏值暮春天。红情绿意共吟眺,不负山名叠彩传。

【校】

① "揽取"原为"搅取",据粤本改。

【注】

[1]风洞山,山名,在桂林市叠彩区北部。

[2]穹窿:也作"穹隆"。凡物状中间高四周低者,皆曰穹隆。《周礼·冬官·考工记·军人》:"穹者三之一。"汉郑玄注:"穹隆者,居鼓面三分之一。"汉扬雄《太玄经·玄告》:"天穹窿而周乎下,地旁薄而向乎上。"

独 秀 峰[1]

其 一

岿然一柱峙南天,数遍齐州九点烟[2]。拾级行经三百六,下方人望拟神仙。

其 二

遗址犹留五咏堂[3],卅年人事感沧桑。扫苔剩有摩崖句[4],独立苍茫对夕阳。

【注】

[1]独秀峰位于桂林市中心的靖江王城内,孤峰突起,陡峭高峻,气势

雄伟,素有"南天一柱"之称。山东麓有南朝刘宋时文学家颜延之读书岩,为桂林最古老的名人胜迹。颜曾写下"未若独秀者,峨峨郛邑间"的佳句,独秀峰因此得名。若当晨曦辉映或晚霞夕照,孤峰似披紫袍金衣,故又名紫金山。

[2] 齐州:中州,指中国。《尔雅·释地》:"岠齐州以南,戴日为丹穴。"《疏》:"齐,中也。中州,犹言中国也。"

[3] 五咏堂:南朝刘宋时颜延之任始安郡(今桂林)太守,为纪念晋代"竹林七贤"中的阮籍、嵇康、向秀、刘伶和阮咸五人,特建"五咏堂"在读书岩旁。"七贤"中的王戎和山涛因贪恋权势,为颜所鄙视,故不在"五咏"之列。北宋时,四大书法名家之一的黄庭坚书录颜延之的《五君咏》,刻碑石于龙隐岩内。

[4] 摩崖:在山崖石壁上所刻的铭功、记事等文字,称摩崖。如汉《石门颂》、唐《舜庙碑》皆是。也有选刻儒书、诗文、佛经、佛像及题名者。

上巳后二日小集景风阁[1]

其 一

修禊谁追晋永和[2],壶觞此地雅游多[3]。四围锦障花遥护,一串珠喉鸟善歌。酒酹孤忠客啸傲,有张、瞿二公成仁处石碣[4]。碑遗奇迹恣搜罗。年前梦想名区久,三日何缘一再过。

其 二

酿花天气喜晴和[5],裙屐今朝较昔多。别有襟怀伤往事,竟无弦管侑清歌。烟云眼底随时变,邱壑胸间几辈罗。且藉瓠尊消垒块[6],韶华莫任隙驹过[7]。

【注】

[1] 景风阁位于桂林市叠彩山公园内。

[２] 修禊：古代民俗于农历三月上旬的巳日(魏以后固定为三月三日)到水边嬉游采兰,以驱除不祥,称为修禊。晋王羲之《兰亭集序》:"暮春之初,会于会稽山阴之兰亭,修禊事也。"　　晋永和：这里的永和指的是东晋司马聃(穆帝)的年号,即公元 345—350 年。永和九年(353)三月三日,王羲之同谢安等四十一人会于会稽山阴之兰亭,修被禊之礼。王羲之写下了著名的《兰亭集序》。

[３] 壶觞：盛酒的器具。借指酒类。觞,酒杯。晋陶潜《归去来分辞》:"引壶觞以自酌,眄庭柯以怡颜。"

[４] 张：指张同敞(？—1650),字别山,湖北江陵人,明代政治家张居正的曾孙,以荫补中书舍人。南明永历年间,任兵部侍郎、总督广西各路兵马,兼督抗清军任务,又因其"诗文千言,援笔立就",永历帝授予翰林院侍读学士。曾拜文渊阁大学士兼吏、兵二部尚书瞿式耜为师,与瞿式耜、王夫之、金堡一同在湖广地区举行抗清活动,后同守桂林,并任桂林总督。1650年(顺治七年、永历四年)与瞿式耜在桂林被孔有德俘获,后二人坚贞不屈,被杀。著有《张忠烈遗集》等。其墓位于桂林市七星区朝阳乡唐家村东侧,其妻合墓同葬。　　瞿：指瞿式耜(1590—1650),明末诗人。字起田,又字伯略,号稼轩。江苏常熟人。万历进士,授永丰知县。崇祯元年擢户部给事中。南明时期为金都御史,后拥戴桂王,官至文渊阁大学士兼兵部尚书。领导抗清斗争,后兵败被俘,不屈而死。能诗文,其诗多感时伤事,表现了国土沦陷时的沉重心情和对人民灾难的深切关怀,还有的诗写出了收复国土的决心,悲壮动人。后人为纪念张、瞿二人,在桂林叠彩山景区内立成仁碑,上书"常熟瞿忠宣、江陵张忠烈二公成仁处",下署"道光庚子抚粤使者梁章钜立石",这里的"忠宣"、"忠烈"分别是当年乾隆皇帝追赐瞿、张二公的谥号。

[５] 酿花天气：催花吐放的春天。清袁枚《随园诗话》卷十:"(张瑶英)到湖心亭,书二十八字云:'酿花天气雨新晴,一片清光两岸平。最好湖心亭上望,满堤人似水中行。'"

[６] 瓟尊：葫芦做的酒樽。泛指饮器。宋苏轼《前赤壁赋》:"驾一叶之扁舟,举瓟尊以相属。"　　垒块：胸中郁结不平。《世说新语·任诞》:"阮籍胸中垒块,故须酒浇之。"

　　[7]隙驹:《庄子·知北游》:"人生天地之间,若白驹过隙。"后以隙驹比
喻易逝的光阴。

七　星　岩[1]

　　七十二佳名,来游记不清。景从天外入,人在夜间行。径
曲不知远,途穷忽放明。此中涵万象,只有暗泉声。

【注】

　　[1]七星岩因七星山而得名,位于桂林七星公园内普陀山腹。隋唐称栖
霞洞,宋代称仙李岩、碧虚岩。东西贯通,入口在天玑峰的西南半山腰,出口在
东麓。它原是距今约100万年的一段古地下河道。

月　牙　山[1]

　　傍崖高阁绕旃檀[2],临水长途护石栏。黛绿粉红牙不露,
春山人在画中看。

【注】

　　[1]月牙山位于桂林市七星公园内,是七星山的斗柄峰之一。月牙山是
由七星山的玉衡、开阳、瑶光三座山峰组成,因山腰有一岩石,远望酷似一弯新
月,故而得名。又因山中有龙隐洞、龙隐岩,也叫龙隐山。
　　[2]旃檀:即檀香木。梵语为旃檀那。唐释慧琳《一切经音义》卷七十七
《妙法莲华经·序品·旃檀》:"旃檀那,谓牛头旃檀等,赤即紫檀之类,白谓白
檀之属。"

水 月 洞[1]

　　山成象鼻境通灵,洞启重门水作屏。万顷波涵孤月白,四围天接远峰青。登崖偶发孙公啸,倚壁闲看范老铭[2]。壁刻范成大《复水月洞铭》。来趁扁舟眠藉石,醉魂偏为晚风醒。

【注】

　　[1] 水月洞在桂林市象鼻山的象鼻和象腿之间,因洞口朝阳,亦名朝阳洞。《象山记》载:"有石穴一,彼此可以相望,形圆而长,其半入于漓水中,水时高时下,故其穴亦时有大小。"

　　[2] 范公:指范成大(1126—1193),字致能,号石湖居士,与陆游、杨万里、尤袤并称南宋四大诗人。

朝 阳 岩[1]

　　华盖摧残隐洞清[2],玲珑楼阁本天成。忽瞻老子青牛像[3],便觉函关紫气迎[4]。一局楸枰横北牗[5],向北洞中有棋一局。万家烟火对西城。尘缘暂远尘心净,回首步虚疑有声[6]。

【注】

　　[1] 朝阳岩位于永州古城西南二华里,潇水西岸之临江峭壁。唐永泰二年(765)道州刺史元结诣都计兵,途经永州,维舟岩下,喜其山水秀丽,崖石奇绝,因其岩口东向,取名朝阳岩,并撰《朝阳岩铭》及《朝阳岩》诗,刻于石壁。

　　[2] 华盖:帝王或贵族所用的伞盖。《汉书·王莽传》:"莽乃造华盖九重,高八丈一尺,金瑵羽葆。"

　　[3] 老子青牛像:老子即老聃,姓李,名耳,春秋战国时楚苦县人,曾为周守藏史,相传著《老子》五千言,后世尊为道教鼻祖,其像常以骑青牛为人膜拜。

《史记》有《老子传》。

〔4〕便觉函关紫气迎：化用"紫气东来"的故事。传说老子过函谷关之前，关令尹喜见有紫气从东而来，知道将有圣人过关。果然老子骑着青牛而来。出自《史记·老子韩非列传》："于是老子乃著书上下篇，言道德之意五千余言而去，莫知其所终。"司马贞《索隐》引汉刘向《列仙传》："老子西游，关令尹喜望见有紫气浮关，而老子果乘青牛而过也。"后遂以"紫气东来"表示祥瑞。

〔5〕楸枰：古人称棋局。

〔6〕回首步虚疑有声：南朝宋刘敬叔《异苑》卷五："陈思王（曹植）游山，忽闻空里诵经声，清远遒亮。解音者则而写之，为神仙声；道士效之，作步虚声。"后以"步虚声"指道士诵经之声。

仙李园[1]

风流诗酒地，花落悄无言。谁信荒榛薮，昔为仙李园。鸟啼空谷静，人语夕阳喧。怕剔苍苔读，残碑隐断垣。

【注】

〔1〕仙李园在桂林城北，中多栗树，故俗呼为板栗园。前明为靖藩别业，今为李芸甫水部所得，仍名李园。园中岩洞之胜，为桂郡一大观。

桂林杂述

其一

不到榕垣十易春[1]，千门万户总翻新。重寻客燕营巢处，非复当时旧主人。

其　二

山水曾闻佳九州，少年经过未穷搜。天台幸有兴公赋[2]，直隶孙丹五有《桂林杂咏》百首[3]。把卷何妨作卧游。

其　三

雄藩数仞缭崇垣，百货纷陈笑语喧。恰有声名耀南服[4]，龙门开处见三元[5]。

其　四

门径三年没草莱，沉沉锁院不轻开。我从独秀峰头望，似有神羊跳掷来[6]。

其　五

消闲多向北城行，亭号南薰景最清[7]。何似福庭方丈地，衣香扇影不分明。

其　六

庙入名山构易新，瓣香消受雅游人。儿童别有消灾法，戒体摩挲佛不嗔[8]。风洞山石佛脐眼摩滑如镜。

其　七

郊原祭扫各纷纷，麦饭香烟是处闻[9]。一陌纸钱飞不到，东风凄绝小桃坟。

其　八

薄游无意到壶山[10]，闻说桃花十里环。今日绿浓红已褪，何人张幄宴林间。

其 九

春暖漓江浪正平,两三人坐野航轻。晚钟摇动云峰寺,听彻楞伽第几声[11]。

其 十

丽泽城西境寂寥[12],春风秋雨易魂消。青磷夜逐流萤去,可有词人赋《大招》[13]?

其 十 一

郭外西湖画不如,湖庄今畀野人居。菜花满地林阴薄,谁向层楼夜读书?

其 十 二

伏波岩下伏波楼[14],新息千年祀典留[15]。为有环珠在何处?悔将薏苡压归舟[16]。

其 十 三

新开鹿洞士横经,人杰宁须地效灵。生就前山双塔峙,文峰高逼斗牛青。叠采山麓新建桂山书院。

其 十 四

令节家家赛会忙,装成台阁斗辉煌。散花天女从空下[17],真个莲花似六郎[18]。

其 十 五

晴雨不时寒暖乖,衣裳称体费安排。韶光忘是春三月,却讶枇杷早上街。

其　十　六

江山也要雅人扶,点缀烟云即画图。板栗荒芜鸦影乱,有
人知是李园无?

其　十　七

鸾凤徒为飘泊身,廿番信过楝花辰[19]。子规忽报春归
去,惊醒繁华梦里人。

其　十　八

一月勾留境屡探,芒鞋踏损路东南。夜来梦亦峰头绕,翻
悔闲吟性太耽。

【注】

[1] 榕垣:桂林市榕湖边有一棵古榕树覆盖面积近千平方米,树龄在800
年以上,榕湖也是因此而得名。这里代指桂林。

[2] 兴公:东晋玄言诗人孙绰(314—371)字。孙绰,中都(今山西平遥)
人。为廷尉卿,领著作。少以文才称,温、王、郗、庾诸君之薨,必须绰为碑文,
然后刊石。尤工书法。曾任临海章安令,在任时写过著名的《天台山赋》,该
文言真辞切、文情并茂,景色描写和感情抒发浑然一体。此处以孙绰比指
孙枟。

[3] 孙丹五:即孙枟,生卒年不详,原名桂,字丹五,号诗樵,清直隶遵化
(今河北遵化市)人,自著"燕山孙枟"。晚清监生。好吟咏,知绘事,平生往来
南北各地。同治五年(1866)以其父官粤西,遂随侍南来,辗转于广西各地,并久
寓桂林、梧州等地。寓桂期间,撰辑《余墨偶谈》十六卷,著《蝶花吟馆诗钞》四
卷,附诗余一卷。

[4] 南服:周制,以土地距国都远近分为五服,因此,南方叫南服。南齐
颜延年(延之)《始安郡还都与张湘州登巴陵城楼作》:"江汉分楚望,衡巫典
南服。"

[5] 三元:说法很多。这里指天、地、人。唐王昌龄《夏月花萼楼酺宴应

制》："土德三元正,尧心万国同。"

　　[6]神羊:獬豸的别称。传说是一种能以其独角辨别邪佞的神兽。亦指獬豸冠。《后汉书·舆服志下》："獬豸神羊,能别曲直,楚王尝获之,故以为冠。"

　　[7]南薰:旧传虞舜弹五弦琴,造《南风》诗,诗中有"南风之薰兮,可以解吾民之愠兮"等句。见《史记·乐书·集解》。后以南薰为煦育的意思。

　　[8]戒体:指经由作礼乞戒等仪式所引发的内心持戒功能,也就是指受戒后所产生的防非止恶的力量。是佛教所谓的一种拘束内心且持续存在的神秘效力。又名芯刍,梵语,即比丘。

　　[9]麦饭:磨碎的麦屑做的饭,俗曰麦屑饭。

　　[10]壶山:即桂林驼峰(骆驼山),其形状酷似酒壶,故名。桂林八景之一的驼峰赤霞就在此地。明末清初的雷酒人广植桃树于此,桃花盛开之际粉桃红蕾与赤霞红光交相辉映,壶山四野,天红、地红、山红,宛若一片赤霞。

　　[11]楞伽:佛经名。全称《楞伽阿跋多罗宝经》,或译《大乘入楞伽经》。楞伽,为师子国别名。佛在此山所说,故名。

　　[12]丽泽:《易经·兑卦》："丽泽兑,君子以朋友讲习。"疏:"丽犹连也,两泽相连,润洗之盛,故曰丽泽兑也。"借喻朋友之间讲习切磋。

　　[13]大招:《楚辞》篇名。汉王逸谓屈原所作。或云景差作。今多以为出于秦汉间人。

　　[14]伏波岩:又名还珠洞,在桂林伏波山。按,人们以伏波将军(马援)命名此山,纪念他为当地人"穿渠灌溉以利其民"。伏波山孤峰耸立,一半枕于陆地,一半插入水面,山并不高,长大概63米,宽60米,海拔213米。伏波山外,尚有珊瑚洞、千佛岩(即千佛洞)等,为"伏波胜境"组成之一部。

　　[15]祀典:祭祀的礼仪和制度。《国语·鲁语上》："凡禘、郊、祖、宗、报,此五者国之典祀也。加之以社稷山川之神,皆有功烈于民者也,及前哲含德之人,所以为明后也。及天自三辰,民所以瞻仰也;及地之五行,所以生殖也;及九州名山川泽,所以出财用也。非是,不在祀典。"

　　[16]薏苡:植物名。属禾本科,花生于叶腋,果实椭圆,果实叫薏米,白色可杂米中做粥饭或磨面。又入药。

　　[17]散花天女:即"天女散花"。语出《维摩经·观众生品》："时维摩诘

室有一天女,见诸大人闻所说说法,便现其身,即以天华散诸菩萨、大弟子上,华至诸菩萨即皆堕落,至大弟子便著不堕。一切弟子神力去华,不能令去。"后多形容抛洒东西或大雪纷飞的样子。

[18] 莲花似六郎:《旧唐书》上说张氏兄弟是"傅粉施朱,衣锦绣服",那张昌宗更是被杨再思美誉为:"人言六郎(张昌宗排行老六)面似桃花,再思以为莲花似六郎,非六郎似莲花也。"

[19] 楝花:即楝花风,二十四番花信风之一,时当暮春。宋何梦桂《再和昭德孙燕子韵》:"处处社时茅屋雨,年年春后楝花风。"我国古代以五日为一候,三候为一个节气。每年冬去春来,从小寒到谷雨这 8 个节气里共有 24 候,每候都有某种花卉绽蕾开放,于是便有了"二十四番花信风"之说。从这一记载中,一年花信风梅花最先,楝花最后。经过 24 番花信风之后,以立夏为起点的夏季便来临了。

留别岑槐卿[1]

其　一

征辂几度阻长安[2],秋水腰间一剑寒。肯为穷愁消骨傲,不妨慷慨对君欢。刺怀三载生毛易[3],赋卖千金得价难[4]。遮莫冯谖夸市义[5],孟尝不作铗空弹[6]。

其　二

英雄怀抱半从同[7],岂屑依人作寓公[8]。攻玉知君能借石,槐卿读书岑宫保宅。握珠有客尚飘蓬。招邀仙鹤登峰顶,呼吸木龙隐洞中。仙鹤峰、木龙洞俱在桂林。游兴虽偿人事负,予以馆事不就,归。那堪云树忆江东。

【注】

[1] 岑槐卿,人名,生平不详。

［2］征轺：征求召集之使车。

［3］生毛：形容历时很久。宋阮阅《诗话总龟·讥诮中·刘鲁风》："刘鲁风江西投所知，为典谒所阻，因得一绝曰：'万卷书生刘鲁风，烟波千里谒文公。无钱乞与韩知客，名纸生毛不为通。'"

［4］赋买千金得价艰：汉武帝的陈皇后失宠，别在长门宫，使人奉黄金百斤，令司马相如为《长门赋》，以悟主上。陈皇后复得亲幸。宋辛弃疾《摸鱼儿》有"千金纵买相如赋，脉脉此情谁诉"之句。

［5］遮莫冯谖夸市义：冯谖，战国时人，曾为齐孟尝君食客，为之市义于薛。

［6］孟尝不作铗客弹：铗，剑把。《战国策·齐策四》："居有顷，（冯谖）倚柱弹其剑。歌曰：'长铗归来乎！食无鱼。'"　　孟尝，即孟尝君。战国时齐贵族，姓田，名文，承继其父靖郭君田婴的封爵，为薛公。以好客著称，门下食客至数千人。齐湣王使孟尝君入秦，被扣留。孟尝君靠门客中鸡鸣狗盗之徒的帮助，逃出秦国，归为齐相。后因受齐湣王疑忌，出奔为魏相，联秦、燕、赵攻齐。齐湣王死，返国。

［7］从同：犹相同。清冯桂芬《〈蕉窗十则诗〉序》："其为体固有异，而程效则从同。"

［8］寓公：指失地而寄居他国的贵族。《礼记·郊特牲》："诸侯不臣寓公，故古者寓公不继世。"唐权德舆《唐故金紫光禄大夫司农卿邵州长史李公墓志铭》："时刘展阻命，东方愁扰，闾里制于崔蒲，守臣化为寓公。"后来泛指寄居他乡有官吏身份的人。

阻雨未行，叠韵再索槐卿和

其　一

穷檐风雪卧袁安[1]，一点冰心久耐寒。课夏宁知违凤愿，嬉春恰好补余欢。琴挥别调知音少，诗写离怀下笔难。听遍鹧鸪行不得[2]，懒同贡禹把冠弹[3]。

其 二

千里家山景不同,何当缩地学壶公[4]。才华日下谁推
毂[5],踪迹年来自转蓬。三月马嘶杨柳岸,五云人盼桂林中。
轻装要借新诗压,一笑砖抛癸水东[6]。

【注】

[1] 卧袁安:注见卷一《八咏诗和媚川》。

[2] 鹧鸪:鸟名。形似母鸡,头如鹑,胸前有白圆点,如珍珠。背毛有紫
赤浪纹。俗像其鸣,声曰"行不得也哥哥"。晋崔豹《古今注》中《鸟兽》:"南山
有鸟,名鹧鸪,自呼其名,常向日而飞,畏霜雪,早晚稀出。"

[3] 贡禹(前123—前44):字少翁,汉琅琊(今山东诸城)人。以明经洁
行,征为博士。元帝时,累官至御史大夫。屡次上书言朝事得失,主张选贤任
能,诛奸臣,罢倡乐,修节俭。禹与王吉为友,两人相知。吉字子阳,世称"王阳
在位,贡禹弹冠",谓二人取舍相同。见《汉书》本传。

[4] 壶公:传说仙人名。东汉费长房曾为市掾。市中有老翁卖药,悬一
壶于座,市罢,跳入壶内。长房于楼上见之,知非常人,因向学道。见《后汉书·
费长房传》。北周庾信《小园赋》:"若夫一枝之上,巢父得安巢之所;一壶之中,
壶公有容身之地。"后为神仙的泛称。

[5] 推毂:比喻助人成事,或推荐人才,如助人推车毂,使之前进。毂,车
轮轴。

[6] 癸水:漓江的别称。宋范成大《桂海虞衡志·杂志》:"癸水,桂林有
古记,父老传诵之,略曰:'癸水绕车城,永不见刀兵。'癸水,漓江也。"

馆见在书斋示诸生戊寅

其 一

漫拟传经到故乡,疏星三五伴蟾光[1]。略无北院堪容
膝[2],尚有西江可浣肠。庙舍颇狭,右临大江。淮雨别风文易

校^[3]，春华秋实语难忘。一勤能补何嫌拙，业到精时莫更荒①。

其　二

不居此座两年余，冯妇今朝又下车^[4]。秃管无锋朝削牍，寒檠有焰夜翻书。半生悔被浮名误，万念难将结习除^[5]。热血满腔何地洒，牢笼鸿鹄注虫鱼^[6]。

【校】

①　原句缺"更"字，据粤本补。

【注】

［1］蟾光：即月光。

［2］容膝：即"容膝之地"，形容居室狭窄。语出晋陶渊明《归去来兮辞》："倚南窗以寄傲，审容膝之易安。"

［3］淮风别雨：今本《尚书大传·周传》作"别风淮雨。"《后汉书·南蛮传》作"列风雷雨"。南朝梁刘勰《文心雕龙·练字》认为当作"列风淫雨"，列与别，淫与淮，形近而误。后来因称书籍文字以讹传讹为"别风淮雨"。

［4］冯妇：人名。《孟子·尽心下》："晋人有冯妇者，善搏虎，卒为善士。则之野，有众逐虎，虎负隅，莫之敢撄。望见冯妇，趋而近之。冯妇攘臂下车，众皆悦之，其为士者笑之。"后以"冯妇"指重操旧业者。

［5］结习：原指佛教所称的烦恼。语出《维摩经·观众生品》："时维摩诘室有一天女，见诸大人，闻所说法，便现其身，即以天华散诸菩萨大弟子上。华至诸菩萨，即皆堕落，至大弟子便著不堕。……结习未尽，华著身耳。结习尽者，华不著也。"后多指积久难除之习惯。

［6］虫鱼：唐韩愈《读皇甫湜公安园池书其后》："《尔雅》注虫鱼，定非磊落人。"《尔雅》有《释虫》《释鱼》等篇，正统儒家以其与治世大道无关，因称为虫鱼之学，含有轻视之意。

中 秋 夕 作

其 一

年年子舍度中秋，此夕翩然客贺州。一样月明河汉近，更无同志与偕游。

其 二

小酌归从叔度家[1]，满身凉露湿轻纱。高竿百尺灯悬柚，别有风华护月华。市人以柚皮作灯，置高竿上。

其 三

琼楼玉宇自今开，捷足先登是骏才。正欲乘风过江去，《霓裳》一曲忽飞来[2]。谓海臣太史家。

其 四

看遍人家拜月还，一编诗卷诵铅山[3]。不知低唱浅斟客，似否狂奴意态闲[4]。

【注】

[1] 叔度：汉黄宪字。黄宪品学超群，尤以气量广远著称。又汉廉范亦字叔度，范为名将廉颇后代。

[2]《霓裳》：《霓裳羽衣曲》的简称。唐白居易《琵琶行》："轻拢慢捻抹复挑，初为《霓裳》后《六幺》。"

[3] 铅山：山名。在江西铅山县西南。旧名桂阳山，又名杨梅山，唐五代时出铅，今已废。铅山鹅湖书院是朱熹、陆九渊等大儒讲学处，陈亮、辛弃疾等文人也多有过往。书院门联为康熙帝所书："章岩月朗中天镜，石井波分太极泉。"

［4］狂奴：狂士。《后汉书·严光传》："司徒侯霸与（严）光素旧,遣使奉书。……光不答,乃投札与之,口授曰:'君房足下:位至鼎足,甚善。怀仁辅义天下悦,阿谀顺旨要领绝。'霸得书,封奏之。帝笑曰:'狂奴故态也。'"

重 阳 纪 事

其　一

黑云如墨暗重阳,寂寞黄花懒吐香。佳节由来天不负,特开晴霁送微凉。

其　二

薄游同到靖边营[1],曾约仙岩斗酒兵。不道依来欧九去[2],龙华会上早调羹[3]。

其　三

东篱不醉醉西园[4],斗酒青莲气象轩[5]。本要登高效桓孟[6],却随刘阮入桃源[7]。

其　四

胡麻饭罢试茶汤[8],雅谑清谈不讳狂。谁似马融居绛帐[9],小妻携得傲刘纲[10]。

其　五

投辖多情指落晖[11],茱萸遍插念庭闱[12]。举头明月在天上,鸿雁一行相伴归。

【注】

[1] 靖边：安定边陲。

[2] 欧九：宋代文豪欧阳修在族内排行第九，故称欧九。《宋稗类钞》有"好个欧九，极有文章，可惜不甚读书"之语。

[3] 龙华会：庙会一种。龙华，为佛家用语。荆楚以四月八日诸寺各设会香汤浴佛，共作龙华会，为弥勒下生之征。唐刘长卿《陪元侍御游支硎山寺》："支公去以久，寂寞龙华会。"

[4] 东篱：晋陶潜《陶渊明集》卷三《饮酒》之五："采菊东篱下，悠然见南山。"后因以借指菊花或种菊之处。　　西园：汉上林苑的别称。汉张平子（衡）《东京赋》："岁维仲冬，天阅西园。"注："西园，上林苑。"

[5] 斗酒青莲：李白的典故，注见卷一《八咏诗和媚川》。

[6] 登高效桓孟：东汉桓景尝学于费长房，一日房谓景曰："九月九日，汝家有大灾，可令家人作绛纱囊盛茱萸系臂，登高饮菊酒，祸可消。"景如其言，夕还，见牛羊鸡犬皆死，房曰："代之矣。"

[7] 刘阮：南朝宋刘义庆小说《幽明录》中人物刘晨、阮肇二人的合称。二人俱东汉剡县人，永平年间同入天台山采药，遇二女子，食以胡麻饭，留居半年辞归。及还乡，子孙已历七世。后又离乡，不知所终。

[8] 胡麻饭：胡麻炊成的饭。后也以"胡麻饭"表示仙人的食物。见注[7]。

[9] 马融：注见卷一《读书水口寺》。

[10] 刘纲：字伯鸾，下邳（今江苏邳州市）人。其夫人乃樊氏也。有道术，他写的檄文能召唤鬼神，亦潜修密证，人莫能知。尝仕为上虞令，为政清净，而政令宜行。后与夫人同逝去。源自《神仙传·樊夫人》。

[11] 投辖：《汉书·陈遵传》："遵嗜酒，每大饮，宾客满堂，辄关门，取宾客车辖投井中，虽有急，终不得去。"辖，车厢两边的键，去辖则车不能行。后来诗文中常以投辖为主人留客的典故。

[12] 茱英遍插：注见卷一《九日偕友人登螺山》。

刘岳斋家兰花盛开,以王君心源诗索和[1]

其 一

不数珠兰与玉兰,素心花在九秋看。静中闻得香愈妙,留共骚人结古欢[2]。

其 二

佩忆灵均梦兆燕[3],名争秋菊品同莲。一从空谷来金谷[4],有客朝朝醉绮筵。

其 三

露滋风泛总寻常,三两茎花一国香。终日无言相对好,满帘清气涤诗肠。

其 四

刘桢平视邀王粲[5],吟罢应将玉笛吹。千古此花香竟体,等闲莫使蝶蜂窥。

【注】

[1] 刘岳斋,人名,生平不详。

[2] 古欢:指往日的欢爱或情谊。《文选·古诗〈凛凛岁云暮〉》:"良人惟古欢,枉驾惠前绥。"李善注:"良人念昔日之欢爱,故枉驾而迎已。"

[3] 灵均:屈原的字。《离骚》:"皇览揆余初度兮,肇锡余以嘉名。名余曰正则兮,字余曰灵均。" 梦兆燕:用"玉燕投怀"典。语出五代王仁裕《开元天宝遗事·梦玉燕投怀》。唐宰相张说的母亲曾梦见一只玉燕投入怀中,后怀孕生张说。后遂以"玉燕投怀"等作贺人生子的颂语。

[4] 空谷:犹言深谷。《诗经·小雅·白驹》:"皎皎白驹,在彼空谷。"

金谷：地名，在今河南洛阳市西北。有水流经此地，谓之金谷水。晋太康中石崇筑园于此，即世传之金谷园。见《水经注》卷十六《谷水》。

　　[5]刘桢平视邀王粲：刘桢（186—217），字公幹，汉末东平（今山东宁阳县）人。建安七子之一。曹操任为丞相掾属。曾参与操子曹丕的宴饮，丕命夫人甄氏出拜，桢因平视甄氏，以不敬得罪。　　王粲（177—217），字仲宣，山阳郡高平县（今山东微山县）人。东汉末年文学家，"建安七子"之一。博学多识，文思敏捷。尝往谒蔡邕，邕倒屣相迎。后归曹操。建安二十二年（217）从征吴，途中病卒。

寄玉之内弟代柬己卯

其　一

　　屡盼檀来信，萍踪竟渺然。谁羁江夏士，又到暮春天。祖逖鞭争著[1]，陈蕃①榻久县[2]。怕听杨柳岸，黄鸟正啼烟。

其　二

　　朔风催判袂[3]，苦忆岁寒朝。一别三秋易，相思千里遥。西征君有赋，南望我无聊。底事离怀重，苏黄本石交[4]。

其　三

　　振策长安道，祁公久客吟[5]。倚闾怜白发[6]，许国见丹心。露视花封近，风倾竹报临。回头惭子美，尚尔滞山林。

其　四

　　儿时温卷地[7]，文又自今论。燕忽巢新垒，鸿犹忆旧痕。下车冯妇笑[8]，搴帐马融尊[9]。子亦曾游者，何时一款门[10]。

【校】

① 原为"蕃陈",据粤本改。

【注】

[1] 祖逖(266—321):字士稚,晋范阳遒县(今河北涞水县)人。少孤,轻财好侠,慷慨有节操,博览古今书诏。累迁太子中舍人、豫章王从事中郎。时晋室大乱,祖逖率部曲百余家渡江,中流击楫而誓曰:"祖逖不能清中原而复济者,有如大江!"元帝时为豫州刺史,自募军,收复黄河以南。

[2] 陈蕃(? —168):字仲举,东汉汝南平舆(今河南平舆)人。官豫章太守,迁至太尉、太傅,封高阳侯。为人刚正不阿,崇尚气节,因与窦武谋诛当权宦官曹节、王甫等,事泄遇害,年七十余。《后汉书》卷六十六有传。 县:同"悬"。指陈蕃为名士徐稺专设一个榻,稺走后即悬挂起来。

[3] 判袂:别离。即分袂。宋范成大《大热泊乐温,有怀商卿、德称》:"故人新判袂,得句与谁论。"

[4] 苏黄:指苏轼和黄庭坚,二人有师生之谊,工于写诗,世称"苏黄"。石交,指牢不可破的友谊或感情深厚的友人。《史记·苏秦传》:"大王诚能听臣计,即归燕之十城,燕无故而得十城,必喜;秦王知以己之故而归燕之十城,亦必喜;此所谓弃仇雠而得石交者也。"

[5] 祁公:注见本卷《重九寄怀汉卿先生》。

[6] 倚闾:又作"倚门"。《战国策·齐策六》:"(王孙贾)母曰:'女朝出而晚来,则吾倚门而望;女暮出而不还,则吾倚闾而望。'"后因以倚门、倚闾比喻盼望子女归来的殷切心情。

[7] 温卷:唐代及宋初举人在京入谒前辈显官,以所业投献,以姓名达于主司,称为请见。数日又以续作往见,称为温卷。

[8] 冯妇:注见本卷《馆见在书斋示诸生》。

[9] 马融:注见卷一《读书水口寺》。

[10] 款门:叩门。《吕氏春秋·爱士》:"广门之官夜款门而谒曰:'主君之臣青渠有疾。'"

北上有期，次欧阳同文送别韵

其 一

未终弦管忽摇鞭，肯让征鸿在客先。匏击十年才渐退[1]，砚磨五夜志犹专。梅花消息随春到，柳汁科名自昔传。检点轻装偕计去，轮舟飞渡海南天。

其 二

丁年澹墨早书名，潦倒犹无一命荣。花样难摹文字拙，棘闱再战梦魂惊[2]。戏摩长剑杯徐引，笑指空囊锦忽盈。诵罢新诗增别绪，梓桑回望不胜情。

【注】

[1] 匏击：《论语·阳货》："吾岂匏瓜也哉，焉能系而不食！"后用匏击比喻依人为生。也作"击匏"。

[2] 棘闱：也作"棘围"。唐五代试士，用棘围试院，以防止放榜时士子喧噪。其后又用以杜塞传递夹带之弊。后因称试院为"棘闱"、"棘围"。

舟发道州庚辰

幸有龙云伴，龙君品多[1]。绝无牛李嫌[2]。李君翰卿，牛君敬亭。同舟期共济，及第情谁占？远水潇湘合，征程楚粤兼。蓬窗多暇晷，子细纪邮签[3]。

【注】

[1] 龙品多：生平不详。

　　［2］牛李嫌：这里作者以唐末牛李党争戏指好友李翰卿、牛敬亭二人。

　　［3］邮签：驿馆夜间报时的器具。唐杜甫《宿青草湖》："宿桨依农事，邮签报水程。"注："漏筹谓之邮签。"

永州谒柳子祠[1]

　　品藻溪山笔一枝[2]，恢奇人爱八愚诗[3]。半生落拓羁边郡，一代声名匹退之[4]。残月晓风传派远，黄蕉丹荔荐新迟。此邦供奉何如柳，可许《招魂》用《楚辞》[5]？

【注】

　　［1］柳子祠原名柳侯祠，唐宋八大家之一柳宗元的祠堂，位于湖南永州零陵，早在唐朝元和九年（814），柳宗元将要离开永州时，永州人为了纪念柳宗元，就开始筹建柳子祠。北宋至和年间重建。现在的柳子庙是清光绪三年（1877）重修的。

　　［2］品藻：鉴定等级。《汉书·扬雄传》卷下《法言·目》："尊卑之条，称述品藻。"注："品藻者，定其差品及文质。"

　　［3］八愚诗：柳宗元被贬到永州时，他的住屋门前有一条小河，原来叫冉溪。在那里住下后，他自比古代愚公，把小河改名愚溪。他把溪边的小丘叫愚丘，把附近的清泉、小沟叫作愚泉、愚沟。他砌石拦起一个水池，取名愚池。在池东造了一座小屋，叫作愚堂。在池南建了个小亭，叫作愚亭。又把池中的小岛叫愚岛。这就是"永州八愚"。期间所创作的诗称为"八愚诗"。

　　［4］退之：唐韩愈字退之。

　　［5］《招魂》：《楚辞》篇名。战国楚屈原作。屈原深痛楚怀王之客死他国而招其魂，并讽谏楚顷襄王之宴安淫乐。汉王逸以为战国楚宋玉作，招屈原之魂。

绿 天 庵

其 一

几处精庐几本蕉[1]，遗踪约略认前朝。浓阴满院天仍绿，想见挥毫乐趣饶。

其 二

墨池笔冢恣幽探[2]，蔓草荒烟引剧谈[3]。一片断碑人不识，绿云长护此中庵[4]。

其 三

感今怀古寄吟讴[5]，太守镌题遍石头。书法钟王诗李杜[6]，名僧名士各千秋。庵为杨海琴太守重修，壁上诗刻甚多[7]。

其 四

十九年前胜会开，种蕉人去我偏来。有灵词客应相识，壁上殷勤扫绿苔。

【注】

[1] 精庐：学舍，读书讲学之所。《后汉书·姜肱传》："盗闻而感悔，后乃就精庐，求见徽君。"李贤注："精庐即精舍也。"

[2] 墨池：为古代著名书法家洗笔砚的池，如浙江绍兴有墨池，相传为晋王羲之洗砚池。 笔冢：埋笔的坟。唐李肇《国史补》卷中："长沙僧怀素，好草书。自言得草圣三昧，弃笔堆积，埋于山下，号曰笔冢。"

[3] 剧谈：畅谈。《汉书·扬雄传上》："口吃不能剧谈，默而好深湛之思。"

[4] 绿云：喻树叶茂盛。南朝宋鲍照《代陈思王京洛篇》："扬芬紫烟上，

垂彩绿云中。"

[5]吟讴：吟哦、吟诵。宋梅尧臣《韵语答永叔内翰》："缀之辄成篇，聊以助吟讴。"

[6]书法钟王：指钟繇和王羲之。钟繇（151—230），字元常，颍川长社（今河南许昌长葛东）人，汉末举孝廉，官至侍中尚书仆射，入魏，进太傅。善书，工正、隶、行、草、八分，尤长于正、隶。与胡昭并师刘德升草书，世传胡肥钟瘦。后誉之者称其秦汉以来一人而已。王羲之（303—361），字逸少。晋琅琊临沂人，居会稽山阴。司徒王导从子。官至右军将军、会稽内史。习称王右军。从卫夫人学书，得见诸名家书法。备精诸体，草、隶、正、行皆能博采众长，自成一家，世称"书圣"。

[7]杨海琴：永州太守杨翰号海琴。杨翰（1812—1879），字伯飞，一字海琴，号樗盦，别号息柯居士，原籍直隶河间（今河北省河间市），清嘉庆十七年（1812）生于其父在四川的官署。道光二十五年（1845）进士，官湖南辰沅永靖道。

舟中杂咏

其 一

永州澹岩天下稀[1]，诗吟山谷思依依。风帆过此偏难泊，回首灵山隐翠微[2]。

其 二

春流初涨客舟轻，一日行兼两日程。遥指雉垣半依岭[3]，朝阳红映永州城。

其 三

鱼龙百戏闹灯宵[4]，小酌欣逢旧雨邀。两日小西门外泊，芒鞋遍踏不知遥[5]。

其　　四

千秋镜石傍江湄,照遍征人影不疲。我过浯溪天未晓[6],幸无丑态被君知。

其　　五

水声听惯万缘空,辕下驹真局促同[7]。一阵楸枰消永昼[8],有何胜负在胸中。

其　　六

黑云如墨暗前山,舟系松林湾复湾。沙岸偶行人转健,高吟心共白鸥闲。

其　　七

作恶封姨太不情[9],金龙山下阻人行。崩涛两夜愁千叠,难把书声压雨声。

其　　八

深林苍翠护楼台,一粟庵前眼界开。修竹万竿镌遍字,某年月日某人来。

其　　九

一痕新绿媚春阳,晓启篷窗兴欲狂。街巷连延分十九,最繁华处是中湘。湘潭县街有十九总。

其　　十

一帆风送斗牛槎[10],三面江环十万家。形势自成天堑险,千秋铁壁羡长沙。

其 十 一

不用原将老厥才,治安策罢竟南来。一篇《鹏赋》悲年少[11],不为生哀为汉哀。贾太傅祠在坡子街。

其 十 二

一过湘阴便入湖,湖低有岸接平芜。几多泛宅浮家妇[12],都学文君当酒垆[13]。湖水涸后,土人傍岸而居,至水涨则罢去。

【注】

[1] 永州:地名。汉置零陵郡,隋开皇九年(589)改为永州。元改为永州路,明改为府。附郭首县零陵县。1903 年裁府留县。

[2] 翠微:指青翠掩映的山腰幽深处。《尔雅·释山》:"未及上,翠微。"郭璞注:"近上旁陂。"郝懿行义疏:"翠微者……盖未及山顶屠颜之间,葱郁葐蒀,望之殆殆青翠,气如微也。"多泛指青山。

[3] 雉垣:雉,城墙长三丈广一丈为雉。泛指城墙。

[4] 鱼龙百戏:古代百戏杂耍节目。唐张说《侍宴隆庆池》诗:"鱼龙百戏分容与,凫鹢双舟较泝洄。"

[5] 芒鞋:用芒茎外皮编织成的鞋。亦泛指草鞋。唐张祜《题灵隐寺师一上人十韵》:"朗吟挥竹拂,高揖曳芒鞋。"

[6] 浯溪:在湖南祁阳县南五里。唐元结《浯溪铭序》:"浯溪在湘水之南,北汇于湘。爱其胜异,遂家溪畔。溪世无名称者也,为自爱之故,命曰浯溪。"

[7] 辕下驹:语出《史记·魏其武安侯列传》:"上怒内史曰:'公平生数言魏其、武安长短,今日廷论,局趣效辕下驹,吾并斩若属矣。'"指车辕下不惯驾车之幼马,也比喻少见世面、器局不大之人。后亦作自谦之辞。

[8] 楸枰:棋盘。

［9］封姨：古代神话传说中的风神。唐郑还古《博异志》记崔玄微春夜遇诸女共饮，席上有封十八姨。诸女为众花之精，封十八姨为风神。后诗文中常以封姨为风的代称。

［10］槎：木筏。

［11］《鵩赋》：即汉贾谊的《鵩鸟赋》。旧题汉刘歆《西京杂记》卷五："贾谊在长沙，鵩鸟集其承尘。长沙俗以鵩鸟至人家，主人死。谊作《鵩鸟赋》，齐死生，等荣辱，以遣忧累焉。"

［12］泛宅浮家：也作"泛家浮宅"。谓以船为家，到处漂泊。《新唐书》卷一百九十六《张志和传》："颜真卿为湖州刺史，志和来谒，真卿以舟敝漏，请更之。志和曰：'原为浮家泛宅，往来苕、雪间。'"

［13］文君当酒垆：借指汉司马相如和卓文君的故事，注见卷一《读随园女弟子诗》。

湖舟喜晴

人意天心往往同，随园句。不须破浪也乘风。波平似镜光摇绿，岸远无垠影落红。一片孤帆来磊石，数声清馨出禅宫。明朝听说君山近[1]，定有烟峦入望中。

【注】

［1］君山：山名。在洞庭湖中。又名湘山。《水经注》卷三十八《湘水》："（洞庭）湖中有君山……是山，湘君所游处，故曰君山矣。"

阻风闷作，泊川河口

已入韶光二月天，犹羁征客楚江边。峰过回雁书难寄，谷咏维驹境屡延。变幻风涛惊旅梦，荒凉烟柳淡诗缘。何时消尽峨嵋雪,水不兴波好放船。

次日南风大作,舟行甚驶

凌晨争解缆,人语乱邻舟。风利篙无用,帆飞水逆流。云光千里阔,春色四围收。先后飘然去,乘槎是此游[1]。

【注】

[1]乘槎:指乘坐竹木筏。语出晋张华《博物志》卷十:"旧说天河与海通。近世有人居海渚者,每年八月有浮槎去来,不失期,人有奇志,立飞阁于槎上,多赍粮乘槎而去。"后用以比喻奉使,也比喻为如朝做官。

长 江 杂 咏

其 一

自入南天始见春,江堤一带柳丝匀。楼台金碧寻常事,如此依依最可人。

其 二

黄昏舟自武昌行,酣卧楼船梦境清。夜过蕲黄浑不觉[1],黎明已到九江城。

其 三

绝迹飞行借火攻,双轮稳受一江风。凭栏小憩茶犹热,无数云山赴眼中。

其　　四

雾鬟风鬟尚俨然,小姑绰约翠微巅[2]。盈盈水隔彭郎远[3],鹊欲成桥不易填。

其　　五

万里星河淡玉绳,酒楼人静语疏灯。夜阑轮暂停安庆,快艇轻装客竞登。

其　　六

东流一水近秦淮,遥望苍山景绝佳。太息园亭成瓦砾,梦魂应恋小眠斋。

其　　七

两点金焦一瞬过,登临无计奈愁何。青山横绝江南北,占得人间秀气多。

其　　八

华语夷言拉杂谈[4],一家胡越了无惭。三更送燕迎鸿际,搅得骊龙睡不酣[5]。

【注】

[1]蕲黄:湖北蕲春和黄冈。

[2]小姑:"小孤山"的讹称。俗名髻山,在江西彭泽县北大江中。为别于鄱阳湖中的大姑山,故称小孤山。其后因语言讹传,以"孤"为"姑",好事者并于山上立神女祠,塑盛装女像,庙对彭浪矶,因有小姑嫁彭郎的传说。

[3]彭郎:注见"小姑"条。

[4]拉杂:没有条理,混乱。

[5]骊龙:传说中的一种黑龙。典出《庄子·列御寇》。骊,纯黑色的马。

庄子说河边穷苦人家的儿子去潭底黑龙的下巴下面取珠。

杨村早发

其一

未遑蓐食遽扬鞭[1]，铃语灯光出路前。风色不寒人意懒，带将残梦到车眠。

其二

轣辘双轮困软尘[2]，荒凉二月负阳春。五更听遍荒鸡唱[3]，谁识桥霜店月人[4]。

【注】

[1] 蓐食：早晨未起在寝席上进食。《左传·文公七年》："训卒厉兵，秣马蓐食，潜师夜起。"注："蓐食，早食于寝蓐也。"

[2] 轣辘：车声，转动声。宋苏轼《次韵舒教授寄李公择》："松下纵横余屐齿，门前轣辘想君车。"　软尘：软红尘，指京师车马喧哗景象。宋陆游《仗锡平老自都城回见访，索怡云堂诗》："东华软尘飞扑帽，黄金络马人看好。"

[3] 荒鸡：古以夜三鼓前鸣的鸡为荒鸡。迷信的人以半夜鸡鸣附会为兵起之象。《晋书·祖逖传》："与司空刘琨俱为司州主簿，情好绸缪，共被同寝。在夜闻荒鸡鸣，蹴琨觉曰：'此非恶声也，因起舞。"

[4] 桥霜店月人：语出唐温庭筠《商山早行》："鸡声茅店月，人迹板桥霜。"

三月初八夜闱中作

弹指韶光一纪终，又看风月到南宫[1]。自戊辰会试至今十二

年。重衾未具惊寒夜,结习难除愧热中[2]。必售文章关福命,
无哗战士隔西东。凝神且复披衣坐,喜对灯花照眼红。

【注】

　　[1]　南宫:南方列宿。汉用之比拟尚书省。东汉郑玄为尚书令,取前后
有关尚书省的故事,著为《南宫故事》。

　　[2]　结习:注见本卷《馆见在书斋示诸生》。

内　阁　大　挑①[1]

　　扶桑一角影初红[2],会萃冠裳殿阁东。鱼贯序循先后
入[3],凤鸣声听姓名通。取人未必真皮相[4],论世何曾敢目
空。十载青氈原耐冷,宁期司业绍家风[5]。取列二等,尚待引见。
照例应以教职归铨。

【校】

　　①　粤本注"三月二十八日"。

【注】

　　[1]　内阁为明清两代政务机构。明太祖朱元璋忌大臣权重,自洪武十三
年(1380)杀胡惟庸后,不设宰相。洪武十五年仿照宋制,置诸殿阁大学士,收阅
奏章,批发文稿,协助皇帝办理政务。永乐初,选翰林院讲读、编撰等入阁,参与
机务,称内阁,无官属。中叶以后,职权渐重,兼领六部尚书,成为皇帝的幕僚兼
决策机关。清初,以国史院、秘书院、弘文馆内三院为内阁,设大学士参与军政
机密。雍正时设军机处,掌军政要务,后来内阁便徒有虚名。　　大挑:清乾
隆十七年(1752)定制,在会试后拣选应考三次而不中的举人,由礼部分省造册,
咨送礼部,派王大臣共同拣选。选取者分为二等:一等以知县试用,二等以教
职铨补,称为举人大挑。

　　[2]　扶桑:一指神木名,传说日出其下。屈原《离骚》:"饮余马于咸池兮,

总余辔于扶桑。"《淮南子·天文训》:"日出于旸谷,浴于咸池,拂于扶桑,是谓晨明。"又指古国名。《梁书·扶桑国传》:"扶桑在大汉国东二万余里,地在中国之东,其土多扶桑木,故以为名。"按其方向、位置约相当于日本,故后来沿用为日本的代称。

[3]鱼贯:指连续而进,如鱼群相接。《三国志·魏书·邓艾传》:"山高谷深,至为艰险,……艾以毡自裹,推转而下,将士皆攀木缘崖,鱼贯而进。"

[4]皮相:从表面上看,只看外表。《史记》卷九十七《郦陆传》:"夫足下欲与兴天下之大事,而成天下之大功,而以目皮相,恐失天下之能士。"

[5]司业:古代主管音乐的官。《礼记·文王世子》曰:"乐正司业。"业,覆乐器的板。相传乐官兼教国子。隋炀帝大业三年(607)设置国子监司业,帮助祭酒教授生徒,历代沿置,为学官,清末废。

萃益斋诗集

·卷 三·

就馆县城示同学 辛巳

其 一

十年桑梓久谈经,未听弦歌到县庭。此日临江星共聚,小窗剪烛雨初停。董帷夜读灯摇绿[1],邺架晨摊简杀青[2]。珍重茂先吟励志,陈编漫乞古人灵。

其 二

罔锾归来意计粗[3],敢夸老马尚知途[4]。书传本政怀先哲,局整残棋伏后儒。陶侃分阴应共惜[5],终南捷径莫争趋[6]。起予妙趣谁能觉[7],倾耳清声听凤雏[8]。

【注】

［1］董帷:注见卷一《初十日雪堂、承五两人馆》。

［2］邺架:唐李泌父承休,聚书二万余卷,戒子孙不许携出门,有来求读者,别院供馔,见《邺侯家传》。唐韩愈《送诸葛觉往随州读书》:"邺侯家多书,插架三万轴。"后用以称人藏书之多。

［3］毛躁:烦闷。唐李肇《国史补》下卷:"(举子)不捷而醉饱,谓之打毛躁。" 麤:《说文》:"麤,超远也。从三鹿。"清段玉裁注:"鹿善警跃,故从三鹿,引申为卤莽之称。"

［4］老马尚知途:即"老马识途"。《韩非子·说林上》:"管仲、隰朋从桓公而伐孤竹,春往冬返,迷惑失道。管仲曰:'老马之智可用也。'乃放马而随之,遂得道。"后以比喻富有经验。

［5］陶侃分阴:陶侃(259—334),字士行(一作士衡)。本为鄱阳郡枭阳县(今江西都昌)人,后徙居浔阳(今江西九江)。早孤贫。为县吏积功迁至荆州刺史。遭王敦忌,转任广州刺史。苏峻叛晋,建康失守,温峤推侃为盟主,击杀苏峻,封长沙郡公,都督八州军事。侃在军四十余年,果断善决,在广州时朝

运百甓于斋外,暮运于内,以励志勤力,竹头木屑皆储以备用。常谓:"大禹圣
者,乃惜寸阴,至于众人,当惜分阴。"卒谥桓。《晋书》有传。

[6] 终南捷径:唐卢藏用举进士,居终南山中,至中宗朝以高士名得官,
累居要职,人称为随驾隐士。有道士司马承祯尝召至阙下,将还山,藏用指终南
曰:"此中大有嘉处。"承祯徐曰:"以仆视之,仕宦之捷径耳。"见唐刘肃《大唐新
语·隐逸》。后用以比喻谋求官职或名利的捷径。

[7] 起予:《论语·八佾》:"子曰:起予者商也,始可与言诗已矣。"疏:
"起,发也。予,我也。商,子夏名。孔子言,能发明我意者,是子夏也。"后指得
自他人的教益。

[8] 凤雏:古曲名,即《凤将雏》。《宋书·乐志一》:"《凤将雏歌》者,旧
曲也。应璩《百一诗》云:'为作《陌上桑》,反言《凤将雏》。'然则《凤将雏》其来
久矣。"

投邑令黄笏山司马[1]

汉廷黄霸最循良[2],何幸卿云覆此方[3]。十载心倾同小
草[4],三春手植到甘棠[5]。宜民颂美随车雨[6],下车日大雨。
久宦勤忘满鬓霜。儒吏风流政谁似,书堂窃喜傍琴堂[7]。

【注】

[1] 黄笏山即黄玉柱(1835—1923),字笏山,祖籍福建福州侯官(今属台
江区)。翰林军机章京总管黄彦鸿之父。清咸丰五年举人。九年以知县拣发广
西。补授思恩县知县。调补兴业县、贺县知县。历署宜山、武缘、贵县、苍梧、宣
化、临桂、贵平等县知县。光绪二年,广西乡试,同考官钦加同知衔,尽先补用直
隶州知州(官秩正五品),赏戴花翎。善画松竹,好作八分书。工诗画,风致不
凡。其兰石图,笔力挺秀,高雅成趣。所著有《六宜书屋诗草》书画题跋行于
世。　　司马:官名。《周礼》夏官大司马之属,有军司马、舆司马、行司马。春
秋晋作三军,每军别置司马。汉宫门及大将军、将军、校尉之属官,都有司马。边

郡亦设置千人司马,专管兵事。隋唐州府佐吏有司马一人,位在别驾、长史下。

[2]黄霸(?—前51):字次公,汉淮阳阳夏(今河南太康)人。少学律令,武帝末补侍郎谒者,历河南太守。时吏尚严酷,而霸独用宽和为名。宣帝悦,为廷尉正,坐夏侯胜事系狱,在狱中从胜学《尚书》。后擢为颍川太守,任扬州刺史,得吏民心。官至御史大夫、丞相,封建成侯。汉世言治民吏,以霸为第一。《汉书》入《循吏传》。 循良:奉公守法。《北史·房谟传论》:"房谟忠勤之操,始终若一;恭懿循良之风,可谓世有人矣。"恭懿,房谟子。也指奉公守法的官吏。

[3]卿云:司马相如字长卿,扬雄字子云,是汉朝著名的辞赋家,合称卿云。这里指的是黄筌山。

[4]小草:中药名,远志的苗。《广雅·释草》:"棘苑,远志也。其上谓之小草。"《广雅疏证》卷十引《博物志》:"苗曰小草,根曰远志。"晋郝隆讥谢安曰:"处则为远志,出则为小草。"见《世说新语·排调》。后人以小草为自谦之词,本此。

[5]甘棠:《诗经·召南》篇名。传说周武王时,召伯巡行南国,曾憩甘棠树下,后人思其德,因作《甘棠》诗。《左传·昭公二年》:"武子曰:宿敢不封殖此树,以无忘角弓,遂赋《甘棠》。"后用以作为称颂官吏政绩之词。

[6]宜民:谓使民众安辑。《诗经·大雅·假乐》:"假乐君子,显显令德。宜民宜人,受禄于天。"毛传:"宜安民,宜官人也。"

[7]琴堂:《吕氏春秋·察贤》:"宓子贱治单父,弹鸣琴,身不下堂,而单父治。"后用作为称颂县令,遂谓其公署为琴堂。

游 浮 山[1]

其 一

卅年生长旧乡关,初看湖山到此间。乔木十围阴曲护,清流四面势回环。买春厄献祠千古[2],山有陈王祠[3]。消夏舟停水一湾。胜迹临江应独擅,小楼高卧意萧闲。

其　二

蓦地闻钟动古怀，精灵百世更谁侪？一竿仙去台犹在，万里云归闼欲排[4]。人影喜同花影淡，风声妙与水声谐。任他朋辈喧腾饮，独自寻诗步薜阶。

【注】

[1] 浮山位于贺街镇临、贺两江交汇处。相传浮山建寺至今，不管遇多大的山洪，从未被水淹过，浮山始终浮在水面之上。浮山四周悬崖峭壁，奇险无比。拾级而上，山上林木参天，古藤缠树，层石峥嵘。山门石边有浪沧亭。山上有环碧亭、陈侯祠、对歌楼、钓鱼台等建筑，青瓦玉栏、红柱丹梁，古诗楹联随处可见。

[2] 买春：买酒。唐司空图《诗品·典雅》："玉壶买春，赏雨茆屋。"

[3] 陈王祠：始建于北宋年间，在浮山山顶。相传是为了纪念陈秀才而建的。陈秀才生于隋末唐初，附近江平村人，自幼聪明好学，满腹文章。只因出身寒门，三次赴京赶考不第，皆名落孙山。遂放弃功名，回乡隐居于浮山。日里给乡亲摆渡，暇时吹箫垂钓。江岸悬崖上至今犹有"钓台"遗迹。因其平生利人济物，乐善好施，甚得乡民爱戴。他于唐武德年间（618—626）无疾而终。传说是积德成仙去了，后又常显灵庇护乡民。为纪念其恩德，乡民便在浮山立庙祭祀，并尊奉他为"陈侯大王"，庙称"陈王祠"。每逢陈王生日（农历四月二十六日）和忌日（农历五月十九日），远近百姓都要来此纪念他。

[4] 闼：宫中小门。

黄母谭太孺人节孝诗

其　一

天在此心中，姬姜至性通[1]。瓣香殷请命，磨蝎忽离宫[2]。一曲姑恩纪[3]，三生妾命穷。不禁肠欲断，漆室起悲风[4]。

其 二

廿岁为嫠易[5]，双雏作母难。冰霜完节操，风雨助愁欢。

苦志泉台慰，余生蔗境安[6]。封章荣翟茀[7]，留与世人看。

【注】

[1] 姬姜：相传炎帝姓姜，黄帝姓姬；后来周王室姓姬，齐国姓姜。姬姜常通婚姻，因以为贵族妇女的美称。《左传·成公九年》引逸诗："虽有姬姜，无弃蕉萃。"注："姬姜，大国之女；蕉萃，陋贱之人。"

[2] 磨蝎：星名。十二宫之一。又作"磨羯"。宋苏轼《东坡志林》卷一《退之平生多得谤誉》："退之云：'我生之辰，月宿直（南）斗。'乃知退之磨蝎为身宫，而仆乃以磨蝎为命。平生多得谤誉，殆是同病也。"按韩愈此诗，题为《三星行》。三星，指斗、牛、箕。身宫，谓生日干支。命，谓立命之宫。迷信星象者，因谓生平遇事多折磨不利者为遭逢磨蝎。

[3] 恩纪：恩情。《后汉书·孔融传》载曹操与孔融书："孤与文举既非旧好，又于鸿豫亦无恩纪，然愿人之相美，不乐人之相伤，是以区区恩协欢好。"

[4] 漆室：春秋鲁邑名。鲁穆公时，君老太子少，国事甚危。有少女深以为忧，因倚柱而悲歌，感动旁人。见汉刘向《列女传》卷三《鲁漆室女》。后用为关心国事的典故。

[5] 嫠：寡妇。

[6] 蔗境：美好的晚境。《世说新语·排调》："顾长康（恺之）啖甘蔗，先食尾。问所以，云：渐至佳境。"甘蔗根甜于梢，后常用以比喻处境的先苦后甜。

[7] 封章：凡章奏皆开封，机密事则用皂囊重封以进，名封章，也叫封事。 翟茀：古代贵族妇女所乘车，饰雄羽以作障蔽，称翟茀。

赠伍实甫学博

其 一

记从残腊乍班荆[1]，奕奕风神胜后生。数仞宫墙今得主[2]，卅年船辇旧知名。书声两耳听来惯，冰鉴三秋照处明。饷遍临江佳子弟，齿牙余慧到苏琼[3]。

其 二

芳邻百步几经过，老境夷清亦惠和。风雨深谈忘昼永，江湖久住阅人多。周旋到处心仍素，夏课频年鬓未皤。提唱幸教公在此[4]，可容橐笔伴高歌[5]。

【注】

[1] 班荆：铺荆于地而坐。《左传·襄公二十六年》："伍举奔郑，将遂奔晋。声子将如晋，于郑郊，班荆相与食，而言复故。"

[2] 数仞宫墙：语出《论语·子张》："叔孙武叔语大夫于朝曰：'子贡贤于仲尼。'子服景伯以告子贡。子贡曰：'譬之宫墙，赐之墙也及肩，窥见室家之好。夫子之墙数仞，不得其门而入，不见宗庙之美，百官之富。得其门者或寡矣！夫子之云，不亦宜乎？'"后用以表示学者的道德学说博大精深，高不可攀，难以企及。

[3] 齿牙余慧：注见卷一《赠唐桐卿丈》。 苏琼（？—？）字珍之，长乐武强（今河北武强）人。北魏时任东荆州刺史府长流参军；北魏孝武帝永熙元年（532），高澄开府仪同三司后，任命苏琼为刑狱参军；后任南清河太守，使郡界安定，百姓无抢掠之忧。他清廉谨慎，从不接受别人的礼物，连瓜果等一概拒绝。在郡大兴儒学，命令郡中官吏在公务之暇都去读书，教导百姓在婚丧嫁娶上要符合礼仪而尽量从俭。北齐文宣帝天保（550—559）中，郡中遭大水灾，苏琼自己向富人借粮后再分发给饥民，使一千余户百姓安然渡过荒年。后调任廷尉正，不顾别人威胁，屡次平反冤案。后人将苏琼作为官清明、廉洁自守的代表。

[4] 提唱：禅宗中指提示教义大纲、进行说法，亦指讲解禅书。

[5] 橐笔：注见卷一《乡举揭晓，寄星衢弟并莫义生》。

和黄邑侯《荷花生日》诗

其　一

风裳水佩影翩翩,初度韶光万口传。花里闲居多寿相,人间小谪正芳年。合欢根并瑶池老,颐养盘承玉露鲜。修到是梅犹羡汝,几生生在日长天。

其　二

清凉界外阅居诸,年自如流貌自如。香气静闻风定后,前身恍忆月明初。座中浴佛欣临水[1],池上留仙漫曳裾。为语波臣迟献寿[2],红颜刚值酒酣余。

其　三

亭亭无语立斜阳,回首三生事渺茫。泽国别饶真岁月,香房潜受好风光。铅华净洗凌波出[3],汤饼初开雪藕忙[4]。恰喜买春钱久叠[5],不劳贺客馈壶觞。

其　四

不近红尘倚碧栏,冰壶濯魄耐清寒。延年懒佩忘忧草[6],解语应吞换骨丹[7]。艳质惹人增爱惜,苦心有子问平安。六郎易老卿常少[8],合把千秋作鉴看。

【注】

[1]浴佛:佛教徒于农历四月八日释迦牟尼佛诞生日举行浴礼,以水灌佛像,谓之浴佛,也称灌佛。《后汉书·陶谦传》:“(笮融)大起浮屠寺,……每浴佛,辄多设饮饭,布席于路,其有就食及观者且万余人。”

[2]波臣:古人设想江海的水族也有君臣,被统治的臣隶,称为波臣。

《庄子·外物》："(庄)周顾视车辙中,有鲋鱼焉。周问之曰:'鲋鱼来,子何为者邪?'对曰:'我东海之波臣也,君岂有斗升之水而活我哉?'"后称死于水中者曰"与波臣为伍",本此。

[3] 铅华:搽脸之粉。《文选》三国魏曹植《洛神赋》:"芳泽无加,铅华弗御。"注:"铅华,粉也。《博物志》曰:烧铅成胡粉。"

[4] 汤饼:水煮的麦饼。

[5] 买春:注见本卷《游浮山》。

[6] 忘忧草:萱草的别名。《太平御览》卷九百九十六引《本草经》:"萱,名忘忧。"又引《述异志》:"萱草,一名紫萱,又名忘忧草,吴中书生谓之疗愁。"

[7] 换骨丹:中药名。治中风瘫痪,久不愈,四肢不遂,半身不遂,服诸药不效。

[8] 六郎:唐武则天的宠臣张昌宗,排行第六,貌美,杨再思奉承他说:"人言六郎似莲花,非也,正谓莲花似六郎耳。"见唐刘肃《大唐新语·谀佞》《新唐书·杨再思传》。后把六郎作为美男子或莲花的代称。

钟唐宣先生见和《游浮山》诗,叠韵奉赠[1]

其　　一

频年踪迹寄林关,人在朱霞白鹤间。晚境味甘尝蔗榄[2],佳儿品妙称瑶环[3]。公晚年连举三子。一径口授从芸案,七字毫挥到竹湾。不是钟嵘诗兴好[4],阿谁老笔共秋闲。

其　　二

龙门睽隔每萦怀[5],风雅襟期岂俗侪?十载重逢真有幸,三生闲话喜无涯。能消清福忘年老,久负高名与世谐。料得手栽桃李树,浓阴今定荫庭阶。

【注】

[1] 钟唐宣,人名,生平无考。

[2] 晚境味甘尝蔗榄：典出"蔗境"。注见本卷《黄母谭太孺人节孝诗》。

[3] 瑶环："瑶环瑜琪"的省称。喻人之品貌美好如玉。唐韩愈《殿中少监马君墓志》："幼子娟好静秀,瑶环瑜珥,兰茁其牙,称其家儿也。"

[4] 钟嵘：南朝梁颍川长社人,字仲伟。仕齐为南康王国侍郎,入梁,官晋安王记室。著《诗品》三卷,列自汉魏以来一百余诗人,论其优劣,分上、中、下三品,每品之首冠以序。与《文心雕龙》并称于世。《梁书》《南史》皆有传。

[5] 龙门：说法很多,这里指科举试场。《红楼梦》一一九回："我们两人一起去交了卷子,一同出来,在龙门口一挤就不见了。" 睽隔：别离,分隔。《周书·晋荡公护传》："护与母睽隔多年,一旦聚集,凡所资奉,穷极华盛。"

题钟廷锡大令小照[1]

分手京华阅两秋[2],披图一样接风流[3]。定知鹤立洪都地[4],争羡翩翩百里侯[5]。

【注】

[1] 钟廷锡,人名,生平不详。

[2] 京华：即京都。因京都是文物、人才汇集的地方,所以称为京华。

[3] 披图：指展阅图籍、图画等。《后汉书·卢植传》："今同宗相后,披图案牒,以次建之,何勋之有?"

[4] 洪都：江西省南昌的别称。隋唐时置洪州,州治南昌。唐初曾在此设大都督府,故名。唐王勃《滕王阁序》："豫章故郡,洪都新府。"

[5] 里侯：即"百里侯",古时对县令、知县的美称。

大令介弟秉初以小照索题

学书学剑好风裁^[1]，万里清游返箫来。似尔年少真得意，一枝花正艳红开。秉初曾随廷锡赴都并到江西。

【注】

[1] 学书学剑：语出《史记·项羽本纪》："（项羽）学书不成，去，学剑。"后遂以指学文练武。

寿笏山邑侯

其 一

重九佳辰举寿觞，真宜小字署纯阳^[1]。那须更作登高赋^[2]，吟到琴堂兴欲狂^[3]。

其 二

黄花新酿早安排，益智延年此最佳。陶令篱东拼一醉^[4]，不劳送酒盼朋侪。

其 三

生佛皈依遍万家，使君晚节比寒花^[5]。任将秋色平分去，老住人间阅岁华^[6]。

其 四

艺兼三绝板桥同^[7]，团扇家家有放翁^[8]。公所到处，诗画遍境内。我以珍藏申谢语，瓣香私地祝南丰^[9]。

【注】

[1] 纯阳：纯一阳气。古代以为阴阳二气，合成宇宙万物，火为纯阳，水为纯阴。《易经·乾卦》："乾，元亨利贞。"唐孔颖达疏："言此卦之德，有纯阳之性。"

[2] 登高：指重九登高的风俗。南朝梁吴均《续齐谐记》记汝南桓景，从费长房游学累年，费长房谓之曰："九月九日汝家当有灾，令家人各作绛囊，盛茱萸以系臂。登高饮菊花酒，此祸可除。"景于是日，齐家登山。夕还，鸡犬牛羊一时暴死。登山始于此。后渐失避灾之意，惟相承为故事。

[3] 琴堂：注见本卷《和李邑侯〈留别〉韵》。

[4] 陶令篱东：晋陶渊明有诗《饮酒》："采菊东篱下，悠然见南山。"此为其意。

[5] 使君：汉时称刺史为使君。《玉台新咏》卷一《日出东南隅行》："使君从南来，五马立踟蹰。"汉以后作对州郡长官的尊称。《三国志·蜀书·先主传》："是时，曹公从容请先主(刘备)曰：'今天下英雄，惟使君与操耳！'"当时刘备为豫州牧。

[6] 岁华：犹言岁时。南朝宋谢朓《休沐重还丹阳道中诗》："岁华春有酒，初服偃郊扉。"

[7] 艺兼三绝板桥同：板桥，即郑燮（1693—1765），字克柔，号板桥。江苏兴化人。乾隆元年(1736)进士，官范县、潍县知县。以岁饥为民请赈，忤上官意，罢官，归里不再出仕。久居扬州鬻画，与金农、汪士慎、黄慎、李鱓、李方膺、高翔、罗聘称扬州八怪。善诗，工画兰竹，书法于行楷中兼取隶法，自号"六分半书"，是为"三绝"。

[8] 团扇：圆扇，也叫宫扇。宋以前称扇子，都指团扇而言。唐王昌龄《长信愁》："奉帚平明秋殿开，且将团扇共徘徊。"　放翁：即陆游（1125—1210），字务观，号放翁。越州山阴（今浙江绍兴）人。绍兴中试礼部，因遭秦桧忌，被黜免。孝宗时赐进士出身，除枢密院编修，后任建康、夔州等地通判。转入王炎及范成大幕府。光宗时以宝章阁待制致仕。陆游力主抗金，屡受排挤。一生写诗近万首，题材广阔，多清新之作。其政治诗抒发爱国义愤，关心人民疾苦，风格雄浑豪迈，为南宋一大家。词与散文成就亦高。《宋史》有传。

[9] 南丰：注见卷一《读补学轩制艺，有怀郑小谷先生》。

刘采楼五旬得子,诗以贺之[1]

仙果迟生始觉奇,文人老赋弄璋诗[2]。书香异日看儿续,英物今朝有客知。厚望不妨称跨灶[3],承欢兼可慰含饴[4]。采楼堂上健在。故应桃李栽培久,栽得人间桂一枝。

【注】

[1] 刘采楼,人名,生平不详。

[2] 弄璋:《诗经·小雅·斯干》:"乃生男子,载寝之床,载衣之裳,载弄之璋。"璋谓圭璋,宝玉,视其长大后为王侯执圭璧。后因称生男曰弄璋,本此。

[3] 跨灶:其说有三:一为灶上有釜,故子过于父为跨灶。见三国魏王朗《杂箴》。二为马前蹄上有二空处,名灶门。马之良者,后蹄印地痕,反在前蹄印之前,故名跨灶。谓后步越过前步。见清高士奇《天禄识余》上。三乃马枊曰皁,窀为皁之借字,马生而越过皁,非凡马矣。见清桂馥《札朴》卷五。引申为儿子胜过父亲。宋苏轼《答陈季常书》:"二子作诗骚殊胜,咄咄皆有跨灶之兴。"

[4] 含饴:"含饴弄孙"之省称。《东观汉纪》卷上《明德马皇后》:"穰岁之后,惟子立志,吾但当含饴弄孙,不能复知政事。"又见《后汉书·明德马皇后传》。饴,糖浆。含着饴糖逗弄小孙子,形容老年人恬适的乐趣。

送别邓鹤山少尉兼广其意[1] 壬午

射鸭堂前撒手行[2],何须更作不平鸣。征途正值莺花丽,公论终看水石清。时檄郡查看。酌酒为君浇块垒[3],分襟刚我到江城[4]。福星照彻盆中覆,愿屈鸾栖展政声。

【注】

[1] 邓鹤山,人名,生平不详。

［2］射鸭：古代贵族的水上游戏。唐王建《宫中三台词》之八三："鱼藻池边射鸭，芙蓉苑里看花。"前蜀花蕊夫人《宫词》之八三："新教内人唯射鸭，长随天子苑东游。"

［3］块垒：注见卷一《落第南归》。

［4］分襟：别离。唐骆宾王《秋日别侯四》："歧路分襟易，风云促膝难。"

春日泛舟即事

其　一

游山喜践钟期约[1]，谓钟犀甫先生。上水兼拖范蠡舟[2]。日影微烘风力顺，篷窗闲听榜人讴[3]。

其　二

座有黄香并石崇[4]，黄雨岩观察、石翰屏学博[5]。谈余叶子戏匆匆[6]。依心恰爱江干好，步向桑间一亩宫[7]。

其　三

龙门夜月景何如？耳熟滩名果不虚。为问桃花春浪涨，红鲜化去几双鱼[8]。龙门滩名龙门夜月，贺邑八景之一。

其　四

墓祭人多趁艳阳[9]，华筵招饮到红妆。只惭我亦家非远，三度清明在异乡。

其　五

顺风来又顺流归，满目春痕入四围。不识此图谁绘得，前山一角挂斜晖。

其　六

非难水国暂留淹,生怕金吾早戒严[10]。旁有女儿心更
亟,一程一驿数邮签[11]。

【注】

[1] 钟期:即钟子期的省称。注见卷一《八咏诗和媚川》。

[2] 范蠡(前536—前448):字少伯,春秋楚宛人(今河南淅川县)人。仕
越为大夫,辅佐越王勾践奋发图强,卒灭吴国。以勾践为人可与共患难,不能共
安乐,去越入齐,改名鸱夷子皮。到陶地称朱公,经商致富,十九年中,治产三至
千金,一再分散给贫交和疏远的兄弟。见《史记·越王勾践世家》和《货殖
列传》。

[3] 榜人:船夫、舟子。司马相如《子虚赋》:"榜人歌,声流喝,水虫骇,波
鸿沸。"郭璞注曰:"榜,船也。"

[4] 黄香(约68—122):字文强(一作文疆),江夏安陆(今湖北云梦县)
人。东汉时期著名孝子,是"二十四孝"中"扇枕温衾"故事的主角。九岁失母,
事父至孝,暑扇床枕,寒以身温席。博学经典,能文章,宗师号曰:"天下无双江
夏黄童。"官至尚书令。《后汉书》入《文苑传》。　　石崇(249—300):字季
伦。生于青州,故小字齐奴。渤海南皮(今河北南皮县东北)人。西晋开国元勋
石苞第六子。历仕散骑常侍、荆州刺史等职。尝劫远使商客,致富不资。于洛
阳置金谷园,奢靡成风,与贵戚王恺豪侈相斗。与潘岳、陆机、陆云等具附贾后、
贾谧,时号二十四友。永康元年(300)赵王伦废杀贾后,崇以党与免官。后因孙
秀进谗言被杀。此处以黄香、石崇借指黄雨岩、石翰屏二人。

[5] 黄雨岩:人名,生平不详。　　石翰屏:人名,生平不详。

[6] 叶子:即"叶子格"。古代博戏用具。相当于后世骰子格、升官图之
类。其玩法今已不传。宋欧阳修《归田录》:"骰子格本备检用,故以叶子写之,
用以为名尔。唐世人宴聚,盛行骰子格,五代、国初犹然,后渐废不传。"到明代
万历末,斗纸牌也称为"骰子格"。

[7] 一亩宫:语出《礼记·儒行》:"儒有一亩之宫,环堵之室,筚门圭窬,
篷户瓮牖。"后因以"一亩宫"称寒士的简陋居处。宋苏轼《次韵林子中蒜山亭

见寄》:"叩头莫唤无家客,归扫岷峨一亩宫。"

[8] 红鲜:色红而鲜艳。唐张祜《江南杂题》诗:"碧瘦三棱草,红鲜百叶桃。"此处指桃叶。又,红鲜亦指鱼。晋潘岳《西征赋》:"红鲜纷其初载,宾旅竦而迟御。"

[9] 墓祭:又称祭扫,过去一般每年都要举行春秋二祭,春祭在清明节,秋祭在重阳节,重阳祭扫祖坟活动在境内并不普遍,且久已湮没无闻。惟清明节的祭墓活动十分普遍。

[10] 金吾:仪仗棒。《汉书·百官公卿表上》:"中尉,秦官,掌徼循京师,……武帝太初元年更名执金吾。"晋崔豹《古今注·舆服》:"汉朝执金吾,金吾亦棒焉,以铜为之,黄金涂两末,谓为金吾。"

[11] 邮谶:注见卷二《舟发通州》。

读黄砚宾太守《纪游诗》,奉赠二律[1]

其　一

新诗忽向扇头看,太守风流露一端。人为勾留多胜赏,山经点缀得奇观。难逢贤主偏同谱,公与邑侯乙卯同年。但属通儒即好官[2]。闻道珂乡潮惠近[3],声名宁肯让苏韩[4]。太守嘉应州人。

其　二

十年郎署老奇才[5],忽漫一麾岭右来。琴鹤轻装赵清献[6],文章博议吕东莱[7]。岩疆箸借停征骑[8],时奉檄查勘边地。剧郡鞭悬仗吏材[9]。翘首慈云天际覆[10],欢呼何啻上春台[11]。

【注】

[1] 黄鸿藻,生卒年不详,字砚宾,广东嘉应人。黄遵宪父亲。咸丰六年

(1856)举人,曾任户部主事、广西知府。著有《逸农随笔》等。黄鸿藻一生官位不高,却颇有抱负,且交游甚广,这对黄遵宪以后的政治生涯都产生了重要的影响。

[2] 通儒:学识渊博的儒者。出自《尉缭子·治本》:"野物不为牺牲,杂学不为通儒。"

[3] 珂乡:家乡,敬称他人的家乡,即贵乡。　　潮惠:此指广东的潮州和惠州。

[4] 苏韩:宋代的苏轼和唐代的韩愈。苏轼于绍圣中(1094—1100)被贬到惠州。韩愈于元和十二年(817)因谏迎佛骨事被贬为潮州刺史。

[5] 郎署:官署名。《文选》汉张衡《思玄赋》:"尉龙眉而郎潜兮。"注引《汉武故事》:"颜驷不知何许人。汉文帝时为郎,至武帝,尝辇过郎署,……是以三进不遇,故老于郎署。"唐颜师古《匡谬正俗》卷五:"郎者,当时宿卫之官,非谓趋衣小吏;署者,部署之所,犹言曹局;今之司农太府诸署是也。"明清称京曹为郎署。

[6] 琴鹤:谓以琴鹤相随。比喻为官清廉。《全唐诗》卷六七四郑谷《赠富平李宰》:"夫君清且贫,琴鹤最相亲。"　　赵清献:即赵抃(1008—1084),字阅道,宋衢州西安(今浙江衢州市)人。景祐元年(1034)进士,任殿中侍御史,弹劾不避权势,时称"铁面御史"。平时以一琴一鹤自随,为政简易,长厚清修,日所为事,夜必衣冠露香以告于天。卒后谥清献。

[7] 吕东莱:即吕祖谦(1137—1181),字伯恭,宋婺州人(今浙江金华)。吕好问孙。人称东莱先生。官至直秘阁著作郎,国史院编修。其学以关洛为宗。初与朱熹同编《近思录》,后以争论《毛诗》不和,遂互相排斥。一生著述颇多。《宋史》有传。

[8] 岩疆:边远险要之地。《明史·梁廷栋传》:"廷栋疏辨,乞一岩疆自牧,优诏慰留之。"

[9] 剧郡:大郡,政务繁剧的州郡。《汉书·循吏传·朱邑》:"(张敞)与邑书曰:'直敞远守剧郡,驭于绳墨。'"

[10] 慈云:佛家称佛以慈悲为怀,如大云之覆盖世界。《广弘明集》卷二十二唐太宗《三藏圣教序》:"引慈云于西极,注法雨于东陲。"

[11] 春台:语出老子《道德经》:"众人熙熙,如享太牢,如登春台。"指春日

登眺览胜之处。亦指饭桌。

笏山邑侯招饮,届期忽又公出,即席留谢

其　一

百花生日绮筵开[1],席帽联翩带雨来[2]。不料一鞭云外指,主人独让客衔杯。

其　二

料峭春寒仗酒消,移宾做主兴超超。邓实甫少尉代肃客。剧怜今夜公输我,旅馆凭谁破寂寥[3]。

其　三

五十年华鬓早霜,半缘诗画半耕桑。只今宾从西堂满[4],冒雨冲风独下乡。

其　四

寒士常惭羊踏菜[5],使君偏许凤栖桐[6]。一餐得饱先生馔,翻在尹邢相避中[7]。

【注】

[1] 百花生日:一名花朝节,简称花朝。俗称花神节、花神生日等,旧指阴历二月十二日。

[2] 席帽:以藤条为骨架编成的帽,取其轻便,相当于后来之笠。

[3] 寂寥:空廓,寂静;无人陪伴的,独自一人。唐柳宗元《至小丘西小石潭记》:"寂寥无人。"

[4] 西堂:西厢的前堂。泛指西边的堂屋。《尚书·顾命》:"一人冕,执

刘,立于东堂;一人冕,执钺,立于西堂。"孔传:"立于东西厢之前堂。"

　　[5]羊踏菜:即"羊踏菜园"之省称。隋侯白《启颜录》:"有人常食菜疏,忽食羊,梦五藏神曰:'羊踏破菜园。'"后以嘲讽得美食而致腹疾。

　　[6]使君:汉代称呼太守、刺史,汉以后用做对州郡长官的尊称。

　　[7]尹邢:汉武帝同时宠幸尹夫人和邢夫人,不令两人相见。尹夫人向汉武帝请求见邢夫人。相见后,尹夫人乃俯而泣,自痛其不如也。见《史记·外戚世家》。后称彼此相妒为"尹邢"。

徐啸三见和赠黄太守之作,叠韵奉答

其 一

　　鸡碑雀篆偶然看[1],那有生花梦笔端[2]。似我俗犹难自免,如君清可借旁观。门依风雅谐唐律[3],座有威仪想汉官[4]。怪底一枝栖处稳,怜才旧识斗山韩。君与邑侯旧交。

其 二

　　惭愧批风抹月才[5],书城人又逐春来。漫言阴可成桃李[6],犹幸光常照草莱[7]。迹寄幕中凭笔末,声惊爨下有琴材[8]。公余珊管须珍重,遮莫闲挥到镜台[9]。啸三春属寓县署,故戏之。

【注】

　　[1]鸡碑:宋丁用晦《芝田录序》:"予学惭鼠狱,智乏鸡碑。"鸡碑用晋戴逵事。逵总角时,以鸡卵汁溲白瓦屑作《郑玄碑》而镌之。　　雀篆:亦作"雀录"。传说中赤雀所衔丹书。《史记·周本纪》唐司马贞述赞:"后稷居邰,太王作周,丹开雀录,火降乌流。"泛指重要史籍文献。

　　[2]生花梦笔端:南朝梁纪少瑜少时,曾梦见陆倕把一束青镂管笔送给

他，说："我以此笔犹可用，卿自择善者。"从此，纪的文章大有进步。江淹少时，也梦人授五色笔；晚年又梦一个自称郭璞的人，索还其笔，自后作诗，再无佳句。后来称文人才思日尽为梦笔。

〔3〕唐律：指古诗。律诗至唐始盛。故称。

〔4〕威仪想汉官：即"汉官威仪"，原指汉朝官吏的服饰制度，后常指汉族的统治制度。出自《后汉书·光武帝纪上》："老吏或垂涕曰：'不图今日复见汉官威仪。'"

〔5〕披风抹月：谓用风月当菜肴，是文人表示无可待客的戏言。薄切叫批，细切叫抹。又叫"抹月披风"。也犹"吟风弄月"。元乔吉《绿么遍·自述》："烟霞状元，江湖醉仙，笑谈便是编修院，留连，披风抹月四十年。"

〔6〕阴可成桃李：即"桃李成阴"。出自《韩诗外传》卷七："魏文侯之时，子质仕而获罪焉，去而北游，谓简主曰：'从今以后，吾不复树德于人矣。'简主曰：'何以也?'质曰：'吾所树堂上之士半，吾所树朝廷之大夫半，吾所树边境之人亦半。今堂上之士恶我于君，朝廷之大夫恐我以法，边境之人劫我以兵，是以不复树德于人也。'简主曰：'噫！子之言过矣。夫春树桃李，夏得阴其下，秋得食其实；春树蒺藜，夏不可采其叶，秋得其刺焉。由此观之，在所树也。今子所树非其人也，故君子先择而后种也。'"后世多以此典故借指门生、弟子或举荐的人才。还以"桃李满天下"等典故来形容门生、荐士极多。

〔7〕草莱：草茅、杂草之类，转指荒芜未垦之地。《孟子·离娄上》："故善战者服上刑，……辟草莱，任土地者次之。"

〔8〕奚下有琴材：即"焦尾"。注见卷一《八咏诗和媚川》。

〔9〕镜台：镜奁之大者，兼储装饰品，上可架镜，故名镜台。

纪梦二章，戏柬笏山索画

其　一

昨夜游仙到辋川[1]，右丞掷笔水云天[2]。不知何物多缘法，消受高人翰墨先。

其 二

诗中有画画中诗[3]，随意挥来总觉奇。出手尚迟入梦早，临江此客太訡痴[4]。

【注】

[1] 辋川：水名。又名辋谷水。在陕西蓝田县南。两山夹峙，川水从此北流入灞，路甚险狭，过此则豁然开朗，山峦掩映，风景幽美，有唐王维别业，后舍为寺。

[2] 右丞：指王维。王维曾官右丞，故名。

[3] 诗中有画画中诗：语出宋苏轼《书摩诘蓝田烟雨图》："味摩诘之诗，诗中有画；观摩诘之画，画中有诗。"摩诘，王维的字。

[4] 訡痴：痴于作诗。訡，同吟。

和砚宾太守游浮山

一水环山万古浮，大王风在客登楼[1]。江天游历同禽夏，棋局苍茫付奕秋[2]。诗酒拓开名士宴，云烟扫尽乱峰愁。我来稍后貂难续[3]，妄想高吟据石头。

【注】

[1] 大王风：战国楚宋玉《风赋》："楚襄王游于兰台之宫，……有风飒然而至，王乃披襟当之曰：'快哉此风，寡人所与庶人共者也？'宋玉对曰：'此独大王之风耳，庶人安得与共之？'"本是讽喻，后转为奉承帝王的套话。

[2] 奕：同"弈"。

[3] 貂难续：出自"续貂"。晋惠帝时，赵王司马伦专朝政，封爵极滥，冠饰所用貂尾不足，至以狗尾代充，时人谚曰："貂不足，狗尾续。"见《晋书·赵王伦传》。后来常用为自谦辞，即不敢与人并美之意。

游 沸 水 寺

其　一

地僻林深午院闲,千秋清籁水潺潺。名区十载初修复[1],犹有庭西草未删。

其　二

飞瀑留题数百年,明邑令欧阳晖镌"飞瀑"二字于石[2]。摩挲小坐雪花天。在山泉水清如此,流到人间定惘然。

【注】

[1] 名区:指有名之地,名胜。南朝梁王巾《头陀寺碑文》:"惟此名区,禅慧攸托。倚据崇岩,临睨通壑。"唐王勃《滕王阁序》:"家君作宰,路出名区。童子何知,躬逢胜饯。"

[2] 欧阳晖:生平不详,明天启间任贺县令。

何凤霄先生过访,别后赋赠兼柬利雪林茂才

其　一

看罢官梅看岭梅[1],家风水部本仙才[2]。十年政绩朔方纪[3],前任甘肃文县。千里游踪江上来。跌宕诗文归老境,清高品格出尘埃。足音空谷跫然至[4],坐论凉分几树槐。

其　二

批风抹月到临江[5],下里巴人愧俗腔[6]。曲是周郎才我顾[7],鼎非韩子更谁扛[8]。梧云消息怀珂里,鸿雪因缘话绮

窗。今日灵光瞻鲁殿[9],无双国士竟成双[10]。雪林,高要人。在
贺授徒,同寓粤东会馆。

【注】

[1] 官梅:官府种植的梅。南朝梁何逊以诗著名,为扬州法曹,值官舍内
梅花盛开,逊吟咏梅下。后逊居洛,思梅不已,因求再任扬州。后来诗人咏梅多
用此事为典。

[2] 家风:家族的传统风尚。   水部:官名。魏尚书有水部郎,隋置水
部侍郎,唐改置水部郎中,为工部四司之一,掌有关水道的政令。明清改为水
司。此处专指南朝梁诗人何逊。因其曾兼任尚书水部郎,后世因称之为何水
部。见《南史·何逊传》。何逊爱咏梅,清孙枝蔚《同孝威仙裳田授饮赵乾符郡
丞署中》诗:“且和吟梅何水部,休歌行路鲍参军。”

[3] 朔方:北方。《尚书·尧典》:“申命和叔,宅朔方,回幽都。”《史记·
五帝本纪》作“申命和叔居北方”。

[4] 足音空谷:比喻难得的人物或言论。语出明汤显祖《答王相如书》:
“足音空谷,乃有相如。”   蛩:指蟋蟀。

[5] 披风抹月:注见本卷《徐啸三见和赠黄太守之作,叠韵奉答》。

[6] 下里巴人:注见卷一《答卢跃之茂才见寄》。

[7] 曲是周郎:“周郎”指周瑜(175—210),字公瑾,三国庐江舒(今安徽
省庐江县)人。少时吴中呼为周郎。与孙策同岁,相友善。策东渡,瑜率兵迎
之。策死,弟孙权继位,瑜以中护军,与张昭共掌众事。建安十二年(207),曹操
率军南下,瑜与刘备合兵,大败曹兵于赤壁。拜南郡太守。后进军取蜀,至巴丘
病死。周瑜精通音律,当时有“曲有误,周郎顾”之语。《三国志·吴书》有传。

[8] 鼎非韩子更谁扛:《史记·项羽本纪》:“力能扛鼎,才气过人。”后以
形容力气大。这里的“韩子”不详。

[9] 灵光瞻鲁殿:即鲁灵光殿。汉景帝时鲁恭王所建,故址在今山东曲
阜。汉王文考(延寿)《鲁灵光殿赋序》:“鲁灵光殿者,盖景帝程姬之子恭王余
之所立也。初,恭王始居下国,好治宫室,遂因鲁僖基兆而营焉,遭汉中微,盗贼
奔突,自西京未央、建章之殿,皆见隳坏,而灵光岿然独存。”后用称硕果仅存的

人或事物为鲁灵光。

[10] 无双国士：语出《史记·淮阴侯列传》："诸将易得耳，至如信者，国士无双。"

即事赠笏山邑侯

邑侯往连山踏勘，山路崎岖，撤去轿篷，在舆中戴笠看书。一卒向昭州话及[1]，遂达郡伯[2]。

其 一

乘车戴笠更抽签[3]，山水丛中几顾瞻。如此风流应入画，龙眠①妙笔倩谁拈[4]。

其 二

别调何妨自我开[5]，惹他传说到舆台[6]。千山鸟道羊肠外[7]，想见神君阅历来[8]。

【校】

① 原为"龙眼"，据诗意改为"龙眠"。

【注】

[1] 昭州：平乐县历史悠久，始于三国设县，为历代州府之地，唐为乐州，后称昭州，元时为府，明、清相沿。

[2] 郡伯：本为爵名一种。金改县伯为郡伯。一品称郡王，二品称郡公，三品称郡侯，四品称郡伯。元因之，相当于古代的方伯。

[3] 乘车戴笠：传说古代越地一带风俗淳朴，凡初次同人交往，就封土坛，拿出鸡犬等作为祭品，向天祷告说："卿虽乘车我戴笠，后日相逢下车揖；我步行，君乘马，他日相逢君当下。"希望以后再次见面时不分地位变化，还是不忘这贫贱之交。

[4] 龙眠妙笔：源李公麟事。公麟（1049—1106），字伯时，宋庐州舒城

人。熙宁三年(1070)进士,至朝奉郎。晚年退居龙眠山,因号龙眠居士。擅长书画,尤工山水佛像,山水似李思训,人物似韩滉,鞍马胜韩幹。除临摹古画,用绢素着色外,其余多不设色,用白描,称为宋画第一。《宋史》有传。

〔5〕别调:别具风味。《水经注·河水》:"故酒得其名矣。……别调氛氲,不与佗同。"

〔6〕舆台:古代分人为十等,舆为第六等,台为第十等。舆台指地位低微的人。

〔7〕鸟道:谓险绝的山路,仅通飞鸟。唐李白《蜀道难》:"西当太白有鸟道,可以横绝峨嵋巅。"

〔8〕神君:指神灵、神仙。语出《韩非子·说林上》:"泽涸,蛇将徙。有小蛇谓大蛇曰:'子行而我随之,人以为蛇之行者耳,必有杀子;不如相衔负我以行,人以我为神君也。'"古时也称贤明官吏为神君。《后汉书·荀淑传》:"出补朗陵侯相,莅事明理,称为神君。"

和鹤山《感怀》之作

其 一

看遍人间选佛场[1],不须浓淡效时妆。哦松试忆崔丞事[2],肯把微官负李唐。

其 二

依然谈笑聚华堂,何事花前恨尚长。消息莺迁听鹊报[3],人生志岂在膏粱?

【注】

〔1〕选佛场:佛家开堂设戒之地。《景德传灯录》卷十四《天然禅师》:"初习儒学,将入长安应举。……偶一禅客问曰:'仁者何往?'曰:'选官去。'禅客曰:'选官何如选佛。'曰:'选佛当往何所?'禅客曰:'今江西马大师去世,是

选佛之场，仁者可往。'"

　　[2] 哦松试忆崔丞事：唐博陵崔斯立为蓝田县丞，官署内有松、竹、老槐，斯立常在二松间吟哦诗文。见唐韩愈《蓝田县丞厅壁记》。后常以"哦松"指县丞。

　　[3] 莺迁：《诗经·小雅·伐木》："伐木丁丁，鸟鸣嘤嘤。出自幽谷，迁于乔木。"嘤嘤为鸟鸣声。自唐以来，常以出谷莺鸣之鸟为黄莺，以莺迁为升擢或迁居的颂词。　　鹊报：谓喜鹊鸣叫声。五代后周王仁裕《开元天宝遗事》下之《灵鹊报喜》："时人之家，闻鹊报声，皆为喜兆，故谓灵鹊报喜。"

六月二十四日，笏山司马邀同陈驭云别驾、何凤霄大令、石翰屏、周艻友两学博，并幕友陈明之、周鉴卿、徐啸三、吴莆臣、蒋谷人诸君作《荷花生日》。邑侯首唱四律，次韵奉和[1]

其　一

一年历历品群芳，谁向炎天现佛光[2]？神女居游宜水近，瑶池生长共天长。绿波微步先擎盖，宝座同依合举觞。此日舟应来太乙[3]，岂惟王母降西方[4]。

其　二

琼筵饮汝碧筒杯[5]，十载曾开会几回？并蒂今成君子偶，合欢常有素娥陪[6]。千秋风貌夸金粉，一色霞裙护玉胎。不是长庚明入梦[7]，一生花里活水来。

其　三

吴歌摇曳鉴湖边，百里香风六月天。每到芳辰邀客宴，岂

因多子动人怜？幕中衣绿翻新样,镜里颜红感少年。想见香
房酾酒后,桃花含露柳含烟。

其　　四

红尘岁月记难清,此是生天第几生？香界无风长馥郁[8],
玉容经雨倍鲜明。诗成有客赓桃叶,酒熟何人酿菊英？我自
华峰峰顶坐,一卮先看六郎醒[9]。

【注】

〔1〕别驾,官名,汉制是州刺史的佐吏。也称别驾,因从刺史出巡时另乘
驿车,故称别驾。隋唐曾改别驾为长史,后又复原名。宋改置诸州同判,以职守
相同,故通判也有别驾之称。参阅《文献通考》卷二十二《职官》之十六《总论州
佐》。　　大令：古时县官多称令。后以大令为对县官的敬称。　　幕友：原
指将帅幕府的参谋、书记等,后用为地方军政官延聘办理文书、刑名、钱谷等佐
理人员的通称。清汪辉祖《佐治药言·检点书吏》："幕友之为道,所以佐官而
检吏也。……唯幕友则各有专司,可以察吏之弊。"

〔2〕佛光：佛所带来的光明。佛教认为佛的法力广大,觉悟众生犹如太
阳破除昏暗,故云。《念佛三昧宝王论》卷中："金山晃然,魔光佛光,自观他观,
邪正混杂。"

〔3〕太乙：也作"太一"。星名,在紫微宫门外,天一星南。

〔4〕王母：即"西王母"。神话中的女神。《穆天子传》卷三："吉日甲子,
天子宾于西王母,乃执白圭玄璧以见西王母。"注："西王母如人,虎齿、蓬发,戴
胜,善啸。"《史记·司马相如传·大人赋》："低回阴山翔以纡曲兮,吾乃今目睹
西王母暭然白首。戴胜而穴处兮,亦幸有三足乌为之使。必长生若此而不死
兮,虽济万世而不足以喜。"后世小说戏曲多以西王母为美貌之女神。参阅《山
海经》之《西山经》《北山经》《大荒西经》。

〔5〕碧筒杯：盛夏时荷叶所制的酒器。唐段成式《酉阳杂俎》卷七《酒
食》："历城北有使君林,魏正始中,郑公悫三伏之际,每率宾僚避暑于此,取大莲
叶置砚格上,盛酒三升,以簪刺叶,名为碧筒杯。"

［6］素娥：月中女神，名嫦娥。月色白，故又称素娥。又作为月的代称。南朝宋谢希逸(庄)《月赋》："引玄兔于帝台，集素娥于后庭。"

［7］长庚：金星的别名，亦名太白、启明。以金星运行轨道所处方位不同而有长庚、启明之别。昏见者为长庚，旦见者为启明。《诗经·小雅·大东》："东有启明，西有长庚。"

［8］香界：指佛寺。唐沈佺期《绍隆寺》诗："香界紫北渚，花龛隐南峦。"

［9］六郎：注见本卷《和黄邑侯〈荷花生日〉诗》。

竹　箸

其　一

自是人间有用材，双双佳士座中来。喜君与我周旋处，淡泊膏肤一扫开。

其　二

筹策休将伴食嘲，须知元箸本超超[1]。当年偶为留侯借，定汉奇勋在一朝[2]。

其　三

绿酒红灯处处同，更陪座上论英雄。使君何事闻雷掷，瞒过曹瞒是此公[3]。

其　四

甘苦先尝绝不疑，森然玉立一枝枝。琉璃瓶里闲中挟，终有调和鼎鼐时。

其　五

象牙犀角斗纷纷，海内犹存孤竹君[4]。知味何如不知好，肥甘一过等浮云。

其 六

寸长尺短且休论，二陆双丁好弟昆[5]。席上杯盘诮狼藉，
绝无物议到龙孙[6]。

其 七

秀挺身材一搦寒，从来形影不孤单。漫云齐大非吾偶，旧
日荒名本合欢[7]。

其 八

圆规方矩妙随缘，对举依然本质坚。一自开元旌直节[8]，
此君名共广平传。

【注】

[1] 元箸：犹玄著，玄妙的言论。清袁枚《随园诗话》卷八："如作近体短
章，不是半吞半吐，超超元箸，断不能得弦外之音，甘余之味。"

[2] 当年偶为留侯借，定汉奇勋在一朝：典出张良。良（前？—前189），
字子房。家五世相韩，秦灭韩，良结纳刺客，椎击秦始皇于博浪沙，未遂，逃匿下
邳。秦末陈胜、吴广领导农民起义，刘邦乘机起兵，良为谋士，佐汉灭秦、楚，因
功封为留侯。《汉书·高帝纪》："夫运筹帷幄之中，决策千里之外，吾不如
子房。"

[3] 使君何事闻雷掷，瞒过曹瞒是此公：化用"青梅煮酒论英雄"典故。
三国时，董承约会刘备等立盟除曹。刘恐曹生疑，每天浇水种菜。曹闻知后，设
樽俎，盘置青梅，煮酒。二人对坐，开怀畅饮。议论天下英雄。当曹说"天下英
雄，唯使君与操耳"，刘闻之大惊失箸。时雷雨大作，刘以胆小怕雷掩饰而使曹
操释疑。

[4] 孤竹：古国名。《史记·周纪》："伯夷、叔齐在孤竹。"《正义》引《括

地志》:"孤竹故城在平州卢龙县南十二里,殷时诸侯孤竹国也。"

〔5〕二陆双丁:二陆指晋朝陆机、陆云兄弟。双丁指三国时魏丁仪、丁廙
兄弟。俱以文学扬名。《梁书·道溉传》:"时以溉、洽兄弟比之二陆,故世祖
(元帝)赠诗曰:'魏世重双丁,晋朝称二陆。何如今两到,复似凌寒竹。'"

〔6〕龙孙:竹的一种。生山谷间,高不盈尺,细仅如针。宋许观《东斋纪
事·竹之异名》:"辰州有一种小竹,曰龙孙竹,生山谷间,高不盈尺,细仅如针。"

〔7〕合欢:植物名。叶似槐叶,至晚则合,故也叫合昏。俗称夜合花、马
缨花、榕花。夏季开花,花淡红色。古代常以合欢赠人,说可以消怨和好。

〔8〕旌直:表彰忠直。唐柳宗元《国子司业阳城遗爱碣》:"旌直优贤,道
光师儒。"

菊　影

其　一

粉白金黄上下同,清池倒映最玲珑。凌波瞥睹丰神瘦,写
照难教笔墨工。未必孤芳如此淡,须知佳色本来空。西风帘
卷香何处,只隔盈盈一望中。水中

其　二

横陈秋夕态娟娟,月里嫦娥见亦怜。三径霜浓侵骨冷,一
帘风细漾波圆。生来有品难谐俗[1],淡处传神妙自天。相对
不胜怀晚节,轻痕摇曳满庭烟。月下

其　三

银烛烧残兴未阑,一枝移向胆瓶安[2]。赏心恰与宵来伴,
回首还从壁上观。红豆光中秋色淡,碧纱橱外晚香寒。半生
寂寞耽书味,我欲篱东订古欢[3]。灯前

其　四

引得山鸡舞欲狂[4]，丛丛冷艳镜中央。漫疑金屋藏娇幻[5]，真似冰壶濯魄香。图绘风神增本色，屏开云母斗新妆[6]。从今不信黄花瘦，如此容应夺玉光。镜里

【注】

[1] 谐俗：谓与时俗相谐合。元孙琙《述怀》诗之一："少也不谐俗，老去益美闲。"

[2] 胆瓶：因器型如悬胆而得名。直口，细长颈，削肩，肩以下渐硕，腹下部丰满。为花器，盛行于宋代，是陶瓷器型中的经典。

[3] 古欢：往日的欢爱或情谊。《文选·古诗〈凛凛岁云暮〉》："良人惟古欢，枉驾惠前绥。"李善注："良人念昔日之欢爱，故枉驾而迎己。"

[4] 山鸡：鸟名。形似雉。雄者全身红黄色，有黑斑，尾长。雌者黑色，微赤，尾短。又称锦鸡。传说爱其羽毛，常照水而舞。

[5] 金屋藏娇：汉武帝为太子时，长公主欲以女配帝，问曰："阿娇好否？"帝曰："好！若得阿娇作妇，当作金屋贮之。"见班固《汉武故事》。后来称男子有外宠曰金屋藏娇，出此。

[6] 屏开云母：云母，矿石名。古人以为此石为云之根，故名。可析为片，薄者透光，可为镜屏。亦入药。以质地色泽分为云英、云珠、云母、云沙、云夜、云胆等。《本草经》列为上品。这里的"开云母"屏风，乃画云之屏。

九日偕同人游沸水寺

万松深处一禅堂，隔越尘寰到上方。地有林泉皆胜境，天无风雨又重阳。自七月至今犹不雨。沧来飞瀑闲烹茗，占得名山合举箸。却怪墙东老丹桂，今秋不作木樨香[1]。

【注】

［1］木樨：桂花的别称。别名丹桂、菌桂、岩桂、九里香。以木材纹理如犀而名。花有浓香可作香料。白花者称银桂、黄称金桂、红称丹桂。

读凤霄先生《竹醉山房诗集》有赠癸未

其　一

语言外更饶神韵，阅历中仍有性情。顾我岂能谙细律，如君真不愧长城[1]。集中五律最佳。绝无格调摹前古，静把行藏纪此生[2]。怪底嘉州低首服[3]，简端一一为题评[4]。岑春岩明府批注极详。

其　二

雅淡情怀谙练才，平生奇境藉诗开。果然句得江山助，不信人从宦海来。宦游十年绝无习气。白首一灯犹著述，素心两载幸追陪。虚名自笑黔驴技[5]，愿借金针砭俗胎[6]。时以近作就正。

【注】

［1］长城：《新唐书·隐逸传》："（秦系）与刘长卿善，以诗相赠答。权德舆曰：'长卿自以为五言长城，系用偏师攻之，虽老益壮。'"长城喻固守人不能胜，后以长城赞美善作五言诗者。又五代南唐刘洞擅长五言诗，自号为"五言长城"。

［2］行藏：《论语·述而》："子谓颜渊曰：用之则行，舍之则藏，唯吾与尔有是夫？"谓出仕即行其所学之道，否则退隐藏道以待时机。后因以"行藏"指出处或行止。

［3］嘉州：汉犍为郡南安县地，北周大成元年（579）置嘉州，因州近汉之汉嘉旧县而得名。至宋庆元二年（1196）升为嘉定府，即今四川乐山市。唐诗人

岑参曾为嘉州刺史，世称"岑嘉州"。这里以岑嘉州借指岑春岩。

〔4〕简编：串连竹简的带子。晋葛洪《抱朴子·钧世》："且古书之多隐，未必昔人故欲难晓。……经荒历乱，埋藏积久，简编朽绝，亡失者多。"唐苏颋《陇上记·玉屐》："齐建元中，盗发楚王冢，获玉镜玉屐，又得古书，青丝简编。"这里指书籍。

〔5〕黔驴技：典出唐柳宗元《三戒·黔之驴》。古黔地无驴，有人载一驴，放置山下。虎见其庞然大物，不敢近。久之，稍近渐狎，驴怒而蹄之，虎喜曰："技只此耳!"虎前搏杀驴，尽食其肉而去。后因比喻技能拙劣，虚有其表。

〔6〕金针："金针度人"省称。金针，比喻秘法，诀窍；度，通"渡"，越过，引申为传授。语出金元好问《论诗》诗："鸳鸯绣出从教看，莫把金针度与人。"

送笏山司马移篆桂平有序

司马令吾邑以静治民而不扰。三年中，抚字教诲所全实多[1]，且乐与士绅亲，无官场习气。余连岁安砚讲院，诗酒往还，相得甚欢，不能如澹台氏之非公不至也。今春量移桂平[2]，行有日矣。云山花鸟未免有情，矧为部民哉[3]。因作长句送行，用代《折柳》[4]，工拙非所计云。

其 一

来暮兴歌处处同，不须惆怅更留公。江山百粤经行外[5]，风雨三春饯别中。儒吏官声秋水白，诗人老境晚霞红。栽花未了摇鞭去，早有碑铭岘首东[6]。

其 二

正为猪肝累使君[7]，连年延主书院讲席。移宫换羽太纷纷[8]。三年情性诗中见，一曲弦歌境外闻[9]。此别何时逢旧雨[10]？相期到处颂慈云[11]。因缘依本从文字，展卷名香子细薰。公和余诗甚多。

其　三

三绝争传顾虎头[12]，挥毫小试亦风流。循声转为烟云掩，遗爱长同竹石留。公画松、石、兰、竹几遍境内。宦海独存真面目，名山高坐古诸侯。愿言寇借偏无分[13]，琴鹤萧然又一州[14]。

其　四

叔度汪汪千顷波[15]，威虽秋肃气春和。胸中城府消除尽，眼底人材长养多。去不沾名来可想，有送德政牌匾者，公悉却之。老犹披卷壮如何。故应抚字催科外[16]，累得安仁鬓早皤[17]。

【注】

［1］抚字：本意为抚养，此处谓对百姓的安抚体恤。《北齐书·封隆之传》："隆之素得乡里人情，频为本州留心抚字，吏民追思，立碑颂德。"

［2］量移：唐宋时，被贬谪远方的人臣，遇赦酌情移近安置，称为量移，也叫移。唐颜真卿《浪迹先生玄真子张志和碑铭》："寻复贬南浦尉，经量移不愿之任，得还本贯。"

［3］矧：意为况。《诗经·小雅·伐木》："相彼鸟兮，犹求友声。矧伊人矣，不求友生。"

［4］折柳：《三辅黄图》卷六《桥》："灞桥在长安东，跨水作桥，汉人送客止于此桥，折柳赠别。"后因以折柳为送别之词。又为古乐曲名。乐府诗题有《折杨柳》，以为惜别的典故。李白《春夜洛城闻笛》："此夜曲中闻折柳，何人不起故园情。"

［5］百粤：古代民族名，又为地名。也作"百越"。《史记·李斯列传》载李斯上二世书："非地不广，又北逐胡貉，南定百越，以见秦之强。"古代南方各国，以越为大，自勾践六世孙无强为楚所败，诸子散处海上，其著者，东越无诸，都东冶，至漳泉，为闽越。东海王摇，都于永嘉，为瓯越。自湘漓而南，为西越。江浙闽越之地，皆为越族所居，故称百越。

［6］岘首：即岘山。唐杜甫《赠别郑辣赴襄阳》："地阔峨眉晚，天高岘首

春。"注:"岘首在襄阳。"

[7] 猪肝:东闵仲叔,太原人,客居安邑县,老病家贫,不能得肉,日买猪肝一片。屠者或不肯与,县令闻,令吏常供给。仲叔怪而问之,知乃叹曰:"闵仲叔岂以口腹累安邑邪!"遂去,客沛。见《后汉书·闵仲叔传》。

[8] 移宫换羽:变换乐调。宋周邦彦《意难忘》:"知音见说无双,解移宫换羽,未怕周郎。"

[9] 弦歌:古诗皆可以配琴瑟等乐,歌咏诵读,称弦歌。泛指学习、受业。

[10] 旧雨:唐杜甫《秋述》:"秋,杜子卧病长安旅次,多雨生鱼,青苔及榻,常时车马之客,旧,雨来;今,雨不来。"言旧时宾客遇雨亦来,而今遇雨不至。宋范成大《石湖集》卷二十六《丙午新正书怀》:"人情旧雨非今雨,老境增年是减年。"后用旧雨比喻老朋友、故人,今雨比喻新交。

[11] 慈云:佛家称以慈悲为怀,如大云之覆盖世界。

[12] 三绝争传顾虎头:三绝,三种超绝特出的技能。史传中称三绝的很多,这里指晋顾恺之的才、画、痴。见《晋书·顾恺之传》。顾恺之,小字虎头。

[13] 寇借:即"借寇"。语出《后汉书·寇恂传》载寇恂曾为颍川太守,颇著政绩,后离任。建武七年(31)光武帝南征隗嚣,恂从行至颍川,百姓遮道谓光武曰:"愿从陛下复借寇君一年。"后因以"借寇"为地方上挽留官吏的典故。

[14] 琴鹤:谓以琴鹤相随,比喻为官清廉。唐郑谷《赠富平李宰》:"夫君清且贫,琴鹤最相亲。"

[15] 叔度:汉廉范字叔度。范为名将廉颇的后代,后用以赞颂为百姓谋福利的官员。唐刘禹锡《令狐相公自天平移镇太原以诗申贺》:"孔璋旧檄家家有,叔度新歌处处听。"

[16] 催科:催租。租税有法令科条,故称。也叫"追科"。

[17] 安仁:西晋潘岳,字安仁。

柬鄢师竹

说项人逢邓仲华[1],邓实甫少尉出示君诗。依刘客是贾长

沙[2]。新诗合换千竿竹,君和笏山留别诗,得墨竹之报。此笔真生
五色花。风雅性情兰有臭,清高品格玉无瑕。羡君踵接黄滔
至[3],三绝声名又一家。笏山以诗书画擅长,而君尤工篆隶。

【注】

[1] 说项:注见卷二《寄寿汉卿先生五十》。　　邓仲华:此指邓禹。禹
(2—58),字仲华,东汉新野(今河南省新野县)人。幼游学长安,与刘秀(光武)
亲善。秀起兵到河北,禹杖策往见,佐秀运筹帷幄。秀称帝,拜为大司徒,封郑
侯,食邑万户。国内既定,论功禹第一,封为高密侯。明帝永平三年(60)于南宫
云台绘二十八将像,以禹为首。《后汉书》有传。这里用邓仲华借指邓实甫。

[2] 依刘:《三国志·魏书·王粲传》:"(粲)以西京乱,皆不就。乃之荆
州依刘表。"后来因称投靠他人作幕僚曰"依刘"。　　贾长沙:指汉贾谊(前
201—前169),洛阳人。以年少能通诸家书,文帝召为博士,迁太中大夫。谊上
书改正朔,易服色,制法度,兴礼乐。又数上书陈政事,言说弊,为大臣所忌,出
为长沙太傅,迁梁怀王太傅而卒,时年三十三。世称贾太傅,又称贾生。《史记》
《汉书》皆有传。

[3] 黄滔(840—911):字文江,莆田城内前埭(今荔城区东里巷)人,晚唐
五代著名的文学家,被誉为"福建文坛盟主"、闽中"文章初祖"。

竹　字

　　月明风定竹林中,满地书成个字工。不信此君欲题凤[1],
从来高士惯雕虫[2]。天然笔墨方为妙,花样文章未许同。容
易千军横扫去,烟云常当碧纱笼。

【注】

[1] 题凤:《世说新语·简傲》:"嵇康与吕安善,每一相思,千里命驾。安
后来,值康不在,喜出户延之,不入,题门上作凤字而去;喜不觉,犹以为欣。故

作凤字,凡鸟也。"吕安以凡鸟讽嵇喜为庸才。喜,康之兄。后遂以题凤比喻高贵者的造访。

　[2]雕虫:轻讥文人雕辞琢句,谓之"雕虫"。南朝梁刘勰《文心雕龙·诠赋》:"然逐末之俦,蔑弃其本,……遂使繁华损枝,膏华害骨;无贵风执,莫益劝戒。此扬子所以追悔雕虫,贻诮于雾縠者也。"

悼亡十二首 哭黄安人作[1]

其　　一

荒山秋尽景阑珊,一曲离鸾泪欲斑[2]。三十五年弹指幻,分明仙谪到人间[3]。

其　　二

犹记丁年合卺时[4],杏花消息促行期。女仪少小香闺熟[5],不向春风怨别离。丁卯腊月十四,安人来归。次年正月初二北上。

其　　三

夫婿年年爱远游,未曾一语劝归休。早知半世人天别,甘卧牛衣十七秋[6]。安人归后,余非入都,亦即就馆,无一岁家居者。

其　　四

重闱食性止卿谙[7],私语喁喁伴夜谈。安人极荷大母钟爱。从此羹汤诸娣进,飘萧白发泪犹含。

其　　五

八月风高雁断行,三弟散斋于八月十七殁。夜窗百计慰愁肠。不图眼底无多泪,又背寒灯哭孟光[8]。

其 六

一月家居伴榻前，不眠人倍语缠绵。分凉无计除消渴[9]，夜半茶汤手自煎。

其 七

支离病骨已如柴，犹说精神较昔佳。扶起几回娇喘甚，乱头粗服倚郎怀[10]。

其 八

爱儿读罢望儿归，垂死方催一骑飞。到底有缘能面诀，天留竟夕侍床帏。安人病危，始促人至县城召水儿。九月廿七儿归，次辰遂逝。

其 九

半生辛苦事蚕桑，病到腰肢尚未忘。安人腰痛六年。旧素新缣开箧满，那知今作殓时装。

其 十

凄凉身世迫穷愁，晚节私期蔗境酬[11]。薄宦未成卿遽去，营斋营奠愧黔娄[12]。

其 十 一

生前恩爱死茫然，祈梦偏无梦里缘。拟到稠桑呼妙子[13]，不知奔月是成烟。

其 十 二

神伤奉倩已凄迷，况有骄儿索母啼[14]。我是鳏鱼长不寐[15]，魂归记取绮窗西[16]。

【注】

[1] 安人,古代社会命妇的一种封号。宋代自朝奉郎以上,其妻封安人。明清时,六品官之妻封安人。如系封于其母或祖母,则称太安人。

[2] 离鸾:曲名。旧题汉刘歆《西京杂记》卷二:"庆安世年十五,为成帝侍郎,善鼓琴,能为双凤离鸾之曲。"后常以离鸾喻分离的配偶。唐李贺《歌诗编》卷一《湘妃》:"离鸾别凤烟梧中,巫云蜀雨遥相通。"

[3] 仙谪:即"谪仙",借指被降职的官吏。唐刘禹锡《寄唐州杨八归厚》诗:"谪仙年月今应满,戆谏声名众所知。"

[4] 合卺:旧时婚礼饮交杯酒。把瓠分成两个瓢,叫卺,新夫妇各拿一瓢来饮酒。又叫合瓢。

[5] 香闺:旧称女子内室。《全唐诗》卷一百四十六陶翰《柳陌听草莺》:"乍使香闺静,偏伤远客情。"

[6] 牛衣:为牛御寒之物,如蓑衣之类,以麻或草编成。《汉书·王章传》:"初,章为诸生学长安,独与妻居。章疾病,无被,卧牛衣中,与妻诀,涕泣,其妻呵怒之。……后章仕宦历位,及为京兆,欲上封事,妻又止之,曰:'人当知足,独不念牛衣中涕泣时耶!'"宋苏轼《示过》:"合浦卖珠无复有,常年笑我泣牛衣。"

[7] 重闱:深院重门之内。闱,闺门,指深闺。《古诗十九首》:"既来不须臾,又不处重闱。"庭闱为父母住处,并指父母,也有称祖父母为重闱的。诗中意为后一种。

[8] 孟光:东汉梁鸿妻。扶风平陵人,字德曜。夫妻耕织于霸陵山中。后随鸿至吴地,鸿贫困为人佣工,归家,光每为具食,举案齐眉,恭敬居礼。见《后汉书·梁鸿传》。后作为贤妻的典型。

[9] 消渴:泛指以多饮、多食、多尿、形体消瘦,或尿有甜味为特征的疾病。本病在《内经》中称为"消瘅"。口渴引饮为上消;善食易饥为中消;饮一漫一为下消。统称消渴。

[10] 乱头粗服:头发蓬乱,衣着随便,形容不修仪容服饰。语出明王彦泓《个人》诗:"双脸断红初却坐,乱头粗服总倾城。"

[11] 蔗境:注见本卷《黄母谭太孺人节孝诗》。

[12] 营斋营奠:设斋食以供僧众。指诵经祈祷。《南齐书·刘瓛传》:"遇

病,(竟安王萧)子良遣从瓛学者彭城刘绘、顺阳范镇将榻于瓛宅营斋。" 黔
娄:战国时齐隐士。家贫,不求仕进,齐鲁之君聘赐,俱不受。死时衾不蔽体。
后多以喻贫士。又,黔娄死,曾子往吊,见以布被覆尸,覆头则足见,覆足则头
见。曾子曰:"斜引其被则敛矣。"黔妻曰:"斜而有余,不如正而不足也。"见汉
刘向《列女传》。

[13] 稠桑:古地名。在今河南灵宝市城北。即春秋桑田,虢公败戎于此。
北魏孝武帝(元修)西奔关中过稠桑,即此。

[14] 骄儿索母啼:汉乐府民歌《病妇行》:"入门见孤儿,啼索其母抱。"

[15] 鳏鱼:鱼目恒不闭,因谓愁恺而张目不寐为鳏鱼。宋陆游《晚登望
云》:"衰如蠹叶秋先觉,愁似鳏鱼夜不眠。"

[16] 绮窗:雕画美观的窗户。晋左思《蜀都赋》:"开高轩以临山,列绮窗
而瞰红。"

送邑令任葆棠太守之任永福^{甲申}

其　一

无计攀辕意黯然[1],福星偏照桂江天[2]。私情何止苏章
恋[3],公论都夸任昉贤[4]。才吏形骸劳案牍,儒生心迹懔冰
渊。风徽领略刚期月[5],留得棠阴在眼前[6]。

其　二

滔滔论议口悬河,肤寸慈云覆物多。人本才雄心转细,官
当政简气弥和。龚黄事业一肩负[7],清白声名《五邑歌》[8]。
风雅恰看提倡后,文翁遗化感如何[9]。公倡设临江宾兴,培植士林
事刚就绪。

【注】

[1] 攀辕:"攀辕卧辙"的省称。牵挽车辕,横卧车道,拦阻车行。东汉侯

霸为淮平大尹,有能名。更始元年(13)遣使征霸,百姓遮使者车,或当道而卧,曰:"愿乞侯君,复留期年。"见《后汉书·侯霸传》。《白孔六帖》卷七十七:"侯霸字君房,临淮太守,被征,百姓攀辕卧辙不许去。"后来多用为称颂地方长官之语。

[2]福星:古称木星为岁星,谓其所在有福,故又名福星。唐李商隐《无愁果有愁曲北齐歌》:"东有青龙西白虎,中含福星包世度。"用以比喻为民造福之人。

[3]苏章:生卒年不详,字孺文,东汉扶风平陵(今属陕西咸阳西北)人。少博学。安帝时,举贤良方正。顺帝时,任冀州刺史。有故人任清河太守,贪赃枉法,章行部至清河,为设酒陈平生之好,曰:"今夕苏孺文与故人饮者,私恩也;明日冀州刺史案事者,公法也。"遂举正其罪,州境望风肃畏。后为并州刺史,因摧折豪强免官。《后汉书》有传。

[4]任昉(466—508):字彦升,南朝梁博昌人(今山东寿光)。仕宋、齐、梁三代。梁武帝时为黄门侍郎,出任义兴新安太守。擅长表、奏等各体散文,当时有"任笔沈(约)诗"之称。

[5]风徽:风范、美德。

[6]棠阴:传说周召公奭巡行南国,在棠树下听讼断狱,后人思之,不忍伐其树。见《诗经·召南·甘棠》。后因以喻惠政。

[7]龚黄:指汉代循吏龚遂、黄霸。《宋书·良吏传》史臣曰:"汉世户口殷盛,刑务简阔,……龚黄之任,易以有成。"详见卷一《读刘湘芸观察〈石凫诗卷〉》。

[8]《五邑歌》:应为"《五噫歌》"之误。东汉梁鸿作。诗五句,每句末都有一"噫"字,故名。《后汉书》卷八三《梁鸿传》:"因东出关过京师,作五噫之歌,曰:'陟彼北芒兮,噫!顾览帝京兮,噫!宫室崔嵬兮,噫!人之劬劳兮,噫!辽辽未央兮,噫!'"后来诗文中多用"五噫"作为告退的意思。

[9]文翁(前156—前101):名党,字仲翁,庐江舒(今安徽舒城)人。汉景帝末年为蜀郡守,兴教育、举贤能、修水利,政绩卓著。以后成为贤吏的代称。

并蒂牡丹,为任太守赋

其　一

佳兆真从意外来,并头金紫出灵胎。新诗学作清平调[1],仿佛奇花笔底开。

其　二

紫云颜色玉环姿,创见平生第一奇。花到称王骄贵极,肯教容易降瑶池。<small>花迟至三月始开。</small>

其　三

潘令平生善种花[2],满城桃李早芳华。吹嘘不借东风力,一夜春归富贵家。

其　四

漫将佳种说姚黄[3],魏紫而今也擅场[4]。腻粉浓丹香一品,九华仙子惯严妆。

其　五

不共群芳斗艳红,迟迟独自殿春风。殷勤剪取金幡护[5],赢得堂名昼锦同。

【注】

[1] 清平调:古曲调名。唐开元中,禁中牡丹盛开,玄宗因命李白作《清平调》辞三章,令梨园弟子略抚丝竹,以促歌,帝自调玉笛以倚曲。见《乐府诗集》卷十八《清平调》题解。后用为词调,单调,二十八字,平韵。

[2] 潘令:指潘安(247—300),即潘岳,字安仁。巩县(今河南巩义市)

人,祖籍河南中牟县大潘庄。西晋著名文学家。潘岳三十余岁出为河阳县令,令全县种桃花,遂有"河阳一县花"之典故。

[3] 姚黄:牡丹花的一种。宋梅尧臣《白牡丹》诗:"白云堆里紫霞心,不与姚黄色斗深。"牡丹花以姓氏为名的,有姚黄、牛黄等。姚黄为千叶黄花,出于民间姚氏家;牛黄亦千叶,出于民间牛氏家,比姚黄略小。

[4] 魏紫:为五代的魏仁溥家培育的千叶紫红色牡丹花。见宋欧阳修《洛阳牡丹记·花释名》。后以为牡丹佳品的通称。

[5] 幡:旧时仪仗中,以绣帛为长幅,上围圆罩,幅下结铃,曲柄建之,如信幡、引幡之类。有悬豹尾的,称豹尾幡。后也作旌旗的总称。

赠师竹,时将返黔

其　一

花落江南却送君,交情一载佩兰芬。怜余尚困皋比座[1],似尔真空冀北群[2]。人品朱霞兼白鹤[3],才名开府亦参军[4]。平生一管如椽笔[5],写遍羊欣白练裙[6]。

其　二

粤黔千里骋游踪,闻道莼鲈兴渐浓[7]。客馆有人车辖挽[8],天涯何日水萍逢?多情辱赠诗书画,晚节相期梅竹松。师竹绘《三友图箑》[9]见赠。一样临歧增怅惘,公堂棠荫幕芙蓉[10]。师竹客任公幕三年矣。

【注】

[1] 皋比:虎皮的坐席。唐戴叔伦《寄禅师寺华上人次韵》之二:"猊座翻萧索,皋比喜接连。"后来常指老师的坐席。

[2] 似尔真空冀北群:化用"北群空"。语出韩愈《送温处士赴河阳军

序》："伯乐一过冀北之野，而马群遂空。"后遂以"北群空"喻无人才。宋陈亮《水调歌头·送章德茂大卿使虏》词："不见南师久，漫说北群空。当场只手，毕竟还我万夫雄。"

　　［3］白鹤：鸟名。又名仙鹤、仙禽，也单称鹤。《吴越春秋·阖闾内传》："金鼎、玉杯、银鐏、珠襦之宝皆以送女，乃舞白鹤于吴市中，令万民随而观之。"古代有关神仙的传说，往往有白鹤。如干宝《搜神记》有丁令威化鹤的故事。

　　［4］才名开府亦参军：杜甫《春日忆李白》："清新庾开府，俊逸鲍参军。"庾指庾信，鲍指鲍照。

　　［5］如椽笔：比喻大手笔。《晋书·王导传》附王珣："珣梦人以大笔如椽与之，既觉，语人曰：'此当有大手笔事。'"

　　［6］羊欣（370—442）：字敬元，晋宋间泰山南城人。善书。十二岁，为吴兴太守王献之所爱重，书法更为精绝。书学献之，尤工隶。入宋，任新安太守，称病归。兼善医术，撰《医方》十卷。《宋书》《南史》皆有传。

　　［7］莼鲈：为"莼羹鲈脍"的省称。《晋书·张翰传》："齐王冏辟为大司马东曹掾，……因见秋风起，乃思吴中菰菜、莼菜、鲈鱼脍，曰：'人生贵得适志，何能羁宦数千里以要名爵乎？'遂命驾而归。"后人常用为辞官归乡的典故。

　　［8］车辖：注见卷二《重阳纪事》之"投辖多情指落晖"一首。

　　［9］箑：扇子。

　　［10］棠芾：《诗经·召南·甘棠》："蔽芾甘棠，勿剪勿伐，召伯所茇。"蔽芾，小貌。后因以甘棠比喻惠政。　　幕芙蓉：即"芙蓉幕"，在朝或地方长官的幕府。唐独孤受《清簟赋》："入芙蓉之幕，焕之相鲜。"

投姚子蕃邑侯，即次其《感怀》韵

　　吏治诗才两不违，福星到处有光辉。一钱刘宠无心选[1]，双凫王乔任意飞[2]。新政行看桑雉异[3]，扁舟来趁鳜鱼肥。板舆花下承欢好[4]，三月河阳景未非[5]。时太夫人迎养在署。

【注】

[1] 一钱刘宠：宠，生卒年不详，字祖荣，东汉牟平人（今山东省烟台市牟平区）。以明经举孝廉，出任会稽太守，有廉名。延熹四年（161），代黄琼为司空，迁司徒太尉。任会稽太守时将内调为大臣，山阴有五六老人，各赠百钱为他送行，刘只受每人一大钱，后人称为"一钱太守"。《后汉书》有传。

[2] 双凫王乔：王乔，汉河东人，后汉明帝时为叶令。传说每初一、十五自县诣朝，不乘车骑。太史伺其临至，辄有双凫从东南飞来。于是候凫至，举罗张之，得一凫，视之则所赐之尚书官属履。后立庙，号叶君祠。或云，此即古仙人王子乔。见《后汉书》本传。

[3] 桑雉：出自汉鲁恭故事。鲁恭，字仲康，为中牟令，行德政。上司遣使察访，恭与来使行至田间，坐桑下小憩，有雉停身旁。旁有儿童。使曰："儿何不捕之？"儿曰："雉方将雏。"使矍然而起，盛赞鲁恭"化及鸟兽"，"竖子有仁心"。事见《后汉书·鲁恭传》。后因以"桑雉"为施行仁政，普及教化的典实。

[4] 板舆：注见卷二《寄寿汉卿先生五十》。

[5] 三月河阳景未非：化用"河阳一县花"。晋潘岳做河阳县令时，满县栽花。后遂用"河阳一县花"等用作咏花之词，或喻地方之美或地方官善于治理。又见本卷《并蒂牡丹，为任太守赋》注。

和姚邑侯偕同人游浮山

其 一

有客登楼白共浮，纵横诗句压名流。钓游谁访隋唐迹，觞咏今来李郭舟[1]。烟树苍茫全入画，江山跌宕半疑秋。襟题汉上重成集[2]，应让诸君出一头。邑侯原唱和者甚众。

其 二

犹忆强梁马首东，灵旗闪烁护王宫[3]。贼陷城，将毁王祠。忽震雷，毙数人，遂引去。山留半壁登临便，酒醉千秋议论雄。崔颢高吟新补石^[4]，昌黎硬语可盘空^[5]。一椽小筑知何日，<small>去岁</small>
<small>拟修祠楼，未果。</small>欲讯天南万里鸿。

【注】

[1] 李郭舟：东汉时李膺与太学生首领郭泰相交往，尝同舟共济，世称
李郭。

[2] 襟题汉上：即"汉上襟题"。唐温庭筠、段成式、余知古常题诗唱和，
有《汉上题襟集》十卷。见《新唐书·艺文志四》、宋计有功《唐诗纪事·段成
式》。后遂以"题襟"谓诗文唱和抒怀。

[3] 灵旗：战旗。出征前必祭祷之，以求旗开得胜，故称。《史记·孝武
本纪》："其秋，为伐南粤（即南越），告祝泰一，以牡荆画幡日月北斗登龙，以象
天一三星，为泰一锋，名曰'灵旗'。为兵祷，则太史奉以指所伐国。"

[4] 崔颢（704？—754）：汴州（今河南开封市）人。开元十一年（723）进
士。天宝间任尚书司勋员外郎。以诗名，尝登武昌黄鹤楼赋诗，为李白所推重，
有句云："眼前有景道不得，崔颢题诗在上头。"

[5] 昌黎硬语可盘空：昌黎为韩愈字。韩愈诗《调张籍》有"横空盘硬语，
妥帖力排奡"之句，实为韩诗风格。

枕上忆及亡室，凄然有作

一窗风雨逼春残，鳏枕凄凉梦不安。十七年中相聚少，二
三更里再逢难。劬劳枉嫁青云士^[1]，好合空期白首欢。抛撇
人间儿女去，独携幺凤太无端^[2]。<small>安人卒后半月，幼女亦殇。</small>

【注】

[1] 劬劳：辛勤、劳苦。《诗经·小雅·鸿雁》："之子于征，劬老于
野。" 青云士：指立德立言高尚的人。《史记·伯夷列传》："闾巷之人欲砥
行立名者，非附青云之士，恶能施于后世哉？"亦指隐士。

[2] 幺凤:亦作"么凤"。原指鸟名,又称桐花凤,羽毛五色,体型比燕子小。借喻为少女。清蒲松龄《聊斋志异·胭脂》:"而释幺凤于罗中,尚有文人之意;乃劫香盟于袜底,宁非无赖之尤!"

柬姚邑侯索诗卷

云梦吞来气已仙[1],邑侯久寓湖北。王筠官集手亲编[2]。高吟久播弦歌化,小住欣联墨翰缘。霏玉清言惊四座[3],穿珠好句压群贤。日长消夏浑无计,愿借新诗把俗镯。

【注】

[1] 云梦:泽名。《尚书·禹贡》:"云土梦作乂。"《周礼·夏官·职方》:"正南曰荆州,……其泽薮曰云瞢。""瞢"同"梦"。其他古书说法不一,综而言之,先秦两汉所称云梦泽,大致包括今湖南益阳县、湘阴县以北、湖北江陵县、安陆以南、武汉市以西地区。

[2] 王筠官集:王筠(481—549),字元礼,一字德柔,南朝梁琅琊临沂人。王僧虔孙。少有才名,沈约称晚来名家,惟见王筠独步。累官至光禄大夫、司徒左长史。暮年世乱,遇盗坠井死。筠自辑其文,以一官为一集,每集十卷,末集三十卷,共一百卷行世。文人以官职为集名者自筠始。《梁书》有传。

[3] 霏玉清言:义同"谈霏玉屑"。谈话时美好的言辞像玉的碎末纷纷洒落一样。形容言谈美妙,滔滔不绝。语出宋欧阳澈《显道辞中以诗示教,因和韵复之》诗:"谈霏玉屑惊人听,歌和阳春满坐谣。"

再送师竹,前一首用子藩韵

其 一

不怨来迟喜去迟,今朝才到唱骊时[1]。劝君更尽一杯酒[2]，引我重添数韵诗。春水绿波天上坐，秋风红豆画中思。他年入梦愁忘却，细认尊前海岳姿。

其　二

麦秋天气掉轻舟[3]，且向鸳江汗漫游[4]。师竹拟到梧小作勾留。野鹤本多山水癖，孤鸿不作稻粱谋[5]。莺花闲话笔双管[6]，风月平分屋两头。师竹寓捕署，倚南山馆，距讲院不远，常相过从。别后知君也相忆，倚南山馆足勾留。

【注】

　　［1］唱骊：疑为"唱酬"之误，即"唱和"。

　　［2］劝君更尽一杯酒：全句出自唐王维《送元二使安西》。

　　［3］麦秋天气：指农历四月小满。秋者，百谷成熟之期。此时麦熟，故曰麦秋。

　　［4］汗漫：不着边际。《淮南子·俶真篇》："至德之世，甘暝于溷澜之域，而徙倚于汗漫之宇。"又《道应训》："吾与汗漫期于九垓之外，吾不可以久驻。"也有水势浩瀚之意。

　　［5］稻粱谋：指鸟觅食。唐杜甫《同诸公登慈恩寺塔》："君看随阳雁，各有稻粱谋。"后比喻人谋求衣食。

　　［6］莺花：莺啼花开之意，用以泛指春时景色。唐卢仝《楼上女儿曲》："莺花烂漫君不来，及至君来花已老。"

师竹闻予续聘，画梅见赠，并系以诗，
倒用原韵奉答

绿意红情秀可餐[1]，梅作红绿两色交枝也。分明林下影团圈。敢期玉骨冰肌艳，应耐芦帘纸阁寒。此日劳君挥手赠，他

时容我并肩看。一枝留得春消息,相对难忘旧雨欢。

附原作:

一幅梅花写合欢,赠君宜对美人看。新妆点染疑姑射[2],清梦扶持入广寒。满室香风吹馥郁,交枝明月映团圞。调羹夫妇双修得[3],玉盏流霞好共餐。

【注】

[1] 秀可餐:也作"秀色可餐"。极赞美妇女容色之美。晋陆机《日出东南隅行》:"鲜肤一何润,秀色若可餐。"

[2] 姑射:《庄子·逍遥游》:"藐姑射之山,有神人居焉,肌肤若冰雪,绰约若处子。"后世诗文或作姑射,或作藐姑,转为神仙或美人之称。

[3] 调羹夫妇:喻指夫妇和谐的日常生活。《警世通言·王娇鸾百年长恨》:"游仙阁内占离合,拜月亭前问死生;此去愿君心自省,同来与妾共调羹。"

题子藩太守诗卷

其　　一

尝鼎一脔耳[1],精神满腹融。粗才应避舍[2],健笔独凌空。在冶金犹跃,出山泉不穷。归装余几卷,胜说宦囊丰。

其　　二

诗到人人爱,名流争品评。山川留宦迹,风雨助吟声。花落庭多暇,秋来语倍清。夜窗钞稿读,知味一灯明。

【注】

[1] 尝鼎一脔肉:尝其一二,可知其余。《吕氏春秋·察今》:"尝一脔肉,而知一镬之味、一鼎之调。"

　　[2] 粗才：谓才能平庸。

偶　感

　　灯火幽斋正独居，沧桑近事不胜书。人心竟有蛇吞象[1]，贼胆真同虎攫猪。竞进苞苴名易钓[2]，密张罗网利难渔。无常世局如时令，计较炎凉总是虚。

【注】

　　[1] 蛇吞象：《山海经·海内南经》："巴蛇食象，三岁而出其骨。"屈原《天问》："灵蛇吞象，厥大何如？"后因以"蛇吞象"比喻贪得无厌。

　　[2] 苞苴：裹鱼肉的草包。《礼记·曲礼上》："凡以弓剑、苞苴、箪笥问人者，操以受命如使之容。"又指以财物行贿或指行贿的财物。《荀子·大略》："汤旱而祷曰：苞苴行与？谗夫兴与？何以不雨至斯极也？"注："货赂必以物苞裹，故总谓着苞苴。"

绿　珠[1]

　　一坠楼头万口吁，胜他金谷伴清娱[2]。美人竟有英雄气，合把乡亲认绿珠。

【注】

　　[1] 绿珠（？—300），晋石崇歌妓，善吹笛。时司马伦（赵王）杀贾后，自称相国，专擅朝政，崇与潘岳等谋劝司马允（淮南王）、司马冏（齐王）图伦，谋未发。伦有嬖臣孙秀，家世寒微，与崇有宿憾，既贵，又向崇求得绿珠，崇不许，此时乃力劝伦杀崇，母兄十五人皆死。甲士到门逮崇，绿珠跳楼自杀。见《晋书·石崇传》《世说新语·仇隙》。绿珠遭际曲折，跳楼而死，故历代诗词戏曲中以

绿珠为题材之作甚多。

　　[2] 金谷：注见卷二《刘岳斋家兰花盛开，以王君心源诗索和》。

之临桂学，任凤霄先生以诗送行，次韵奉答

其　一

数载临江住，尊前久论文[1]。名高儒吏隐，人矢慎清勤。说士甘于肉[2]，生儿早拾芹[3]。朔方口碑在，召杜莫言勋[4]。

前宰甘肃文县。

其　二

我岂知诗者，公偏许入林。三章挥手赠，一字捻须吟。风物重经眼，云山两印心。离怀兼别绪，难和伯牙琴。

其　三

禄养谈何易，今才逐斗升。称名惭博士，惜别重良朋。白雪连宵诵，见赠三律，时时讽诵。青云几辈登。一鹝栖首会，春信藉梅征。

【注】

　　[1] 尊前久论文：化用唐杜甫《春日忆李白》："何时一樽酒，重与细论文。"

　　[2] 说士甘于肉：化用东汉李充故事。《后汉书·李充传》："充乃为陈海内隐居怀道之士，颇有不合，（邓）骘欲绝其说，以肉啖之。充抵肉于地，曰：'说士犹甘于肉！'遂出，径去。"意思是我等游说之士岂会因为这点肉而趋附吗？

　　[3] 拾芹：《诗经·鲁颂·泮水》："思乐泮水，薄采其芹。……思乐泮水，薄采其藻。"《序》："颂僖公能修泮宫也。"泮宫为教化处所，后以"拾芹"、"采芹"比喻早日成材。

[4] 召杜："召父杜母"之省称。西汉召信臣和东汉杜诗,前后为南阳太守。二人皆能为民兴利,开凿沟渠,修治坡地,广拓土田,注重农业。故当时有"前有召父,后有杜母"之语。见《东观汉记》卷十五、《后汉书·杜诗传》。旧时用为颂扬地方长官政绩的套语。

读啸三与邑令李升初同年倡和诗,次韵奉赠

不独宾嘉主亦贤,挥毫落纸互争先。客星重聚欢无限[1],卿月能来信有缘[2]。薄俗定更文党化[3],新歌初振武城弦[4]。从今御李苔岑合[5],难得徐熙面面圆[6]。

【注】

[1] 客星:忽隐忽现的星。《史记·天官书》:"客星出天庭,有奇令。"《后汉书·严光传》:"(光武帝)复引光入,论道旧故,……因共偃卧,光以足加帝腹上。明日太史奏,客星犯御座甚急。帝笑曰:'朕故人严子陵共卧耳。'"

[2] 卿月:《尚书·洪范》:"王省惟岁,卿士惟月,师尹惟日。"传:"卿士各有所掌,如月之别。"

[3] 文党:西汉文翁(前156—前101),名党,字仲翁。详见本卷《送邑令任棠棠太守之任永福甲申》注。

[4] 武城弦:见《论语·阳货》。武城,春秋时鲁国的一个小城。孔子经过闻弦歌之声,莞尔一笑。

[5] 御李:东汉李膺有重名,荀爽往见,为李驾车,引以为荣,并谓人曰:"今日得御李君矣!"事见《后汉书·李膺传》。后因以"御李"为敬慕名人,或得名人青睐之词。　　苔岑:《艺文类聚》卷二十一晋郭璞《赠温峤》:"人亦有言,松竹有林。及尔臭味,异苔同岑。"后称意气相投的挚友为苔岑,本此。

[6] 徐熙:五代南唐钟陵人。善写生,常游园圃间,遇景辄留,故传写物态富有生意。长于花草虫鸟。落墨自然,不以传色晕淡细碎为攻。《宣和画谱》著录有二百四十九件之多,对后世花鸟画影响很大。

久旱望雨次李邑侯

作霖济旱镇相期,云意方兴风倒吹。苗稿枉劳连日祷,粟
空愁说半年支。听蕉心切登楼早,赏菊情慵得句迟。无那秋
阳困人甚,何时解愠雨催诗[1]。

【注】

[1] 雨催诗:语出杜甫《丈八沟纳凉》:"片云头上黑,应是雨催诗。"

亡室忌日感赋九月二十八日

鸳鸯一曲冷琴弦,寂寞萧斋岁四迁。累我愁肠犹绕地,知
卿慧业早生天[1]。星霜迭易情如缕,风雨孤吟梦不圆。手采
寒花何处酹[2],姗姗望断墓门烟。

【注】

[1] 慧业:佛教指生来赋有智慧的业缘。《维摩诘经》上《菩萨品》卷四:
"知一切法,不取不舍,入一相门,起于慧业。"
[2] 寒花:亦作"寒华",寒冷时节开放的花。多指菊花。晋张协《杂诗》:
"寒花发黄采,秋草含绿滋。"

有自弃其妾者,怜而赋此

入手名花掷岭南,随风飘泊竟何堪。玉真惜不逢程迥[1],
就壁从容作小龛。

【注】

[1] 玉真惜不逢程迥：玉真，一谓仙人。南朝梁陶弘景《真灵信业图》："玉青之元宫……右位，太上保皇道君。"二谓道观名。唐景云二年（711）五月改西城公主为金仙公主，昌隆公主为玉真公主，仍置金仙、玉真两观，为公主入道修养所。见《旧唐书·睿宗纪》。

夜来香丁亥

其　　一

借得芳名薛夜来[1]，媚人香是女儿胎。三更夏气澄珠幌[2]，一缕花魂拂镜台。酒醒梦回心欲醉，风清月白经重开。低徊领取芳馨趣，莫向芝兰味外猜。

其　　二

豆棚瓜架几经过，心地澄清鼻观和[3]。静里风光留客久，暗中花气袭人多。连珠嫩蕊消凡艳，压枕余香破睡魔。相对忘言经夜半，重帘不卷月横波。

【注】

[1] 薛夜来：三国魏常山人，文帝宫人，本灵芸。旧题晋王嘉《拾遗记》卷七："（魏文帝）改薛灵芸之名夜来。入宫后最宠爱。……夜来妙于针工，虽处于深帷之内，不用灯烛之光，裁制立成。非夜来缝制，帝则不服，宫中号为针神。"

[2] 珠幌：珠帘。晋王嘉《拾遗记·周灵王》："（美女夷光、修明）二人当轩并坐理镜，靓妆于珠幌之内。窃窥者莫不动心惊魂，谓之神人。"

[3] 鼻观：佛教的一种修炼养性的方法，观鼻端白谓之鼻观。《楞严经》卷五："世尊教我儿俱稀罗观鼻端白，我初谛观，经三七日，见鼻中气出入如烟，身心内明，圆洞世界，遍成虚浮，犹如琉璃。烟相渐销，鼻息成白，心开漏尽，诸

出入息化为光明,照十方界,得阿罗汉。"又称"鼻端白"。

题美人画景

其 一

困人天气日方长,领略桐阴半亩凉。犹有闲情思扑蝶,风微草际暗流香。

其 二

小山丛桂易留人,花下闲居笑语亲。不解九华仙眷属,阿谁明月是前身[1]。

其 三

韶光淡宕柳如丝[2],掠鬓薰衣出步迟。一缕柔情人不觉,小阑干外立移时[3]。

【注】

[1]阿谁:犹言何人。《三国志·蜀书·庞统传》:"向者之论,阿谁为失?"

[2]淡荡:和舒貌。多形容春天的景象。唐陈子昂《修竹篇》:"春风正淡荡,白露又清冷。"

[3]移时:一会儿,过一段时间。《后汉书·吴祐传》:"欢语移时,与结友而别。"

八月十四夜纪事

其 一

蜚语流传夜数惊,累人多露肃宵征[1]。闭门我亦难安枕,剥啄频来草木兵[2]。

其 二

佳节方思赏素秋[3]，轻装倏说走扁舟[4]。可怜黯淡临江月，不照欢娱只照愁。

【注】

[1] 宵征：夜征。《诗经·召南·肃肃宵征》："肃肃宵征，夙夜在公。"宋玉《九辩》："独申旦而不寐兮，哀蟋蟀之宵征。"

[2] 剥啄：此指叩门声。唐高适《重阳》："岂有白衣来剥啄，亦从乌帽自欹斜。"重言为剥剥啄啄。唐韩愈《剥啄行》："剥剥啄啄，有客至门。" 草木兵："草木皆兵"的省称。东晋前秦苻坚在淝水战败，坚与弟融登寿春城而望晋师，见部阵齐整，将士精锐，又北望八公山上草木，皆类人形，顾谓融曰："此亦劲敌也，何谓少乎？"见《晋书·苻坚传》。

[3] 素秋：秋季。古代五行说，以金配秋，其色白，故称素秋。晋张华《励志诗》："星火既夕，忽焉素秋。"至秋则草木渐凋落，因以素秋比喻晚暮。

[4] 倏说：疾速，指极短的时间，也作"倏忽"。

中秋夕登东楼

高踞城闉纵远眸[1]，萧然客邸感中秋。寒笳几处初依垒，县署募勇分屯城外。长笛何人更倚楼。异地音书迟候雁[2]，欲寄家书，尚未得便。良宵诗梦冷闲鸥[3]。笑他持戟巡更士，秉烛刚宜作夜游。

【注】

[1] 城闉：城曲重门。《文选》南朝鲍照《行药至城东桥》："严车临迥陌，

延瞰历城闉。"注:"毛苌《诗传》曰:'闉,城曲也。'"

〔2〕候雁:雁属候鸟,每年春分后飞往北方,秋分后飞回南方,往来有定时,故称雁鸟为候雁。《吕氏春秋·孟春》:"候雁北。"高诱注:"候时之雁,从彭蠡来,北过至北极之沙漠也。"

〔3〕闲鸥:"闲鸥野鹭"之省称,比喻退隐闲散之人。清龚自珍《水调歌头》词:"贱子平生出处,虽则闲鸥野鹭,十五度黄河。"

月夜小集和李翰卿孝廉

诗杂仙心李邺侯[1],翩然约向月中游。偶乘夜兴寻泥爪[2],难得春醪醉甕头[3]。香恋罗浮应入梦,凉生枕簟不知秋。参横斗转归途晚[4],雅集凭君妙墨留。

【注】

〔1〕李邺侯:唐李泌父承休,聚书二万余卷,戒子孙不许出门,有来求读者,别院供撰,见《邺侯家传》。唐韩愈《送诸葛觉往随州读书》:"邺侯家多书,插架三万轴。"这里指李翰卿。

〔2〕泥爪:注见卷二《将解席归,留别及门诸子》。

〔3〕春醪:酒名。晋陶潜《和刘柴桑》:"谷风转凄薄,春醪解饥劬。"相传晋河东人刘白堕酿酒香美,北魏永熙中青州刺史赍酒至部,路中逢劫盗,饮之皆醉而被擒。时为语曰:"不畏张弓拔刀,唯畏白堕春醪。"见北魏杨衒之《洛阳伽蓝记》卷四《城西》。　甕头:刚酿成的酒。唐孟浩然《戏题》诗:"已言鸡黍熟,复道瓮头清。"

〔4〕参横斗转:参,星座名,二十八宿之一,西方白虎七宿的末宿,即猎户座的七颗亮星。见《史记·天官书》。斗,星名,北斗。《诗经·大雅·大东》:"虽有北斗,不可以挹酒浆。"也用以指南斗。

闲　遣

剥枣欣逢八月天[1]，餐芝难遇五云仙[2]。何时雅续西园集[3]，几度凉招北牖眠[4]。岭外有梅嗤鹤守，谷中无柳惜莺迁[5]。闲情赋罢闲愁叠[6]，满院秋声正飒然。

【注】

[1]剥枣：《诗经·豳风·七月》：“八月剥枣，十月获稻。”“剥”通“扑”。

[2]餐芝：以芝草为食，诗文中用以指雅人的高致。　五云：五色瑞云，多作吉祥的征兆。《南齐书·乐志》：“圣祖降，五云集。”唐骆宾王《为齐州父老请陪封禅表》：“瑞开三眷，祥洽五云。”

[3]西园：汉上林苑的别称。又指园名，汉末曹操所建，在邺都。又见注[4]。

[4]北牖：在北墙上开窗户。《礼记·郊特牲》：“薄社北牖，使阴明也。”泛指朝北的窗。唐王棨《凉风至赋》：“北牖闲眠，西园夜宴。”

[5]莺迁：注见本卷《和鹤山〈感怀〉之作》。

[6]闲情赋：东晋陶渊明有《闲情赋》，描写了一位作者日夜悬想的绝色佳人，作者幻想与她日夜相处，形影不离，甚至想变成各种器物，附着在这位美人身上。此处指作者百无聊赖地吟诗作赋。

陈王行祠灾[1]

街灯初上人声起，听说行祠火焚矣。临江一望心胆寒，万丈光芒烛百里。是时城垣官吏集，扑灭无术徒仰视。火初入楼万瓦红，火既穿墉四壁紫。草延木蔓势逾炽，祠中屯草木甚多。栋折梁摧响不止。转瞬雕楹刻桷空[2]，无端赤字绿文毁。祠额尤多。火星火球飞渡河，欲落不落尺有咫。俄闻水龙过江来,火声水声乱人耳。倒泻银河自九天,荡涤烽烟已无几。红羊余劫到神祠[3],咄咄怪事从何始。忆昔陈王威慑贼,灵光岿然镇桑梓。胡为百数十余年,突遭一炬净如洗。得毋神意欲鼎新[4],先遣祝融为料理[5]。天道苍茫难具论,人心惶惑妄悬拟。不如曲突更徙薪[6],先事预防乃妙旨。大书特书纪异灾,丁亥仲秋晦日是[7]。

【注】

[1]陈王行祠在贺州浮山风景区,始建于北宋年间,相传是为了纪念陈秀才而建的。陈秀才生于隋末唐初,附近江平村人,自幼聪明好学,满腹文章。只因出身寒门,三次赴京赶考不第,皆名落孙山。遂放弃功名,回乡隐居于浮山。日里给乡亲摆渡,暇时吹箫歌垂钓。江岸悬崖上至今犹有"钓台"遗迹。因其平生利人济物,乐善好施,甚得乡民爱戴。他于唐武德年间(618—626)无疾而终。传说是积德成仙去了,后又常显灵庇护乡民。为纪念其恩德,乡民便在浮山立庙祭祀,并尊奉他为"陈侯大王",庙称"陈王祠"。每逢陈王生日(农历四月二十六日)和忌日(农历五月十九日),远近百姓都要来此纪念他,聚于山上、河边,放花炮,赛山歌,热闹非常。

[2]刻桷:有绘饰的方椽。《楚辞·招魂》:"仰观刻桷,画龙蛇些。"晋葛洪《抱朴子·嘉遁》:"茅茨艳于丹楹,采椽珍于刻桷。"

[3]红羊余劫:即"红羊劫",注见卷二《将解席归,留别及门诸子》。

[4]鼎新:更新。鼎为烹物之器,腥者使热,坚者使柔,故有更新之义。

[5]祝融:高辛氏火正。《管子·五行》:"昔者黄帝……得祝融而辩于南方。"《左传·昭公二九年》:"木正曰句芒,火正曰祝融。"相传祝融死后为火神。《吕氏春秋·四月》:"其帝炎帝,其神祝融。"注:"祝融,颛顼氏后,老童之子吴回也,为高辛氏火正,死为火官之神。"

[6]曲突更徙薪:即"曲突徙薪"。传说齐人淳于髡见邻人灶直突而旁有积薪,告以为曲突,并还徙其薪,否则,将失火。邻人不从,后竟失火,幸共救得息。于是杀牛置酒,先言曲突徙薪者不为功,而救火焦头烂额者为上客。突,烟囱。见《淮南子·说山》"淳于笑之去失火者"注、《汉书·霍光传》。

[7] 丁亥仲秋晦日：即农历丁亥年(1887)八月三十日。

雨夜小聚,次翰卿韵

雨余野语效齐东[1]，灯影阑姗乐意融。正好名花吟芍药，不堪疏雨滴梧桐。室中气静生虚白[2]，门外尘喧隔软红[3]。我有琴心无处托[4]，烦将消息讯秋鸿[5]。

【注】

[1] 齐东：即"齐东野语"。齐国东鄙野人之语。《孟子·万章上》："此非君子之言，齐东野人之语也。"后称不足信之语为齐东野语。

[2] 虚白：《庄子·人间世》："虚实生白，吉祥止止。"《释文》司马彪云："室，喻心，心能空虚，则纯白独生也。"后常用以形容清净的心境。

[3] 软红：都市繁华。宋苏轼《次韵蒋颖叔、钱穆父从驾景灵宫》之一："半白不羞重整发，软红犹恋属车尘。"自注："前辈戏语，有西湖风月，不如东华软红香土。"

[4] 琴心：寄心思于琴声。《史记·司马相如传》："是时卓王孙有女文君新寡，好音。故相如缪与令相重，而以琴心挑之。"

[5] 秋鸿：秋日的鸿雁。古诗文中常以象征离别。南朝梁沈约《愍衰草赋》："秋鸿兮疏引，寒鸟兮聚飞。"

喜雨和啸三

一雨定人心，功归李德林[1]。李邑侯设坛祈祷。夜分犹响溜，肤寸竟成霖。南亩三秋熟，西风万叶吟[2]。阜材兼解愠[3]，不羡鹿台金[4]。

【注】

[1] 李德林(530—590)：字公辅,博陵安平(今河北安平县)人。在杨坚代周立隋过程中做出了特殊贡献,新帝登基后,任命李德林为内史省(即中书省)的内史令。此处指李邑侯。

[2] 万叶吟：语出元成廷珪《登望江亭》："欲写兴亡恨,西风万叶吟。"

[3] 解愠：消除怨恨。《孔子家语·辩乐篇》："昔者舜弹五弦之琴,造南风之诗,其诗曰：南风之熏兮,可以解吾民之愠兮。"

[4] 鹿台：古台名,故址在今河南汤阴市朝歌南,相传为殷纣王所筑。周武王伐纣,纣兵败,登台自焚而死。《尚书·武城》："(周武王)散鹿台之财,发巨桥之粟。"传："纣所积之府仓,皆散发以赈贫民。"汉刘向《新序·刺奢》："纣为鹿台七年而成,其大三里,高千尺,临望云雨。"

寄怀龙品多大令

其　　一

萧艾秋来感故人[1],蒹葭水阻溯前因[2]。敢夸元白交情旧[3],喜见龚黄政绩新[4]。父老持钱遮去道[5],品多卸遂溪任,士民敛资送行。长官推毂望征尘[6]。去任后,郡伯挽留邀办学使差。即今小试栽花手,已遍河阳满地春[7]。

其　　二

浪说三鳣下讲堂[8],难从一鹤伴琴装。旧游云半停江海,今梦月刚落屋梁。两汉神君期召杜[9],百年门第续金张[10]。越王台上飞凫去[11],有客倾心憩芾棠[12]。

【注】

[1] 萧艾：野蒿,臭草。比喻不肖。屈原《离骚》："何昔日之芳草兮,今直

为次萧艾也。"《后汉书·张衡传·思玄赋》:"珍萧艾于重笥兮,谓蕙芷之不香。"注:"贵萧艾,喻任小人。"

[2]蒹葭:蒹,荻;葭,芦苇。为常见水边植物。比喻微贱。《韩诗外传》卷二:"吾出蒹葭之中,入夫子之门。"

[3]元白:唐诗人元稹和白居易,当时称为元白。《唐才子传》称:"微之与白乐天最密,虽骨肉之至,爱慕之情,可欺金石;千里神交,若合符契。唱和之多,无逾二公者。"

[4]龚黄:注见卷一《读刘湘芸观察〈石凫诗卷〉》。

[5]遮去道:即"遮道",犹拦路。指地方上挽留官吏的典故。语出《后汉书·邓寇列传附寇恂》:"即日车驾南征,恂从至颍川,盗贼悉降,而竟不拜郡。百姓遮道曰:'愿从陛下复借寇君一年。'乃留恂长社,镇抚吏人,受纳余降。"

[6]推毂:比喻助人成事,或推荐人才,如助人推车毂,使之前进。毂,车轮轴。《史记·荆燕世家》:"今吕氏雅故,本推毂高帝就天下,功至大。"

[7]即今小试栽花手,已遍河阳满地春:用潘岳任河阳县栽花典故。注见本卷《投姚子蕃邑侯,即次其〈感怀〉韵》。

[8]三鳝:东汉杨震在湖城居住时,有冠雀衔三条鳝鱼飞集在讲堂前。当时人们附会说:蛇鳝是卿大夫的服饰,其数为三,是登三公高位的吉祥征兆。参见《后汉书·杨震传》。后因称讲学之所为鳝堂。

[9]召杜:注见本卷《之临桂学,任凤霄先生以诗送行,次韵奉答》。

[10]金张:汉金日磾家,自汉武帝至平帝,七世为内侍。张汤后世,自宣帝以来为侍中、中常侍者十余人。后因以金张为功臣世族的代称。

[11]飞凫:飞翔的凫鸟。三国魏曹植《洛神赋》:"体迅飞凫,飘忽若神。"

[12]苇棠:注见本卷《赠师竹,时将返黔》。

九日李邑侯招游沸水寺

其　一

奇气蟠胸李邨侯[1],一尊先到上方头。无风无雨重阳节,穤秠平看万顷秋[2]。

其 二

红尘隔绝绿云来，心地澄清眼界开。飞瀑留题一片石，欧王当日兴佳哉[3]。

其 三

万林深处启禅关，谈笑风生举止闲。不敢题糕聊说饼[4]，龙门高会比龙山[5]。

其 四

嚅沸泉甘好试茶[6]，风人犹有桂堪夸[7]。归鞍载取天香去，何必篱东采菊花[8]。

【注】

［1］李邺侯：注见本卷《月夜小集和李翰卿孝廉》。

［2］穤秠：稻名。《全唐诗》卷六百九十七韦庄《稻田》："绿波春浪满前陂，极目连云穤秠肥。"一说穤秠为稻多或稻摇动貌。

［3］飞瀑留题一片石，欧王当日兴佳哉：贺州市沸水寺始建于明代万历年间，为贺邑八景之一，宋代知州郭祥正和名士廖必强题过诗。明朝天启年间贺州中堂欧阳辉在瀑布旁边的悬崖上题"飞瀑"二字。

［4］题糕：注见卷二《重九寄怀汉卿先生》。

［5］龙门高会：指声望高的人聚会。《南史·陆倕传》："及（任）昉为中垂，簪裾辐辏，预其宴者，殷芸、到溉、到洽、刘苞、刘孺、刘显、刘孝绰及倕而已，号曰'龙门之游'。" 龙山：语出"龙山落帽"。晋孟嘉为征西大将军桓温参军，九月九日温游龙山，宾僚咸集，皆戎服。有风吹嘉帽落，初不觉。温令孙盛作文以嘲之，嘉即时以答，四坐叹服。见《世说新语·识鉴》"武昌孟嘉"。宋辛弃疾《念奴娇·重九席上》："龙山何处？记当年高会，重阳佳节。谁与老兵共一笑，

落帽参军华发。"此处老兵指桓温。

　　[6]觱沸:泉水涌出貌。《诗经·小雅·采菽》:"觱沸槛泉,言采其芹。"
传:"觱沸,泉出貌。"

　　[7]风人:古有采诗官,采四方风俗以观民风,故谓所采诗为采风,采诗
者为风人。

　　[8]篱东采菊花:晋陶渊明《饮酒》其五有"采菊东篱下,悠然见南山"
之句。

次日,榷使曾荀香刺史招同邑侯游浮山

其　一

　　正吟红叶出山庄,又泛白苹来水乡。载酒重烦曾子固[1],
安澜真赖李东阳[2]。八月盗警,邑侯防范甚至。桑麻四野风光
好,楼阁三层雨梦凉。饮罢萧然人独立,秋声秋色感苍茫。

其　二

　　漫传风信九秋鸿[3],且看霜华两岸枫。会展重阳宜此地,
才非百里羡群公[4]。栽桃妙手无时暇,拔薤雄心有客同[5]。
听话牢愁动吟兴[6],半轮寒影月升东。

【注】

　　[1]曾子固:即曾巩(1019—1083),字子固,宋建昌南丰(今江西省南丰
县)人。嘉祐二年(1057)进士,尝编校史馆书籍,官至中书舍人。藏书至二万
卷,皆手自校定。工文章,以简洁著称。为唐宋古文八大家之一。《宋史》有传。
此处借指曾荀香刺史。

　　[2]安澜:水波不兴。比喻境况安定。澜,水波。《文选》汉王子渊(褒)
《四子讲德论》:"天下安澜,比屋可封。"注:"安澜以喻太平。"　　　李东阳

(1447—1516),字宾之,号西涯,明茶陵(今湖南茶陵县)人。天顺八年(1464)进士。历仕英、宪、孝、武四朝,官至少师、大学士。武宗朝太监刘瑾专朝政,依委其间,不敢立异。以台阁大臣地位主持诗坛,为茶陵派领袖。其论诗附和严羽,宗法杜甫,而以音调、法度为主。为文典雅流丽,书法擅长隶篆。著《怀麓堂集》。《明史》有传。此处借指李邑侯。

[3] 风信:应时而至之风。唐司空图《江行》之二:"初程风信好,回望失楼津。"

[4] 才非百里:《三国志·蜀书·庞统传》:"统以从事,守耒阳令。在县不治,免官。吴将鲁肃遗先生书曰:'庞士元(统)非百里之才也,使处治中、别驾之任,始当展其骥足耳。'"后以"才非百里"喻才不止能治一邑。

[5] 拔薤:东汉庞参为汉阳太守,到郡先拜访隐者任棠,棠不与言,但以薤一大株、水一盂置户屏前,抱孙伏于户下。参悟其意,谓棠曰:"棠是欲晓太守也。水者,欲吾清也。拔大本薤者,欲吾击强宗也。抱儿当户,欲吾开门恤孤也。"见《后汉书·庞参传》。后来诗文中因以拔薤为锄除豪强的典故。

[6] 牢愁:忧郁不平。《汉书·扬雄传》:"又旁《惜诵》以下至《怀沙》一卷,名曰《畔牢愁》。"

秋 夜 书 感

其 一

疏林彻夜响西风,叶落萧萧满院同。三径光阴如去马,一官消息未来鸿[1]。寒惊客里无衣寄,梦绕花丛有路通。睡醒不禁香馥郁,半窗金粟映灯红[2]。

其 二

久旱空耕栗里田[3],新霜又到菊花天。童谣骇俗风难息,乡思撩人月正圆。因树预为幽隐屋,家中经营横厅,未竣。谈经久敞广文毡[4]。师丹善忘心滋愧[5],枉向娜嬛读秘篇[6]。

【注】

　　[1] 鸿:书信。

　　[2] 金粟:这里是桂花的别称。以其花蕊如金粟点缀。唐李郢《中元夜》:"江南水寺中元夜,金粟栏边见月娥。"

　　[3] 栗里:地名。在今江西九江市南陶村西。晋陶渊明曾居于此。唐白居易《访陶公旧宅》:"柴桑古村落,栗里旧山川。"

　　[4] 广文:唐天宝九年(750),在国子监增开广文馆,设博士、助教等职,领国子学生中修进士业者。郑虔曾任广文博士,时人视为冷官。明清以来泛指儒学教官。

　　[5] 师丹:西汉人,字仲公。从匡衡学诗。举孝廉为郎,官至大司空。哀帝时,外戚专政,丹因逆帝意,免为庶人。平帝时复为义阳侯。《汉书》有传。

　　[6] 嫏嬛:同"琅嬛",即"琅嬛福地"。传说中的神仙洞府。晋张华游洞宫,遇一人引至一处,大石中开,别有天地,宫室嵯峨,每室各陈奇书,有历代史、万国志等秘籍。华历观其书,皆汉以前事,多所未闻者。问其地,曰:"琅嬛福地也。"华甫出,门自闭。见元伊世珍《琅嬛记》。

闻邱舜臣之讣,泫然有作

　　还家曾有约,送死渺无人。孤馆长眠夜,中年未了因[1]。
西风悲落木,东郭滞劳薪[2]。目瞑泉台否[3]？妻孥况食贫。

【注】

　　[1] 未了因:佛教指此生尚未了结的因缘。宋苏轼《狱中寄子由》诗之一:"与君世世为兄弟,更结人间未了因。"也作"未了缘"。

　　[2] 劳薪:《世说新语·术解》:"荀勖尝在晋武帝坐上食笋进饭,谓在坐人曰:'此是劳薪炊者。'坐者未之信,密遣问之,实用故车脚。"用车运载时,车脚最劳,析以为薪,故曰劳薪。

　　[3] 泉台:即"泉下"。指人死后归葬的墓穴,旧时迷信也指阴间。唐骆

宾王《东大夫挽词》之五："忽见泉台路,犹疑水镜悬。"

秋夜书怀,次翰卿韵

其　一

故里浮沉一纸书,寂寥谁慰客中居。正逢凉月影窥户,又听西风声满庐。慷慨雄心犹昔日,孤高本色称寒儒。更阑细忆平生事,俯仰何时始自如。

其　二

少年努力爱春华,披览何曾遍百家。廿载有缘居马帐[1],半生无梦到龙沙[2]。虚名自笑月中树,晚节谁怜霜后花。一样闻鸡惊祖逖[3],书声不厌五更哗。

其　三

潇洒长怀贺季真,镜湖风月寄吟身[4]。头衔已分难华国[5],手笔偏教苦累人。半席名山栖静影,一泓秋水忆丰神。年来耐尽青灯味,重向儿时觅旧因[6]。

其　四

萧萧木叶下寒流,节序催人不自由。梅鹤林逋相待老[7],莼鲈张翰未归秋[8]。三分酒意琼筵醉,一缕诗情玉笛柔。夜坐顽寒了无赖,徒将劝学比谯周[9]。

【注】

[1] 马帐:注见卷一《读书水口寺》。

[2] 龙沙:沙洲名,在江西新建县北。《水经注·赣水》:"又北经龙沙西,

沙甚洁白,高峻而陆有龙形,连亘五里中,旧俗九月九日,升高处也。"

[3] 闻鸡惊祖逖:出自祖逖"闻鸡起舞"的故事。

[4] 潇洒长怀贺季真,镜湖风月寄吟身:贺季真,即贺知章(659—744),字季真,越州永兴人。少以文辞知名。证圣初,举进士,官正银青光禄大夫兼正授秘书监。性放旷,善谈笑,醉后属词,动成卷轴。又善草隶书。晚年自号四明狂客。天宝初请为道士,敕赐镜湖,后终于其地。世以章曾任秘书监,亦称为贺监。新、旧《唐书》皆有传。

[5] 华国:光耀国家。《国语·鲁语上》:"仲孙它谏曰:'子为鲁上卿,相二君矣。妾不衣帛,马不食粟,人其以子为爱,且不华国乎?'"言季文子过分节俭,有失国礼。

[6] 旧因:同"旧姻"。《白虎通·嫁娶》引《诗》:"不惟旧因。"

[7] 梅鹤林逋:注见卷一《莲塘》。

[8] 药妒张翰:注见本卷《赠师竹,时将返黔》。

[9] 谯周(201—270):字允南,巴西西充国(今四川省南部县)人,三国时期蜀汉学者、官员。幼贫丧父,少读典籍,精研六经,颇晓天文,为蜀地大儒之一,门下有陈寿、罗宪等学生。诸葛亮做益州牧时,任命他做劝学从事。诸葛亮死后,谯周前往奔丧,虽然朝廷随后下诏禁止奔丧,但谯周仍因行动迅速而得以到达。刘禅立太子后任命他做太子仆,转家令,之后迁任中散大夫、光禄大夫。在蜀汉任官时期,一向以反对北伐而闻名。见姜维多次北伐而虚耗蜀汉国力,因而不满,著《仇国论》力陈北伐之失。

李邑侯以诗见贻,次韵奉赠戊子

金门十载号通儒[1],花县三春得左符[2]。静镇自成君子德,包涵谁笑哲人愚[3]。顺风帆去同声惜,大雅轮孤几辈扶[4]。道有口碑壮行色,文翁遗化不虚敷[5]。

【注】

[1] 金门:即"金马门"。注见卷二《闲居》。　　通儒:指博通古今、学

识渊博的儒者。《尉缭子·治本》:"野物不为牺牲,杂学不为通儒。"《后汉书·杜林传》:"林从(张)竦受学,博洽多闻,时称通儒。"注:"《风俗通》曰:儒者,区也。言其区别古今,居则玩圣哲之词,动则行典籍之道,稽先王之制,立当时之事,此通儒也。"

[2] 花县:指古代河阳县,在今河南省孟州市西,晋朝潘岳为河阳令,满县遍种桃花,人称"河阳一县花"。注见本卷《投姚子蕃邑侯,即次其〈感怀〉韵》。 左符:符的左半边。汉制,太守出任执左符,至州郡合右符为验。宋苏轼《送吕昌朝知嘉州》:"横言好在修眉色,头白犹堪乞左符。"

[3] 哲人:明达而有才智的人。《诗经·大雅·抑》:"其维哲人,告之话言。"《礼记·檀弓上》:"泰山其颓乎?梁木其坏乎?哲人其萎乎!"

[4] 大雅:《诗经》的组成部分。《雅》为周王宫庭乐调。《大雅》多西周初年作品,旧训雅为正,或指与"夷俗邪音"不同的正声,见《荀子·王制》。《诗经·周南·关雎序》说指王政的所由废兴,而王政有大小,故有大小雅之别。后世兼采二说,以反映朝廷的重大措施或事件的诗歌为大雅,并以此为正声。唐李白《古诗》之一:"大雅久不作,吾衰竟谁陈?"

[5] 文翁:汉庐江舒人。景帝末,任蜀郡守,于成都市中起官学,招属县子弟入学。入学者免除徭役,成绩优者以补郡县吏。武帝时,令天下郡国立学官,自文翁为之始。见《汉书》卷八十九。后以为颂扬循吏的典故。

和李邑侯《留别》韵

下车前后倏三载[1],实心任事老不悔。长篇近复捻须吟,有《自述》五十韵。磊落真见李北海[2]。催科政拙惠已多,落日谁挥鲁阳戈[3]。宦辙久暂本无定,来暮其如去思何。遇合良缘非天假,琴堂那得酒杯把[4]。犹记前秋细侯来,儿童欢呼骑竹马[5]。临贺城环水一涯,云山深处为我家。相逢不觉开笑口,丁年同看三秋花[6]。皋比一座久居此[7],成阴愧说有桃李。方冀文翁雅化敷[8],诗书徐徐成治理。卿月正照客星随[9]，误人端的是瓜期[10]。彭泽门前五柳碧[11]，怪公诗中意早垂。轻材自分非远到[12]，尚有一言为公告。当今时事亟需贤，精力果强勉图报。晨夕且与话夙因[13]，百万此后难买邻[14]。庭前摩挲手栽树，令人长忆潘安仁[15]。

【注】

［1］下车：《礼记·乐记》："武王克殷反商，未及下车而封黄帝之后于蓟。"后称初即位或到任为下车。《后汉书·儒林传序》："及光武中兴，爱好经术，未及下车而先访儒素。"

［2］李北海：即唐李邕（678—747），也称李括州，字泰和，鄂州江夏（今湖北省武汉市武昌区）人。唐代书法家。其父李善，为《文选》作注。李邕少年即成名，后召为左拾遗，曾任户部员外郎、括州刺史、北海太守等职，人称"李北海"。与李白、杜甫相友善。这里指李邑侯。

［3］落日谁挥鲁阳戈：《淮南子·览冥训》："鲁阳公与韩构难，战酣日暮，援戈而挥之，日为之反三舍。"后用作人力胜天之喻。

［4］琴堂：《吕氏春秋·察贤》："宓子贱治单父，弹鸣琴，身不下堂，而单父治。"后以称颂县令，遂谓其公署为琴堂。

［5］犹记前秋细侯来，儿童欢呼骑竹马：《后汉书·郭汲传》："郭汲字细侯……始至行部，到西河美稷，有童儿数百，各骑竹马，道次迎拜。汲问：'儿曹何自远来？'对曰：'闻使君到，喜，故来奉迎。'"后因指官吏到任，受人欢迎。

［6］丁年：丁壮之年。金元好问《灯下梅影》："丁年夜坐眼如鱼，老矣而今不读书。"

［7］皋比：注见本卷《赠师竹，时将返黔》。

［8］文翁：注见本卷《李邑侯以诗见贻，次韵奉赠戊子》。

［9］卿月：《尚书·洪范》："王者惟岁，卿者惟月，师尹惟日。"传："卿士各有所掌，如月之有别。"　　客星：注见本卷《读啸三与邑令李升初同年倡和诗，次韵奉赠》。

［10］瓜期：谓任满更代之期，犹"瓜代"。出自《左传·庄公八年》："齐侯使连称、管至父戍葵丘，瓜时而往，曰：'及瓜而代。'期戍，公问不至。请代，弗

许。故谋作乱。"

[11] 彭泽门前五柳碧：语出陶潜事。晋陶潜曾为彭泽令，写有自传体散文《五柳先生传》，表达了贫苦而有操守，不拘礼法，自得其乐的人生态度。

[12] 铨材：又作"诠才"，小才。《庄子·外物》："已而后世铨才讽说之徒皆惊而相告也。"《释文》："李(颐)云：铨量人也。"

[13] 夙因：前世的因缘。同"宿因"。

[14] 买邻：择邻而居。《南史·吕僧珍传》："初，宋季雅罢南康郡，市宅居僧珍宅侧。僧珍问宅价，曰：'一千一百万。'怪其贵，季雅曰：'一百万买宅，千万买邻。'"

[15] 潘安仁：即潘岳(247—300)，字安仁。晋荥阳中牟人。任河阳令，在县中满种桃李，一时传为美谈。累官至给事黄门侍郎，人称潘黄门。工诗赋，辞藻艳丽，长于哀诔之体，《悼亡诗》三首最著名。《晋书》有传。

邑侯叠韵见和，复叠韵酬之

笔耨墨耕数十载[1]，学殖荒落痛自悔[2]。况居穷乡趁师传[3]，如井观天蠡测海[4]。回首春风失意多，方思投笔来荷戈。夷吾生弱不好弄[5]，饥驱之行可若何。故乡连年许馆假，度人亦欲金针把[6]。力薄终无肆应才[7]，错被人呼识途马[8]。前年公来喜无涯，河梁苏李原通家[9]。论文别有真见解，入耳不禁开心花。自笑黔驴技止此[10]，辱公投琼愧报李[11]。传观佳句各心折，一片清机发妙理。嗟公欲行琴鹤随[12]，犹以箴言厚相期。临江风气久不振，多士急需遗训垂。莺花三月转瞬到，轺车幸无仆夫告[13]。天为吾民留好官，唾他邮语妄传报。儒门亦有香火因，三载弦歌接芳邻。濡毫聊作貂尾续[14]，人皆蹈德吾咏仁[15]。

【注】

〔1〕耰：古代锄草的农具。形似"V"，两刃部有细锯齿，便于切割草的根茎。亦指耕种。

〔2〕学殖：指学业的进步。《左传·昭公十八年》："夫学，殖也，不学将落，原氏其亡乎？"注："殖，生长也。言学之进步如农之殖苗，日新日益。"殖，也作"植"。

〔3〕尟：少。

〔4〕蠡测海：蠡，贝壳做的瓢，古代舀水用具。指用瓢来测量海水的深浅多少，比喻用浅薄的眼光去看待高深的事物。语出《汉书·东方朔传》："以管窥天，以蠡测海。"

〔5〕夷吾：指管仲（前723—前645），名夷吾，字仲，谥敬，颍上（今安徽省阜阳市颍上县）人。被称为管子、管夷吾、管敬仲。是中国古代著名的哲学家、政治家、军事家。春秋时期法家代表人物。被誉为"法家先驱"、"圣人之师"。

〔6〕度人亦欲金针把：即"金针度人"。金针，比喻秘法、诀窍。度，通"渡"，越过，引申为传授。传说采娘七夕祭织女，得金针而刺绣越发长进。比喻把高明的方法传授给别人。元好问《论诗》诗："鸳鸯绣出从教看，莫把金针度与人。"

〔7〕肆应：各方响应。《淮南子·原道训》："是故音不肆应，而景（影）不一没，呼叫仿佛，默然自得。"后引申指善于应付各种事情。

〔9〕识途马：注见本卷《就馆县城示同学辛巳》。

〔9〕河梁：桥梁。《列子·说符》："孔子自卫反鲁，息驾乎河梁而观焉。"旧题汉李陵《与苏武诗》："携手上河梁，游子暮何之？"后世因用为送别之地的代称。　　苏李：指汉苏武与李陵。

〔10〕黔驴技："黔驴技穷"之省称。

〔11〕投琼报李：《诗经·卫风·木瓜》："投我以木瓜，报之以琼据。"后因以投琼为称人赠遗的敬辞。北周庾信《将命至邺酬祖正员》："投琼实有慰，报李更无蹊。"

〔12〕琴鹤：注见本卷《送笏山司马移篆桂平有序》。

〔13〕辎车：一马驾的轻便车。《墨子·杂守》："以辎车，轮轴广十尺。"《晋书·舆服志》："古之时军车也。一马曰辎车，二马曰辎传。汉世贵辎軿而贱辎车，魏晋重辎传而贱辎軿。"

〔14〕貂尾续：注见本卷《和砚宾太守游浮山》。

〔15〕蹈德咏仁：谓以歌舞褒扬德政。《后汉书·班固传下》："下舞上歌，蹈德咏仁。"

咏胡烈妇殉夫事

珠沉玉碎未为奇，忍死须臾志不移。扶榇关河千里返[1]，到家骨肉一朝离。冰心已白营斋后[2]，血泪应红绝粒时[3]。同穴私衷今遂否[4]，墓门连理定成枝。

【注】

〔1〕榇：即棺枢。杜甫《别蔡十四著作》："扶榇归咸秦。"

〔2〕营斋：设斋食以供僧众。指诵经祈祷。

〔3〕绝粒：指不吃不喝，断绝饮食。语出《北史·李光传》："服气绝粒数十年。"

〔4〕同穴：夫妇死后同葬一个墓穴。《诗经·王风·大车》："谷则异室，死则同穴。"

题李子迪丈诗稿

其　　一

不必争夸陆贾装[1]，粤游佳句满奚囊[2]。此才何处传衣钵[3]，家有青莲一瓣香。

其　　二

垂老耽吟兴尚高，依然珠玉在挥毫。一编留作清芬诵[4]，余响风生万壑涛。

【注】

［1］陆贾：汉初楚人。以客从刘邦建汉王朝,有辩才。曾两度出使南越,招谕尉佗。授太中大夫。劝丞相陈平深结太尉周勃,令诛诸吕,立文帝。著《新语》十二篇,大旨为崇王道,黜霸术。

［2］奚囊：注见卷一《读刘湘芸观察〈石凫诗卷〉》。

［3］衣钵：佛教僧尼的袈裟和食器。《金刚经》:"尔时世尊食时,着衣持钵,入舍卫大城乞食,……饭食讫,收衣钵。"中国禅宗初祖至五世祖师徒间传授道法,常付衣钵为信证,称为衣钵相传。又泛指师传的学问、技能等。

［4］清芬：喻高洁的德行。晋陆机《文赋》:"咏世德之骏烈,诵先人之清芬。"

萃益斋诗集

·卷 四·

简黄庚南茂才 己丑

书剑飘然到粤中，芝兰臭味与谁同。评量风月宜吾辈[1]，藻缋湖山仗寓公[2]。庚南籍庐陵县署要席。千顷波涵春雨绿，半庭花映夕阳红。因缘未敢谈文字，且喜车停癸水东[3]。

【注】

[1] 平量风月：语出宋华岳《斗斋》："满挹酒浆供里北，平量风月借和南。"平量，粮米过斗之时，斗满后应以木板顺斗面刮平，谓之平量。这里是欣赏品评之意。

[2] 藻缋：指用华丽的文辞修饰。 寓公：原指客居在别国、外乡的官僚、贵族，此处指黄庚南。

[3] 癸水：漓江的别称。宋范成大《桂海虞衡志·杂志》："癸水，桂林有古记，父老传诵之，略曰：'癸水绕车城，永不见刀兵。'癸水，漓江也。"

端阳日庚南以诗见投，回馆后叠韵报之

其 一

艾虎舟龙过眼中[1]，乡风无复旧时同。朱丝系粽怀湘客[2]，彩笔题诗羡石公[3]。佳节壶觞浮一白[4]，秀才名誉擅三红[5]。惭予暂返柴桑里[6]，未共飞凫泛渚东[7]。

其 二

扁舟来去乱波中，话到沧桑感慨同。顾我风涛犹入梦，有人星驾正从公[8]。县境时患水灾，邑侯下乡勘账。康成书带窗前

绿[9]，王俭莲花幕府红[10]。一样墨缘聊寄托，任他涂抹笑西东。

【注】

　　[1] 艾虎：古代视虎为神兽，俗以为可以镇祟辟邪、保佑安宁。《风俗通》云：“虎者阳物，百兽之长也。能噬食鬼魅，……亦辟恶。”五月端午的上午，要在房门特别是有新生儿的房门上挂“艾虎”。“艾虎”用两个空鸡蛋壳粘在一起，蛋壳上粘些毛发，画成虎形，用线系着，下边再系一串用彩纸剪成的“五毒”形象，象征五毒踩在虎的脚下；或用一个独头蒜系以彩色线，下挂一串“五毒”，叫“蒜艾虎”；或用刚收割的新麦秸编成古代武士用的六角金瓜形，下垂七缕彩穗，叫“麦秸艾虎”。这些艾虎挂在房门上，既是节日点缀，又能辟邪。又有以艾编剪而成，或剪彩为虎，粘以艾叶，佩戴于发际身畔。宋陈元规《岁时广记》引《岁时杂记》：“端午以艾为虎形，至有如黑豆大者，或剪彩为小虎，粘艾叶以戴之。”

　　[2] 朱丝系粽：古代端午节的一种习俗。《荆楚岁时记》：“五月五日，谓之浴兰节。采艾以为人，悬门户上，以禳毒气。……以五彩丝系臂名曰辟兵，令人不病瘟。”周处《风土记》谓：“角黍，人并以新竹为筒粽。楝叶插头，五采系臂，谓为长命缕。”宋人余靖《端午日即事》诗：“江上何人吊屈平，但闻风俗彩舟轻。空斋无事同儿戏，学系朱丝辟五兵。”所谓五兵“弓、矛、戟、剑、戈”代表战乱，系朱丝避之。

　　[3] 彩笔题诗：典出江淹少时梦中人授五色笔，从此文思大进。后以彩笔指华丽高妙的文笔。宋贺铸《青玉案》：“碧云冉冉蘅皋暮，彩笔新题断肠句。”

　　[4] 浮一白：用大酒杯罚酒。语出汉刘向《说苑·善说》：“魏文侯与大夫饮酒，使公乘不仁为觞政，曰：‘饮不釂者，浮以大白。’”

　　[5] 秀才名誉擅三红：宋应子和（镛）工诗，有名句“两岸夕阳红”、“蜡炬短烧红”、“风过落花红”，时人称为“三红秀才”。

　　[6] 柴桑：古县名。在今江西九江市西南。西汉置，属豫章郡。因县西南有柴桑山得名。东汉建安十三年曹操南下谋取荆州，刘备派诸葛亮见孙权于柴桑，即此。晋陶潜故里为栗里原，或称柴桑里，即近柴桑山。

［7］飞凫：飞翔的野鸭。三国魏曹植《洛神赋》："体迅飞凫，飘忽若神。"

［8］星驾：星夜驾车驰行。《诗经·唐风·定之方中》："星言夙驾，说于桑田。"

［9］康成：指郑玄。注见卷一《读书水口寺》。

［10］王俭(452—489)：字仲宝，南齐琅琊临沂人。南朝宋明帝时，历官太子舍人、秘书丞。依《七略》撰《七志》四十卷，又撰《元徽四部书目》。入齐，迁尚书右仆射，领吏部。俭长于礼学，熟悉朝仪，居官常自比谢安。《南齐书》《南史》皆有传。

过厘局，读榷使周子元大令诗稿，奉赠二律[1]

其　一

雨骤风驰笔阵横，骚坛今又见长城[2]。湖山景入诗心妙，金石声砭俗耳清。千里荆州倾李愿[3]，一官花县播潘名[4]。此邦濂水先芬在[5]，宦绩从容嗣辅成。宋周辅成为桂岭令祀名宦。

其　二

张南周北夹清漳[6]，卓午深谈引兴长[7]。飞白镌题文字美[8]，楼中所制联额，榷使手笔也。软红消受水天凉[9]。王筠宦集随年富[10]，景倩仙踪到处望。我亦苍生私额手[11]，浓阴先憩一枝棠[12]。

【注】

［1］厘局是清末于水陆要处设置关卡收取税金的官府。

［2］长城：指律体诗中成就卓越者。注见卷三《读凤霄先生〈竹醉山房诗集〉有赠癸未》。

［3］千里荆州倾李愿：唐李白初见韩朝宗时写的自荐书《与韩荆州书》，

文章开头以"生不用封万户侯,但愿一识韩荆州",赞美韩朝宗谦恭下士,识拔人才。接着作者毛遂自荐,介绍自己的经历、才能和气节。

[4] 一官花县播潘名:语出潘岳在河阳令上,县中满种桃李,一时传为美谈。注见卷三《和李邑侯〈留别〉韵》。

[5] 濂水:注见卷一《出门词》。

[6] 张南周北夹清漳:语出《南史·刘勔列传》:"永明末,都下人士盛为文章谈义,皆凑竟陵西邸,绘为后进领袖。时张融以言辞辩捷,周颙弥为清绮,而绘音采赡丽,雅有风则。时人为之语曰:'三人共宅夹清漳,张南周北刘中央。'言其处二人间也。"

[7] 卓午:正午。唐孟棨《本事诗·高逸》载李白《戏杜》:"饭颗山头逢杜甫,头戴笠子日卓午。"

[8] 飞白:汉字书体的一种,笔画露白,似枯笔所写。相传东汉蔡邕所创。灵帝熹平时,诏邕作《圣皇篇》成,诣鸿都门,时方修饰,见役人以垩帚成字,甚悦,归而作飞白书。汉末魏初宫阙题署,多用其体。

[9] 软红:都市繁华。宋苏轼《次韵蒋颖叔钱穆父从驾景灵公》之一:"半白不羞垂领发,软红犹恋属车尘。"自注:"前辈戏语,有西湖风月,不如东华软红香土。"

[10] 王筠官集:注见卷三《柬姚邑侯索诗卷》。

[11] 额手:指以手加额表示敬礼或庆幸。语出《宋史·司马光传》:"帝崩,赴阙临,卫士望见,皆以手加额曰:'此司马相公也。'"

[12] 棠:即"棠阴"之省。注见卷三《送邑令任葆棠太守之任永福甲申》。

送区云泉回粤乡试

其 一

黄到槐花紫到兰,秋风朱绂聚张桓[1]。龙闱期近乡心迫[2],鸥国程遥旅梦寒[3]。命达自成名世贵,才高不信赏音难[4]。祝君搏虎①全狮力[5],莫负千门走马看。

其　二

年来踏遍软红尘[6]，此去乡关眼界新。家庆喜承宽大诏，时艰深恃老成人。云泉继父郑某上年以同知被议出口，今闻有赐还信。鸡林望重金无色[7]，牛斗光寒剑有神[8]。粤峤东西通一水[9]，木犀花下盼重亲[10]。

【校】

① "搏虎"原为"搏兔"，据粤本改。

【注】

[1] 朱绂：红色的祭服或朝服。《易经·困卦》："困虞酒食，朱绂方来。"疏："绂，祭服也。"《汉书·韦贤传》载韦孟《谏诗》："黼衣朱绂，四牡龙旂。"注："朱绂为朱裳画为亚文也。"又指古代系佩玉或印章的红色丝带。三国魏曹植《求自试表》："是以上惭玄冕，俯愧朱绂。"注："《礼记》曰：'诸侯佩玄玉而朱组绶。'《仓颉篇》曰：'绂，绶也。'"　张桓：汉张禹、桓荣的并称。两人皆以明经致高位。南朝梁刘孝标《辨命论》："视韩彭之豹变，谓鸷猛致人爵；见张桓之朱绂，谓明经拾青紫。"

[2] 龙闱期：古称科举考试的日期。

[3] 旅人：思乡之梦。唐张乔《荆楚道中》诗："春宵多旅梦，夏闰远秋期。"

[4] 赏音：知音。三国魏曹植《求自试表》之一："夫临博而企竦，闻乐而窃抃者，或有赏音而识道也。"

[5] 打虎。比喻有勇力或气势磅礴。《孟子·尽心下》："晋人有冯妇者，善搏虎，卒为善。"

[6] 软红：注见本卷《过厘局，读榷使周子元大令诗稿，奉赠二律》。

[7] 鸡林：古国名，即今新罗。唐龙朔三年(663)置新罗为鸡林州，以新罗王法敏为大都督。见《新唐书·新罗国传》。

[8] 牛斗光寒剑有神：指牛宿和斗宿。传说吴灭晋兴之际，牛斗间常有紫气。雷焕告诉尚书张华，说是宝剑之气上冲于天，在豫章东丰城。张华派雷为丰城令，得两剑，一名龙泉，一名太阿，两人各持其一。张华被诛后，失所持

剑。后雷焕子持剑过延平津,剑入水,但见两龙各长数丈,光彩照人。见《晋书·张华传》。后常用以为典。北周庾信《思旧铭》:"剑没丰城,气存牛斗。"

[9] 粤峤:粤,指广东。峤,指五岭。

[10] 木犀花:桂花的别称。

和云泉述怀

抟虎屠龙正壮年[1],庭帏重聚比谈迁。曾经沧海鹏程万[2],肯守名山蠹卷千[3]。天意回时人意洽,心花开处笔花妍。羊城指日觇文战[4],好上华阳《宝剑篇》[5]。

【注】

[1] 抟虎:意同"搏虎",语出《孟子·尽心下》:"晋人有冯妇者,善搏虎。卒为善,士则之。野有众逐虎,虎负嵎(同"隅"),莫之敢撄。望见冯妇,趋而迎之。冯妇攘臂下车,众皆悦之。其为士者笑之。" 屠龙:《庄子·列御寇》:"朱泙漫学屠龙于支离益,单千金之家,三年技成,而无所用其巧。"后因称高超的技艺为屠龙之技。

[2] 曾经沧海:用以表达对生命里最美好事物的怀念及后来事物的黯然失色之感。语出唐元稹《离思五首》其四:"曾经沧海难为水,除却巫山不是云。取次花丛懒回顾,半缘修道半缘君。"

[3] 名山:"藏之名山"省称。把著作藏在名山,传给志趣相投的人。语出西汉司马迁《报任少卿书》:"仆诚以著此书,藏诸名山,传之其人,通邑大都,则仆偿前辱之责,虽万被戮,岂有悔哉。" 蠹卷:即"蠹书",被蛀坏的书。泛指破旧书籍。宋陆游《昼睡》诗:"一卷蠹书栖倦手,数声残角报斜阳。"

[4] 羊城:即"五羊城",广州的别名。传说不一:1. 战国时南海人高固当楚国宰相,有五羊衔谷穗出现在楚庭,因而在州厅上绘了五羊图。见《太平御览》卷七百零四裴渊《广州记》。2. 古时传说有五个仙人乘五色羊,皆持谷穗,一茎六出,来到广州。见《太平寰宇记》卷一百五十七《广州》引《续南越志》。

[5]《宝剑篇》：唐代诗人李峤创作的一首七言歌行。全诗共152字，叙写了宝剑的形状、历史、功用等方面。

偕钟序东、孟芎圃赏荷小集，用周榷使见赠韵

亢阳连日炽[1]，无地可安坐。曷来荷花池[2]，对花聊偃卧。岁旱资龙耕[3]，时艰困马磨[4]。嗟彼尘世劳，翻愧吾生惰。此间虽城市，软红不扬堁[5]。有香迎风来，无声喧雨过。幸得素心人[6]，晨夕酒痕涴[7]。欲去还留连，净极不可唾。翩然钟子期[8]，嗜饮性寡和。序东善饮。卓哉孟襄阳[9]，书法力能破。芎圃工书。谈笑尊俎间，如入春风座。雅集至终日，顿使炎威挫。忆昨饮江楼，辩①论相磨磋。先一日，偕啸三饮于榷楼。高文用相如[10]，时读榷使《和中丞诗》。苦吟怜李贺[11]。学步仍推敲[12]，消闲补夏课。留客芙蕖乡，远胜竹万个。

【校】

①"辩"字贺本无，据粤本补。

【注】

[1] 亢阳：阴阳是我国古代思想中一对互相对立的概念。亢阳指"阳"极盛之意。《易经·乾卦》："上九，亢龙有悔。"疏："上九，亢阳之至，大而极盛。"又指阳光炽烈，久旱不雨，故天旱曰亢阳。

[2] 曷来：何不来。曷，通"盍"。《后汉书·张衡传》："回志曷来从玄谋，获我所求夫何思！"李贤注："曷，去也。"唐李白《送王屋山人魏万还王屋》诗："曷来游嵩峰，羽客何双双。"

[3] 龙耕：语出唐李贺《天上谣》："王子吹笙鹅管长，呼龙耕烟种瑶草。"

[4] 马磨：用马拉磨。谓辛苦劳作。《三国志·蜀书·许靖传》："少与从弟劭俱知名，并有人伦臧否之称，而私情不协。劭为郡功曹，排摈靖不得齿叙，以马磨自给。"

[5] 堁:尘土。《淮南子·主术训》:"不直之于本,而事之于末,譬犹扬堁而弥尘,抱薪以救火也。"

[6] 素心人:指没有其他胡思乱想、欲望杂念的人。语出东晋陶渊明诗《移居》:"闻多素心人,乐与数晨夕。"

[7] 涴:污染。

[8] 钟子期:这里以钟子期指代钟序东。

[9] 孟襄阳:即孟浩然。这里用以指孟芗园。

[10] 相如:即司马相如(约前 179—前 118),字长卿,巴郡安汉县(今四川省南充市蓬安县)人,一说蜀郡(今四川成都)人。景帝时为武骑常侍,因病免。工辞赋,其代表作品为《子虚赋》。作品辞藻富丽,结构宏大。后人称之为"赋圣"和"辞宗"。

[11] 李贺(790—816):字长吉,唐代河南福昌(今河南洛阳市宜阳县)人,家居福昌昌谷,后世称李昌谷,是唐宗室郑王李亮后裔。有"诗鬼"之称,是与"诗圣"杜甫、"诗仙"李白、"诗佛"王维相齐名的唐代著名诗人。

[12] 学步:"学步邯郸"之省称。《庄子·秋水》:"且子独不闻夫寿陵余子之学行于邯郸与?未得国能,又失其故行矣,直匍匐而归耳。"《汉书·序传》:"昔者有学步于邯郸者,曾未得其仿佛,又复失其故步,遂匍匐而归耳。"后来讥人只知模仿,不善于学习者为学步邯郸。

题陈懿斋《自赏轩诗草》①

其　　一

惊座家声未易才[1],墨痕狼藉笔花开[2]。半生编定《和凝集》[3],过眼云烟压纸来。

其　　二

诗兴何如酒兴豪,淋漓醉迹协风骚。赏心佳句谁堪质,欲问青天首自搔。

【校】

① 诗题中"题"字贺本无,据粤本补。

【注】

[1] 惊座:同"惊坐"。使在座者震惊。《汉书·游侠传·陈遵》:"时列侯有与遵同姓字者,每至人门,曰陈孟公,坐中莫不震动,既至而非,因号其人曰'陈惊坐'云。" 未易才:意指难得的人才。语出《晋书·王珣传》:"(珣)与陈郡谢玄为桓温掾,俱为温所敬重,尝谓之曰:'谢掾年四十,必拥旄杖节。王掾当作黑头公。皆未易才也。'"

[2] 笔花:即"笔下生花"省称,是指一个人的文笔很好或者写出来的作品非常好,比喻文人才思俊逸。五代王仁裕《开元天宝遗事》下:"李太白少时梦所用之笔头上生花,后天才赡逸,名闻天下。"

[3]《和凝集》:指和凝编定的集子。和凝(898—955),字成绩。五代汉阳须昌(今山东东平县)人。梁贞明二年(916)举进士,后唐时为翰林学士,知贡举。历汉、周为相。凝才思敏捷,延纳后进,颇有时誉。有文集百余卷。新、旧《五代史》有传。《四库全书》著录有和凝《疑狱集》四卷。

手 痛 吟

其 一

平生无妄少飞灾[1],谁料杨①生左肘来。一点星星恶作剧,居然臃肿不成材。

其 二

指臂天端运不灵,起居眠食费调停。炎蒸天气人尤困,长日如年半醉醒。

其 三

患在肌肤痛在心,绿阴庭院昼沉沉。艰难万状愁千叠,日暮聊为扼腕吟。

其 四

弹指光阴数日抛,未曾展卷未挥毫。消灾岂恃刀圭药[2]?欲倩麻姑痒处搔[3]。

【校】

① 据诗意,此句"杨"应为"疡"字。

【注】

[1] 飞灾:意外的灾难。明无名氏《鸣凤记·陆姑救易》:"问娘行昏夜何来,为郎君卒犯飞灾。"

[2] 刀圭:古时量取药物的用具。《政和证类本草》卷一引南朝梁陶弘景《名医别录》:"凡散药有云刀圭者,十分方寸匕之一,准如梧桐子大也。"明董穀《碧里杂存》上卷《刀圭》:"前在京师买得古错刀三枚,京师人谓之长钱。……其钱形正似今之剃刀,其上一圈正似圭璧之形,中一孔即贯索著处。盖服食家举刀取药,仅满其上之圭,故谓之刀圭,言其少耳。刀即钱之别名。"章炳麟《新方言》卷六《释器》,说刀即"庣"字,刀圭,古音读如"条耕",后人写作"调羹",也借指药物。

[3] 麻姑:传说中的女仙。东汉桓帝时,仙人王远(方平)降于蔡经家,召麻姑至,年十八九,甚美,自云:"接侍以来,已见东海三为桑田,向到蓬莱,水又浅于往者会时略半也,岂将复还为陵陆乎?"蔡经见麻姑手指纤细似鸟爪,自念:"背大痒时,得此爪以爬背,当佳。"见《太平广记》卷六十旧题葛洪《神仙传》。

拮 据

身世萧闲手拮据,膏煎茧缚已旬余。徒痂愧乏薛生术[1],作字难工左氏书。时戏用左手涂鸦。妙技八叉空自负[2],良医三折果谁如[3]?昼长神倦蝉音咽,为我挥琴伴索居[4]。

【注】

　　[1] 薛生：即薛生白(1681—1770)，名雪，字生白，号一瓢，苏州人，以字行。工诗善画，精医理，与同时叶天七齐名。

　　[2] 八叉：两手相拱为叉。唐温庭筠才思敏捷，考试作赋，叉手构思，叉八次就赋成八韵，时人称为温八叉。见宋孙光宪《北梦琐言》卷四《温李齐名》。又五代王定保《唐摭言》卷十三《敏捷》则说温入试不用起草，每赋一吟而就，故称为温八吟。后来用作才思敏捷的典故。

　　[3] 良医三折：《左传·定公十三年》："三折肱，知为良医。"意即多次折断手臂，就能懂得医治折臂的方法。后常以此比喻对某事阅历多，富有经验。

　　[4] 索居：孤独地散处一方。《礼记·檀弓上》："吾离群而索居，亦已久矣。"郑玄注："群，谓同门朋友也；索，犹散也。"也指鳏居。清李调元《卍斋琐录》卷九："丈夫无妇曰索，见《字汇补》。按：古人谓索居即鳏居。"此时苏煜坡原配已去世，故有此意。

奉和沈仲复中丞《移抚皖讲留别》诗八首[1]

其　一

　　威仪汉相仰奇庞[2]，手握牙璋镇海邦[3]。燕寝风清才粤峤[4]，龙光露湛又吴江[5]。万家樾荫依铃阁[6]，十里荷香送画艭[7]。遥忆榕垣今祖道[8]，绛旌无数引彤幢[9]。

其　二

　　许燕手笔竟翻新[10]，屈宋衙官尽拜尘[11]。传到鸡林应自辨[12]，扰来龙性竟能驯[13]。兴高文有千篇富，律老诗无一字贫。为问承平三十载[14]，倡提风雅几名臣？

其　三

　　笙歌小队侍戎行[15]，八桂山川藉显章[16]。自有英词润金石[17]，长留伟绩著旂常[18]。政崇宽大边氛静[19]，弊绝偏私吏治良。更喜栽培遍桃李，春风士气看飞扬。公识拔士，今年多捷南宫，张季端殿撰其一也。

其　四

橘江千里寄遐思，乐奏钧天敢赞辞[20]。司马威名喧外域[21]，东阳家世称华资。廉泉让水贤臣宅[22]，红杏黄花相国诗。不是宸衷西顾重[23]，南天一柱仗谁支？独秀山摩崖有"南天一柱"四字。

其　五

幕有元方并惠连[24]，谓陈允庵、谢方山。运筹益见上公贤[25]。群才过眼归《珊网》[26]，庶卒倾心助铠铤[27]。昼锦殊荣忘故里[28]，甘泉余润遍穷埏[29]。高牙大纛迟迟发[30]，无限深情念瘴边[31]。

其　六

丛丛著述等身高，嘉惠儒林士饫膏。公购书多种，置书院。遗爱铭应勒东观[32]，祥刑誉早播西曹[33]。公曾官刑部侍郎。绝无鸾凤遭鞭笞[34]，行见鹓鸿共接翱[35]。廿载衡茅惭伏处[36]，转因拂拭羡英髦[37]。

其　七

济济群贤退自公[38]，去思吟寓颂声中[39]。张廉访送行诗曰《留贤颂》，秦观察诗曰《去思吟》。江湖恋阙原丹悃[40]，经济匡时亦素衷[41]。桑柘阴留铜柱绿[42]，公设蚕桑局，劝民种桑，已著成效。葡萄酒饯玉杯红。野人芹献无他物[43]，白水一盂诗一筒。

其　　八

邮程小录续鸾骖^[44]，楚尾吴头境载探^[45]。笕钥两江严上下^[46]，金瓯半壁峙东南^[47]。恤民何止生全万，爱士欣闻吐握三^[48]。此后光辉何处望，举头卿月印寒潭^[49]。

【注】

[1] 沈仲复即沈秉成(1823—1895)，字仲复，自号耦园主人，浙江归安(今浙江省湖州市)人。咸丰六年(1856)进士，授编修，迁侍讲，充武英殿总纂、文渊阁校理等，升苏淞太道，河南、四川按察使，广西、安徽巡抚，任两江总督等要职，有政声。　中丞：官名。汉御史大夫下设两丞，一称御中丞，一称中丞。中丞居殿中，故以为名。掌管兰台图籍秘书，外督部刺史，内领诸御史，受公卿奏事，举劾弹章。因负责察举非法，故又称御史中执法。东汉以来，御史大夫转为大司空，以中丞为御史台长官。见《通典》卷二十四《职官》之六《中丞》。明初设督察院，其中副都御史职位相当御史中丞。明清常以副都御史或都御史出任巡抚，清代各省巡抚例兼右都御史衔，因此明清的巡抚也称中丞。

[2] 庞：脸庞。

[3] 牙璋：古代发兵的一种符信，首似刀而两旁无刃，旁出有牙，故称牙璋。《周礼·春官·典瑞》："牙璋以起军旅，以治兵守。"注："郑司农(玄)云：牙璋，琢以为牙，牙齿兵象，故以牙璋发兵，若今以铜虎符发兵。"

[4] 燕寝：周制，王有六寝，一是正寝，余五寝在后，通名燕寝。《周礼·天官·女御》："掌御叙于王之燕寝。"　　粤峤：指五岭以南地区。《明史·项忠朱英等传赞》："朱英廉威名粤峤，秦纮经略著西陲，文武兼资，伟哉一代之能臣矣。"

[5] 龙光：这里指有文采。《北史·文苑传》："雕琢琼瑶，剑削杞梓，并为龙光，俱称鸿翼。"　　露湛：露浓貌。《艺文类聚》卷三引南朝宋伏系之《秋怀赋》："凄气夕衰，零露晨湛。"唐元稹《与杨十二李三早入永寿寺看牡丹》诗："笼处裁云合，露湛红珠莹。"

[6] 樾荫：众木合成的树荫。《淮南子·人间训》："武王阴喝人于樾下，左拥而右扇之，而天下怀其德。"注："武王哀喝者之热，故荫于樾之下。"

[7] 艭：小船。

[8] 祖道：古人于出行前祭祀路神称祖道。后因称饯行为祖道。《史记·滑稽列传》汉褚少孙补：“（东郭先生）出宫门，行谢主人。故所以同宫待诏者，等比祖道于都门外。”

[9] 绛旟无数引彤幢：化用唐韩愈《陆浑山火和皇甫湜用其韵》：“彤幢绛旟紫蕚幡，炎官热属朱冠裈。”绛旟，紫红色的旗子。旟是赤色曲柄旗。彤幢，用于仪仗的赤色旗帜。

[10] 许燕手笔：唐玄宗时，燕国公张说、许国公苏颋并以文章显世，时称燕许大手笔，简称“燕许”。见《新唐书·苏颋传》。

[11] 屈宋衙官：一作“衙官屈宋”。屈宋，指屈原和宋玉。衙官，州镇的属官。要以屈原、宋玉为属官。原为自夸文章好，后也用以称赞别人的文采。语出《旧唐书·文苑传上·杜审言》：“（杜审言）又尝谓人曰：‘吾之文章，合得屈宋作衙官；吾之书迹，合得王羲之北面。’其矜诞如此。”　　拜尘：晋初潘岳、石崇等谄事贾谧，每遇其出，岳等望尘而拜。见《晋书·潘岳传》。

[12] 鸡林：古国名，即新罗。注见卷一《赠莫德美》。

[13] 龙性：倔强难驯的性格。南朝宋颜延之《五君咏·嵇中散》：“鸾翮有时铩，龙性谁能驯。”

[14] 承平：太平，治平相承。《汉书·食货志》：“今累世承平，豪富吏民货数巨万，而贫弱愈困。”

[15] 戎行：军队、行伍。《左传·成公二年》：“韩厥曰：‘下臣不幸，属当戎行，无所逃隐。’”

[16] 八桂：广西别称。语出《山海经·海内南经》：“桂林八树，在贲隅西。”晋郭璞注：“八树而成林，言其大也。贲隅，今番隅县。”秦时，广西大部分地区属桂林郡所辖，故桂林郡之“桂”字后来演变成为广西的代称。八桂原指八棵桂树，八桂而成林，一言其大，一喻其丛生。广西自古盛产桂树，历代文人常以八桂咏喻广西，最早以八桂咏喻广西的是南朝梁沈约，其《齐司空柳世隆行状》有“临姑苏而想八桂，登衡山而望九疑。”　　显章：昭明，表白。也作“显彰”。《史记·太史公自序》：“不背柯盟，桓公以昌，九合诸侯，霸功显彰。”

[17] 英辞润金石：语出《宋书·谢灵运传论》：“屈平、宋玉，导清源于前，贾谊、相如，振芳尘于后，英辞润金石，高义薄云天。”大意为美好的言辞铭刻在

钟、鼎、石碑上,崇高的义理直冲云天。

[18] 旌常:旗名。古代王用太常,诸侯用旌,以作纪功授勋的仪制。《晋书·王承传》:"虽崇勋懋绩,有关于旌常;素德清规,足传于汗简矣。"

[19] 边氛:边地灾祸凶气,比喻边寇。明张居正《贺冬至表》之四:"穷塞寝兵,喜边氛之靖息。"

[20] 乐奏钧天;指天上的音乐。钧天,上帝所居。《史记·扁鹊传》:"(赵)简子寤,语诸大夫曰:'我之帝所甚乐,与百神游于钧天,广乐九奏万舞,不类三代之乐,其声动心。"

[21] 司马:官名,各个朝代所指官位不尽相同。战国时为掌管军政、军赋的副官。此处代指沈秉成,缘于沈氏此时任广西巡抚,司马是官职的泛称。

[22] 廉泉:泉名。在江西赣州市内。相传南朝元嘉中,一夕暴雷雨,忽涌地成泉。当时郡守有廉名,故名廉泉。

[23] 宸衷:帝王的心意。南朝梁沈约《瑞石像铭》:"泛彼辽碣,瑞我国东。有符皇德,乃眷宸衷。就言鹫室,栖诚梵宫。"

[24] 惠连:南朝谢灵运的弟弟名惠连。注见卷一《哭星衢弟八首》。

[25] 运筹:即"运筹帷幄"。语出《史记·高祖本纪》:"夫运筹帷幄之中,决胜千里之外,吾不如子房。"表示善于策划用兵,指挥战争,有大局观和对趋势的准确预见力。　上公:指位在三公以上的高官。西汉时,有太师、太傅、太保,称为上公,而东汉上公则仅有太傅一人,但不常设,一般是皇帝初即位时,为总揽朝政重臣所设。此处指沈仲复。

[26] 群才:有才能的群体。《列子·仲尼》:"士夫不闻齐鲁之多机乎?有善治土木者,有善治金革者,有善治声乐者,有善治书数者,有善治军旅者,有善治宗庙者,群才备也。"　《珊网》:即《珊瑚网》。明汪珂玉编,四十八卷,书录、画录各二十四卷,皆以题跋居前,论说列后,为考证书画的重要参考书。

[27] 铠鋋:铠,古代战士用以护身的铁甲。鋋,箭。《周礼·考工记·冶氏》:"冶氏为杀矢,刃长寸,围寸,鋋十三。"注:"鋋,箭足入真中者也。"

[28] 昼锦:即"衣锦昼行",富贵还乡之意。语出《汉书·项籍传》:"羽见秦宫已毁,思归江东,曰:'富贵不归故乡,如衣锦夜行。"省作"昼锦"。

[29] 穷琏:疑为"穷埏"之误。穷埏,边远之地。

[30] 高牙大纛:大将的牙旗。亦指居高位者的仪仗。

［31］瘴边：瘴，即瘴气。旧指我国南部和西部地区山林间湿热蒸发致人疾病之气。瘴边，指我国南部边疆。唐韩愈《左迁蓝关示侄孙湘》："知汝远来应有意，好收吾骨瘴江边。"

［32］遗爱铭：即"遗爱碑"。唐封演《封氏见闻》卷五《颂德》："在官有异政，考秩已终，吏人立碑颂德者，皆须祥审事实，州司以状闻奏，恩敕听许，然后得建之，故谓颂德碑，亦曰遗爱碑。"　　东观：在汉洛阳南宫。东汉明帝时，命班固等人在此修撰《汉记》，书成名曰《东观汉记》。章、和二帝以后为聚藏图书之处，安帝永初四年（120），诏令谒者刘珍及五经博士校定东观五经、诸子、传记、百家、艺术，即此地。见《后汉书·安帝纪》。后泛指宫中藏书和著书之处。

［33］祥刑：用刑祥审谨慎。《尚书·吕刑》："有邦有土，告尔祥刑。"传："有国土诸侯，告汝以善用刑之道。"　　西曹：古官名，太尉的属官，执掌府中署用吏属之事。《汉书·丙吉传》："吉驭吏耆酒，数逋荡，尝从吉出，醉欧丞相车上。西曹主吏白欲斥之，吉曰：'以醉饱之失去士，使此人将复何所容？'"

［34］绝无鸾凤遭鞭笞：即"鞭笞鸾凤"。形容仙人鞭策凤鸾乘之以行。比喻闲逸、高雅的生活。唐韩愈《奉酬卢给事云夫四兄〈曲江荷花行〉见寄，并呈上钱七兄阁老、张十八助教》诗："上界真人足官府，岂如散仙鞭笞鸾凤终日相追陪。"方世举注："上界真人比云夫，亦兼比钱徽，散仙乃公自比，亦兼比张籍。言云夫给事宫中，走马看花，未极有趣。不如我等闲官，纵游无禁也。"亦作"鞭鸾笞凤"、"鞭麟笞凤"。

［35］鹓鸿：犹"鹓鹭"。二鸟群飞有序，因以喻朝官班行。南朝梁庾肩吾《侍宴九日》："雕才滥杞梓，花绶接鹓鸿。"

［36］衡茅：衡门茅屋，指陋室。晋陶渊明《辛丑岁七月赴假还江陵夜行涂口》："养真衡茅下，庶以善自名。"　　伏处：隐居。语出《庄子·在宥》："贤者伏处大山嵁岩之下，而万乘之君忧栗乎庙堂之上。"

［37］英髦：犹英俊。政客英俊之士。《魏书·李谐传·述身赋》："缀鸿鹭之未行，连英髦之茂序。"

［38］自公：语出《诗经·召南·羔羊》："退食自公，委蛇委蛇。"毛传："公，公门也。"马瑞辰通释："勤于治事，不遑家食，则有公膳可食。《诗》言退食自公，正着其尽心奉公。"后常以"自公"用作尽心奉公之意。

［39］去思：谓地方士民对离职官吏的怀念。语出《汉书·何武传》："欲除

吏,先为科例以防请托,其所居亦无赫赫名,去后常见思。"

[40]恋阙:留恋宫阙。旧时用以比喻心不忘君。唐杜甫《散愁》诗之二:"恋阙丹心破,沾衣皓首啼。" 丹悃:赤诚的心。唐刘禹锡《贺收蔡州表》:"不爱称庆阙庭,陈露丹悃。"

[41]经济:经国济民。唐李白《赠别舍人弟台卿之江南》:"令弟经济士,谪居我何伤。" 匡时:匡正时世,挽救时局。《后汉书·荀淑传论》:"平运则弘道以求志,陵夷则濡迹以匡时。" 素衷:平素的心意。唐元稹《莺莺传》:"慢脸含愁态,芳辞誓素衷。"

[42]铜柱:《史记·孝武本纪》元狩四年(前119):"其则则又作柏梁、铜柱、承露仙人掌之属矣。"又《后汉书·马援传》:"峤南悉平。"唐李贤注引《广州记》:"援到交趾,立铜柱,为汉之极界也。"这里指南国边疆。

[43]野人芹献:《列子·杨朱》:"昔人有美戎菽、甘枲茎、芹萍子者,对乡豪称之。乡豪取而尝之,蜇于口,惨于腹,众哂而怒之,其人大惭。"后上书建议自谦言不足取,或以物赠人谦言礼品微薄,称献芹或芹献。

[44]鸾骖:仙人的车乘。唐王勃《八仙径》诗:"代北鸾骖至,辽西鹤骑旋。"

[45]楚尾吴头:谓地当吴、楚之间。古豫章一带(今江西省)位于春秋时吴之上游,楚之下游,如首尾相接,故称。

[46]筦钥:开锁的工具。

[47]金瓯:喻疆土之完固。《梁书·侯景传》:"(武帝)曾夜出视事,至武德阁,独言:'我国家犹若金瓯,无一伤缺,今便受地,讵是事宜,脱致纷纭,非可悔也。'"

[48]吐握三:相传周公热心接待来客,甚至一沐三握发,一饭三吐哺,停下来招呼客人。见《史记·鲁世家》。后指殷勤待士的心情。也作"吐哺"。

[49]卿月:月亮的美称。亦借指百官。语出《尚书·洪范》:"王省惟岁,卿士惟月,师尹惟日。"孔传:"卿士各有所掌,如月之有别。"孔颖达疏:"卿士分居列位,惟如月也。"

次韵和黄庚南《中秋寄怀》

昨遭黄杨厄[1]，缠绵竟两月。沉灾虽暂平，余患犹未歇。秋风起桐阶，秋月明桂窟[2]。萧然居里门[3]，兀坐常荫樾[4]。久与故人疏，常觉寸心嗢。恨不早飞来，为结王生袜[5]。其奈足趑趄[6]，寸境不敢越。投桃愧报琼[7]，金谷例应罚[8]。在昔老涪翁，眉山世通谒[9]。犹忆共论文，细筋真入骨。

【注】

[1] 黄杨厄："黄杨厄闰"的省称。黄杨，树木名。厄，困苦。旧时传说，黄杨木难长，遇到闰年，非但不长，反而会缩短。比喻境遇困难。语出宋苏轼《监洞霄宫俞康直郎中所居四咏·退圃》："园中草木春无数，只有黄杨厄闰年。"

[2] 桂窟：神话谓月中有桂树，因称月宫为"桂窟"。元郝经《三汊北城月榭玩月醉歌》："露华涨冷濯桂窟，氛露洗尽豁四旁。"

[3] 里门：闾里的门，古代同里的人家聚居一处，设有里门。《史记·万石张叔列传》："庆及诸子弟入里门，趋至家。"

[4] 荫樾：注见本卷《奉和沈仲复中丞〈移抚皖讲留别〉诗八首》。

[5] 为结王生袜：汉高祖时张释之为廷尉，有王生善为黄老言，谓释之曰："为我结袜。"释之跪而结之。既已，人谓王生曰："独奈何廷辱张廷尉，上跪结袜？"王生曰："张廷尉方今天下名臣，吾欲聊辱廷尉，使跪结袜，欲以重之。"见《史记》《汉书》之《张释之传》。后因以结袜作礼贤的故事。

[6] 趑趄：且行且却，徘徊不前貌。也作"次且"。

[7] 投桃愧报琼：注见卷二《寄周少鹏》。

[8] 金谷例应罚：晋石崇《金谷诗序》谓有别庐在洛阳金谷涧中，与友人往涧中昼夜游宴，遂各赋诗，以叙中怀，或不能者罚酒三杯，曰"金谷酒数"或"金谷酒例"。

[9] 在昔老涪翁，眉山世通谒：涪翁指宋黄庭坚，黄自号涪翁。这里借指黄庚南。　　眉山，宋苏轼为四川眉山人，因以眉山指苏轼，这里是苏煜坡自

指。　　通谒：通报请求谒见。《后汉书·方术传上·李南》："和帝永元中，太守马棱坐盗贼事被征，当诣廷尉，吏民不宁，南特通谒贺。"

和友人《中秋对月思乡》韵

不分水曲与山湾，皓魄团圞万目看。此夜诗情超象外[1]，何人乡思落毫端。岁逢佳节原多感，座有群书足壮观。用随月读书事。好向庾楼同醉月[2]，陶然应忘客中寒。

【注】

[1] 象外：超逸物象之外。《文选》晋孙绰《游天台山赋》："散以象外之说，畅以无生之篇。"注："象外，谓道也。"此指天道。唐司空图《与极浦书》："戴空州云：诗家之景，如蓝田日暖，良玉生烟，可望而不可置于眉睫前也。象外之象，景外着景，岂容易可谭哉。"此指意境。

[2] 庾楼：楼名，即"庾公楼"。晋庾亮尝为江、荆、豫州刺史，治武昌，曾与僚吏殷法、王胡之等登南楼赏月，谈咏竟夕。事见《世说新语·容止》及《晋书》本传。后江州州治移浔阳，好事者遂于此建楼名为庾公楼。

贺子元大令纳宠

其　一

一枝花采橘江边，客里光阴意外缘。难得遭逢秋正半，未寒时节已凉天。

其　二

故里梅花信屡探，时迎春属未至。他乡桃叶梦先酣。诗人自古多情甚，怪底儿夫爱子南[1]。

其 三

涤砚添香百事宜[2]，偏弦好是独弹时。明年那尹知相得，我见犹怜忍避之。

其 四

交到忘①形语亦粗，袁翁曾为蒋题图[3]。不知元相金闺宠，我是杨炎许见无[4]？

【校】

①“忘”贺本为“妄”，据粤本改。

【注】

［1］怪底儿夫爱子南：子南，应为“南子”倒写，春秋时宋女，卫灵公夫人，与宋公子朝私通，太子蒯聩恶之，欲杀南子，不果，出奔。《论语·雍也》：“子见南子，子路不悦。”此句为男子好色之辩解。

［2］涤砚添香：涤砚，洗涤砚台。添香，即“红袖添香”省称。清席佩兰《天真阁集》：“绿衣捧砚催题卷，红袖添香伴读书。”

［3］袁翁曾为蒋题图：袁指清人袁枚。蒋指袁枚女弟子蒋心宝，字宛仪，户部侍郎蒋赐棨（字戟门）孙女，秀才何大庚妻。蒋氏与屈秉筠、金逸一起被袁枚视为“闺中之三大知己”。袁枚常为女弟子诗集作序，编选《随园女弟子诗选》。于《随园诗话》摘录女弟子诗作予以赞扬外，还请人绘《十三女弟子湖楼请业图》加以宣扬。

［4］杨炎（727—781）：字公南，唐凤翔天兴（今陕西凤翔县）人。德宗时，官至门下侍郎同平章事。建中元年，定议废除“以丁夫为本”租庸调制，改行以家产多寡为标准的两税法，自宋以来，历代王朝皆沿用此制。后为卢杞陷害，贬崖州司马，被迫自杀。新、旧《唐书》有传。此处用典不详。

秋 夜 漫 成

卷树风声急，移花月影迟。断鸿号远渚[1]，乌鹊噪寒枝。

乡梦三更续[2]，诗情万里驰。冠巾余了鸟[3]，凉夜欲重披。

【注】

　　[1]断鸿：失群的孤雁。唐李峤《送光禄刘主簿之洛》诗："背枥嘶班马，分洲叫断鸿。"

　　[2]乡梦：思乡之梦。唐宋之问《别之望后独宿蓝田山庄》诗："愁至愿甘寝，其如乡梦何？"

　　[3]了鸟：破烂。《三国志·魏书·魏明帝纪》"景初元年"注引《魏略》："今陛下既尊群臣，……而使穿方举土，面目垢黑，沾体深足，衣冠了鸟。"按鸟的本字为倒"了"，以为悬义，因为不易书写，故以鸟字代替。

题子元燕游影录

其　一

光阴不放片时闲，胜概豪情自往还。椽笔一枝花五色[1]，鲜明细绘好云山。

其　二

生面重看妙手开[2]，长留梦影在燕台[3]。舞衫歌扇因缘旧，回首春风几度来？

【注】

　　[1]椽笔：《晋书·王导传》附"王珣"："珣梦人以大笔如椽与之，既觉，语人曰：'此当有大手笔。'俄而帝崩，哀册谥仪，皆珣所草。"后因以椽笔称颂重要文章或写作才能。

　　[2]生面：面目一新，引申创新的境界、格局。

　　[3]燕台：即黄金台，故址在今河北易县东南。燕昭王筑台以接待贤士。

故称贤士台,又叫招贤台。见南朝梁任昉《述异记》。后用为招纳贤士的典故。

重晤邓梦璜明经,时佐梁协戎幕来贺[1]

其 一

物换星移几度秋[2],橘江重见故人游。相逢恰值黄花候[3],晚节香寒为客留。

其 二

卓识鸿才邓仲华[4],十年戎幕听鸣笳[5]。鸳岩风月龙城雪[6],心赏何如凤岭花[7]?梦璜久居梁幕,嗣游南宁、龙州年余。仍馆平乐。

其 三

投笔长怀定远班[8],男儿事业寄边关。何时运际风云会[9],衣锦人从万里还[10]。

【注】

[1] 明经,汉代以明经射策取士。隋炀帝置明经、进士二科,唐因隋制,增置秀才、明法、明字、明算并为六科。以经义取者为明经,以诗赋取者为进士。明经又有五经、三经、学究一经、三礼、三传、史科等名目。宋改以经义论策试进士,明经始废。明清对贡生也敬称明经。 邓梦璜:生平不详。

[2] 物换星移几度秋:化用唐王勃《秋日登洪府滕王阁饯别序》:"闲云潭影日悠悠,物换星移几度秋。"物换,景物变幻。星移,星辰移位。景物改变了,星辰的位置也移动了。比喻时间的变化。

[3] 黄花:菊花秋开,秋令在金,故以黄色为正,因称黄花。

[4] 鸿才:大才,卓越的才能。唐苏颋《授毕构户部尚书制》:"毕构达识

鸿才,调高学赡。" 邓仲华:即邓禹(2—58),字仲华,东汉南阳新野(今河南新野县)人。详见卷三《送笏山司马移篆桂平》。此处代指邓梦璜。

[5] 戎幕:军府,幕府。《北齐书·暴显皮景和等传论》:"皮景和等爱自霸基,策名戎幕,间关夷险,迄于末运。" 鸣笳:吹奏笳笛。古代贵官出行,前导鸣笳以启路。此处作进军之号。三国魏曹丕《与梁朝歌令吴质书》:"从者鸣笳以启路,文学托于后车。"

[6] 鸳情:比喻男女恩爱之情。明谢谠《四喜记·风月青楼》:"鸳情缱绻恨相离,泪洒东风湿舞衣。" 龙城:柳州别称。柳江穿城而过,因"八龙见于江中"而被称为"龙城"。柳江因此改名为龙江。唐贞观年间,城址迁于今柳州河北,依柳江而建,故名"柳州",此始,柳州称"龙城郡",柳宗元的诗句中也称柳州"龙城郡"。宋徽宗时,柳州郡号"龙城"成为沿袭定制。

[7] 凤岭:即凤凰岭,在今广西南宁市东边,临近邕江,现青秀山风景区主要景点。此处代指南宁。

[8] 投笔长怀定远班:典出班超事。《后汉书·班超传》:"(超)家贫,常为官佣书以自养。久劳苦,尝辍业投笔叹曰:'大丈夫无他志略,当效傅介子、张骞立功异域,以取封侯,安能久事笔砚间乎?'"明帝永平十六年(73),率三十六人出使西域,使西域五十余城国获安宁。班超在西域31年。官至西域都护,封定远侯。其妹班昭以其年老,为之上书乞归。至洛阳,拜射声校尉。同年病卒。

[9] 风云会:好的际遇。三国魏吴质《答魏太子笺》:"臣幸得下遇之才,值风云之会。"

[10] 衣锦人:即穿着精美华丽衣服的人。锦衣,旧指显贵者的服装。《诗经·秦风·终南》:"君子至止,锦衣狐裘。"毛传:"锦衣,采色也。"孔颖达疏:"锦者,杂采为文,故云采衣也。"

和梦璜偕全墨村司马游浮山

山界清凉水木幽,壁间又见好诗留。名喧玉印因拳石[1],
人醉金尊爱角楼[2]。扬海无波惊旅梦,梁公防堵八排猺来贺[3],

今幸安静。当筵有箸借前筹[4]。梁公倚君甚重。客中此会知欢极，饱看江光上下浮。

【注】

[1] 拳石：指园林假山。唐白居易《过骆山人野居小池》诗："拳石苍苔翠，尺波烟杳眇。"

[2] 角楼：建于城垣四角作瞭望用的城楼。

[3] 八排猺：猺今作"瑶"。清代对广东连南、连山两县部分瑶族的简称。这里的瑶族习惯聚族而居，依山建房，其房屋排排相叠，形成山寨，被汉人叫"瑶排"，所以被称呼为"排瑶"。八排分别是指油岭排、南岗排、横坑排、军寮排、火烧排、大掌排、里八峒排、马箭排。其中油岭排、南岗排、横坑排原为连州所属，在东边，故称"州属三排"，"东三排"，或作"外三排"（与连山县相对而言），而军寮排、火烧排、大掌排、里八峒排、马箭排则原为连山县地，在西部，故统称作"县属五排"、"西五排"，或"内五排"。

[4] 借前筹：也称"借箸"、"前筹"。语出《汉书·张良传》："郦生未行，良从外来谒汉王。汉王方食，曰：'客有为我计桡楚权者。'具以郦生计告良曰：'于子房何如？'良曰：'谁为陛下画此计者？陛下事去矣。'汉王曰：'何哉？'良曰：'臣请借前箸以筹之。'"后用以表示代人策划。

又和《秋夜感怀》

世事如棋几变更[1]，闻鸡尚有祖生情[2]。依然月朗三秋色，怕听风摇万木声。济旱谁偿霖雨望，月来久旱。谈诗休作冷蛩鸣[3]。莼鲈一样多乡思[4]，羡尔循陔句早成[5]。原唱有思亲句。

【注】

[1] 世事如棋：传说尧将围棋教给了儿子丹朱，而把天下传给了舜，后人

自问自答:"为什么不把天下传给丹朱呢? 那是因为世界上的事情不过是一盘棋而已。"比喻世界上的事都像棋一样,形容事情变化莫测。《增广贤文》:"人情似纸张张薄,世事如棋局局新。"

[2] 闻鸡尚有祖生情:祖生指祖逖,注见卷一《除夕》。

[3] 蛩:蟋蟀。

[4] 莼鲈:注见卷三《赠师竹,时将返黔》。

[5] 循陔:古乐章名,即"陔夏",九夏之一。《仪礼·乡饮酒礼》有"宾出奏陔"。汉郑玄注:"陔,陔夏也。陔之言戒也。终日燕饮,酒罢,以陔为节,明无失礼也。"又《燕礼》"奏陔"唐贾公彦疏:"释曰:九夏之中有陔夏,九夏皆是诗,诗为乐章,故知乐章也。……凡《夏》皆以钟鼓奏之。"

与梦璜夜谈感旧,怅然有作,仍叠前韵

　　流水行云岁久更[1],清谈怅触旧时情。九秋蒲柳应余恨[2],千里鳞鸿尚寄声[3]。图悔西园无暇记[4],诗怜东野不平鸣[5]。旧赠有最爱听诗语。江干红豆枝初结,欲赠翻愁噩梦成。

　　多少浮沤过眼更[6],春蚕底事系柔情。师雄恍忆梅花梦[7],道韫原垂柳絮声[8]。巷隔乌衣劳燕睇[9],阴留绿叶感莺鸣。凭君寄答无他语,从古深交以淡成。

【注】

[1] 流水行云:流动的水和飘浮的云彩,比喻转瞬即逝的东西。也比喻作诗文自然流畅,不拘泥。

[2] 蒲柳:谓蒲和柳。二者均早落叶,故以喻人之早衰。《世说新语·言语》:"顾悦与简文同年而发早白。简文曰:'卿何以先白?'对曰:'蒲柳之姿,望秋而落;松柏之质,经霜弥茂。'"

[3] 鳞鸿:鱼和雁,书信的代称。晋傅咸《传中丞集纸赋》:"鳞鸿附便,援笔飞书。"

　　[4] 西园:汉上林苑的别称。《文选》汉张衡《东京赋》:"岁维仲冬,大阅西园。"注:"西园,上林苑也。"

　　[5] 诗怜东野不平鸣:东野,指唐孟郊。不平鸣,即"不平则鸣",语出韩愈《送孟东野序》。

　　[6] 浮沤:水面的泡沫。比喻变化无常的世事。宋苏轼《龟山辩才师》:"羡师游戏浮沤间,笑我荣枯弹指内。"

　　[7] 师雄慌忆梅花梦:即"师雄梦梅"。语出唐柳宗元《龙城录·赵师雄醉憩梅花下》:"隋开皇中,赵师雄迁罗浮。一日天寒日暮,在醉醒间,因憩仆车于松林间,酒肆旁舍,见一女人,淡妆素服,出迓师雄。与语,但觉芳香袭人。至酒家共饮,有绿衣童子,笑歌戏舞。师雄醉寐,但觉风寒相袭,久之东方已白,师雄起视,乃在大梅花树下。"

　　[8] 道韫原垂柳絮声:道韫,即谢道韫,晋谢安之侄女,王凝之妻。聪识有才辩。安曾问:"《毛传》何句最佳?"道韫称:"吉甫作颂,穆如清风。"安谓有雅人深致。又值天雪,安曰:"白雪纷纷何所似?"安兄子朗曰:"散盐空中差可拟。"道韫曰:"未若柳絮因风起。"安大悦。世称道韫为咏絮才。

　　[9] 巷隔乌衣:即"乌衣巷",地名,在今南京市东南。三国吴时于此置乌衣营,以兵士服乌衣而名。东晋时,王、谢诸望族居此。

哭外舅黄汉卿先生

其　　一

　　噩耗来从万里遥,山颓木坏是今朝[1]。白头竟为粗官误,赤手宁期病体调。闻未死前衣箧典尽。语意弥留肠欲断,身经飘泊志难消。羁魂此日长安道[2],可有词人赋《大招》[3]?

其　　二

　　壮岁曾登拔萃科[4],秋风鏖战屡蹉跎[5]。门前立雪裁成广[6],眼底浮云感慨多。久住名山疑漱石[7],偶游宦海忽生波。公久无仕志。乙亥至粤，刘印渠中丞、文式岩方伯劝驾[8]，乃决意出山。箧中一卷《栽花谱》，从此天涯走玉珂[9]。抵京后，复遍历粤、黔、吴、越、晋、豫诸省。

其　三

流寓京华十四年，老怀未遂竟游仙[10]。三春枉有还乡约，四月接手书，有归志。一面偏无送死缘。苦累良朋筹白镪[11]，身后赖同乡唐子霖、宋省斋措办五十金，始克成殓。难将遗恨问苍天。秋林月黑风声肃，凄绝东床梦不圆[12]。

其　四

频年桑梓侍祁公[13]，命酒谈经烛影红。一去那知人永别，重逢或冀梦遥通。每依北斗瞻遗像，怕过西州哭故宫[14]。寂寞燕台孤榇寄[15]，扶归江夏盼黄童[16]。

【注】

[1] 山颓木坏：梁木折坏，泰山崩倒。比喻德高望重的人死去。亦作"泰山梁木"。语出《礼记·檀弓上》："孔子蚤作，负手曳杖，消摇于门，歌曰：'泰山其颓乎！梁木其坏乎！哲人其萎乎！'"

[2] 羁魂：客死者的魂魄。《南史·垣护之传》："垣氏羁魂不返，而其孤藐幼。"

[3] 《大招》：《楚辞》篇名。汉王逸谓屈原作。或云景差作。今多以为出于秦汉之间人。

[4] 拔萃：唐制，选官有一定年限，期限未满，试判三条，合格入官的谓之拔萃。如唐白居易于贞元十六年（800）以拔萃选及第，授校书郎。

[5] 鏖战：原指激烈的战斗，此处指参加科举考试。　　蹉跎：时间白白地过去，事情没有进展。

[6] 立雪：注见卷一《酬刘彩楼二律，次癸亥泮旋见赠韵》。　　裁成：剪裁成就。《汉书·律历志上》："立人之道曰仁，在天成象，在地成形，后以裁

成天地之道,辅相天地之宜,以左右民。"今本《易经·泰卦》作"财成"。

〔7〕漱石:咏隐居生活。语出南朝宋刘义庆《世说新语·排调》:"孙子荆(楚)年少时欲隐,语王武子(济),当'枕石漱流',误曰'漱石枕流'。王曰:'流可枕,石可漱乎?'孙曰:'所以漱流,欲洗其耳;所以漱石,欲砺其齿。'"

〔8〕刘印渠:即刘长佑(1818—1887),字子默,号荫渠(一作印渠),湖南新宁人,湘军重要统帅。初在湖南办团练,1852年以拔贡随江忠源率乡勇赴广西镇压太平军。次年春因扑灭浏阳征议堂会众起事,擢知县,旋升同知。1859年回湖南与天地会作战,并追击石达开军。占柳州后,官擢广西布政使,次年任广西巡抚。1862年擢闽广总督,旋即调任直隶总督,1871年后历任广东巡抚、云贵总督等职。主张加强边防,抵抗法国侵略,后病逝原籍。谥武慎。著有《刘武慎公遗书》。 文式岩:清代满洲人文格的字,道光二十四年(1884)进士,历仕山东巡抚、库伦办事大臣等。

〔9〕玉珂:马勒,以贝饰之,色白似玉,振动则有声。唐杜甫《春宿左省》:"不寝听金箭,因风想玉珂。"

〔10〕老怀:老年人的心怀。宋杨万里《和萧伯和韵》:"桃李何忙开又零,老怀易感扫还生。" 游仙:漫游仙界。明叶宪祖《鸾锟记·品诗》:"混俗同鱼服,游仙学紫绡。"此处指仙逝。

〔11〕白镪:银的别名。

〔12〕东床:女婿。《世说新语·雅量》:"郗太傅(鉴)在京口,遣门生与王丞相(导)书,求女婿,……门生归白郗曰:'王家诸郎亦皆可嘉,闻来觅婿咸自矜持,惟有一郎坦腹卧如不闻。'郗公曰:'正此好!'访之,乃是逸少(羲之),因嫁女与焉。"后称人婿为令坦或东床。这里是诗人自指。

〔13〕祁公:即社祁公,传为宋代诗人苏舜钦的岳父,后世挽岳父联有"垂青空忆社祁公"句。

〔14〕西州:古城名,东晋置,为扬州刺史治所,故址在今江苏省南京市。晋谢安死后,羊昙醉至西州门,恸哭而去,即此处。事见《晋书·谢安传》。后遂用为典故。唐温庭筠《经故翰林袁学士居》诗:"西州城外花千树,尽是羊昙醉后春。"

〔15〕燕台:指幕府。唐李商隐《梓州罢吟寄同舍》:"长吟远下燕台去,惟有衣香染未销。"冯浩笺注:"燕台,指幕府……言我惟怀府公之德,别无闲情牵绕也。"

[16] 黄童：儿童。幼童发色黄，故称。《抱朴子·杂应》："金楼玉堂，白银为阶，五色云为衣，重叠之冠，锋鋋之剑，从黄童百二十人。"

游沸水寺和子元

其　一

孤寺峙山半，幽人常此行[1]。林间喧万籁，石上话三生[2]。沦茗得秋味，拈花移我情。年前游迹惯，诗梦至今迎。

其　二

旧是读书地，风泉清道心。禅房归浩劫，香火剩焦琴[3]。鸟自山光悦，人谁梵呗寻[4]。多君偏兴健，独作谢公吟[5]。

【注】

[1] 幽人：隐士。《易经·履卦》："履道坦坦，幽人贞吉。"

[2] 石上话三生：化用"三生"和"三生石"掌故。"三生"源于佛教的因果轮回学说，后成为中国历史上意含情定终身的象征物。三生石的"三生"分别代表"前生"、"今生"、"来生"。传说唐李源与僧圆观友善，同游三峡，见妇人引汲，观曰："其中孕妇姓王者，是某托身之所。"更约十二年后中秋月夜，相会于杭州天竺寺外。是夕观果殁，而孕妇产。及期，源赴约，闻牧童歌《竹枝词》："三生石上旧精魂，赏月吟风不要论。惭愧故人远相访，此身虽异性长存。"源因知牧童即圆观之后身。见唐袁郊《甘泽谣·圆观》。后人附会谓杭州天竺寺后山的三生石，即李源和圆观相会之处。诗文中常用为前因宿缘的典故。

[3] 焦琴：即"焦尾"。注见卷一《八咏诗和媚川》。

[4] 梵呗：佛教作法事时的赞叹歌咏之声。南朝梁释慧皎《高僧传》卷十三《经师论》："然天竺方俗凡是歌咏法言，皆称为呗。至于此土咏经，则称为转读，歌赞则号为梵呗。"

[5] 谢公：指谢灵运。

又和《游浮山》韵

其 一

何处招寻秋气清,祠楼恰喜近江城。烟波地胜不知暑,诗酒客来多订盟[1]。人近六朝原好逸[2],灵昭千古尚如生。涪翁当日留佳什[3],砚宾太守、笏山司马壬午来游,俱有诗。异曲扬云妙合并。

其 二

溪流入座听玲珑,一点灵犀意境通[4]。品集南金东箭外[5],诗成云影水光中。凭栏纵览情怀异,横槊高吟兴会同[6]。梦璜军佐亦有和章。两岸芙蓉秋未老,归帆轻借鲤鱼风[7]。

【注】

[1] 订盟:结盟,缔盟。明孙仁孺《东郭记·则得妻》:"自怜出世独钟情,偶尔姻缘巧订盟。"此处指诗人相约共同写诗唱和。

[2] 六朝:指三国吴、东晋、南朝宋、齐、梁、陈,又称六代。   好逸:原指贪图安逸,此处指喜好魏晋人风度。

[3] 涪翁:宋黄庭坚的字。这里用以代指黄笏山。

[4] 一点灵犀:旧说犀角上有纹两道,感应通灵,故称灵犀。比喻心心相印,也作"心有灵犀一点通"。

[5] 南金东箭:《尔雅·释地》:"东南之美者,有会稽之竹箭焉。……西南之美者,有华山之金石焉。"古以南方之金石、东方之竹箭为美物,后来比喻人才的可贵。

[6] 横槊高吟:一作"横槊赋诗"。槊,类似长矛。《通俗文》:矛长丈八谓之槊。语出唐元稹《唐故工部员外郎杜君墓志铭》:"建安之后,天下文士遭罹兵战,曹氏父子鞍马间为文,往往横槊赋诗。故其抑扬怨哀悲离之作,尤极于古。"又宋苏轼《前赤壁赋》:"(曹操)酾酒临江,横槊赋诗,固一世之雄也。"

兴会：意思为偶有所感而产生的意趣，引申义为意趣、兴致。《宋书·谢灵运传论》："灵运之兴会标举，延年之体裁明密，并方轨前秀，垂范后昆。"北齐颜之推《颜氏家训·文章》："标举兴会，发引性灵。"

［7］鲤鱼风：九月风。梁简文帝《艳歌篇》："灯生阳隧火，尘散鲤鱼风。"

儿辈游朝阳岩有诗，因用其韵[1]

其　一

楚南壤接粤西东，一片慈云在眼中[2]。选胜客疑观海市[3]，感恩人竞递邮筒[4]。楼台弹指辉金碧，钟鼓惊心响梵宫[5]。地气钟灵凭佛力，朝阳应与普陀同[6]。

其　二

凿险缒幽境忽开[7]，瓣香群向洞天来[8]。好山多被明神占[9]，奇石争将幻相猜[10]。洞中石乳有龙柱、凉伞诸名目。佛座烟云依旧绕，禅房花木待新栽。前游尚记秋残候，黄叶满林人举杯。十月初，曾偕李鹿宾、刘岳斋饮于岩中。今鹿宾已下世矣，为之怃然。

【注】

［1］朝阳岩位于湖南省永州市古城西南二华里，潇水西岸之临江峭壁。唐永泰二年(765)道州刺史元结诣都计兵，途经永州，维舟岩下，喜其山水秀丽，崖石奇绝，因其岩口东向，取名朝阳岩，并撰《朝阳岩铭》及《朝阳岩》诗，镌于石壁。柳宗元贬居永州后，常到此游览，著有《朝阳岩遂登西亭二十韵》，朝阳风光，从此闻名。今"永州八景"之一的"朝阳旭日"指的就是"朝阳岩"。

［2］慈云：比喻佛之慈心广大，犹如大云覆盖世界众生。《鸡跖集》曰："如来慈心，如彼大云，荫注世界。"

［3］选胜：寻游名胜之地。《旧唐书·德宗纪下》贞元九年："先是宰相以

三节赐宴,府县有供帐之弊,请以宴钱分给,各令诸司选胜宴会从之。"　　海市:大气因光射而形成的反映地面物体的形象,旧称蜃气。

[4]邮筒:古时封寄书函的竹管。

[5]梵宫:即梵宇。本指梵天的宫殿。《法华经·化成喻品》:"梵天宫殿光明照耀。"后泛指佛寺。

[6]普陀:山名。亦称补陀落迦,皆梵文的音译。意译为小白花山或小白花树山。相传汉梅福炼丹于此,又名梅岑山。山在今浙江舟山市普陀区,四面环海,风景绝佳。旧时与九华、峨眉、五台并称为佛教四大名山。

[7]凿险缒幽:比喻追求峻险幽奇的艺术境界。清袁枚《随园诗话》卷六:"诗贵温柔,而公性情刻酷,故凿险缒幽,自堕魔障。"

[8]瓣香:佛教语,犹言一瓣香。宋陈若水《沁园春·寿游侍郎》词:"丹心在,尚瓣香岁岁,遥祝尧龄。"

[9]明神:生产及收获之神,亦为道路和沙漠旅行者的守护神。此处泛指神佛。

[10]幻相:虚幻的形象或现象。明王守仁《传习录》卷下:"释氏却要尽绝事物,把心看做幻相。"

临江书院偶成[1] 庚寅

年年橐笔此中居[2],客馆翻疑故里如。树木十年阴渐长,看花三月愿仍虚。经营旧垒先梁燕,检点残篇走蠹鱼[3]。一座皋比容我拙[4],只愁时序负居诸[5]。

【注】

[1]临江书院,清雍正十三年(1735)创办于贺州,其前身为明代万历五年(1577)创办的鸣阳书院、万历十四年(1586)后创办的昂霄书院。

[2]橐笔:注见卷一《乡举揭晓,寄星衢弟并莫义生》。

[3]蠹鱼:注见卷二《闲居》。

〔4〕皋比：注见卷二《寄怀钟少峰孝廉》。

〔5〕居诸：语出《诗经·邶风·柏舟》："日居月诸，胡迭而微。"孔颖达疏："居、诸者，语助也。"后用以借指日月、光阴。

送周子元榷使还桂林[1]

其　一

又到垂杨惜别天，江城萍聚已经年[2]。一船鹤共春初涨，百里凫飞吏即仙。食货书徒劳此日[3]，兹歌化好继前贤。筐中治谱苍生望[4]，先著争看祖逖鞭[5]。

其　二

把臂清谈许入林[6]，羚羊香象想诗心[7]。半生早具千秋业，三管应来五绔吟[8]。芍药花红增别绪，葡萄酒绿浣尘襟[9]。临歧一瓣香遥奉，寿我重堂抵万金[10]。辱赐家祖寿联，并允赠寿序。

【注】

〔1〕周子元原名周易（1855—1922），字子元，又字芷沅，号芷园，揭阳榕城人。少年时，常跟其父出入丁日昌书楼持静斋，饱览群书。清光绪二年（1876），曾随福建巡抚丁日昌渡海赴台，辅理学政文牍。翌年返揭，在家修读。周易后为光绪十一年（1885）乙酉科拔贡。光绪十三年（1887），应揭阳知县王崧委修《揭阳县续志》，不久，即以试用知县候补广西。初为广西巡抚幕府，历任博白、归顺等县知事，光绪二十九年（1903）升任郁林知州。后周易曾任广东省参议员，入京供职。旋离京赴广西任桂林道尹，不久又弃职归里。晚年专心从教，历任汕头礐石中学及揭阳榕江学堂教席，并在家设馆授徒。

〔2〕萍聚：犹萍水相逢。宋薛季宣《诚台雪望怀子都》诗之二："狂游失可人，萍聚我和君。"

　　［3］食货：《尚书·洪范》："八政：一曰食,二曰货,三曰祀,四曰司空,五曰司徒,六曰司寇,七曰宾,八曰师。"后因以食货为国家经济财政的统称。

　　［4］治谱：称颂父子兄弟居官有治绩之典。语出《南齐书·傅琰》："琰父子并著奇绩,江左鲜有。世云'诸傅有《治县谱》,子孙相传,不以示人'。"

　　［5］祖逖鞭：注见卷二《寄玉之内弟代柬己卯》。

　　［6］把臂清谈许入林：即"把臂入林"。本义指互挽手臂,一同走入山林,旧指相偕归隐。语出南朝宋刘义庆《世说新语·赏誉》："谢公道：'豫章若遇七贤,必自把臂入林。'"七贤指竹林七贤。

　　［7］羚羊：传说羚羊夜宿,角挂于树,脚不着地,无迹可寻。佛教禅宗语录中常用以比喻有待悟解,不能拘泥求之于言语文字。宋严羽引此比喻诗文奥妙,不落痕迹。《沧浪诗话·诗辩》："诗者,吟咏情性也。盛唐诸人惟在兴趣,羚羊挂角,无迹可求。故其妙处透彻玲珑,不可凑泊。"　香象：即"香象渡河",意为横过江河。大象过河,脚踏河底。佛教用语中喻大乘菩萨修证,比喻悟道精深彻底。也形容评论文字精辟透彻。出《优婆塞戒经》卷一《三种菩提品》："如恒河水,三兽俱渡,兔、马、香象。兔不至底,浮水而过；马或至底,或不至底；象则尽底。"　诗心：作诗之心,诗人之心。宋王令《庭草》诗："独有诗心在,时时一自哦。"

　　［8］五绔：《后汉书·廉范传》："廉范字叔度,……建初中迁蜀郡太守,……旧制禁民夜作,以防火灾。……范乃毁削先令,但严使储水而已,百姓为便。乃歌之曰：'廉叔度,来何暮！不禁火,民安作。平生无襦,今五绔。'"后来把五绔作为称颂地方官吏的用语。

　　［9］尘襟：世俗的胸襟。唐黄滔《寄友人山居》诗："茫茫名利内,何以拂尘襟。"

　　［10］重堂：注见卷一《二十日家大父寿辰敬赋》。

子元贻诗留别,次韵奉和

其　一

离怀刚话酒杯中,劈锦烧兰两两同[1]。柳拂灞桥难系

马[2]，花明春岭任翔鸿。江关平准才初试[3]，京国牵丝技早
工[4]。此去槐厅书上考[5]，更谁能比茧同功[6]。

其　　二

意气元龙正壮年[7]，高文拔萃耸吟肩[8]。一官合奋木天
笔[9]，百里偏摇花县鞭[10]。汉代人材归守令[11]，清时名望属
英贤。即今展布龚黄略[12]，作颂无须羡子渊。

其　　三

记读新诗意溯洄，前岁于闱墨中获读试帖四首。一帆天遣使
君来。无边风景游踪憩，大好云山妙手开。浮山、沸水寺俱有纪
游之作。槛俯碧流情浩渺，窗摇红烛影徘徊。瑶章擎出争先
睹[13]，学步邯郸愧不才[14]。

其　　四

恼煞瓜期促去程[15]，桃花浪暖画船轻[16]。莺迁预盼庚邮
信[17]，骊唱愁听子夜声[18]。交笑云泥联末契[19]，才看霖雨济
群生[20]。河梁此后谁赓咏[21]，记取春风揽辔情。

【注】

[1] 襞锦烧兰：语出唐李商隐《槿花二首》："烧兰才作烛，襞锦不成书。"
烧兰，《楚辞·招魂》："兰膏明烛。"王逸注："以兰香炼膏也。"襞，本指衣褶，此
用作动词，兼用锦书典，即苏蕙织锦为回文旋图诗以赠夫窦滔事。

[2] 灞桥：也作"霸桥"。在陕西西安市东。《三辅黄图》卷六《桥》："霸
桥在长安东，跨水作桥，汉人送客至此桥，折柳赠别。王莽时霸桥灾，数千人以
水沃救不灭。更霸桥为长安桥。"隋时更以石为之。唐时以送别者多于此分别，
因亦谓之销魂桥。

[3] 平准：古代官府转输物资、平抑物价的措施。《史记·平准书》："大

司农之诸官尽笼天下之货物,贵即卖之,贱则买之。故抑天下之物,名曰平准。也指官名。汉承秦制,大司农属官有平准令丞,掌管平准的工作。

[4] 牵丝:佩绶,谓任官。谢灵运《初去郡》:"牵丝及元兴,解龟在景平。"《文选》李善注:"牵丝,初仕;解龟,去官也。"

[5] 槐厅:宋时学士院中厅名。宋沈括《梦溪笔谈》卷一《故事》:"学士院第三厅学士阁子,当前有一巨槐,素号槐厅。旧传居此阁者,多至入相。"

[6] 茧同功:亦称"同功茧"、"同宫茧",二蚕以上共作之茧。《尔雅翼·释虫一》:"其独成茧者,谓之独茧;自二以上,谓之同功茧。"谓关系密切或协调一致,犹如一个整体。

[7] 元龙:汉末陈登字元龙,志向高迈。有次许汜去看他,他不把许汜放在眼里,自己睡在大床上,让客人睡在下床。

[8] 吟肩:诗人的肩膀,因吟诗时耸动肩膀,故云。宋朱熹《次刘明远宋子飞韵之二》:"荣丑穷通祇偶然,未妨闲共耸吟肩。"

[9] 木天:指翰林院。明王翃《红情言》卷三十九:"先生薇省鸿才,木天时彦,远临幕府,深褥辉光。"

[10] 花县:晋潘岳为河阳令,满县种桃李,有"河阳一县花"之称。北周庾信《春赋》:"河阳一县并是花,金谷从来满园树。"后因以花县为县治的美称。

[11] 守令:太守、刺史、县令等地方长官之总称。

[12] 展布:陈述。《左传·哀公二十年》:"今君在难,无恤不敢惮劳,非晋国之所能及也,使陪臣敢展布之。"　　龚黄:为汉循吏龚遂与黄霸的并称,亦泛指循吏。注见卷一《读刘湘芸观察〈石龛诗卷〉》。

[13] 瑶章:指帝王祭祀或册封时所用的文书。《宋史·乐志》:"玉简瑶章,金书煌煌。"此处指对他人诗文、信札的美称。《再生缘》第三十七回:"接读瑶章知一切,使于肺腑救深恩。"

[14] 学步邯郸:注见本卷《偕钟序东、孟芗圃赏荷小集,用周楉使见赠韵》。

[15] 瓜期:注见卷三《和李邑侯〈留别〉韵》。

[16] 桃花浪:注见卷一《乡举揭晓,寄星衢弟并莫义生》。

[17] 莺迁:注见卷三《和鹤山〈感怀〉之作》。　　庚邮:更替驿递。宋邹登龙《送表兄赵奏院赴南外知宗》诗:"丙枕或思前夜席,庚邮宁肯后锋车。"庚通"更"。

[18] 骊唱：即"骊歌"，告别之歌。语出《汉书·王式传》："博士江公世为鲁诗宗，至江公著《孝经说》，心嫉式，谓歌吹诸生曰：'歌骊驹。'式曰：'闻之于师：客歌骊驹，主人歌客毋庸归。今日诸君为主人，日尚早，未可也。'江翁曰：'经何以言之?'式曰：'在曲礼。'江翁曰：'何狗曲也！'式耻之，阳醉逿地。式客罢，让诸生曰：'我本不欲来，诸生强劝我，竟为竖子所辱！'遂谢病免归，终于家。"唐颜师古注引服虔曰："逸《诗》篇名也，见大戴《礼》。客欲去歌之。"文颖曰："其辞云'骊驹在门，仆夫具存；骊驹在路，仆夫整驾'也。"因知又指逸《诗》篇名《骊驹》。

[19] 云泥：云在天，泥在地，比喻人地位悬隔，道路有异。语出《后汉书·矫慎传》："（吴苍）遗书以观其志曰：'仲彦足下，勤处隐约，虽乘云行泥，栖宿不同，每有西风，何尝不叹！'"

[20] 霖雨：原指甘雨、时雨，比喻济世泽民。宋范仲淹《和太傅邓公归游武当寄》："此日神仙丁令鹤，几年霖雨武侯龙。"

[21] 河梁：旧题汉李陵《与苏武》诗之三："携手上河梁，游子暮何之? ……行人难久留，各言长相思。"后因以"河梁"借指送别之地。 赓咏：作歌唱和。

墨村司马招游浮山，为子元榷使饯别。榷使成五言古三章，次韵奉和

其 一

岁月一弹指，俄焉成三秋。丁亥游此，展重阳。犹记前番来，郁郁林壑幽。主人曾子固[1]，榷使曾笋香。座客龙门俦[2]。邑侯李升初。小舟系江干，一例无前驺[3]。今春二月闰，依旧登斯楼。栋宇金碧焕，亭台翠光浮。楼为去年重修。到此神忽爽，时事休嗟诹。况值天气佳，风和无石尤[4]。好藉山水乐，一驱离别忧。烟波经品题[5]，居然蓬莱侔。君有"烟波也当小蓬莱"联。颇笑何水部[6]，诗句诙谐留。壁间有何彦宣诗刻。何如山谷

老[7]，啸傲凌沧州。谓砚宾、笏山两公。佳话续白苏[8]，生色到林邱[9]。会邀好事者，一一金石修。此间本僻壤，往来多名流。只惭末座与[10]，绝无高歌酬。

其 二

自君去年来，榷务赖整理[11]。恤商与剔弊，同官罕比拟。一卷《平准书》[12]，小试阛阓里[13]。大才宜木天[14]，竟为苍生起。吟筒正飙驰，回舟已岸檥[15]。此去定飞凫[16]，仁风溢粉梓[16]。化蜀美文翁[17]，鸣琴继宓子[18]。通儒作循吏[19]，声名自今始。生佛倘重来[20]，岂惟故人喜？我侯具盛饯，宾筵舄几几[21]。藉修祖道仪[22]，同饮廉泉水。聚散不可凭，何时更依倚？凭栏看遥山，黛色青模糊。薄云酿微雨，风过仍寂无。从知浓阴景，顿与艳阳殊。良辰试计忆，乐事真须臾。

其 三

妙哉云龙会[23]，险被雷霆驱。或者陈王灵[24]，暗擎破雾珠[25]。一任游客来，钟鼓喧朝晡[26]。奇缘信天假，能倾酒百壶。睹此三日霖，沿江收帆蒲[27]。出没波涛间，惟见鸥与凫。今晨虽薄霁，犹惊浪花粗。未知桑田桑，可如芙蓉湖。萧斋独兀坐，正怜吟兴孤。剥啄一声至[28]，新诗忽觇吾。游踪话历历，读罢心神娱。贱子拟貂续，耳目隘六区。情既难自禁，诗亦如人癯。行矣陈孔彰[29]，留此西园图[30]。他年鸾鹤翔[31]，应怀嵇吕徒[32]。

【注】

[1] 子固：北宋曾巩字。巩（1019—1083），建昌军南丰（今江西省南丰县）人，后居临川，散文集、史学家、政治家。此处代指曾荀香，曾生平不详。

[2] 龙门：用"鲤鱼跳龙门"传说。唐朝李白《赠崔侍郎》其一："黄河三

尺鲤,本在孟津居,点额不成龙,归来伴凡鱼。"　　侪:同辈,伴侣。此处指曾荀香和李升初。

　　[3]前驺:官吏出门时在前边引路的侍役。

　　[4]石尤:即"石尤风",逆风、顶头风的俗称。传说古代有商人尤某娶石氏女,情好甚笃。尤远行不归,石思念成疾,临死叹曰:"吾恨不能阻其行,以至于此。今凡有商旅远行,吾当作大风为天下妇人阻之。"见元伊世珍《琅嬛记》引《江湖纪闻》。

　　[5]品题:评论人物,定其高下。《后汉书·许劭传》:"劭与靖俱有高名,好共覈论乡党人物,每月辄更其品题,故汝南俗有'月旦评'焉。"

　　[6]何水部:南朝梁何逊官水部郎,世称何水部。宋梅尧臣《新秋雨夜西斋文会》诗:"谁怜何水部,吟苦怨空阶。"这里指何彦宣。

　　[7]山谷老:即黄庭坚。黄,号山谷。这里代指黄砚宾。

　　[8]白苏:唐白居易和宋苏轼的并称。明代公安派袁宗道推崇白居易和苏轼,他把自己的书斋就命名为"白苏",其义就是提倡通俗的、接近口语的文字,做到作品明白易懂。清代对白苏继续合称,李斗《扬州画舫录·虹桥录上》:"阮亭(王士禛)谒选得扬州推官,游刃行之,与诸士游宴无虚日,如白苏之官杭,风流欲绝。"此处代指黄砚宾、黄笏山二人。

　　[9]林邱:亦作"林丘"。树木与土丘,泛指山林。亦指隐居的地方。

　　[10]末座:即"叨陪末座"省称。末座指席中最后的座位,这是受人宴请的客气话。语出《仪礼·士冠礼》:"兴,筵末坐啐醴。"

　　[11]榷务:宋代设立的管理贸易和税收的机构。宋沈括《梦溪笔谈·官政二》:"本朝茶法:乾德二年,始诏在京、建州、汉、蕲口,各置榷货务。"此处代指公务。

　　[12]《平准书》:《史记》八书之一。主要介绍自西汉建国以来到汉武帝即位时的经济状况,推求社会演变和社会风气的变化情形。此处指周子元任官期间重视发展地方经济。

　　[13]阛阓:注见卷二《途中杂咏》。

　　[14]木天:注见本卷《子元贻诗留别,次韵奉和》。

　　[15]岸檥:使船靠岸。檥,同"舣",立木。清李斗《扬州画舫录》:"高桥马头在桥下,有檥有檥,画舫集焉。"

[16] 仁风：形容恩泽如风之流布，旧时多用以颂扬帝王或地方长官的德政。晋潘岳《为贾谧作赠陆机》诗："大晋统天，仁风遐扬。"　粉梓：泛指桂木。谢灵运《述祖德》诗："随山疏浚潭，傍岩艺枌梓。"《文选》李周翰注："枌，榆；梓，木名。"引申为故里。唐高适《宋中送族侄式颜，时张大夫贬括州，使人召式颜，遂有此作》诗："弟兄莫相见，亲族远枌梓。"

[17] 文翁：注见卷三《李邑侯以诗见贻，次韵奉赠戊子》。

[18] 鸣琴继宓子：典出宓不齐。不齐（前521—？年），字子贱，春秋末鲁国人。孔子学生。曾为单父宰，相传其身不下堂，鸣琴而治。事见《论语·公冶长》《吕氏春秋·察贤》。

[19] 通儒：指博通古今、学识渊博的儒者。《后汉书·杜林传》："林从（张）竦受学，博洽多闻，时称通儒。"注："《风俗通》曰：儒者，区也。言其区别古今，居则玩圣哲之词，动则行典籍之道，稽先王之制，立当时之事，此通儒也。"

[20] 生佛：活佛。《释门正统》卷三："时优填王不堪恋慕，铸金为像。闻佛当下，以象载之，仰候世尊，犹如生佛。"用以喻有恩德的官吏。宋戴翼《贺陈待制启》："福星一路之歌谣，生佛万家之香火。"

[21] 奰：大貌。《诗经·鲁颂·閟宫》："松角有奰，路寝孔硕。"　几几：盛貌。《诗经·豳风·狼跋》："公孙硕肤，赤舄几几。"指鞋饰的华丽。

[22] 祖道：古代为出行者祭祀路神并设宴送行的礼仪。《汉书·公孙刘田王杨蔡陈郑传》："贰师将军李广利将兵出击匈奴，丞相为祖道，送至渭桥，与广利辞决。"

[23] 云龙：即龙。《易经·乾卦》："云从龙，风从虎，圣人作而万物睹。"唐李白《胡无人》："云龙风虎尽交回，太白入月敌可摧。"

[24] 陈王：注见卷三《陈王行祠灾》。

[25] 破雾：拨雾，将雾冲开。宋陆游《观月》诗："谁琢天边白玉盘，亭亭破雾上高寒。"

[26] 朝晡：朝时（辰时）至晡时（申时），亦指朝时与晡时。《三国志·蜀书·费祎传》："顷之，代蒋琬为尚书令。"裴松之注引《祎别传》："常以朝晡听事，其间接纳宾客，饮食嬉戏，加之博弈，每尽人之欢，事亦不废。"

[27] 帆蒲：即"蒲帆"之倒，用蒲草编织的帆。唐李贺《江南弄》诗："水风浦云生老竹，渚暝蒲帆如一幅。"

［28］剥啄：亦作"剥琢"，敲门或下棋声。宋苏轼《次韵赵令铄惠酒》："门前听剥啄，烹鱼得尺素。"

［29］陈孔璋：即陈琳。琳，东汉广陵射阳人，字孔璋。初为何进主簿，后归袁绍，尝为绍作檄文，数曹操罪状。绍败归操，操爱其才而不咎，以为记室。《三国志》附于《王粲传》。

［30］西园：园名，汉末曹操所建，在邺都。三国曹丕《芙蓉池作》诗："乘辇夜行游，逍遥涉西园。"

［31］鸾鹤：鸾与鹤，相传为仙人所乘。南朝宋汤惠休《楚明妃曲》："骖驾鸾鹤，往来仙灵。"亦借指神仙。

［32］嵇吕：嵇为嵇康，吕为吕安。

黄庚南以近作八首见示，赋此奉酬

八音调协卷中诗[1]，不负生花笔一枝[2]。句比穿珠真见巧，才惊刻烛尚嫌迟[3]。萍逢喜结经年契，兰讯翻增异地思[4]。留得春光欣遇闰，清游好趁艳阳时。

【注】

［1］八音：古代称金、石、丝、竹、匏、土、革、木为八音。金为钟，石为磬，琴瑟为丝，箫管为竹，笙竽为匏，埙为土，鼓为革，柷敔为木。《史记·五帝本纪》："诗言意，歌长言，声依永，律和声，八音能谐，毋相夺伦，神人以和。"

［2］生花笔：喻杰出的写作才能。五代王仁裕《开元天宝遗事·梦笔头生花》："李太白少时，梦所用之笔头上生花，后天才赡逸，名闻天下。"

［3］刻烛：南齐竟陵王萧子良，曾夜集学士作诗，刻烛计时。作四韵诗的，刻烛一寸为标准。见《南史·王僧儒传》。后以"刻烛成诗"或"刻烛求篇"，比喻诗才敏捷。

［4］兰讯：对别人书信的美称。语出晋谢混《诫族子》诗："通远怀清悟，采采标兰讯。"

读金氏《风檐录》，赠金镜如大令

其　一

冠冕南州恃一经[1]，先德著述甚富[2]。含英漱润世流馨。龙门迭报新衣钵，鸾掖长留旧典型[3]。金石千秋铭治谱[4]，江山百粤炳精灵。风檐此后绳绳继[5]，想见渊源在鲤庭[6]。

其　二

琴鹤轻装岭右来[7]，曾从珊网庆抡材[8]。大令乙酉、己丑并充同考官。壮猷小试飞凫舄[9]，豪气犹腾市骏台[10]。闻分发后尚试礼部。志大文章难报国，时艰边徼正需才。高堂况有于陵健[11]，昼锦他年取次开①[12]。

【校】

①"开"字贺本为"闻"，据粤本改。

【注】

［1］冠冕：冠、冕都戴在头上，比喻受人拥戴或出人头地，也是仕宦的代称。　南州：泛指南方地区。《楚辞·远游》："嘉南州之炎德兮，丽桂树之冬荣。"姜亮夫校注："南州犹南土也，此当指楚以南之地言。"此处当指两广一带。

［2］先德：有德行的前辈。唐僧慧立、彦悰《大慈恩寺三藏法师传》："后复北游，询求先德。"

［3］鸾掖：犹鸾台，唐代门下省的别名。唐李商隐《和刘评事永乐闲居见寄》："看封谏草归鸾掖，尚贾衡门待鹤书。"

［4］治谱：《南齐书·良政传·傅琰》："琰父子并著奇绩，江左鲜有。世云：'诸傅有《治县谱》，子孙相传，不以示人。'"后因以"治谱"为称颂父子兄弟居官有治绩之典。

［5］绳绳：众多貌。《诗经·周南·螽斯》："螽斯羽，薨薨兮。宜尔子孙，

绳绳兮。"

[6] 鲤庭：注见卷一《寄怀内弟黄玉之、海帆昆仲》。

[7] 琴鹤：古人常以琴鹤相随，表示清高、廉洁。唐郑谷《赠富平李宰》诗："夫君清且贫，琴鹤最相亲。"

[8] 珊网：即"珊瑚网"。原指捞取珊瑚的铁网，语本《新唐书·西域传下·拂菻》："海中有珊瑚洲，海人乘大舶，堕铁网水底。珊瑚初生磐石上，白如菌，一岁而黄，三岁赤，枝格交错，高三四尺。铁发其根，系网舶上，绞而出之，失时不取即腐。"引申指收罗珍品或人才的措施。清冯桂芬《顾侍萱学博蓉湖渔隐图》诗："方今天子正崇儒，珊网未许遗元珠。"　抢才：选择木材。《周礼·地官·山虞》："凡邦工入山林而抢才，不禁。"后借指选拔人才。

[9] 凫舄：指仙履，喻指仙术。亦常用为县令的典实。语出《后汉书·方术列传上·王乔》："王乔者，河东人也。显宗世，为叶令。乔有神术，每月朔望，常自县诣台朝。帝怪其来数，而不见车骑，密令太史伺望之。言其临至，辄有双凫从东南飞来。于是候凫至，举罗张之，但得一只舄焉。乃诏尚方视，则四年中所赐尚书官属履也。"　壮猷：也作"壮犹"。大事业，大计划。《诗经·小雅·才芑》："方叔元老，克壮其犹。"传："壮，大；犹，道也。"清魏源《古微堂集·默觚下·治篇》卷七："何谓壮猷？非常之策，陈汤不奏于公卿；破格之功，班超不谋于从事。出奇冒险，不拘文法，不顾厉害者是也。"

[10] 市骏台：即"金台市骏"，犹言千金市骨。谓不惜以高价买养骏马。比喻延揽贤才十分诚恳。语本《战国策·燕策一》所载燕昭王千金购千里马骨，筑黄金台招贤的故事。

[11] 于陵：地名。借指陈仲子，因居于陵，故称。语出《孟子·滕文公下》："匡章曰：'陈仲子岂不诚廉士哉？居于陵，三日不食，耳无闻，目无见也。'"陈仲子本名陈定，字子终。其先祖为陈国公族，先祖陈公子完避战乱逃到齐国，改为田氏，所以陈仲子又叫田仲。陈仲子因见其兄食禄万钟，以为不义，故避兄离母，又先后坚辞不受齐国大夫、楚国国相等职，先迁居于陵，后隐居长白山中，终日为人灌园，以示"不入污君之朝，不食乱世之食"，最终饥饿而死。

[12] 昼锦：出自《汉书·项籍传》："羽见秦宫已毁，思归江东，曰：'富贵不归故乡，如衣锦夜行。'"《史记·项羽本纪》作"衣绣夜行"。后遂称富贵还乡为"衣锦昼行"，省作"昼锦"。

沅儿府试冠军,寄诗勖之

名姓居然列榜头,才华岂易动昭州[1]。少年英气初腾剑,良友多情早卜瓯[2]。县试时,同人已预拟。好藉微荣娱老景,家大父悬望颇切。莫矜小捷怠前修[3]。品题尚有宗工在[4],雕鹗盘空盼晓秋[5]。

【注】

[1] 昭州:州名。三国吴置平乐县,属始安郡,唐武德四年(621)于平乐县置乐州,贞观八年(634)改名昭州。元大德中改平乐府,明清因之。今广西平乐县即其旧境。

[2] 卜瓯:即"瓯卜"。《新唐书·崔琳传》:"玄宗每命相,皆先书其名。一日书琳等名,覆以金瓯,会太子入,帝谓曰:'此宰相名,若自意之,谁乎?即中,且赐酒。'太子曰:'非崔琳、卢从愿乎?'帝曰:'然。'"后世因以"瓯卜"为择相之称。

[3] 前修:注见卷一《乡举揭晓,寄星衢弟并莫义生》。

[4] 品题:注见本卷《墨村司马招游浮山,为子元榷使饯别。榷使成五言古三章,次韵奉和》。　　宗工:长官。《尚书·酒诰》:"越在内服,百僚庶尹,惟亚惟服宗工。"传:"服事尊官,亦不自逸。"也指"宗匠"。指学问或技艺为众所推崇的人。

[5] 雕鹗:雕和鹗,皆为善飞的猛禽。比喻人才力雄健。唐杜甫《奉赠严八阁老》:"蛟龙得云雨,雕鹗在秋天。"

夜 雨 感 作

别雨淮风夜景幽[1],一灯枯坐兴夷犹[2]。书声静不闻金石,剑气光应烛斗牛[3]。云路初登人贺喜[4],沅儿新补博士弟子员。债台难筑我添愁。流芬究是旃檀远[5]，一卷诗轻万户侯。

时余阅小霞《灵檀仙馆诗钞》，末句用本集[6]。

【注】

[1] 别雨淮风：注见卷二《馆见在书斋示诸生戊寅》。

[2] 夷犹：迟疑不前，同"夷由"。屈原《九歌·湘君》："君不行兮夷犹，蹇谁留兮中洲。"

[3] 剑气光应烛斗牛：化用晋张华故事。《晋书·张华传》："吴之未灭也，斗牛之间常有紫气。及吴平之后，紫气愈明。华闻豫章人雷焕妙达伟象，乃要焕宿，因登楼仰观。华曰：'是何祥也？'焕曰：'宝剑之精，上彻于天耳。'华曰：'在何郡？'焕曰：'在豫章丰城。'华即补焕为丰城令。焕到县掘狱屋基得一石函，中有双剑，并刻题，一曰龙泉，一曰太阿。焕遣使送一剑与华，留一自佩。"后这对宝剑入水化为双龙。剑出土后，牛、斗二星之间常有的紫气就消失了。

[4] 云路：犹言青云之路。喻宦途。

[5] 旃檀：即檀香。梵语为旃檀那。唐释慧琳《一切经音义》卷二十七《妙法莲花经·序品·旃檀》："旃檀那，谓牛头旃檀等，亦即紫檀之类。白谓白檀之属。"

[6]《灵檀仙馆诗钞》：余应松撰。应松，字小霞。清广西人。嘉庆进士，曾任广西三防塘主簿，大滩司巡检，桂州通判。工楹联，梁章钜说他"以诗人沉滞粤西末僚，亦工作联语"。

题《徐啸三诗集》

其　一

徐陵新咏徐熙画[1]，克继家风有几人？妙绝一枝仙李笔[2]，好花渲染四时春。

其　二

作宦匆匆只十年,须知梅尉本神仙[3]。一官脱屣飘然
去[4],清福翻归翰墨缘[5]。

其　三

橘江流寓几春秋,莲幕过从俉唱酬[6]。消尽人间才子气,
百城甘作小诸侯[7]。

其　四

汰尽泥沙自拣金,全集删存四卷。灯前开卷费沉吟。他年
购遍鸡林贾[8],不负推敲一片心。

【注】

[1] 徐陵(507—583):字孝穆,南朝陈东海(今山东郯城)人。徐摛之子。
仕梁为通直散骑常侍,当时诏策诰命,多出其手。陵文章绮艳,与庾信齐名,时
称"徐庾体",但所作以奏议为多,文学成就不及信。　　徐熙:五代南唐钟陵
(今江西进贤县)人。善写生,常游园圃间,遇景辄留,故传写物态富有生意。长
于花果虫鸟。落墨自然,不以"傅色晕淡细碎为功"。《宣和画谱》著录有149件
之多,对后世花鸟画影响很大。

[2] 仙李:唐代大诗人诗仙李白。这里指徐啸三。

[3] 梅尉:对县尉的美称,后亦泛称地方官。典出《汉书·梅福传》:"梅
福字子真,九江寿春人也。少学长安,明《尚书》《穀梁春秋》,为郡文学,补南昌
尉。后去官归寿春,数因县道上言变事,求假轺传,诣行在所条对急政,辄报罢。
是时成帝委任大将军王凤,凤专势擅朝,而京兆尹王章素忠直,讥刺凤,为凤所
诛。王氏浸盛,灾异数见,群下莫敢正言。福复上书。至元始中,王莽颛政,福
一朝弃妻子,去九江,至今传以为仙。其后,人有见福于会稽者,变名姓,为吴市
门卒云。"

[4] 脱屣:比喻看得很轻,无所顾恋,犹如脱掉鞋子。《汉书·郊祀志
上》:"嗟乎! 诚得如黄帝,吾视去妻子如脱屣耳!"颜师古注:"屣,小履。脱屣

者,言其便易,无所顾也。"

[5] 翰墨缘:指诗文书画等笔墨遇合的机缘。清袁枚《随园诗话补遗》卷五:"莆田吴荔娘题云:'他时理棹苕溪上,好结香闺翰墨缘。'"

[6] 莲幕:幕府。南齐王俭于高帝时为卫将军,即宰相之职,领朝政,一时所辟,皆才名之士,时人以入俭幕府为入莲花池,言如红莲绿水,交相辉映,后因称幕府为莲幕。

[7] 百城:借指各地的地方官。汉潘勖《册魏公九锡文》:"刘表背诞,不供贡职。王师首路,威风先逝。百城八郡,交臂屈膝。"

[8] 鸡林贾:古代朝鲜之商人。唐白居易工诗,当时士人争传,鸡林行贾,以白诗售与国相。见《新唐书·白居易传》。后以指诗名之盛。

拟韩昌黎《石鼓歌》

石鼓肇自周宣王[1],中兴伟业莫与方[2]。功成勒石置太庙[3],钟镛鼖鼗同垂光。我闻当年鼓有十,两楹罗列何堂堂?自周历唐数千载,沧海几度成田桑[4]。神物独为天呵护,榻来一纸吾友张。我揩老眼灯下读,辞义邃密穷微茫。似隶非隶篆非篆,虫文鸟迹难推详[5]。或者年深点画缺,无乃文古光芒长。风霜苔藓不敢蚀,龙蛇飞舞蛟鼍藏。扣之有声扪有棱,昭回云汉钦天章[6]。自昔好古嗜奇士,金石著录慬遗忘。我生足迹半天下,睹此至宝神飞扬。会当上书告当陛[7],留诸太学长流芳[8]。鸿都虎观同考究[9],汤盘禹鼎相颉颃[10]。免教沦落到榛莽,牧童摩挲增感伤。周德未衰善继述,矧今圣明功辉煌。淋漓大笔待濡染,后先相映文词昌。且书万本诵万遍,歌成余意犹仿徨。

【注】

[1] 石鼓肇自周宣王:唐初在陕西凤翔府陈仓山(今陕西省宝鸡市石鼓

山)出土的十块鼓形石,上刻籀文(大篆)四言诗,每块十首为一组。发现时文字已残缺不全,其内容及刻石时代众说纷纭。唐张怀瓘等谓是周宣王大狩所作,宋程大昌等断为周成王时所作,郑樵因其文往往与秦器相合,又指为秦刻。金马定国以为是北周时之物。近人考证定为秦刻,叙述当时贵族田猎游乐生活。鼓文唐时已损,宋欧阳修所见仅四百八十五字,后人所见,字数愈少。清乾隆时别选贞石摹勒鼓文,便人拓印,于是石鼓文遂有新旧二种。原石现藏北京故宫博物院。唐韩愈有《石鼓歌》诗。

[2] 中兴伟业:指"宣王中兴"。周宣王即位后,消除厉王暴虐政治的影响,缓和国内外不安定书面,任用召穆公、周定公、尹吉甫等大臣,整顿朝政,使王道已衰落的周朝王室得到一时的复兴,大大提高了王室的威信,诸侯又重新来朝,史称"宣王中兴"。不过,宣王中兴,为时并不长,到了宣王晚年,国势又走下坡路了。

[3] 勒石:刻字于石,亦指立碑。《隋书·史万岁传》:"于是勒石颂美隋德。" 太庙:天子的祖庙。夏朝时称为"世室",殷商时称为"重屋",周称为"明堂",秦汉时称为"太庙"。最早太庙只是供奉皇帝先祖的地方。后来皇后和功臣的神位在皇帝的批准下也可以被供奉在太庙。

[4] 沧海几度成田桑:即"沧海桑田",也作"桑田沧海",又简称"沧桑"。沧海,大海;桑田,种桑树的地,泛指农田。意思是大海变成农田,农田变成大海。比喻世事变化很大。语出晋葛洪《神仙传·麻姑》:"麻姑自说云:接侍以来,已见东海三为桑田。"

[5] 虫文:虫蛇食树叶,痕迹曲折,有似人之书字。其中秦书八体之中有此。 鸟迹:即鸟篆,形如鸟迹。《后汉书·蔡邕传》:"本颇以经学相招,后诸为尺牍及工书鸟篆者,皆加招引。"

[6] 昭回:谓星辰光耀回转。《诗经·大雅·云汉》:"倬彼云汉,昭回于天。"朱熹《诗集传》:"昭,光也。回,转也。言其光随天而转也。"明李贽《杂说》:"喷玉唾珠,昭回云汉,为章于天矣。" 天章:犹言天文,指分布在天空的日月星辰等。宋苏轼《韩文公庙碑》:"公昔骑龙白云乡,手决云汉分天章。"

[7] 当陛:此处指执政者。

[8] 太学:古学校名,即国学。相传虞设庠,夏设序,殷设瞽宗,周设辟雍,即古太学。汉武帝元朔五年(前136),始置太学,立五经博士。隋初置国子

监。唐设国子、太学、广文、四门、律、书、算七学,属国子监。宋也兼置国子、太
学。明以后,不设太学,只要国子监,在监读书的称太学生。

[9] 鸿都:东汉宫门,其内置学及书库。《后汉书·灵帝本纪》光和元年
(178)二月:"始置鸿都门学生。"又《后汉书·儒林传序》:"及董卓移都之际,吏
民扰乱,自辟雍、东观、兰台、石室、宣明、鸿都诸藏典策文章,竞共剖散。"唐韩愈
《石鼓歌》:"观经鸿都尚填咽,坐见举国来奔波。"　　虎观:即"白虎观",汉代
宫观名。东汉章帝建初四年(79)于此会群儒,讲议五经同异,用皇帝名义制成
定论,名为《白虎议奏》。

[10] 汤盘:商汤的浴盘,刻有铭文。《礼记·大学》:"汤之《盘铭》曰:'苟
日新,日日新,又日新。"唐李商隐《韩碑》:"汤盘孔鼎有述作,今无其器存其
词。"　　禹鼎:疑为"周鼎"之误,周朝传国有九鼎。　　颉颃:不相上下,相
抗衡。《后汉书·史弼传论》:"史弼颉颃严吏,终全平原之党。"注:"颉颃犹上
下也。"

元旦试笔辛卯

　　旖旎春光转去年,晴和晓色丽长天。山明螺黛犹余雪,鼎
爇龙涎细袅烟[1]。我辈椒花惭颂祷[2],谁家爆竹竞喧阗。重
堂幸有期颐叟[3],愿益椿筹纪八千[4]。

【注】

[1] 爇:点燃,焚烧。　　龙涎:即"龙涎香"。汉代渔民在海里捞到一
些灰白色清香四溢的蜡状漂浮物,这就是经过多年自然变性的成品龙涎香。有
一股强烈的腥臭味,但干燥后却能发出持久的香气,点燃时更是香味四溢,比麝
香还香。当地的一些官员,收购后当作宝物贡献给皇上,在宫廷里用作香料,或
作为药物。当时,谁也不知道这是什么宝物,炼丹术士认为这是海里的"龙王"
在睡觉时流出的口水,滴到海水中凝固起来,经过天长日久,成了"龙涎香"。

[2] 椒花:即"椒花颂"。晋刘臻妻陈氏当正月初一献《椒花颂》。见《晋

书·列女传》。后用为新年祝词之典。

[3] 期颐：称百岁之人。百年为人生年数之极，故曰期。此时起居生活待人养护，故曰颐。《礼记·曲礼上》："百年曰期颐。"

[4] 椿寿：语出《庄子·逍遥游》："上古有大椿者，以八千岁为春，八千岁为秋。"后遂以"椿寿"指大椿的寿命，比喻长寿、高龄。

盆中水仙花盛开

其　一

白石清泉养嫩芽，金杯银盏献菁华。不凭寸土能生叶，才入新年便作花。虢国芳姿空粉黛[1]，素兰香气逗窗纱。凌波步出钗微颤，风致翩翩想碧霞。

其　二

两月栽培始吐妍，欲争春色耐寒天。修成慧业清如水，脱尽凡胎品即仙。冷艳居然尘外物，幽香合结静中缘。吹嘘未藉东风力，桃李都输得气先。

【注】

[1] 虢国：即"虢国夫人"。唐杨贵妃姊，行三，嫁裴氏。玄宗天宝七年（748），封为虢国夫人，其姊封为韩国夫人，其妹封为秦国夫人。岁给钱千贯，为脂粉之资。虢国常自炫美艳，不施脂粉以见玄宗。见《旧唐书·玄宗杨贵妃传》。

二月初五日到书院

其　一

十日淫霖滞客程，半天新霁促行旌[1]。此来未受泥涂辱，恰有烟波一棹迎。

其　二

轻装快马到临江,入夜惊闻雨打窗。我已安眠心尚怯,满楼风撼似寒泷[2]。

【注】

[1] 行旌:旧指官员出行时的旗帜,亦泛指出行时的仪仗。

[2] 寒泷:冬天的雨滴。

观　剧

音乐嗷嘈贯耳惊[1],衣冠藻耀映灯明。神传两字了无分[2],唱到五更犹有声。铁板铜琶苏学士,晓风残月柳耆卿[3]。只嫌妙舞清歌里,操惯土风时一鸣[4]。

【注】

[1] 嗷嘈:喧声。唐杜甫《荆南兵马使太常卿赵公大食刀歌》:“太常楼船声嗷嘈,问兵刮寇趋不牢。”　贯耳:古代刑罚之一,以箭穿耳。《左传·僖公二十七年》:“子玉复治兵于蒍,终日而毕,鞭七人,贯三人耳。”此处指声音很大,似乎能把耳朵穿透。

[2] 神传:谓精神往下传。清王夫之《管大兄弓伯挽歌》序:“夫万汇之息,形生为下,神传为上。今兄以其孝友义烈如云如日,其晖荫所注,且将孕为千百奇男子,以似续古人。”

[3] 铁板铜琶苏学士,晓风残月柳耆卿:苏学士是苏轼,柳耆卿为柳永。俞文豹《吹剑续录》:“东坡在玉堂日,有幕士善歌。因问:‘我词何如柳七?’对曰:‘柳中郎词,只合十七八女郎执红牙板,歌“杨柳岸晓风残月”;学士词须关西大汉,铜琵琶,铁绰板,唱“大江东去”。’东坡为之绝倒。”

［4］土风：乡土歌谣或乐曲。《左传·成公九年》：“乐操土风，不忘旧也。”

新　晴

积雨地潮湿，新晴天暖和。急将书画晒，懒听管弦歌。院隔红分杏，庭空绿上莎。水田秧茁否？播谷鸟声多。

二十日家大父寿辰敬赋

乡园回首暮云深，春酒《羔羊》系客心[1]。白发独留闲岁月，黄金难买此光阴。离家未逐莱衣舞[2]，捧砚弥思谢客吟[3]。谢灵运有《述祖德诗》。陔下有兰馨膳好，板舆端不羡华簪[4]。

【注】

［1］春酒：冬季酿制，及春而成，故称，也叫冻醪。《诗经·豳风·七月》：“为此春酒，以介眉寿。”　　《羔羊》：《国风·召南》中的一篇，反映当时在位官员与老百姓和谐相处的情景，赞美在位者的纯正之德。

［2］莱衣：出自二十四孝“戏彩娱亲”故事。传说春秋楚老莱子奉二亲至孝，行年七十，著五彩衣，弄雏鸟于亲侧。后因以莱衣为年老孝顺不衰的典故。

［3］谢客：指南朝谢灵运，小名客儿。

［4］板舆：古代一种用人抬的代步工具，多为老人乘坐。晋潘岳《闲居赋》：“太夫人乃御板舆，升轻轩，远览王畿，近周家园。”后因以代指官吏在任迎养父母之词。　　华簪：华贵的帽簪，比喻贵官。晋陶渊明《和郭主簿》：“此事真复乐，聊用忘华簪。”

胡鼎斋少尉招饮，遇雨

薄暮胡威折简催[1]，银灯红处绮筵开。竟烦洒道清尘迓，
莫笑拖泥带水来。风雨勾留迟见跋[2]，形骸脱略快衔杯[3]。
春江正待桃花涨，何碍淋铃曲更裁[4]。

【注】

[1] 胡威（? —280）：字伯虎，一名貔。淮南寿春（今安徽寿县）人。魏末
西晋时名守。胡威早年就自勉立志向上，与其父都以廉洁慎重而闻名于世。后
来被任命为侍御史，又迁安丰太守，封南乡侯，升为徐州刺史，在任上，勤于习
政，使教化之风盛行一世。再迁监豫州诸军事、右将军、豫州刺史。又入朝任尚
书，加奉车都尉，曾向晋武帝建言，认为时政过于宽松。再拜前将军、监青州诸
军事、青州刺史，因功进封平春侯。卒谥曰烈。此处借指胡鼎斋。

[2] 见跋：谓显出烛根。语出《礼记·曲礼上》："烛不见跋。"郑玄注：
"跋，本也。"孔颖达疏："本，把处也。古者未有蜡烛，唯呼火炬为烛也。火炬照
夜易尽，尽则藏所然残本。"

[3] 脱略：放任，不拘束，轻慢，不以为意。《晋书·谢尚传》："脱略细行，
不为流俗之事。"　　衔杯：口含酒杯，多指饮酒。晋刘伶《酒德颂》："捧罂承
槽，衔杯漱醪。"

[4] 淋铃曲：即"雨霖铃"，也作"雨淋铃"。唐教坊曲名。相传唐玄宗避安禄
山之乱入蜀，初入斜谷，霖雨涉旬，于栈道中闻铃声与山相应，因悼念杨贵妃，遂采其
声制《雨霖铃》曲以寄恨。时梨园弟子中惟张野狐善觱篥，因吹之，遂传于世。参
阅唐郑处海《明皇杂录》、宋乐史《杨太真外传》、王灼《碧鸡漫志》卷五《雨霖铃》。

美　人　蕉

丰姿艳绝斗霞光，自卷芳心不吐香。红雨乱飞添粉黛，绿

云深护想衣裳。倚寒翠袖怜修竹,睡足青春笑海棠。宠锡佳
名从白傅[1],可容题叶一催妆[2]。

【注】

[1] 白傅:唐白居易开成初授同州刺史,不拜,改太子少傅。后来诗文中
常省称其为白傅。

[2] 题叶:即"红叶题诗"。唐人小说记红叶题诗颇多,事同而人物各异。
如:1. 唐宣宗时,卢渥赴京应举,偶临御沟,拾得红叶,叶上题诗曰:"流水何太
急,深宫近日闲。殷勤谢红叶,好去到人间。"后宣宗放出部分宫女,许从百官司
吏,渥得一人,即题诗者。见唐范摅《云溪友议》。2. 唐僖宗时于祐于御沟得红
叶,上有诗句,同《云溪友议》。后于祐娶得遣放宫女韩氏,即题诗者。见宋刘斧
《青琐高议》前集《流红记》。3. 唐玄宗时顾况于苑中流水上得一大梧叶,上题
诗云:"一入深宫里,年年不见春。聊题一片叶,寄与有情人。"况亦于叶上题诗
和之。

寒　食[1]

舞遍东风柳放颠[2],春城佳句忆唐贤[3]。依然节序传寒
食,无复人家禁火烟。芳草芊绵朝试马[4],幽林萧瑟夜啼鹃。
介山遗事凭谁说[5],肠断灰飞陌上钱。

【注】

[1] 寒食,即寒食节,亦称"禁烟节"、"冷节"、"百五节"。清明节前一或
二日,在这一日,禁烟火,只吃冷食,所以叫做"寒食节"。在后世的发展中逐渐
增加了祭扫、踏青、秋千、蹴鞠、牵勾、斗卵等风俗。寒食节前后绵延两千余年,
曾被称为民间第一大祭日。相传此俗源于纪念春秋时晋国介子推。当时介之
推与晋文公重耳流亡列国,曾割股肉供文公充饥。文公复国后,之推不求利禄,
与母归隐绵山。文公焚山以求之,之推坚决不出山,抱树而死。文公葬其尸于

绵山,修祠立庙,并下令于子推焚死之日禁火寒食,以寄哀思,后相沿成俗。

　　[2] 放颠:放纵颠狂。唐杜甫《绝句》之九:"设道春来好,狂风大放颠。"

　　[3] 春城佳句忆唐贤:唐韩翃有诗《寒食》:"春城无处不飞花,寒食东风御柳斜。日暮汉宫传蜡烛,轻烟散入五侯家。"

　　[4] 试马:即"持戈试马",比喻做好准备,跃跃欲试。

　　[5] 介山遗事:即介子推的故事,见《左传·禧公二四年》《史记·晋世家》。

清　明

其　一

　　四郊新绿长桑麻,细数番风到楝花[1]。今岁清明天气好,踏青谁醉绮罗家?

其　二

　　落花飞絮感春深,领略余香度远林。听唤卖饧声过处[2],江乡风景系诗心。

【注】

　　[1] 楝花:即"楝花风",二十四花信风之末,时当暮春。宋何梦桂《再和昭德孙燕子韵》:"处处社时茅屋雨,年年春后楝花风。"

　　[2] 饧:用麦芽或谷芽之类制成的饴糖。宋李彭老《浪淘沙》:"泼火雨初晴。草色青青。傍檐垂柳卖春饧。"

清明即景,戏用叠字体[1]

　　清明连日气清明,一片人声续马声。二月天交三月令,前

峰阴间后峰晴。不衫不履多游客，无酒无花动旅情。楼下罢
吟楼上坐，书生今亦拥书城。<small>时马中丞发书多种，置讲院楼上。</small>

【注】

[1] 叠字体，叠字是指两个相同的字重叠而成一个词，也称"重言词"，因
此叠字诗也称"重言诗"。叠字大体可分三种：拆字叠、回文叠、双字叠，叠字诗
属于双字叠。叠字诗是指诗中的部分句子或全诗各句都用叠字组成。全诗各
句都用叠字组成的为叠字体诗。诗中叠字由来已久，最早见于《诗经·卫风·
硕人》。顾炎武《日知录》："诗用叠字最难。《卫风》'河水洋洋，北流活活。施
罛濊濊，鱣鲔发发。葭菼揭揭，庶姜孽孽'，连用六叠字，可谓复而不厌，赜而不
乱矣。"

临 江 杂 兴

其 一

丹甑山头拥瑞云[1]，<small>孤亭卓立至今闻。唐时彩云见甑山，刺
史李邰建亭记之</small>[2]。一官屡见贤臣谪，百里何堪数县分。<small>旧辖三
县。</small>祠庙典隆唐秀士，<small>谓陈王</small>[3]。墙关迹著宋将军。<small>岳武穆征曹
成，筑营于大墙关</small>[4]。城荒市闹浮梁接[5]，不尽江流送夕曛[6]。

其 二

嵯峨殿阁峙城东，<small>东楼武庙新修，极壮丽。</small>人倚层霄眼界空。
楼角倒涵春水绿，<small>榷舍税□俱濒江。</small>塔尖遥射晚霞红。<small>城东南隅
笔塔，光绪乙亥建。</small>桂花井汲泉源活，<small>桂花井在城南。</small>玉印山浮砥
柱同。<small>即浮山镇，临贺水口。</small>望到南郊增怅惘，荔支亭圮剩荒
丛①。<small>荔支亭在南城外，今废。</small>

其　三

红羊一劫扫残灰,地运欣随岁运开。邑中自兵燹后,仕宦科名转盛。使节垂勋铭柱石^②,谓林贞伯中丞。班仙^③联袂到蓬莱[7]。刘海臣、于晦若、李南陔相继入词馆,均前此未有。乌龙滩下看龙跃,河东江干有乌龙庙。丹凤庵前盼凤来。丹凤庵在七分峡口。回首昭忠祠畔路,英魂今可慰重台[8]。祠亦去岁新建。

其　四

桑长荒洲蚕事兴,大洲地新植桑数十万株,现设蚕局三处。闾阎美利又蒸蒸[9]。十三本政书空托,林教授勋著。七一奇峰秀尚凝。宝气腾霄辉五岭,邑境五金并产。钟声破晓悟三乘[10]。三乘寺有南汉铜钟。濂溪风月千秋在,莫认莲花作瑞征。桂岭周子祠前塘莲,自宋迄今犹存,里人以花盛衰卜岁丰歉,甚验。

【校】

① 贺志为"荔支何处有亭通"。

② "石"字贺志为"国"。

③ 原为"神仙",据贺志改。

【注】

临江:珠江水系西江支流,其上游为富江,在贺州市八步区境内,富江干流由西湾镇沿东南方向流入县境至贺街段称临江。

[1] 丹甑山:在贺州境内。《贺县志·山川》记载说:"丹甑山,城西七里,俗名二甑,一山两峰,端然并峙,为县之主山。唐太和时,彩云见,刺史李郃更名瑞云。建有瑞云亭,有记,不存,亭今废。"

[2] 李郃:郃,生卒年不详,字子元,唐延唐(今湖南宁远)人。唐大和二年(828)应贤良对策制举。官贺州刺史,清正为民。

[3] 陈王:注见卷三《陈王行祠灾》。

[4] 岳武穆:即南宋民族英雄岳飞。　曹成(1113—?),汝阴(今安徽阜阳颍州区人)人。少有大志,常向邻人说:"天下为己任者,舍我其谁?"但因

家贫,十五岁随父当了铁匠。南宋绍兴十年(1140),金兀术自黎阳取河南,连陷汴梁以南州县。正当顺昌(今阜阳市)危机时,刘锜统兵至城下。曹成察觉刘锜有与顺昌共存亡的决心,先是给八字军铸枪锻剑,继而按照刘锜的计划,在要害处投毒放药,最后参加敢死队,以一当百,屡战皆捷。金兵败退,刘锜嘉其战功,封官行赏。曹成不受,说道:"倾巢无完卵,保乡卫土乃我分内之事。"曹成回到铁匠铺,被人称为义勇,倍受敬重。

[5]浮梁:联舟而为桥,即浮桥。《方言》卷九:"艁舟谓之浮梁。"艁,古"造"字。

[6]夕曛:落日的余晖。南朝宋谢灵运《晚出西射堂》诗:"晓霜枫叶丹,夕曛岚气阴。"

[7]班仙:即仙班,天上仙人的行列。《云笈七签》卷一百零三:"仙班既退,光明遍彻诸天焉。"

[8]重台:用以比喻同类事物中最低下者。《说郛》卷六十九引宋赵构《翰墨志》:"公(米芾)效羊欣,而评者以婢比欣,公岂俗所谓重台者耶。"

[9]闾阎:泛指民间。《史记·苏秦列传》"太史公曰":"夫苏秦起闾阎,连六国从亲,此其智有过人者。"《汉书·异姓诸侯王表》:"谪戍强于五伯,闾阎倡于戎狄。"注:"闾,里门也。阎,里中门也。陈胜吴广本起闾左之戍,故总言闾阎。"

[10]三乘:佛教语。一般指小乘(声闻乘)、中乘(缘觉乘)和大乘(菩萨乘)。三者均为浅深不同的解脱之道。亦泛指佛法。《魏书·释老志》:"初根人为小乘,行四谛法;中根人为中乘,受十二因缘;上根人为大乘,则修六度。虽阶三乘,而要由修进万行,拯度亿流,弥历长远,乃可登佛境矣。"此处指三乘寺。

校刊《修拙斋诗》,再赋二律[1]

其　一

欲补时艰竟莫偿,雁行先后滞蛮方[2]。九原骨肉别离苦,

君与弟小江卒于黔,其夫人卒于桂林,嗣君宪斌卒于家。千里云山奔

走忙。叶令凫飞空报国[3]，丁仙鹤化或还乡[4]。斯人不信修偏拙，仅占诗名翰墨场。

其　二

吏部文章李汉存[5]，谓翰卿。寒灯开卷夜同论。淋漓墨渖犹如旧[6]，浓郁经腴凤有根[7]。一样功名麟阁寄[8]，此中声价艺林尊。护持更得驹千里[9]，谓秉初。蔚起青箱在德门[10]。

【注】

[1]《修拙斋》即《修拙斋诗集》，二卷，清贺县钟毓奇著。

[2] 雁行：《礼记·王制》："父之齿随行，兄之齿雁行，朋友不相逾。"言兄弟出行，弟在兄后，后因为兄弟之称。　　蛮方：南方。《诗经·大雅·抑》："用戒戎作，用遏蛮方。"高亨注："蛮方，当指南方。"此处指贵州。

[3] 叶令凫飞：叶令本指春秋楚沈诸梁(叶公子高)，至汉人附会，谓明帝时王乔为叶令，乔有神术，县人为之立祠。见汉应劭《风俗通义》卷二《叶令祠》。

[4] 鹤化：也作"鹤驾"。旧题汉刘向《列女传》上"王子乔"："王子乔者，周灵王太子晋也。好吹笙，作凤凰鸣，游伊洛。道士浮丘公接以上嵩高山。三十余年后……果乘白鹤驻山头，望之不可到，举手谢时人，数日而去。"

[5] 吏部文章：即"吏部文章二百年"省称。极言文章精妙，为二百年来所未有。语本《南史·谢朓传》："朓善草隶，长五言诗，沈约常云：'二百年来无此诗也。'"宋欧阳修《赠王介甫》诗："翰林风月三千首，吏部文章二百年。""翰林"即李白，"吏部"指韩愈，一说指谢朓。

[6] 墨渖：墨汁。宋陆游《老学庵笔记》卷八："晃以道藏砚必取玉斗样，喜其受墨渖多也。"

[7] 凤根：谓前生的灵根。明屠隆《彩毫记·蓬莱传信》："蓬莱仙主，责妾荒淫嫉妒，迷却凤根，酿乱召灾，自作罪业，罚作仙都下使。"

[8] 麟阁：一名"麒麟阁"。汉代阁名，在未央宫中。《三辅黄图·阁》："麒麟阁，萧何造，以藏秘书，处贤才也。"汉宣帝时曾图霍光等十一位功臣像于

阁上,以表扬其功绩。见《汉书·苏武传》。古代多以"麒麟阁"或"麟阁"表示卓越的功勋和最高的荣誉。杜甫《投赠哥舒开府翰》诗:"今代麒麟阁,何人第一功?"

[9]护持:保卫扶持。唐白居易《香山寺新修经藏堂记》:"尔时,道场主、佛弟子香山居士乐天,欲使浮图之徒,游者归依,居者护持,故刻石以记之。"

[10]青箱:谓世传家学。《宋书·王准之传》:"曾祖彪之,尚书令。……彪之博闻多议,练悉朝仪,自是家世相传,并谙江左旧事,缄之青箱。世人谓王氏青箱学。"又唐张读《宣室志》卷四:"(沈)约指(其子)谓(陆)乔:'此吾爱子也,少聪敏,好读书,吾甚怜之,因以青箱为名焉,欲使继吾学也。" 德门:仁德人家、有德之家。晋陆机《为陆思远妇作》诗:"洁己入德门,终远母与兄。"又《南史·谢灵运传论》:"然谢氏自晋以降,雅道相传,景恒、景仁以德素传美,景懋、景先以节义流誉……可谓德门者矣。"

梁生俊斋邀同人小集东楼,
重启扶轮吟社,书此纪之

其 一

斫轮将老愧狂奴[1],此事原资大雅扶。几岁骚坛旗鼓竭[2],一军重振执金吾[3]。

其 二

何人入社欲攒眉[4],品酒钟嵘不品诗[5]。谓钟序东。最好东楼新结构,飞觞先醉牡丹时。

其 三

风微日嫩气晴和,如画江城眼底过。一抹遥青争入座,奇峰不让夏云多。

其 四

刻烛催诗次第来[6]，一句一会试新裁。不成有例依金谷[7]，木笔入春花正开[8]。

【注】

[1] 斫轮：相传齐桓公读书于堂上，轮人扁斫轮于堂下，扁答桓公斫车轮之术，要不徐不急，得心应手，有"行年七十而老斫轮"之语。见《庄子·天道》。后称经验丰富、技艺高超的人为斫轮手。　　狂奴：即狂士。《后汉书·严光传》："司徒侯霸与(严)光素旧，遣使奉书。……光不答，乃投札与之，口授说：'君房足下：信至鼎足，甚善。怀仁辅义天下悦，阿谀顺旨要领绝。'霸得书，封奏之。帝笑曰：'狂奴故态也。'"

[2] 骚坛：唐杜牧《雪晴访赵嘏街西所居三韵》："今代风骚将，谁登李杜坛。"后因称诗界为骚坛。

[3] 执金吾：官名，掌管京师治安的长官。《汉书·百官公卿表上》："中尉，秦官，掌徼循京师，有两丞、侯、司马、千人。武帝太初元年，更名执金吾。"注："应劭曰：吾者，御也，掌执金革，以御非常。师古曰：金吾，鸟名也，主辟不祥。天子出行，职主先导，以御非常，故执此鸟之象，因以名官。"按晋崔豹《古今注·舆服》："汉朝执金吾，金吾亦棒也，以铜为之，黄金涂两末，谓为金吾。御史大夫、司隶校尉亦得执焉。"所说略有不同。

[4] 攒眉：皱起眉头，不快或痛苦的神态。旧题汉蔡琰《胡笳十八拍》之五："攒眉向月兮抚雅琴，五拍泠泠兮音弥深。"

[5] 钟嵘(约468—约518)：字仲伟，颍川长社(今河南长葛)人。曾任参军、记室一类的小官。梁武帝天监十二年(513)以后，仿汉代"九品论人，七略裁士"的著作先例，写成诗歌评论专著《诗品》。以五言诗为主，全书将两汉至梁作家122人，分为上、中、下三品进行评论，故名为《诗品》。在《诗品》中，钟嵘提倡风力，反对玄言；主张音韵自然和谐，反对人为的声病说；主张"直寻"，反对用典，提出了一套比较系统的诗歌品评的标准。此处指钟序东。

[6] 刻烛：注见本卷《黄庚南以近作八首见示，赋此奉酬》。

[7] 例依金谷：注见本卷《次韵和黄庚南〈中秋寄怀〉》。

[8] 木笔：花名，即辛夷。以花苞有毛尖长如笔，故名。

科 名 草[1]

春风吹到大罗天[2]，芝草通神独占先[3]。灵气久从椿树寄[4]，嘉名新共杏花传。根来蓬岛缘非偶，帖映泥金色倍鲜[5]。留与窗前书带绿，一茎长伴玉堂仙[6]。

【注】

[1] 科名草，灵芝草的别名。宋陶谷《清异录》上卷《科名草》："杜荀鹤舍前椿树生芝草，明年及第，以漆彩饰，安几砚间，好科名草。"

[2] 大罗天：道家诸天之名。旧题葛洪《枕中记》引《真记》："宣都玉京七宝山，周回九万里，在大罗之上。"唐段成式谓道家列三界诸天数，与释氏同，但名异。三界外曰四人境，为常融、玉隆、梵度、贾奕四天。四人天外曰三清，即大赤、禹余、清微。三清上曰大罗。见《酉阳杂俎》卷二《玉格》。

[3] 芝草：古以为瑞草，服之能成仙。治愈万症，其功能应验，灵通神效，故名灵芝，又名"不死药"，俗称"灵芝草"。

[4] 灵气久从椿树寄：《庄子·逍遥游》："上古有大椿者，以八千岁为春，八千岁为秋。"《本草纲目》曰："椿樗易长而多寿考。"人们常以"椿年"、"椿令"祝长寿。因椿树长寿，习惯常喻父亲。此句意为得自父亲的灵气。

[5] 泥金：金屑，金末。用于书画及涂饰笺纸。借指泥金帖子。宋张元幹《喜迁莺慢》词："姓标红纸，帖报泥金，喜信归来俱捷。"

[6] 玉堂仙：翰林学士的雅号。宋苏轼《舟行至清远县见顾秀才，极谈惠州风物之美》诗："到处聚观香案吏，此邦宜著玉堂仙。江云漠漠桂花湿，海雨翛翛荔子然。"

合 欢 花

其 一

坠欢何处补春余[1]，赖有青棠伴索居[2]。一色花开辰饮后,满庭香晕午晴初。脂红粉白妆俱称,花有红、白二色。玉软珠温画不如。留得千秋情种在,颦眉都向绮筵舒[3]。

其　　二

清阴一亩护灵根[4],露浥秾华薄有痕[5]。笑脸向人如解语,懒妆入夜更销魂。深藏艳质宜金屋[6],欲赏名花藉玉尊。扫尽闲愁擅浓福,春风桃李不堪论。

【注】

[1] 坠欢:失去宠爱。《后汉书·光武郭皇后纪论》:"爱升,则天下不足容其高;欢队,故九服无所逃其命。""队"同"坠"。后因称夫妻离而复合曰坠欢重拾。也称已经过去的欢乐。

[2] 青棠:合欢的别称。晋崔豹《古今注·问答释义》:"青堂,一名合欢,合欢则忘忿。"　索居:孤独地散处一方。《礼记·檀弓上》:"吾离群而索居,亦已久矣。"郑玄注:"群,谓同门朋友也;索,犹散也。"

[3] 颦眉:皱眉。晋戴逵《放达为非道论》:"是犹美西施而学其颦眉,慕有道而折其巾角。"　绮筵:华丽丰盛的筵席。唐陈子昂《春夜别友人》诗之一:"银烛吐青烟,金樽对绮筵。"

[4] 清阴:清凉的树荫。晋陶潜《归鸟诗》:"顾俦相鸣,景庇清阴。"灵根:意为好根。《南都赋》:"固灵根于夏叶。"

[5] 秾华:指女子青春美貌。语出《诗经·召南·何彼秾矣》:"何彼秾矣,唐棣之华。"郑玄笺:"何乎彼戎戎者,乃移之华。兴者,喻王姬颜色之美盛。"

[6] 金屋:这里用汉武帝"金屋藏娇"典。

读裘竹孙司马《感叹集》,即书其后

除夕如教入梦乡,事见本集。贞魂谁与阐幽光[1]? 卅年事业留西粤[2],三烈声名壮北堂[3]。风扇旐檀香自远[4],霜凌翠柏气弥苍。橘江有幸分棠荫[5],从此优游岁月长。

【注】

[1]贞魂:忠烈之魂。南朝梁沈约《奉和竟陵王过刘先生墓下作》:"表闾钦逸轨,轼墓礼贞魂。" 幽光:潜隐的光辉。常用以指人的品德。唐韩愈《答崔立之书》:"诛奸谀于既死,发潜德之幽光。"

[2]西粤:指广西,是相对于广东(粤)而言的。粤,是广东的别称。《吕氏春秋》中称"百越",《史记》中称"南越",《汉书》称"南粤",越与粤通,也简称粤,泛指岭南一带。

[3]北堂:古代居室在北边的叫北堂,为妇女盥洗的地方。《仪礼·士昏礼》:"妇洗在北堂。"注:"北堂,房中半以北。"《诗经·卫风·伯兮》:"焉得萱草,言树之背。"毛传:"背,北堂也。"后因以用北堂作为母亲的代称。

[4]旃檀:注见本卷《夜雨感作》。

[5]棠荫:也做"棠阴"。喻惠政或良吏的惠行。《史记》记载,召公之治西方,甚得民和。召公巡行乡邑,有棠树,决狱事其下,自侯伯至庶人各得其所,无失职者。召公卒,而民人思召公之政,怀棠树,不敢伐,歌咏之,作《甘棠》之诗。《诗经·甘棠》中有"蔽芾甘棠,勿翦勿败,召伯所憩"之句,为周人怀念召伯德政的颂诗。

诗 筒

其 一

书易沉鱼信阻鸿[1],笈筲新样出邮筒[2]。奚囊得句凭谁赠[3],夹袋储名逊此工[4]。千里溯洄秋露白,一函飞递朵云红[5]。骚坛韵事传元相[6],满贮琼瑶两地同[7]。

其 二

阑风伏雨滞邮程[8],密密缄封制自精。漫笑怀人凭竹筒,定知掷地作金声[9]。半株绿玉龙文妙[10]，一骑红尘马足轻。
取置笔床砚池畔，催诗弥触故交情。

【注】

[1] 书易沉鱼信阻鸿：意同"鱼沉雁杳"，比喻书信不通，音信断绝。唐戴叔伦《相思曲》："鱼沉雁杳天涯路，始信人间别离苦。"

[2] 笧筥：竹名，皮薄，节长而竿高。汉杨孚《异物志》："笧筥生水边，长数丈，围一尺五六寸，一节相去六七尺，或相去一丈。庐陵界有之。"

[3] 奚囊：注见卷一《读刘湘芸观察〈石龛诗卷〉》。

[4] 夹袋：衣服里的口袋。宋朱熹《五朝名臣言行录》卷一之《丞相许国吕文穆公》："公(吕蒙正)夹袋中有册子，每四方人替罢谒见，必问其有何人才，客去，随即疏之，悉分门类，或有一人而数人称之者，必贤也。朝廷求贤，取之囊中。"后称备录用的人才为夹袋中人物，本此。

[5] 朵云：对别人书信的敬称。宋王详《回谢王参议启》："尚稽尺牍之驰，先拜朵云之赐"也作"云朵"。

[6] 元相：即丞相，以位居群官之首，故称元相。《资治通鉴》卷一百零三晋咸安二年(372)："元相之重，储傅之尊。"

[7] 琼瑶：本指美玉或美石。《诗经·卫风·木瓜》："投我以木桃，报之以琼瑶。"比喻对别人酬答的礼品或投赠诗文、书信的美称。《文选》南朝梁江淹《杂体诗谢法曹赠别》："烟景若远离，末音寄琼瑶。"注："琼瑶，谓玉音也。"

[8] 阑风优雨：唐杜甫《秋雨叹》之二："阑风优雨秋纷纷，四海八荒同一云。"宋赵子栎注："阑珊之风，沉伏之雨，言其风雨之不已也。"

[9] 掷地作金声：即"金声掷地"，指掷地作金石之声。形容语言文字铿锵有力。清李渔《闲情偶寄·词曲·宾白》："能以作四六平仄之法，用于宾白之中，则字字铿锵，人人乐听，有'金声掷地'之评矣。"

[10] 龙文：即"龙文虎脊"省称。唐杜甫《戏为六绝句》："龙文虎脊皆君驭，历块过都见尔曹。"后常用以指诗文作得好。

挽叔丈黄山甫先生_{卒于周安司署}

其 一

此耗传来惨,乔摧梓并伤[1]。先生三、四两子并丧。九原团
父子[2],千里隔家乡。薄宦谋何益?平生愿未偿。凄凉小儿
女,徼外傍嫠孀[3]。

其 二

廿载称仙尉[4],蛮烟蜓雨中[5]。俸清能饲鹤,书远易沉
鸿。岂料知非岁[6],俄归兜率宫[7]。弟兄南北望,何日聚江
东。外舅枢犹未返。

【注】

[1] 乔摧梓并伤:乔木高,梓木低,比喻父位尊,子位下,因称父子为"乔
梓"。语出《尚书大传》卷四:"伯禽与康叔见周公,三见而三笞之。康叔有骇
色,谓伯禽曰:'有商子者,贤人也,与子见之。'乃见商子而问焉。商子曰:'南山
之阳有木焉,名乔。'二三子往观之,见乔实高高然而上,反以告商子。商子曰:
'乔者,父道也。南山之阴有木焉,名梓。'二三子复往观焉,见梓实晋晋然而俯,
反以告商子。商子曰:'梓者,子道也。'二三子明日见周公,入门而趋,登堂而
跪。周公迎拂其首,劳而食之,曰:'尔安见君子乎?'"后因以"乔梓"比喻父子。

[2] 九原:山名,在山西新绛县北。也作"九京"。《礼记·檀弓下》:"赵
文子与叔誉观乎九原……是全要领以从先大夫于九京也。"注:"晋卿大夫之墓
地在九原,京盖字之误,当为原。"后世因称墓地为九原。

[3] 徼外:塞外、边外。《史记·佞幸列传》:"人有告邓通盗出徼外铸
钱。" 嫠孀:谓孕妇和寡妇。《广韵·平虞》"嫠"字引汉崔瑗《清河王诔》:
"惠于嫠孀。"清王鸣盛《蛾术编·说字》:"'惠于嫠孀。'嫠是妊身,孀是无夫,皆
妇人可怜悯者,故并言之。"也专指指寡妇。清钱谦益《嫁女词》之一:"阿母向
我言:'抚汝娇且长,十载违汝家,顿悴类嫠孀。'"

〔4〕仙尉：为汉梅福的美称。梅字子真，为郡文学，补南昌尉。后归里，一旦弃妻子去，传以为仙，故称"仙尉"。后亦以"仙尉"为县尉的誉称。前蜀韦庄《南昌晚眺》诗："南昌城郭枕江烟，章水悠悠浪拍天。芳草绿遮仙尉宅，落霞红衬贾人船。"

〔5〕蛮烟蜒雨：诗文中多形容边远少数民族地区开发以前的荒凉景象。

〔6〕知非：《淮南子·原道》："故蘧伯玉年五十，而知四十九非。"唐杨巨源《和令狐郎中》："自禀道情骱龊异，不同蘧玉学知非。"此谓有所觉悟，而知昨日之非。后也谓五十岁为知非之年。宋李清照《金石录后序》："余自少陆机作赋之二年，至过蘧瑗知非之两岁，二十四年之间，忧患得失，何其多也！"

〔7〕兜率宫：也作"兜率天"，佛教用语。是欲界六天中的第四天。兜率，是妙足、知足的意思。也作兜率陀、睹司陀。唐白居易《祭中书韦相公文》："兜率天上，岂无后期？"

泛舟浮山即事，次壁间何彦宣司马韵

其 一

嫠尾春残又麦收[1]，壶觞小聚续前游[2]。风雷让客先登座，到山不久，雷雨大作。杨柳迎人乱舞洲。小阁空明环碧荫，孤峰屹立奠黄流[3]。试从祠小瞻遗像，今日陈王胜蒋侯[4]。

其 二

凉飙送响正鸣条[5]，夕照流辉又映霄。雨洗山容添湿翠，江浮天际涨新潮。故乡景物重经眼，平世功名肯折腰。啸傲筳间聊纵饫，热肠难共酒杯消。

其 三

书生渥荷屡朝恩，为有丹心戴圣明。成季勋宜铭史策，岳家军亦赖神兵[6]。王之褒封自破曹始。千秋尚慑奸人魄,一代先开处士声[7]。留得半弓觞咏地[8],扁舟来去九州城。_{九州城陈}

九州城陈王故居,即今大车滩。

其　四

　　楼台新筑剪蒿莱,我辈登临胜会开。指数瀛洲心自喜[9],_{座客八十人。}摩挲石碣首重回。林泉旧擅蛮荒胜,弦管今销画角哀[10]。漱石枕流参妙谛[11],寻诗须到此间来。

【注】

　　[1]婪尾:唐代称宴饮时酒至末座为婪尾。唐苏鹗《苏氏演义》下:"今人以酒巡匝为婪尾。又云:'婪,贪也。'谓处于座末,得酒以为贪婪。"又作"蓝尾"。

　　[2]壶觞:酒器。晋陶潜《归去来分辞》:"引壶觞以自酌,眄庭柯以怡颜。"

　　[3]黄流:酿黍为酒,以郁金草为色,故称黄流。古代祭祀用以灌地。《诗经·大雅·旱麓》:"瑟彼玉瓒,黄流在中。"一说指古代玉瓒上的黄金勺鼻。一说即酒。

　　[4]陈王:注见卷三《陈王行祠灾》。　　蒋侯:不详。

　　[5]鸣条:风吹树枝发声。汉董仲舒《雨雹对》:"太平之世,则风不鸣条。"也指因风作响的树枝。

　　[6]岳家军:南宋岳飞所部军队之称。飞部英勇善战,抗金最力,战绩最著,且纪律严明,史称"冻死不拆屋,饿死不掳掠",金人有"撼山易,撼岳家军难"之语。

　　[7]处士:未仕或不仕的士人。《孟子·滕文公下》:"圣王不作,诸侯放态,处士横议,杨朱墨翟之徒盈天下。"

　　[8]觞咏:饮酒赋诗。王羲之《兰亭集序》:"一觞一咏,亦足以畅叙幽情。"

　　[9]瀛洲:即"登瀛洲"。唐太宗于宫城西作文学馆,大行台司勋郎中杜

如晦、记室考功郎中房玄龄、太学博士陆德明、孔颖达、王府记室参军事虞世南等十八人,并以本官为学士,分三番递宿于阁下。暇日,访以政事,讨论典籍。命阎立本图像,使褚亮为之赞,题名字爵里,号"十八学士"。当时称选中者为"登瀛洲"。见《新唐书》卷一百零二《褚亮传》,《唐会要》卷六四《文学馆》。

[10] 画角:古乐器名。或谓创自黄帝,或说传自羌族。形如竹筒,本细末大,以竹木或皮为之,亦有用铜者。外加彩绘,故称画角。后渐用以横吹,发音哀厉高亢,古时军中多用以警严昏晓,振士气。帝王外出,也用以报警戒严。

[11] 漱石枕流:晋孙楚少时欲隐,谓王济曰当"枕流漱石",语误"漱石枕流"。王曰:"流可枕,石可漱乎?"孙曰:"所以枕流,欲洗其耳;所以漱石,欲砺其齿。"见《世说新语·排调》。

小 玉 钗

妙制曾酬一万钱,鸾离凤别感婵娟。非求善价谁沽尔[1]?听说前缘各惘然。回首青春空却月,伤心紫玉欲成烟[2]。遗簪谁向风尘拾[3],千古裙钗误少年[4]。

【注】

[1] 非求善价谁沽尔:《论语·子罕》:"子贡曰:'有美玉于斯,韫椟而藏诸?求善价而沽诸?'子曰:'沽之哉!沽之哉!我待善价而沽。'"

[2] 伤心紫玉欲成烟:古代传说春秋时吴王夫差的小女名紫玉,爱慕韩重,不得成婚,气结而死。重游学归来,往玉墓哀吊。玉形现,赠重明珠,并作歌。重欲抱之,玉如烟而没。见晋干宝《搜神记》卷十六。后喻少女去世有"紫玉成烟"之语,本此。

[3] 遗簪:《韩诗外传》卷九:"妇人曰:'向者刈蓍薪,亡吾蓍簪,吾是以哀也。'弟子曰:'刈蓍薪而亡蓍簪,有何悲焉?'妇人曰:'非伤亡簪也,盖不忘故也。'"后人以喻睹物而起怀旧之情。

[4] 裙钗:妇女着裙插钗,因称妇女为裙钗。《红楼梦》第一回:"我堂堂

须眉，诚不若彼裙钗。"

中 秋 漫 兴

　　朦胧月影到南窗，欲作清游伴少双。秋老竟无风撼树，夜凉疑有露横江。一声长笛楼空倚，百斛龙文笔正扛^[1]。谓秋闱诸君。玉宇琼宫何处是，离怀难借酒杯降。

【注】

　　[1] 百斛龙文笔正扛：化用唐韩愈《病中赠张十八》诗："龙文百斛鼎，笔力可独扛。"龙文，喻雄健的文笔。

赋得齐姜醉遣晋公子^[1]

　　不忍怀安误乃公，肯因儿女累英雄。别无一语衷难白，劝到三杯泪欲红。幸借沉醧驰远道，自^①甘岑寂守深宫。郎颜未醉妾心醉，从此天涯恨不穷。

【校】

　　① "自"字贺本为"节"，据粤本改。

【注】

　　[1] 齐姜醉遣晋公子事见《左传·僖公二十三年》："齐桓公妻之，有马二十乘。公子安之。从者以为不可。将行，谋于桑下。蚕妾在其上，以告姜氏。姜氏杀之，而谓公子曰：'子有四方之志。其闻之者，吾已杀之矣。'公子曰：'无之。'姜曰：'行也！怀与安，实败名。'公子不可。姜与子犯谋，醉而遣之。醒，以戈逐子犯。"又见《史记·晋世家》。

海春闻予北上,以诗寄讯,次韵答之

其　一

强仕于今又几年[1]? 尚无事业倩人传[2]。来朝逐队看花去,伴侣欣逢李谪仙[3]。

其　二

三上曾无宰相书,平生傲骨与诗疏。重堂为有灵椿在[4],要博鸾封下紫衢[5]。

其　三

气运吾乡喜渐开[6],后生小谢半清才[7]。阿婆自笑输年少,西抹东涂却又来。

其　四

契阔经时咏采蓝[8],劳君消息远相探。情词深似桃花水,也当阳关曲唱三[9]。

其　五

枫叶经霜树树丹,残冬天气出门难。何如饮过屠苏酒[10],才挂征帆一路安。

其　六

福命文章不易全,痴心敢望玉堂仙[11]。南宫夜烬三条烛[12],此景依稀忆昔年。

【注】

[1] 强仕：四十岁的代称。语本《礼记·曲礼上》："四十曰强，而仕。"

[2] 倩人：谓请托别人。陈琳《为曹洪与魏文帝书》："怪乃轻其家丘，谓为倩人，是何言钦！"《文选》张铣注："谓我文辞皆倩人所作，是何言钦！"

[3] 李谪仙：专指李白。唐孟棨《本事诗·高逸》："李太白初自蜀至京师，舍于逆旅。贺监知章闻其名，首访之。既奇其姿，复请所为文。出《蜀道难》以示之。读未竟，称叹者数四，号为'谪仙'。"此处指李姓陪同者。

[4] 重堂：注见卷一《中秋》。　　灵椿：五代后周窦禹钧五子相继登科。冯道赠禹均诗曰："灵椿一株老，仙桂五枝芳。"此以灵椿喻指父。见宋范仲淹《范文正公集》别集四《窦谏议录》。

[5] 鸾封：鸾镜之匣关闭，谓失情侣。明张凤翼《红拂记·奇逢旧侣》："恩山重，把断弦再续，胜似鸾封。"

[6] 气运：气数、命运。南朝宋刘义庆《世说新语·伤逝》："戴公见林法师墓，曰：'德音未远，而拱木已积；冀神理绵绵，不与气运俱尽耳。'"

[7] 清才：品行高洁的人。语出《世说新语·赏誉》："太傅府有三才：刘庆孙长才，潘阳仲大才，裴景声清才。"

[8] 契阔：离合、聚散，偏指离散。《诗经·邶风·击鼓》："死生契阔，与子成说。"　　采兰：喻为互赠礼品。《诗经·郑风·溱洧》："士与女，方秉简兮，……维士与女，伊其相谑，赠之以芍药。"传："简，兰也；芍药，香草。"

[9] 阳关曲唱三：唐王维《送元二使安西》："渭城朝雨浥轻尘，客舍青青柳色新。劝君更尽一杯酒，西出阳关无故人。"后入乐府，以为送别曲，反复诵唱，谓之《阳关三叠》。

[10] 屠苏酒：古代风俗于农历正月初一饮屠苏酒。见南朝梁宗懔《荆楚岁时记》。唐韩鄂《岁华纪丽》卷一《元日》："进屠苏。"注："俗说屠苏乃草庵之名。昔有人居草庵之中，每岁除夜遗闾里一药贴，令囊漫井中，至元日取水，置于酒樽，合家饮之，不病瘟疫。今人得其方而不知其姓名，但曰屠苏而已。"

[11] 玉堂仙：注见本卷《科名草》。

[12] 南宫夜尽三条烛：化用唐韦承贻《策试夜潜，纪长句于都堂西南隅》："才唱第三条烛尽，南宫风月画难成。"南宫本为南方列宿，汉用它比拟尚书省。东汉郑弘为尚书令，取前后有关尚书省的故事，著为《南宫故事》。南齐丘中孚

为尚书右丞,也著《南宫故事》一百卷。都以南宫称尚书省。唐时,因进士考试多在礼部举行,故又专指六部中的礼部为南宫。

元旦试笔 壬辰

吹散寒威藉暖风,长天时见雨濛濛。再迟五日传春信,初六立春。大早三更拜上穹。东阁尚留梅蕊白[1],南宫预祝榜花红[2]。只今万国皆重译[3],利涉全凭海舶通[4]。

【注】

[1] 东阁:东厢的居室或楼房,东向的小门。《汉书·公孙弘传》:"弘自见为举首,起徒步,数年至宰相封侯,于是起客馆,开东阁以延贤人。"王先谦补注引姚鼐曰:"此阁是小门,不以贤者为吏属,别开门延之。"

[2] 南宫:注见本卷《海春闻予北上以诗寄讯,次韵答之》。 榜花:科举考试中姓氏稀僻而被录取的人。宋钱易《南部新书》丙卷:"大中以来,礼部放榜,岁取三、二人姓氏稀僻者,谓之色目人,亦谓曰榜花。"

[3] 重译:旧指南方荒远之地。唐张说《南中送北使》诗之二:"待罪居重译,穷愁暮雨秋。"

[4] 利涉:顺利渡河。《易经·需卦》:"贞吉,利涉大川。"《北史·魏纪一》:"冰草相结若浮桥,众军利涉。"

舟 中 杂 述

其 一

既涨江流便放晴,天公有意送长行。篷窗细把邮签纪,日向篙工问地名。

其　二

龙蟠虎踞势嵯峨，龙回虎部在浮山以下。束住奔流曲似螺。入峡万重才出峡，双狮合面峙岩阿。合面狮子在峡口。

其　三

澄波千顷到官潭，四望迷茫绕翠岚。不信巨灵伸五指，五指山在官潭下。芙蓉数遍岭东南。

其　四

山无平远水潆洄，修竹沿河左右栽。故里乍由开建过，空从郭外望楼台。

其　五

盘皋直下大滩头，从此舟无险阻忧。自入封川境，一路无滩。清水一湾山两岸，依然①人在峡中游。

其　六

符灵北堎接西和，一路沙淤搁浅多。邪许声齐无妙策[1]，中流兼用绞盆拖。

其　七

网晒船头日渐晡，江干渔艇笑相呼。将鱼换得红莲米，胜买兰陵酒一壶[2]。

其　八

万派朝宗势莫降，洪流潆漾合西江。停桡无处看灯景，元夜萧然月满窗。

其　　九

晴和风日滞行踪,转为盘餐唱恼公。飞凤冈前人坐久,清樽懒话夜灯红。

其　　十

一阵风生料峭寒,涛声压枕梦难安。不堪更值帘纤雨,暗湿衾绸逼夜阑。

其　十　一

莲滩江口早维舟,步上招提纵远眸[3]。塔顶敧斜偏不坠,妄传仙迹在高楼。

其　十　二

鹿步鸠林大小相[4],当年小丑最跳梁。巡河纪律今严整,赖有湘军障此方[5]。

其　十　三

杰阁危楼俯碧浔,空濛烟雨负登临。推篷望到云深处,遮遍人家绿树林。

其　十　四

万户连云十里遥,端州繁富冠南交[6]。高台宝月知何处,只见江楼倚碧霄。肇庆西门有望江楼。

其　十　五

日向船头祝顺风,舟行偏觉雨濛濛。鼎湖山立青苍里[7],盼煞名花赏吊钟。吊钟花出鼎湖山。

其 十 六

西南三日滞沙滩，寸寸鲇鱼上竹竿。株守更无消遣法[8]，说书闲听舌翻澜。西南关帝庙有袁宝斋，善说书。

其 十 七

夜来潮起乱如麻，争棹扁舟探浅沙。上下舳舻衔尾进，万人声蹴浪中花。

其 十 八

一片人声挟水声，相逢车艇御轮行。羊城上溯鸳江远[9]，足踏波涛了不惊。

其 十 九

沙口禅山廿里遥，湾环一转又昏朝。乘潮黑夜扬帆去，惹得心旌梦里摇。

其 二 十

舱口虽低驻足高，乔迁得地敢辞劳。花田一径通珠海，从此扬舲兴更豪。

【校】

　　① "依然"贺本为"依无"，据粤本改。

【注】

　　[1] 邪许：劳动时众人一齐发出的呼声。《淮南子·道应训》："今夫举大木者，前呼邪许，后亦应之，此举重劝力之歌也。"

　　[2] 兰陵：地名，战国楚邑。荀卿适楚，春申君以为兰陵令，即此。故地在今山东省兰陵县西南。

　　[3] 招提：梵语拓斗提奢，义为四方。后省作拓提，误为招提。四方之僧

称招提僧,四方僧之住所称招提僧房。北魏太武帝造伽蓝,创招提之名,后遂为寺院的别称。《宋书·谢灵运传·山居赋》:"建招提于幽峰,冀振锡之息肩。"自注:"招提,谓僧不能常住者,可持作坐处也。"唐杜甫《游龙门奉先寺》:"已从招提游,更宿招提院。"此以招提直名寺僧。

[4]鹿步鸠林:鹿,山足,通"麓"。《穀梁传·僖公十四年》:"秋八月辛卯,沙鹿崩。林属于山为鹿。"鸠,古井田制九夫之地。《左传·襄公二十五年》:"度山林,鸠薮泽。"汉贾逵注:"薮泽之地,九夫为鸠,八鸠而当一井也。"

[5]湘军:清曾国藩所率之武装,为击败太平天国的主力军。

[6]南交:指交趾。《尚书·尧典》:"命羲叔,宅南交。"传:"南交,言夏与春交。举一隅以言之。"宋蔡沈传:南交即南方交趾地方。

[7]鼎湖山:古代传说,黄帝铸鼎于荆山下,有龙垂胡髯迎黄帝上天。后因名其处曰鼎湖。

[8]株守:比喻拘泥守旧不知变通。语本《韩非子·五蠹》之"守株待兔"典。

[9]羊城:注见本卷《和云泉述怀》。

香　港

楼阁依山起,舟航泛海来[1]。鱼龙腥气杂,灯火夜城开。万国今环堵[2],三边此阜财[3]。凭栏遥纵目,金碧幻蓬莱。

【注】

[1]泣海:形容海上航程的艰辛。泣,无声流泪。

[2]环堵:四周土墙。《庄子·让王》:"原宪居鲁,环堵之室,茨以生草,蓬户不完。"唐成玄英疏:"周环各一墙,谓之环堵,犹方丈之室也。"

[3]阜财:厚积财物,使财物丰厚。汉扬雄《法言·孝至》:"君人者,务在殷民阜财,明道信义。"李轨注:"阜,盛。"

申 江 杂 咏

其 一

开辟荆榛别有天,无边光景换年年。纵横街衢棋盘似,乍入迷楼欲惘然[1]。

其 二

车才飞马又东洋,昼夜辚辚响道旁。我道不如安步好[2],任人捷足看人忙。

其 三

电气灯光月失明,夜游人在镜中行。四条马路销金窟[3],漫诩繁华似锦城[4]。

其 四

酒馆茶楼并戏场,人如蚁聚兴飞扬。万钱一掷浑闲事,几见何曾下箸尝?

其 五

琼楼高接广寒乡[5],茗话层层满客堂。行过花丛怕回首,居然夺婿似瑶光[6]。

其 六

看花须到上林春[7],姹紫嫣红总下尘。莫恨桃源无路问[8],能消艳福仗钱神。

其　七

攀折何如袖手观,书生遮莫笑寒酸。几多裘马翩翩客^[9],
到欲回头已大难。

【注】

[1] 迷楼:隋炀帝所建楼名,故址在今江苏省扬州市西北郊。唐冯贽《南部烟花记·迷楼》:"迷楼凡役夫数万,经岁而成。楼阁高下,轩窗掩映,幽房曲室,玉栏朱楯,互相连属。帝大喜,顾左右曰:'使真仙游其中,亦当自迷也。'故云。"宋贺铸《思越人》词:"红尘十里扬州过,更上迷楼一借山。"

[2] 安步:缓步徐行。典出《史记·淮阴侯列传》:"骐骥之跼躅,不如驽马之安步。"

[3] 销金窟:指大量花费金钱的处所。

[4] 诩:夸。　锦城:又名"锦官城"。锦官谓主治锦之官,因以为城名,在今成都市南。成都旧有大城、少城,少城在大城西,即锦官城。见晋常璩《华阳国志·蜀志》。简称锦城,又称锦里。《水经注》卷三三《江水》:"文翁为蜀守,立讲堂,作石室于南城。永初后,学堂遇火,后守更增二石室,后州夺郡学,移夷星桥南岸道东,道西城,故锦官也。言锦工织锦则濯之江流,而锦至鲜明,灌以它江,则锦色弱矣,遂命之为锦里。"后人泛称成都城为锦官城。

[5] 广寒乡:即广寒宫。古代神话传说中位于月球的宫殿,月球的居民有太阴星君、月神、月光娘娘、吴刚、嫦娥、玉兔等。月宫也称蟾宫。后人将嫦娥奔月后所居住的屋舍命名为广寒宫。

[6] 瑶光:北斗七星的第七星名,古代以为象征祥瑞。《淮南子·本经训》:"瑶光者,资粮万物者也。"高诱注:"瑶光,谓北斗杓第七星也……一说,瑶光,和气之见者也。"清平步青《霞外攟屑·诗话·宋荔裳廉使女》:"呜呼!秀容纵骑,夺婿瑶光。"

[7] 上林:秦旧苑。汉武帝扩建,周围至三百里,有离宫七十所。苑中养禽兽,供皇帝春秋打猎。汉司马相如有《上林赋》。

[8] 桃源:"桃花源"的省称。南朝陈徐陵《山斋诗》:"桃源惊往客,鹤峤断来宾。"一指桃源洞。唐李涉《赠长安小主人》诗:"仙路迷人应有术,桃源不

必在深山。"

[9] 裘马:轻裘肥马,形容生活豪华。语出《论语·雍也》:"赤之适齐也,乘肥马,衣轻裘。"朱熹集注:"言其富也。"

三月初八日入闱作

其 一

廿载三番此地来,南宫风月老英才[1]。禹门烧尾鱼重至[2],会见沧溟趹浪开[3]。

其 二

天气晴和春景新,筇篮襆被伴吟身[4]。入闱恰值清明节,解忆长安定有人。

其 三

矮屋羁栖器不齐[5],饔飧全峙五更鸡[6]。夕阳未下人无事,酒气熏蒸火色迷。

其 四

鸿沟划界各西东[7],吴楚燕秦语互通。欲见同乡浑不得,风帘独对穗灯红。

【注】

[1] 南宫:注见本卷《海春闻予北上以诗寄讯,次韵答之》。

[2] 禹门:即龙门,相传为禹所凿,故称。在今山西省河津县西。　烧尾:鲤鱼跃龙门,跃过龙门之时,天雷击去鱼尾,鱼乃化身成龙。

[3] 趹浪:破浪,踏浪。唐杜甫《短歌行赠王郎司直》:"豫章翻风白日动,

鲸鱼跋浪沧溟开。"

〔4〕筲篮：竹篮。宋杨万里《晓过丹阳县》诗之四："小儿不耐初长日，自织筲篮胜打闲。"

〔5〕羁栖：淹留他乡。唐杜甫《熟食日示宗文宗武》诗："消渴游江汉，羁栖尚甲兵。"

〔6〕饔飧：早餐。《孟子·滕文公上》："贤者与民并耕而食，饔飧而治。"注："饔飧，孰食也。朝曰饔，夕曰飧。"

〔7〕鸿沟划界：鸿沟，古渠名。故道大部循今河南贾鲁河，由荥阳北引黄河水曲折东至淮阳入颖水。东汉后渐淤塞。秦末项羽刘邦约中分天下，以鸿沟为界，西为汉，东为楚，即此。

【萃益斋诗集】

·补 遗·

暖房词为玉之内弟作[1]

其　一

灯红酒绿笑声狂，道为新郎暖洞房。此是和鸾鸣凤地[2]，群仙乐得一飞觞。

其　二

团圆月影正横空，天上人间盛事同。料得姮娥当此夕[3]，《霓裳曲》亦满蟾宫[4]。女家此夕有坐歌筵之俗。

其　三

当筵休问夜如何，射覆藏钩雅趣多[5]。更把琼卮斟美酒，祝郎琴瑟永调和。

其　四

东阁官梅点额新[6]，不须平视问刘桢[7]。新人何姓，冰人刘亦在座[8]。暖香熏透芙蓉帐，盼取名花压早春。

【注】

［1］旧俗，结婚前一日，女家到男家送礼、宴饮，称为暖房。宋吴自牧《梦粱录》卷二十《嫁娶》："前一日，女家先往男家铺房，挂帐幔，铺设房奁器具、珠宝首饰动用等物，以至亲压铺房，备礼前来暖房。"

［2］和鸾：车铃。《诗经·小雅·蓼萧》："和鸾雝雝，万福攸同。"注："在轼曰和，在镳曰鸾。"

［3］姮娥：即嫦娥，神话传说中上古时期三皇五帝之一帝喾的女儿，后羿之妻。西汉时为避汉文帝刘恒的讳而改称嫦娥。

[4]《霓裳曲》：即《霓裳羽衣曲》。唐乐曲名。属商调曲。本传自西凉，名《婆罗门》，开元中，河西节度使杨敬述献，经玄宗润色，于天宝十三载（754）改为《霓裳羽衣曲》。唐时乐曲，曲终必促速，唯此曲将毕，引声益缓。杨贵妃善为《霓裳羽衣曲》舞。时唐宫中多奏此曲，安史乱后，谱调不全。小说家附会谓玄宗与方士游月宫，闻仙乐，归而记之，是为《霓裳羽衣曲》。

[5] 射覆：酒令的一种。用相连字句隐物为谜而使人猜度。清俞敦培《酒令丛抄》卷一《古令》："然今酒座所谓射覆，又名射雕覆者，殊不类此。法以上一字为雕，下一字为覆，设注意'酒'字，则言'春'字、'黎'字，使人射之，盖春酒、酒浆也。"　　藏钩：古代的一种游戏。也作"藏彄"。晋周处《风土记》："腊日饮祭之后，叟妪儿童分为藏彄之戏，分二曹以较胜负。"相传汉昭帝母钩弋夫人少时手拳，入宫，汉武帝展其手，得一钩，后人乃作藏钩之戏。

[6] 东阁：注见卷四《元旦试笔壬辰》。　　官梅：官府种植的梅。南朝梁何逊以诗著名，为扬州法曹，值官舍内梅花盛开，逊吟于梅下。后逊居洛，思梅不已，因求再仕扬州。后来诗人咏梅多用此事为典。　　点额：以笔点额头，吉祥之兆。事本《北齐书·文宣帝纪》："既为王，梦人以笔点己额。旦以告馆客王昙哲曰：'吾其退乎？'昙哲再拜贺曰：'王上加点，便成主字，乃当进也。'"

[7] 刘桢（186—217）：字公幹，东平宁阳（今山东宁阳县）人，东汉名士，建安七子之一。其人博学有才，警悟辩捷，以文学见贵。

[8] 冰人：媒人。语出《晋书·索统传》："孝廉令狐策梦产冰上，与冰下人语，统曰：'冰上为阳，冰下为阴，阴阳事也；士如归妻，迨冰未泮，婚姻事也；君在冰上，与冰下人语，为阳语阴，媒介事也。君当为人作媒，冰泮而婚成。'"

玉之婚夕再调以诗

其　一

蓝桥今夕见云英[1]，一盏琼浆为定情。知否属垣犹有耳[2]，金莲烛下唤卿卿[3]。

其　二

暖玉温香破夜寒,双栖绣阁喜春还。画眉也要轻轻笔[4],
莫恃尖毫蹙远山[5]。

【注】

　　[1]蓝桥今夕见云英:蓝桥,桥名。在陕西蓝田县东南蓝溪之上。传说
其地有仙窟,即唐裴航遇仙女云英处。见《太平广记》卷五十《裴航》。

　　[2]属垣:《诗经·小雅·小弁》:"君子无易由言,耳属于垣。"意思是附
耳于墙以窃听。后因称窃听为属垣。

　　[3]金莲烛:古时宫廷用的蜡烛,烛台似莲花瓣,故称。

　　[4]画眉:用黛色描饰眉毛。《汉书·张敞传》:"又为妇画眉,长安中传
张京兆眉怃。"

　　[5]远山:原来是指秀美之眉。由于古代妇女大多爱使用黛色画眉,色
如远山,故亦称远山黛。

跋

　　吾师苏金堂先生居邑之开山,距县城百余里。丁卯登贤书后即教授乡间,至辛巳移馆来城,旋主书院讲席,垂十余年,平日著作甚富,尤以诗为最。主讲时倡扶轮吟社,拈题分咏,详为评骘,士林风气为之一变。乃壬辰会试归,遽捐馆舍,所著悉未刊行。乙未岁,孝先归自京师拟集资,先刻诗集一种,函索稿本,携至梧郡,介徐啸三记室转托周子元大令为任编校。时徐馆梧府署,周监榷白、马釐局二君在贺,时与先生唱和往来,故文字交也。讵周君宦辙东西,迄无定所,徐君旋亦下世,眷属回皖,鱼沉雁渺,璧返无从。每念及之,引为大戚。壬子,由浙旋里,再函先生喆嗣霞君茂才,嘱检寄诗集原稿,将重申前议,付之剞厥氏。霞君复书,谓馆桂岭时,托友录副稿,复遗失,仅就先生日记所载及手书诗片,汇抄成册。戊午春,始寄至。孝先与同门岑文石、梁俊斋、钟鸿卿诸君分任校对,并就及门诸友平日录存之稿为现抄所未载者补其阙佚,编为四卷。虽非足本,当已十得六七。同人及先生戚好闻有此举,咸出资相助,遂付排印,供先睹之快。将来仍应锓板,以广流传。夫先生之诗,一厄于洪乔,再厄于抄胥,几有淹沉之虑。乃玉蕴珠含,卒显于世。岂非宝光不能自闷,神物难于久藏。昔人谓苦心不负,有志竟成,讵弗信欤?印工既竣,谨记其缘起,并志岁月于后。至先生诗之佳处,灌阳尚书序文品题精当,信为知言。且天下后世自有定论,固无庸门弟子赞一词云。民国己未春二月受业李孝先谨跋。

附　录

修复学宫记

苏煜坡

　　学宫之立,以崇典礼、振风教,而文运亦系之。吾贺学宫成于道光甲辰,巨制洪规。奠定后三十年,科名踵接,仕宦镶联,一时称极盛焉。光绪己卯,邑人士修櫺星门,将大成殿增高六、七丈,作金钟架式,岿然城隅间,十里外可望。嗣是壬午、乙酉两科士无一隽,在外之拥节钺、曳印绶者相继放斥、殂逝,如疾风之扫落叶,不可究极。虽盛衰兴废有数存乎其间,而论者无所归究。遂于学宫啧有烦言,非改弦更张不足以驱其惑。乙丑秋九月,前黔抚林公肇元自湘归,亦用形家言,谓学宫当审地势高峻非所宜立,捐三百金交司局事者,诹吉兴工无少缓。资不足,筹款益之,爰于其年冬,经始大成殿尊经阁,次第复旧制,并疏通照壁,高筑墙垣,巍焕之观,耳目一新,盛矣哉!非林公一言之决,工未必若是其速成也。自乙酉冬讫丙戌夏葳事,费七百余金有奇。越戊子秋,榜揭,邑中得二人。己丑春,李生孝先且联捷成进士入翰林。噫!地运既复,文运重开,冥漠机缄,其应如响,亦异矣!顾国家教养士类,将以有本原之学,蔚成梁栋。为邦国选,为庠序光,区区荣科名于一时,何与孔门四科取人之意?第学宫以妥先圣之灵,肃岁时之祀,规模制度一禀,高不容妥,有更端庶,足以昭诚敬。然则此一役也,不惟以继邦先达之志,且将以示后之人恪守成规于无穷,岂徒为培植地远计哉?时董经营

役者某某等例合附记。(民国二十三年《贺县志》)

苏氏族谱(节选)

苏氏十七世煜坡(达邦长子),字翰臣,号金堂,别号筱东行一。同治二年,补县学生;六年丁卯,乡试中式第四十八名举人;光绪六年,庚辰科大挑二等;十年,选授临桂县教谕;十七年,铨授永宁州学正。以防剿云南昭通审匪案,内赏加六品衔。曾主讲贺县临江书院十余年,成绩斐然,深得众望,县宰黄笏山曾赠联"五六月天无暑气,二三更里有书声"。光绪十六年庚寅岁,主纂修始刊《贺县志》(共六卷)。著有《萃益斋诗集》,曾刊二版,及门李孝先、梁培英集资印。生于清道光二十八年戊申十一月二十二日戌时,殁于清光绪十八年壬辰闰六月初八午时。享年四十五岁。葬于下岭申山寅向。配黄氏,娶江华拔贡邵铨知县邦杰之女,例赠安人,生于清道光二十九年己酉九月二十二日辰时,殁于光绪九年癸未九月二十八日,享年三十五岁。生子二,长景沅,次景标。女二。配继黄氏,娶江华署融县思管司周安镇巡检优察贡生邦仲之女,例封安人。

苏煜坡简谱

周生杰编

道光二十八年戊申(1848)

洪秀全、冯云山在桂平秘密筹划起义。

苏煜坡出生。

道光二十九年己酉(1849)

妻黄氏生。

咸丰十一年辛酉(1861)

苏家修筑房产,一在下料,一在桥头,分居。

同治二年癸亥(1863)

补县学生。

参加科试,考生攻击苏煜坡冒籍。

提调方月樵会见苏煜坡。

同治三年甲子(1864)

定亲。

从准岳父黄汉卿读书。

同治四年乙丑(1865)

赴平郡参加院试,为秀才。

同治五年丙寅(1866)

继续苦读。

与莫德美、唐桐卿、余媚川唱和往来。

同治六年丁卯(1867)

参加乡试,中举,同谱中年最少,仅十九岁。

好友莫义生落榜。

腊月,与黄氏成婚。

同治七年戊辰(1868)

正月二日,从广东航海北上入京。

会试落榜。

同治八年己巳(1869)

腊月,长子出生。

同治九年庚午(1870)

罗骋三从湖南回乡,劝募兴学。

内弟玉之、海帆入乡学,以诗勖之。

任教大凝馆,梁声甫来馆拜访。

同治十年辛未(1871)

解席回家。

同治十一年壬申(1872)

重回学馆。

偕友人游将军岭、莲塘等名胜。

邑令张丹叔赠诗。

同治十二年癸酉(1873)

在桂岭复学馆。

祖父八十寿辰,以诗相贺。

瞻仰李太后墓,有作。

族弟苏煜光去世,时年二十三。

岳父流寓京华。

同治十三年甲戌(1874)

内弟玉之、海春入学馆。

再次解席而归。

光绪元年乙亥(1875)

太学邓耀南先生卒。

友人闻多品乡试中举。

题钟少峰《修拙斋诗集》。

岳父黄汉卿五十寿辰。

光绪二年丙子(1876)

游钟山镇之滴水庵、苍然亭等胜景。

遍游桂林风景。

光绪四年戊寅(1878)

在桂馆任教。

作客贺州。

光绪五年己卯(1879)

开始二次北上应考。

邑人修学宫櫺星门,增高大成殿。

光绪六年庚辰（1880）

继续北上。

舟发道州,谒永州柳宗元祠,过湘潭,入长江,转运河,至京师。

获内阁大挑二等。

光绪七年辛巳（1881）

移馆贺县城,教授李孝先等生徒。

与邑令黄笏山交游。

光绪八年壬午（1882）

记游贺州龙门滩等八景。

光绪九年癸未（1883）

邑令黄笏山移篆桂平。

弟敬斋于八月殁。

妻黄氏九月卒。

幼女殇。

光绪十年甲申（1884）

邑令任葆棠改任永福。

与新邑侯姚子藩相往来。

选授临桂县教谕。

续聘黄氏。

光绪十一年乙酉（1885）

贺县学宫开始修复。

光绪十二年丙戌（1886）

学宫重修竣工。

光绪十三年丁亥（1887）

临桂县陈王行祠发生火灾

与李邑侯等游沸水寺。

贺县家中盖新居。

友邱舜臣卒。

光绪十四年戊子(1888)

与李邑侯互赠诗歌。

光绪十五年己丑(1889)

手病痛。

友周子元纳妾。

岳丈黄汉卿于京城去世,赖同乡出资成殓。

门生李孝先中进士。

撰写《修复学宫记》。

光绪十六年庚寅(1890)

任教临江书院。

县宰黄笏山临书院并撰联褒奖。

编修《贺县志》。

次子浣儿参加府试,获头名,补博士弟子员。

光绪十七年辛卯(1891)

校刊钟毓奇《修拙斋诗集》。

重启扶轮吟社。

叔丈黄山甫卒。

铨受永宁州学政,因防剿云南昭通窜匪案,内加赏六品衔。

光绪十八年壬辰(1892)

经由广州、肇庆、香港,乘船北上,第三次参加会试。

在京拜会唐景崧,唐为《萃益斋诗集》作序。

落榜回乡。

去世,享年四十五岁。

主要参考文献

［清］苏煜坡《萃益斋诗集》,民国十八年（1919）贺县民众日报社排
　　印本

［清］苏煜坡《萃益斋诗集》,广东省城卫边街中汉民国间印本

李树枏、吴寿崧《贺县志》民国二十三年（1932）铅印本

《清实录》广西资料辑录,广西人民出版社　1988

《中国地名由来词典》,中央民族大学出版社　1999

张岱年、方克立《中国文化概论》,北京师范大学出版社　1994

《广西方志传记人名索引》,广西人民出版社　1989

张维、梁扬《岭西五大家研究》,江苏古籍出版社　2002

陈良运《中国历代诗学论著选》,百花洲文艺出版社　1998

张健《清代诗学研究》,北京大学出版社　1999

朱则杰《清诗史》,江苏古籍出版社　2000

马亚中《中国近代诗歌史》,复旦大学出版社　2011

后　记

　　清代诗歌创作繁荣，广西诗坛亦不甘寂寞，呈现出诗人辈出、作品繁多、诗派争胜的局面，不过，由于诸多原因，这些诗作有的未能及时结集出版，有的虽已出版，但兵燹火灾，历时久远，亦失传较多。目前，广西学术界正大力开展抢救工作，对于已经结集者，予以标点整理，对于散佚者，则通过《晚晴簃诗汇》《清诗纪事》《广西诗见录》《峤西诗钞》《三管英灵集》等总集，以及各种方志、家谱、年谱、笔记等史料尽力搜辑，不使有遗珠之憾。

　　《萃益斋诗集》为作者苏煜坡生前编订，殁后由门生友人捐资出版，近百年来，诗集一直静静躺在广西壮族自治区图书馆和桂林市图书馆，无人问津，而事实上，该集一如广西其他古代诗文集，在反映时代风潮，刻画山川风物，描写地方文化等方面独具特色，是研究晚清广西地方史、民俗史和文学创作等十分重要的史料。今将之整理出来，便于相关研究者利用。作者苏煜坡生活在晚清，且主要活动在桂北一隅，诗歌以反映乡风民情为多，加之诗歌中堆砌较多典故，笔者学力有限，因而在注释过程中难以做到达诂，尚有误注、漏注等现象，恳请方家指正。

　　非常感谢广西大学2015级硕士研究生杨杰，是他冒着酷暑多次前往广西壮族自治区图书馆核对《萃益斋诗集》原刻本，解决了大量的存疑问题；感谢广西大学出资襄助出版。

整理者　丙申夏日